ONE DARK THRONE

Kendare Blake

ÉDITIONS LEHA young adult

Titre original :
One Dark Throne

Version française
One Dark Throne
par Kendare Blake

Traduction : Hermine Hémon
Illustration de couverture : John Dismukes
Carte : Virginia Allyn

Loi n°49-956 du 16 juillet 1949 sur les publications destinées à la jeunesse.

Dépôt légal : avril 2022
ISBN : 978-2-493405-06-7

Éditions LEHA, 18, avenue de la Madrague de Montredon, 13008 Marseille
www.editions-leha.com

PERSONNAGES ET LIEUX

INDRID-DOWN
Capitale, ville de la reine Katharine

LES ARRON
Natalia Arron
Matriarche de la famille Arron, à la tête du Conseil noir.
Geneviève Arron
Sœur cadette de Natalia.
Antonin Arron
Frère cadet de Natalia.
Pietyr Renard
Neveu de Natalia, fils de son frère Christophe.

ROLANTH
Ville de la reine Mirabella

LES WESTWOOD
Sara Westwood
Matriarche de la famille Westwood. Affinité : eau.
Bree Westwood
Fille de Sara Westwood, amie de la reine. Affinité : feu.

WOLF-SPRING

Ville de la reine Arsinoé

LES MILONE

Cait Milone

Matriarche de la famille Milone. Familier : Éva, corbeau.

Ellis Milone

Mari de Cait et père de ses enfants. Familier : Jake, épagneul blanc.

Caragh Milone

Fille aînée de Cait, exilée au Cottage noir. Familier : Juniper, limier brun.

Madrigal Milone

Fille cadette de Cait. Familier : Aria, corbeau.

Juillenne « Jules » Milone

Fille de Madrigal. Naturaliste la plus puissante depuis des décennies et amie de la reine. Familier : Camden, félin des montagnes.

LES SANDRIN

Matthew Sandrin

Fils aîné de la famille. Ex-promis de Caragh Milone.

Joseph Sandrin

Fils cadet des Sandrin. Ami d'Arsinoé. Exilé pendant cinq années sur le continent.

AUTRES

Luke Gillespie

Propriétaire de la librairie Gillespie. Ami d'Arsinoé. Familier : Hank, coq noir et vert.

William « Billy » Chatworth Jr.

Frère adoptif de Joseph Sandrin. Prétendant des reines.

LE TEMPLE

Grande prêtresse Luca

Prêtresse Rho Murtra

Elizabeth

Initiée et amie de la reine Mirabella.

LE CONSEIL NOIR

Natalia Arron, *empoisonneuse*

Geneviève Arron, *empoisonneuse*

Lucian Arron, *empoisonneur*

Antonin Arron, *empoisonneur*

Allegra Arron, *empoisonneuse*

Paola Vend, *empoisonneuse*

Lucian Marlowe, *empoisonneur*

Margaret Beaulin, *guerrière*

Renata Hargrove, *sans-don*

N
O
E
S
Vallée d'Innisfuil
Mont Horn
Sunpool
Cottage noir
Port Bernadine
Kenora
MONTS MARINS
WOLF-SPRING
Highgate
Ville des naturalistes
Anse de la
Tête-de-phoque
Three Dark Crown

Baie de Long-Matin
Port Sablon
Chaussée noire de Shannon
ROLANTH
Ville des élémentaires
Lac Céleste
PRYNN
Ville des empoisonneurs
Trignor
COLLINES RAPACES
Cap Horn
INDRID-DOWN
La Capitale
Le Volroy
Port de Bardon
BASTIAN
Ville des guerriers
Carte de Fennbirn

MANOIR GREAVESDRAKE

Natalia Arron surveille d'un œil critique le retour de sa sœur au manoir Greavesdrake. Geneviève n'a été bannie de la maison que quelques mois, mais à en juger par la file interminable de coffres qui déferlent par la porte principale, portés par ses valets de pied, il ne serait en rien difficile d'imaginer qu'elle a été absente pendant des années.

— Comme ce sera bon de dormir à nouveau dans mon lit, lance Geneviève.

Elle prend une profonde inspiration.

L'atmosphère de Greavesdrake embaume les odeurs du bois huilé, des livres et des ragoûts goûteux et empoisonnés qui mijotent doucement en cuisine.

— Ton lit qui se trouve en ville est tout autant le tien, la reprend Natalia. Ne prétends pas que cette expérience a été un véritable calvaire.

Natalia observe Geneviève du coin de l'œil. Ses joues sont d'une délicate teinte rosée et ses iris lilas brillent. De longs cheveux blonds tombent au-dessous de ses épaules. L'on dit d'ailleurs que c'est elle la plus belle sœur Arron. Si seulement tout le monde pouvait voir les idées perverses qui bouillonnent sous ce joli crâne.

— Maintenant que tu es rentrée, commence Natalia, rends-toi utile. Que murmure le Conseil ?

— Les nouvelles ont été rapportées selon tes instructions. La reine Katharine a survécu à l'attaque de l'ours de la reine Arsinoé et s'est habilement cachée en attendant que la situation se stabilise. Mais ils ont tout de même entendu d'autres choses.

— Quoi donc ?

— Des idioties, surtout, assure Geneviève d'un geste de la main.

Néanmoins cette affirmation fait froncer les sourcils de Natalia. Les idioties peuvent devenir vérités s'il existe assez de bouches pour les relayer.

— Quelles sortes d'idioties ?

— Que Katharine n'a pas survécu du tout ! Certains soutiennent même l'avoir vue mourir, d'autres prétendent l'avoir vue revenir à la capitale la peau grise et recouverte de boue, du sang aux lèvres. Ils l'appellent Katharine la Revenante. Tu y crois ?

Natalia laisse échapper un rire. Elle croise les bras : tout cela est parfaitement ridicule, mais elle n'aime tout de même pas ce qu'elle entend.

— Qu'est-ce qui a bien pu lui arriver pendant son absence ? demande Geneviève. Même toi tu n'en sais rien ?

Natalia repense à cette nuit-là, celle du retour de Katharine. Elle était recouverte de terre, et plusieurs de ses blessures saignaient encore. Elle se tenait droite dans le vestibule, elle ne disait rien. Ses longs cheveux noirs pendaient sur son visage comme des rideaux. Elle avait une allure de monstre.

— J'en sais assez, affirme Natalia en tournant sur ses talons.

— On raconte qu'elle a changé. Mais comment ? A-t-elle assez récupéré pour reprendre sa formation aux poisons ?

Natalia déglutit. La formation ne sera plus nécessaire, mais elle n'en dit rien. Elle incline la tête et passe devant Geneviève dans le couloir : elle cherche Kat afin que sa sœur puisse l'observer par elle-même.

Elles s'enfoncent dans le manoir, là où la lumière est tamisée par d'épais rideaux aux fenêtres et où le bruit des valets de pied s'affairant sous le poids des coffres de Geneviève s'amenuit.

Geneviève plonge ses gants de voyage dans les poches de sa culotte. Elle est très chic dans sa veste rouge cornaline. Elle époussette de la saleté imaginaire sur sa cuisse.

— Il y a tant à faire, se plaint cette dernière. Les prétendants vont arriver d'un jour à l'autre.

La bouche de Natalia se plisse. *Les prétendants*. Il n'y en a qu'un seul qui a demandé à bénéficier du premier échange courtois avec Katharine. Le garçon aux cheveux d'or, Nicolas Martel. Malgré la forte représentation de Katharine durant son festin d'empoisonneur lors de Beltane, les deux autres prétendants ont jeté leur dévolu sur Arsinoé.

Arsinoé et son visage en lambeaux, son pantalon à revers effiloché et ses cheveux cisaillés et mal entretenus. Personne ne pourrait être attiré par cela, c'est certainement son ours qui génère toute cette curiosité.

— Qui aurait cru que notre reine ne se retrouverait qu'avec une seule requête ? s'étonne Geneviève, comprenant l'expression amère de sa sœur.

— Ce n'est pas important. Nicolas Martel est le meilleur parti du lot. Sans notre alliance de longue date avec le père de Billy Chatworth, il aurait été mon premier choix.

— Billy Chatworth est épris de la Reine-Ourse, murmure Geneviève. L'île tout entière le sait bien.

— Billy Chatworth se pliera aux ordres de son père, s'emporte Natalia. Et n'appelle pas Arsinoé la Reine-Ourse. Ce surnom doit vite être oublié.

Elles contournent le coin devant l'escalier de Katharine.

— Ne se trouve-t-elle pas dans ses appartements ? demande Geneviève en passant.

— Il est impossible de savoir où elle est maintenant.

Une servante portant un vase de laurier-rose s'arrête pour exécuter une révérence.

— Où se trouve la reine ? s'enquiert Natalia.

— Dans le solarium, répond la fille.

— Merci, conclut Geneviève.

Puis elle arrache brutalement le bonnet du crâne de la domestique, révélant ainsi des racines noires sous un blond Arron en train de s'effacer.

— Allez vous occuper de ces cheveux, tout de suite !

Le solarium est une pièce claire et aérée, dont beaucoup de fenêtres sont découvertes. Les murs sont peints en blanc et les coussins du canapé sont multicolores. Cette pièce détonne fortement parmi les autres de la maison Arron et elle est souvent vide, à moins que la famille ne reçoive des invités. Mais Natalia et Geneviève y retrouvent Katharine en train de chantonner, entourée de multiples paquets emballés.

— Regarde qui est rentrée, lance Natalia.

Katharine ferme le couvercle d'une belle boîte mauve, puis elle se retourne pour leur décocher un grand sourire.

— Geneviève, s'égaie Katharine. Il est bon de vous revoir, Antonin et vous, au manoir Greavesdrake.

La bouche de Geneviève semble pratiquement se décrocher. Elle n'a pas vu Katharine depuis le lendemain de son retour. Elle était alors dans un état des plus déplorables, dégoûtante, et tous ses ongles ou presque avaient disparu.

Tandis que sa sœur observe Katharine, Natalia n'a aucune difficulté à imaginer les pensées qui lui traversent la tête. Où est passée la petite fille avec ses grands yeux naïfs et son chignon serré ? La petite fille chétive à la tête baissée qui ne riait qu'après que quelqu'un d'autre avait ri avant elle ?

Peu importe où se trouve actuellement cette Katharine-là, elle n'est pas ici.

— Antonin, souffle Geneviève après avoir retrouvé sa voix. Est-il déjà arrivé ?

— Bien évidemment, répond Natalia. Je lui ai demandé de rentrer le premier.

Geneviève est encore bien trop choquée par cette vision de la reine pour esquisser la moindre moue. Katharine se coule vers elle et lui saisit les poignets, et même si la reine remarque le mouvement de recul soudain de Geneviève face à cette démonstration inhabituelle, elle n'en montre rien. Elle sourit simplement et l'attire plus loin dans la pièce.

— Est-ce que vous aimez les présents ? s'enquiert Katharine avec un geste vers les paquets.

Ils sont tous élégants, emballés dans un beau papier coloré et noués de rubans en satin ou de grands nœuds de velours blanc.

— Qui nous les envoie ? demande Geneviève. Les prétendants ?

— Personne ne nous les « envoie », la corrige Katharine. C'est bien nous qui les expédions. Dès que j'y aurai apporté quelques dernières attentions, ils seront portés à Rolanth, à l'intention de ma très chère sœur Mirabella.

Katharine caresse le ruban le plus proche d'un doigt ganté de noir.

— Est-ce que tu comptes nous dire ce qu'ils contiennent, se lance Natalia, ou est-ce que nous allons devoir le deviner ?

Katharine rejette une mèche de ses cheveux par-dessus son épaule.

— Elle y trouvera bien des choses : des gants empoisonnés, des joyaux toxiques, un bourgeon de chrysanthème séché sur lequel une toxine a été appliquée, qui éclora en un thé empoisonné divin.

— Ce plan est voué à l'échec, s'emporte Geneviève. Ses paquets seront fouillés. Tu ne pourras pas tuer Mirabella avec de jolis cadeaux empoisonnés bien emballés.

— Nous avons déjà presque tué ma naturaliste de sœur avec un joli cadeau empoisonné bien emballé, rétorque Katharine d'une voix basse.

Elle soupire.

— Mais vous avez certainement raison. Ils n'ont été préparés que pour mon amusement.

Natalia regarde les boîtes. Il y en a plus d'une douzaine, de tailles et de couleurs variées. Chacune d'entre elles sera très certainement livrée individuellement par des coursiers différents. Ces coursiers seront souvent relayés, dans plusieurs villes, avant d'atteindre Rolanth. Cela semble représenter beaucoup de travail pour une simple question d'amusement.

Katharine termine d'appliquer de sombres étoiles et des boucles à l'encre noire sur une étiquette. Puis elle s'assied sur le canapé en brocart doré et blanc et se penche en avant vers une assiette de baies de belladone. Elle en prend une pleine poignée, se remplit les joues et mastique jusqu'à ce que le jus empoisonné apparaisse à la commissure de ses lèvres. Geneviève pousse un léger cri de surprise. Elle se tourne vers Natalia, mais il n'y a aucune explication à donner. Quand Katharine s'est remise de ses blessures, elle s'est intéressée aux poisons et s'est mise à les dévorer.

— Il n'y a toujours aucune nouvelle de Pietyr ? se renseigne Katharine en essuyant le jus qui coule sur son menton.

— Aucune, et je ne sais pas quoi te dire. Je lui ai écrit immédiatement après ton retour, je l'ai sommé de revenir. J'ai également demandé à mon frère pourquoi il le retenait ainsi, mais Christophe non plus n'a pas répondu.

— Je vais alors écrire à Pietyr moi-même, décide Katharine.

Elle presse sa main contre son estomac à l'instant où les baies de belladone commencent à faire effet. Si le don de Katharine s'était révélé, le poison n'aurait pas dû lui causer de douleurs. Elle semble pourtant bien mieux le supporter qu'avant, ingurgitant tant de nourriture à chaque repas qu'ils pourraient chacun constituer un Gave noir individuel. Katharine lance un sourire radieux.

— J'aurai rédigé une lettre avant de me mettre en route pour le temple ce soir.

— C'est une excellente idée, renchérit Natalia. Je suis certaine que tu parviendras à le persuader de revenir.

Elle adresse un geste destiné à Geneviève afin qu'elles sortent du solarium. La pauvre Geneviève n'a aucune idée du comportement à adopter. Il ne fait aucun doute qu'elle aimerait se montrer retorse, pincer la reine ou même la gifler, mais cette dernière lui donne désormais l'impression de pouvoir lui retourner sa gifle. Geneviève fronce les sourcils et exécute une révérence paresseuse.

— Son don s'est donc enfin révélé ? souffle Geneviève une fois que Natalia et elle ont grimpé les escaliers. À la façon dont elle a mangé ces baies… Mais je pouvais voir que ses mains étaient encore gonflées au travers des gants.

— Je ne sais pas, répond doucement Natalia.

— Est-ce que son don serait en train de se développer ?

— Si c'est le cas, je n'ai jamais rien vu de tel.

— S'il ne s'est pas révélé, elle doit faire attention, trop de poison pourrait lui faire du mal. Elle pourrait se causer des dommages irréversibles.

Natalia s'immobilise.

— Je le sais bien, mais je n'arrive pas à l'arrêter.

— Que lui est-il arrivé ? demande Geneviève. Où était-elle tout ce temps ?

Natalia repense à cette fille qui n'était plus qu'une ombre et qui est entrée par la porte principale, la peau grise et froide. Elle revoit parfois cette silhouette dans ses rêves, penchée au-dessus de son lit, perchée sur des membres raidis tel un cadavre. Natalia tremble malgré la chaleur de l'été. Elle a grand besoin d'un feu et d'une couverture autour de ses épaules.

— Peut-être vaut-il mieux ne rien en savoir.

La lettre de Katharine à Pietyr ne compte que trois lignes.

Mon très cher Pietyr,

Reviens-moi vite, n'aie pas peur. Dépêche-toi.

Ta reine Katharine

Ce pauvre Pietyr, elle aime l'imaginer tapi quelque part. Ou alors en train de courir au travers de ronciers et de branchages rêches, tout comme cela fut son cas la nuit où ils se sont retrouvés au domaine Breccia. La nuit où il l'a poussée dans le gouffre.

— Je dois donc faire attention aux mots que j'emploie, Sweetheart, dit-elle calmement au serpent enroulé autour de son bras. Ainsi, il me considérera toujours comme sa douce petite reine, sourit-elle. Je ne dois pas l'effrayer.

Il pense certainement qu'il sera jeté dans les cachots au-dessous du Volroy à son retour. Qu'elle ordonnera à un garde possédant le don de la guerre de lui faire rebondir la tête contre les murs jusqu'à ce que cette dernière ne puisse plus contenir son cerveau. Mais Katharine n'a parlé à personne du rôle qu'il a joué dans sa chute cette nuit-là, et elle ne projette pas de le faire non plus. Elle a expliqué à Natalia qu'elle était tombée seule dans le domaine Breccia alors qu'elle avait été prise de panique face à l'ours d'Arsinoé.

Depuis le bureau où elle est assise, Katharine regarde au travers de la fenêtre. Vers l'est, en contrebas des dernières collines Rapaces, la capitale Indrid-Down brille dans la lumière rasante de la fin d'après-midi. Au centre, les sombres spires jumelles du Volroy s'érigent vers le ciel, la grande forteresse éclipse tous les bâtiments qui l'entourent. Même les montagnes semblent courbées en comparaison, elles donnent l'impression d'être des trolls battant en retraite face à une lumière étincelante.

Les baies de belladone tournoient dans l'estomac de Katharine, mais elle ne laisse rien paraître. Cela fait plus d'un mois qu'elle a dû s'extirper du cœur de l'île à la force des ongles, elle peut désormais endurer n'importe quoi.

Elle se penche en avant pour ouvrir la fenêtre. Dernièrement, ses appartements exhalent une légère odeur de maladie, ou encore celle des animaux sur lesquels elle teste ses poisons. Bien des cages d'oiseaux ou de rongeurs jonchent désormais le sol de sa chambre, ses tables ou tapissent le pied de ses murs. Certaines créatures mortes se trouvent encore dedans, à attendre d'être débarrassées.

Elle tapote la cage qui repose au coin de son bureau afin d'éveiller la petite souris grise qui y est enfermée. Les différents poisons employés par Katharine l'ont rendue aveugle d'un œil et lui ont brûlé la majorité des poils. Elle lui tend un biscuit au travers des barreaux, et la créature s'approche doucement. Elle renifle, effrayée à l'idée de le manger.

— Fut un temps, moi aussi j'étais une petite souris, dit-elle en retirant son gant.

Elle saisit le rongeur dans sa cage et caresse son petit arrière-train nu.

— Mais ce n'est plus le cas.

WOLF-SPRING

Arsinoé et Jules sont assises à la table de la cuisine à trancher des pommes de terre rouges quand Ellis, le grand-père de Jules, fait irruption dans la pièce avec son épagneul blanc. Il lève un sourcil grisonnant à leur intention et leur présente une petite enveloppe noire portant le sceau en cire du Conseil noir.

Grand-mère Cait s'arrête juste assez longtemps dans sa découpe d'herbes pour dégager les cheveux qu'elle a sur le visage. Puis les trois femmes s'en retournent à leurs activités.

— Personne ne veut la lire ? demande Ellis.

Il pose la lettre sur la table et soulève Jake, son épagneul, dans ses bras afin qu'il renifle les pommes de terre.

— Pourquoi donc ? grommelle Cait. Nous pouvons tous imaginer de quoi il retourne.

Elle hoche la tête en direction du coin opposé de la cuisine.

— Bon, tu pourrais me mettre quatre jaunes d'œufs dans le saladier qui est là-bas ?

Ellis repose Jake et ouvre la lettre.

— Ils mettent un point d'honneur à préciser que les prétendants ont tous demandé à courtiser la reine Katharine en premier, lance-t-il en lisant.

— C'est faux, murmure Jules.

— Peut-être bien, mais ce n'est pas vraiment si important que ça. Ils disent également que nous allons devoir accueillir les prétendants suivants : Thomas « Tommy » Stratford et Michael Percy.

— Il y en a deux ? fait Arsinoé d'un air dégoûté. Pourquoi ces deux-ci ? Pourquoi est-ce qu'on doit en recevoir tout court ?

Jules, Cait et Ellis se lancent des regards entendus. Recevoir plus d'un prétendant à la fois est un beau compliment. Avant la démonstration de l'ours au festival de Beltane, personne ne s'attendait à ce qu'Arsinoé obtienne la moindre demande de premier échange courtois, et encore moins deux.

— Ils peuvent arriver n'importe quand, continue Ellis. Et qui peut dire combien de temps ils décideront de rester si tu leur plais ?

— Ils auront décampé à la fin de la semaine, affirme Arsinoé en coupant un tubercule en deux.

Jules prend la lettre des mains d'Ellis.

— Tommy Stratford et Michael Percy. Beaucoup des événements de Beltane sont flous, mais ce sont ces deux-là qui ont accosté dans la même barge la nuit du Débarquement. Ils donnaient l'impression d'être hilares en permanence. Billy voulait les étrangler.

Arsinoé lâche son couteau sur la table et empile les dernières tranches des pommes de terre qu'elle a découpées sur une planche en bois.

— C'est fait, Cait, lance-t-elle. Qu'est-ce qu'il faut faire ensuite ?

— La prochaine chose à faire est de sortir de cette maison, répond Cait. Tu ne peux pas passer ton temps à te cacher dans ma cuisine.

Arsinoé se coule dans sa chaise. Les habitants de Wolf-Spring semblent ne jamais en avoir assez de leur Reine-Ourse. Ils se rassemblent autour d'elle au marché et lui demandent de narrer les aventures de son immense ours brun. Ils lui achètent de grands poissons argentés et s'attendent à ce qu'elle aussi s'en repaisse avec voracité, crus, là, juste devant leurs yeux. Ils ne se doutent absolument pas que l'ours était une ruse, conduit sur la scène lors de la cérémonie de la Révélation afin qu'il y danse comme une marionnette. Ils ne savent pas que c'est Jules qui le contrôlait à l'aide d'un sort de magie basse. Seuls la famille Milone, Joseph et Billy connaissaient la vérité. Encore plus rares sont ceux qui sont informés de l'autre grand secret d'Arsinoé : qu'elle n'est pas naturaliste mais empoisonneuse, don qu'elle a découvert quand autant Jules qu'elle ont mangé des chocolats toxiques envoyés par Katharine. Jules est tombée gravement malade, elle était aux portes de la mort. Elle souffrira toujours des séquelles de cet empoisonnement : une douleur constante et un boitillement. Mais Arsinoé n'a pas du tout été affectée.

Elle partage ce secret précis uniquement avec Jules et Joseph.

— Allez, viens, suggère Jules.

Elle frappe l'épaule d'Arsinoé et se lève avec raideur. À ses côtés, son félin des montagnes, Camden, essaie de ménager son épaule brisée par le premier familier d'Arsinoé, l'ours malade qui a aussi laissé sa funeste marque sur le visage de la reine. Moins de deux mois se sont écoulés entre l'attaque qui a estropié Camden et l'infection de Jules par un poison. Un peu comme si la Déesse Elle-même avait cruellement décidé qu'elles se ressembleraient.

— Où allons-nous ? demande Arsinoé.

— Tu sors de ta grotte, dit Cait en jetant des restes au sommet des placards pour les deux familiers corbeaux, Aria et Éva.

Les oiseaux hochent la tête pour la remercier, et Cait baisse la voix :

— Est-ce que tu veux un peu d'infusion d'écorce de saule avant de partir, Jules ?

— Non, grand-mère. Ça ira, merci.

Dans la cour, Arsinoé suit Jules alors qu'elle passe devant les poulaillers et que Camden et elle étirent leurs membres endoloris au soleil. Ensuite, elle se précipite vers un tas de bois.

— Qu'est-ce que tu fabriques ? s'enquiert Jules.

— Rien du tout.

Mais Arsinoé en ressort un livre et dégage de la main les morceaux d'écorce qui résident sur la douce couverture verte. Elle le soulève et Jules fronce les sourcils. C'est un livre sur les plantes toxiques, qu'elle a discrètement subtilisé dans les étagères de la librairie de Luke.

— Tu ne devrais pas trop t'amuser avec tout ça, objecte Jules. Qu'est-ce qu'il se passerait si quelqu'un te voyait te promener avec ?

— Ils penseraient simplement que j'essaie de me venger de ce qu'il t'est arrivé.

— Ce ne serait pas crédible. Lire un livre pour mieux empoisonner des empoisonneurs ? Tu n'es pas capable d'empoisonner un empoisonneur, si ?

— Dis une seule fois de plus « poison », Jules...

— Je suis sérieuse, Arsinoé.

Sa voix devient un simple murmure, même si elles se trouvent seules dans la cour.

— Si qui que ce soit découvre ton vrai don, nous perdrons le peu d'avantages que nous avons. C'est ça que tu veux ?

— Bien sûr que non, répond doucement Arsinoé.

Elle ne cherche pas à discuter davantage, lasse d'entendre Jules parler d'avantages et de stratégies. Jules était déjà en train d'échafauder des plans alors qu'elle n'était même pas encore sortie de son lit après l'empoisonnement.

— Tu sembles hésitante, reprend Jules.

— Oui, je suis hésitante. Je ne veux pas les tuer et je ne pense pas qu'elles veuillent réellement me tuer non plus.

— Et pourtant, elles ne se gêneront pas.

— Comment est-ce que tu peux le savoir ?

— Car aucune des reines qui a vu le jour jusqu'à présent n'a pu échapper à la règle, et ce depuis la nuit des temps.

Les mâchoires d'Arsinoé se crispent. La nuit des temps. Ce vieux mythe comme quoi la Déesse aurait conféré des dons au travers du sacrifice de reines, des triplées envoyées sur l'île alors que les habitants n'étaient encore que des tribus sauvages. La plus puissante aurait occis ses sœurs et leur sang aurait ensuite nourri l'île tout entière. Puis celle-ci aurait régné jusqu'à ce que la Déesse envoie de nouvelles triplées, qui ont alors grandi, massacré et nourri l'île à leur tour. La légende raconte même que tout cela était instinctif. Que les reines se sentaient comme obligées de s'entretuer, tout aussi naturellement que les cerfs croisent leurs bois à l'automne. Mais cela n'est rien de plus qu'une histoire.

— Arsinoé ? Tu sais bien qu'elles essaieront de te tuer. Tu as bien conscience qu'elles tenteront leur chance, que ça te plaise ou non. Même Mirabella.

— Tu dis ça simplement à cause de Joseph. Mais elle n'en savait rien et… elle n'y pouvait rien.

C'est *ma* faute, ajoute-t-elle presque, mais sans encore en trouver le courage, même après que ce sortilège gâché leur a tant coûté. Elle se sent toujours bien trop lâche pour cela.

— Ce n'est pas pour ça. Et en plus, ce qu'il s'est passé avec Joseph… était une erreur. Il ne l'aime pas, il est resté à mon chevet pendant toute la durée de mon empoisonnement.

Arsinoé détourne le regard. Elle sait que Jules veut réellement y croire et lui pardonner.

— Nous devrions peut-être simplement fuir, continue Jules. Nous cacher jusqu'à ce que l'une d'entre elles détruise l'autre. Elles ne te chercheraient pas trop sachant que l'autre serait toujours bien présente. Pourquoi fouiller les hautes herbes à la recherche d'un coq des bruyères quand il y a un cerf au beau milieu de la clairière ? J'ai mis de la nourriture de côté, au cas où, j'ai fait des stocks. Nous pourrions prendre des chevaux pour avoir une longueur d'avance et les échanger contre des provisions quand nous déciderions de continuer à pied. Nous contournerions la capitale, comme ça personne ne ferait attention à nous. Nous serions ainsi assez proches pour apprendre quand l'une d'entre elles sera morte.

Jules la regarde du coin de l'œil.

— En plus, pour être honnête, j'espère que c'est Katharine qui mourra la première. Comme ça, Mirabella sera plus simple à empoisonner si elle ne s'y attend plus.

— Et si c'est Mirabella qui meurt la première ? demande Arsinoé.

Jules hausse les épaules.

— Tu arrives face à Katharine et tu lui plantes un couteau dans la gorge. Elle ne peut rien contre toi.

Arsinoé soupire. Il y a tellement de risques, peu importe laquelle des deux reines meurt la première. Mirabella pourrait bien la tuer immédiatement, sans ours pour la protéger, mais si Katharine la blessait avec une lame empoisonnée, son secret d'empoisonneuse éclaterait alors au grand jour. Quand bien même elle gagnerait, les Arron s'arrogeraient sa victoire et son talent et elle deviendrait une autre reine empoisonneuse à monter sur le trône.

Il doit y avoir une façon, pense-t-elle, *une façon pour que nous puissions toutes nous en sortir.*

Si seulement elle pouvait leur parler, même sous la contrainte. Si elle pouvait mener la situation à une impasse et faire en sorte qu'elles se retrouvent toutes les trois enfermées dans une tour. Si seulement elles pouvaient parler, elle est persuadée que les choses se passeraient différemment.

— Tu dois te débarrasser de ce livre, reprend Jules avec obstination. Je ne supporte pas de le voir.

Arsinoé glisse l'objet dans sa veste d'un air coupable.

— Comment réagirais-tu si je te disais de cacher Camden ? demande-t-elle. Si tu détestes les empoisonneurs, alors tu me détestes moi aussi.

— Ce n'est pas le cas. Tu es l'une des nôtres. N'as-tu pas été élevée en tant que naturaliste pendant toutes ces années ? Est-ce qu'au fond de toi tu n'es pas une naturaliste ?

— Au fond de moi, je suis une Milone.

Arsinoé se baisse et écarte les feuillages et les herbes les plus hautes dans la prairie au nord de l'étang du Bois-au-Chien. Elle a demandé à Jules d'aller en ville pour voir si Joseph et Billy ne se trouvaient pas à *La Tête de Lion*. Elle lui a dit qu'elle la retrouverait dès qu'elle aurait caché son livre. Mais c'était un mensonge. Accroupie, elle fouille les herbes, et il ne lui faut pas longtemps pour dénicher ce qu'elle cherche : une tige de ciguë maculée.

Tout le monde pense que le poison envoyé par Katharine, destiné à Arsinoé mais également avalé par Jules, contenait de la ciguë. Selon son ouvrage, cette toxine occasionne une mort paisible car elle paralyse le corps en commençant par les membres inférieurs.

— Une mort paisible, marmonne Arsinoé.

Mais elle n'avait plus rien de clément une fois combinée aux autres poisons que Katharine avait ajoutés à son mélange. Cela aurait été au contraire une mort terrible, lente, infâme. Jules en a cruellement souffert.

— Pourquoi faire ça, petite sœur ? se demande tout haut Arsinoé. Est-ce par colère ? Parce que tu pensais que j'avais essayé de t'écharper avec cet ours ?

Mais dans son esprit, Katharine ne lui répond rien.

La petite Katharine. Quand elles étaient enfants, c'était elle qui avait les cheveux les plus longs et les plus brillants, son visage les traits les plus fins. Elle avait pour habitude de se laisser flotter sur le dos dans la rivière qui coulait derrière le cottage, ses cheveux se dispersaient en corolle tout autour d'elle dans l'eau comme de la rupiah noire. Mirabella créait alors de légers courants, ce qui la faisait rire aux éclats.

Arsinoé repense ensuite au visage de Jules déformé par la douleur. La petite Katharine ne doit pas être sous-estimée.

Sans réfléchir, elle se penche et arrache la ciguë à la racine. Elle ne devrait de toute façon pas se rappeler ces bons souvenirs. Sans Mirabella et sa maudite sensiblerie qui lui ont remémoré des choses qui ont peut-être eu lieu, elle ne se souviendrait de rien.

— Et même si tout ça s'est vraiment passé, Jules a raison, murmure Arsinoé.

Avant la fin de l'année, deux d'entre elles auront trouvé la mort. Peu importe qu'elle hésite à tuer, elle ne veut pas être l'une de celles qui ne survivent pas.

Elle renifle la fleur de ciguë, qui dégage une odeur nauséabonde, mais elle s'en remplit néanmoins la bouche. L'odeur rance se mélange à de nouvelles saveurs tandis que sa mastication en extrait les sucs.

La ciguë n'a pas bon goût, et pourtant… c'est un goût satisfaisant. Ce qu'elle ressent quand elle mâche du poison doit ressembler à ce que Jules ressent quand elle fait mûrir une pomme ou Mirabella quand elle appelle le vent.

— Tout à l'heure, j'irai faire une sieste dans un buisson de sumac, se dit Arsinoé à voix haute en riant et en terminant sa bouchée de fleurs. Encore que, c'est peut-être un peu trop téméraire.

— Qu'est-ce qui est trop téméraire ?

Arsinoé s'écarte rapidement de la ciguë. Elle lâche sa poignée de tiges et la disperse dans l'herbe d'un coup de pied.

— Oh, ma Déesse, Junior, aboie-t-elle. Tu sais comment te faufiler dans le dos des gens, toi !

Billy lance un grand sourire en haussant les épaules. Il ne semble jamais être occupé, et il trouve toujours le moyen de la retrouver. Elle se demande si là n'est pas le don véritable des continentaux, se mêler des affaires des autres.

— Qu'est-ce que tu fais ? s'enquiert-il. Ce n'est pas de la magie basse, j'espère ?

— Cait m'a demandé de cueillir des mûres, ment-elle. Ce n'est même pas encore la saison.

Billy étire son cou pour regarder le massif derrière elle.

— Je ne vois pas de mûres, ni même de panier pour les ramener.

— Tu es vraiment pénible, murmure Arsinoé.

Il rit.

— Pas plus que toi.

Elle lui passe devant, les obligeant ainsi à s'écarter tous les deux de la ciguë.

— Bon, excuse-moi, souffle-t-elle. Pourquoi est-ce que tu es là ? Je pensais que tu serais à *La Tête de Lion* avec Joseph et Jules.

— Ils ont besoin de passer du temps l'un avec l'autre.

Billy saisit un gros brin d'herbe et le place entre ses pouces pour siffler.

— Et Jules nous a dit que tu avais reçu des nouvelles de tes prétendants.

— Ah, voilà donc la raison pour laquelle tu t'es précipité pour venir me voir.

Elle fait à son tour un large sourire qui remonte les bords de son masque laqué noir qu'elle porte pour dissimuler ses cicatrices.

— Je ne me suis pas « précipité », insiste-t-il. J'ai toujours su que ce n'était qu'une question de temps. Je savais qu'ils n'auraient d'yeux que pour toi après avoir vu cet ours. Après t'avoir vue en haut de cette falaise lors du Débarquement.

Et le reste du monde le sait tout aussi bien. Sur la jetée, il y a des bateaux dont les coques attendent d'être poncées et repeintes. Aucun des habitants de Wolf-Spring ne veut donner l'impression de s'inquiéter de ce que pense le reste de l'île, mais ils mentent tous.

Wolf-Spring. Une ville agricole et maritime difficile à vivre, remplie de fermiers et de brutes tout aussi revêches. Ici, les habitants accordent de la valeur à leurs terres, à l'eau et à la portée de leurs haches.

Arsinoé place ses mains sur ses hanches pour observer la prairie : elle est magnifique. Wolf-Spring est superbe comme elle est. Elle n'aime pas l'idée qu'elle puisse changer dans le but de faire plaisir à des invités prétendument illustres.

— Tommy Stratford et Michael… quelque chose, je crois. Est-ce que tu penses que je vais les préférer à toi ?

— C'est impossible.

— Pourquoi ? Parce que tu es irrésistible ?

— Non. Parce que tu n'apprécies personne.

Arsinoé renifle.

— Mais tu sais, je t'apprécie, Junior.

— Oh ?

— Mais j'ai des choses bien plus importantes à l'esprit pour le moment.

Billy s'est laissé pousser les cheveux depuis son arrivée sur l'île, et ils sont désormais pratiquement assez longs pour se soulever au gré du vent. Arsinoé se surprend à se demander ce qu'elle ressentirait si elle y enfouissait les doigts, puis elle range promptement ses mains dans ses poches.

— Je suis d'accord, reprend Billy avant de se tourner pour lui faire face. Je veux que tu saches que j'ai refusé d'aller auprès de tes sœurs.

— Mais ton père… Il va être furieux ! Interceptons la lettre. Tu l'as envoyée par oiseau ou par cheval ? Ne me dis pas que c'est par bateau. Jules ne peut pas rappeler l'un de ces machins-là.

— C'est trop tard, Arsinoé. C'est fait.

Il s'approche d'elle et passe la main sur la joue de son masque noir et rouge. Il était présent ce jour-là, quand elle les a bêtement menés sous les griffes d'un ours. Il a tenté de la sauver.

— Mais tu as dit que tu ne voudrais jamais m'épouser, souffle-t-elle.

— Je dis beaucoup de choses.

Il se penche vers elle. Peu importent ses déclarations précédentes quant au fait de ne jamais penser à l'avenir, elle a souvent imaginé ce moment précis. Elle le regarde du coin de l'œil et se demande quel effet lui feraient ses baisers. Seraient-ils gauches ? Ou est-ce qu'ils seraient comme ses rires, assurés et taquins ?

Le cœur d'Arsinoé s'emballe. Elle se penche aussi vers lui, puis elle se rappelle la ciguë qui lui tapisse les lèvres.

— Ne me touche pas !

Elle le repousse, et il atterrit dans l'herbe sur la hanche.

— Aïe, lance-t-il.

— Pardon, déclare-t-elle honteusement en l'aidant à se relever. Ce n'est pas ce que je voulais faire.

— De quoi tu parles, de manquer de m'embrasser ou de me repousser ?

Il passe la main sur ses vêtements sans même la regarder, ses joues rougies par l'embarras.

— Est-ce que j'ai fait quelque chose de mal ? Est-ce que tu voulais m'embrasser la première ? C'est comme ça que ça marche ici ? Parce que ça ne me dérangerait pas…

— Non.

Arsinoé sent toujours le goût de la ciguë au fond de sa gorge. Elle l'avait presque oubliée, elle était à deux doigts de le tuer, et cette pensée lui coupe le souffle.

— Excuse-moi, je ne veux pas, pas maintenant.

* * *

Jules et Joseph terminent deux chopes de bière avant de se rendre à l'évidence : Billy ne reviendra pas avec Arsinoé.

— Ça vaut peut-être mieux, lance Joseph. Il commence à se faire tard. Les gens saouls pourraient exiger de voir son ours.

Jules fronce les sourcils. Leur ours fantôme se met à poser un problème. Arsinoé n'a pas été vue avec la bête à ses côtés depuis la nuit de la Révélation. Elle se justifie en expliquant qu'il est trop violent et qu'il vaut mieux le laisser dans les bois. Mais cette excuse ne satisfera pas les habitants de Wolf-Spring encore bien longtemps.

— Bon, reprend Joseph, avant de s'écarter de la table en la repoussant. Est-ce que tu veux y aller ? Ou est-ce que tu veux d'autres palourdes frites ?

Jules secoue la tête et ils reprennent ensemble le chemin de la rue. La lumière du début de soirée s'adoucit et l'eau de l'anse de la

Tête-de-Phoque, visible entre les différentes habitations, brille de tons cobalt et orange. Alors qu'ils descendent vers la mer, Joseph glisse ses doigts entre les siens.

Ses mains lui donnent toujours des frissons de plaisir, même si ce qu'il s'est passé entre Mirabella et lui vient ternir ce moment.

— Joseph, prononce-t-elle en lui prenant le poignet. Tes mains.

Il lâche sa main pour former un poing. Après avoir travaillé sur les bateaux du chantier, ses articulations sont crevassées et abîmées.

— J'ai toujours dit que je ne travaillerais jamais avec mon père et Matthew. Mais je ne sais pas vraiment ce que je pourrais faire d'autre.

Il soupire.

— Ce n'est pas vraiment une vie désagréable, j'imagine. Si elle leur convient à eux, qui suis-je pour penser autrement ? Tant que l'odeur des balanes ne te dérange pas.

Jules déteste voir à quel point son visage est plein de ce faux courage, et comme il semble acculé.

— Cette odeur ne me dérange pas, affirme-t-elle. Et puis ce n'est pas une situation pérenne.

— Ah bon ?

— Évidemment que non. Il faut simplement la supporter jusqu'à ce qu'Arsinoé soit couronnée, tu te souviens ? Tu seras à son conseil et moi à sa garde.

— Ah, émet-il en passant un bras autour de ses épaules. Notre fin heureuse. J'ai effectivement dit quelque chose qui ressemblait à ça, non ?

Ils marchent d'un pas plein d'entrain au travers de l'allée qui serpente entre *La Bruyère et la Pierre* et l'auberge Wolverton, Camden s'amuse à sauter d'une caisse de bois remplie de bouteilles vides à l'autre.

— Qu'est-ce que fabrique Arsinoé ce soir ? demande Joseph.

— Elle doit certainement être à l'arbre penché, avec Madrigal et sa magie basse.

— Madrigal est avec Matthew. Elle l'a retrouvé sur les quais alors qu'il descendait à peine du *Whistler*.

Madrigal et Matthew. Que leurs noms soient si proches dans la même phrase la pousse à grimacer. L'amourette de sa mère pour le frère de Joseph devrait avoir suivi son cours, maintenant. Matthew au moins aurait dû ouvrir les yeux, se rendre compte à quel point Madrigal est volage et inconstante. Il devrait se souvenir de son amour pour tante Caragh, qu'elle soit exilée ou non au Cottage noir.

— Ils devraient mettre un terme à tout ça, assène-t-elle.

— Peut-être, mais ça n'arrivera jamais. Il dit qu'il l'aime, Jules.

— Ce sont ses yeux qui parlent, pas son cœur.

Joseph semble pratiquement se reculer à ces mots, puis elle contemple son beau profil du coin de l'œil. Il n'y a peut-être qu'ainsi que peuvent aimer les hommes – ce serait davantage une question de pupilles que de cœur. Cela n'avait peut-être donc rien à voir avec la tempête et les circonstances, un simple délire. La reine Mirabella est très certainement plus belle qu'elle, et cela n'était peut-être rien de plus compliqué.

Jules s'écarte.

— Qu'est-ce qu'il t'arrive ? demande Joseph.

Ils prennent le virage au bout de l'allée et un petit groupe sort de *La Bruyère et la Pierre*. Ils se figent en voyant Joseph.

Joseph passe un bras autour des épaules de Jules.

— Ne t'arrête pas de marcher.

Mais alors qu'ils dépassent le groupe, la fille la plus proche, enhardie par le whisky, donne une tape à l'arrière du crâne de Joseph. Quand il se tourne, elle lui crache sur la chemise, au niveau de la poitrine.

Joseph souffle de dégoût, mais il s'efforce de sourire. La colère de Jules éclate.

— Ce n'est rien, Jules, l'apaise-t-il.

— Non, ce n'est pas rien, grogne la fille. J'ai vu ce que tu as fait à Beltane, comme tu as protégé cette reine élémentaire. Sale traître !

Elle lui crache une nouvelle fois dessus.

— Continental !

Elle pivote pour rejoindre son groupe, mais elle le prévient par-dessus son épaule :

— La prochaine fois, ce ne sera pas que de la salive. La prochaine fois, ce sera un couteau entre tes côtes.

— Allez, ça suffit, s'écrie Jules.

Camden bondit. Elle plaque la fille par terre et la maintient sur les pierres usées de la rue de sa patte valide.

Sous le couguar, la fille tremble. Son courage alcoolisé s'est désormais évaporé, mais elle parvient tout de même à retrousser les lèvres.

— Qu'est-ce que tu vas faire ? la défie-t-elle.

— Quiconque touche Joseph doit passer par moi, explique Jules. Ou peut-être même par la reine et son ours.

Jules demande à Camden de s'écarter d'un mouvement de la tête.

— Tu devrais pas le protéger, proteste l'un des amis de la fille alors qu'ils l'aident à se relever.

— C'est déloyal, lance une autre alors qu'ils se reculent et s'écartent dans la rue pour regagner leurs domiciles.

— Tu n'aurais pas dû faire ça, Jules, lui déclare Joseph quand ils se retrouvent seuls.

— Ne me dis pas ce que je dois faire ou non. Personne ne te touchera tant que je serai dans les parages. Personne ne te lancera ne serait-ce qu'un regard de travers.

— Et toi qui t'inquiétais que Camden et toi passiez pour faibles avec vos boitillements. Je pense au contraire qu'ils vous donnent plus de latitude.

— Ils doivent sentir que nous sommes moins patientes qu'avant, ironise Jules.

Joseph s'approche d'elle et lui replace une mèche de cheveux bruns ondulés derrière l'oreille. Il l'embrasse avec tendresse.

— Je ne trouve pas que vous ayez si mauvais caractère que ça.

ROLANTH

— Est-ce que tout est prêt ? demande Mirabella.

— Tes gardes et le carrosse de leurre seront prêts ce soir, répond la grande prêtresse Luca. Même si le peuple aimerait que tu attendes le matin pour te faire ses adieux comme il se doit.

Le cœur de la reine Mirabella cogne lourdement dans sa poitrine. Elle est assise sur l'un des petits canapés de Luca, les coudes profondément enfouis dans des coussins de soie rayée, et elle paraît, aux yeux du monde entier, tout à fait assurée. Mais elle attend cette nuit avec impatience depuis qu'Arsinoé l'a trahie en lançant son ours à l'attaque sur les scènes de la Révélation.

La porte des appartements de Luca s'ouvre, et Elizabeth entre. Elle ferme rapidement la porte derrière elle afin de les isoler du brouhaha provenant du reste du temple. Plus personne ne vient au temple de Rolanth pour sa tranquillité, sauf si on est convié dans les appartements personnels de Luca. Toutes les autres parties de l'édifice sont en effervescence du matin au soir. L'abside est agitée par des visiteurs qui allument des cierges en l'honneur de leur reine élémentaire ou qui déposent des offrandes d'eau parfumée à la couleur bleu clair ou noir profond. Les prêtresses sont constamment affairées à ranger les présents et les caisses qui affluent tous les jours de la ville : tout ce qu'il leur faudra pour divertir avec faste les prétendants annoncés.

Luca explique à la reine qu'elles sont en train de trier les fournitures, mais que depuis le retour de Katharine, tout le monde vérifie que le moindre paquet ne contient pas de poison.

— Elizabeth, lance Luca. Qu'est-ce qui t'a retardée ? Le thé est pratiquement froid.

— Pardonnez-moi, grande prêtresse. Je voulais apporter du miel du rucher.

Elle dépose un petit pot en verre transparent, à moitié rempli d'un miel frais qui goutte encore d'une alvéole. Luca plonge une cuillère dans le récipient et sucre leurs tasses tandis qu'Elizabeth passe la main sur sa robe pour en dégager la saleté avant de s'asseoir. Ses joues sont rosies par l'effort et un léger éclat de sueur illumine son front bronzé.

— Tu dégages une odeur de jardin d'été, lui dit Mirabella. Qu'est-ce que tu as dans ta poche ?

Elizabeth plonge la main dans son jupon et en retire une pelle avec une poignée et un bracelet en cuir.

— Je l'ai faite moi-même. Elle se fixe directement à mon moignon.

Elle lève le bras afin que Mirabella puisse voir l'extrémité abîmée de son poignet gauche, là où les prêtresses lui ont coupé la main pour la punir d'avoir aidé Mirabella à fuir la ville.

— Je peux l'attacher d'une seule main, et cela me facilite la tâche au potager.

— C'est splendide, affirme Mirabella, dont les yeux s'attardent sur les cicatrices.

Luca pose les tasses devant elles.

— Bon, reprend Elizabeth. Nous partons demain matin, alors ?

Elle avale une gorgée de son thé en étudiant la grande prêtresse par-dessus le bord de sa tasse.

— Ne vous inquiétez de rien, grande prêtresse. Bree et moi assurerons sa sécurité jusqu'à ce que nous trouvions la reine Arsinoé dans ses bois.

Mirabella se tend.

— Personne n'a besoin d'assurer ma sécurité. Je dois trouver ma sœur et accomplir mon devoir. Et je ne souhaite pas attendre demain matin, Luca, je préfère partir ce soir.

Luca prend à son tour une gorgée de thé, la tasse dissimulant un sourire discret.

— J'ai tant attendu que tu trouves le courage de tuer tes sœurs, se réjouit-elle. Mais je crains désormais que tu te précipites trop.

— Ce n'est pas de la précipitation, je suis prête. Arsinoé nous a attaquées avec son ours, et il a tué des gens du peuple et certaines de nos prêtresses. C'est un acte qui doit être puni.

— Mais l'année de l'Ascension ne fait que commencer. Nous pourrions te préparer des opportunités, tout comme les Arron en arrangeront pour Katharine.

Les lèvres de Mirabella se resserrent. Luca l'a pratiquement élevée, Mirabella reconnaît le ton de sa voix, et elle sait très bien qu'elle la teste.

— Je n'hésiterai pas, rétorque la reine. Cette Ascension sera terminée bien plus vite que quiconque ne peut se l'imaginer.

— Très bien, opine Luca. Prends au moins ma jument.

— Crackle ? s'étonne Elizabeth.

— Je sais que ce n'est pas un aussi bon cheval que les destriers blancs du temple et qu'elle n'est pas aussi belle que les chevaux noirs qui tireront ton carrosse à Indrid-Down, mais elle est résistante et rapide. C'est ma monture la plus fidèle depuis des années.

— Résistante et rapide, réfléchit Mirabella. Vous pensez donc que je vais avoir besoin de fuir.

— Non, répond doucement Luca. Mais je dois toujours m'efforcer de te protéger comme je le peux.

Elle se penche par-dessus la table pour poser la main sur celle de la reine. Mais les trois femmes se lèvent d'un bond quand un cri perce à travers les murs de la chambre.

— Quel était ce bruit ? demande Elizabeth.

— Restez là, ordonne Luca.

Mais Mirabella et Elizabeth la suivent.

Elles descendent les marches et passent la porte qui mène au long hall est avant de remonter vers les réserves supérieures.

— La réserve principale ! devine Elizabeth.

Un nouveau cri manque d'abattre les murs du hall tant il est empli de panique et de souffrance. Les prêtresses hurlent et aboient des ordres effrayés. Quand Mirabella entre dans la pièce avec précipitation, elle ne voit que le chaos, des robes blanches volent en tous sens tandis que les prêtresses qui les portent font des allers-retours à toute vitesse.

Dans le coin de la pièce, une jeune initiée en pleurs est agitée par de violents spasmes, maintenue en place par quatre novices qui s'égosillent elles-mêmes. Elle n'est pas beaucoup plus vieille qu'une enfant, quatorze ans peut-être, et l'estomac de Mirabella se retourne au son de ses cris. Elle devient livide quand Rho, la prêtresse guerrière aux cheveux rouge sang, saisit les épaules de l'initiée.

— Petite sotte ! s'écrie Rho.

Des paniers de victuailles sont renversés ; des voix emplissent la pièce, s'exprimant les unes et les autres afin de rassurer et questionner la fille.

La voix de Mirabella parvient à transpercer la pièce en ébullition.

— Que s'est-il passé ? Est-ce qu'elle va bien ?

— Recule-toi, Mirabella, ne t'approche pas ! l'enjoint Luca avant de se précipiter vers le coin de la pièce. Rho, que se passe-t-il ?

Rho attrape la novice par le cou et lui tire le bras vers le haut. Son poignet est recouvert de sang, des cloques gonflent et éclatent sous les yeux de l'assemblée. L'infection progresse le long du bras en même temps que le poison se fraie un chemin de plus en plus profondément dans son corps, en direction de son cœur.

— Elle a enfilé un gant empoisonné, explique Rho. Cesse de t'agiter, petite !

— Arrêtez ça ! supplie l'initiée. Je vous en prie, faites que ça s'arrête !

Rho grimace de frustration. La main de la fille est perdue. Elle sort son couteau dentelé, l'observe un moment, puis le jette finalement au sol.

— Que quelqu'un m'apporte une hache !

Elle dépose la blessée sur une table.

— Tends le bras, petite. Dépêche-toi. Nous pouvons le couper au niveau du coude si nous agissons maintenant. Ne perdons pas de temps.

Davantage de prêtresses se joignent à Rho pour tenir l'adolescente et lui susurrer des mots tendres d'encouragement. Une autre prêtresse dépasse Mirabella en courant avec une hachette argentée à la main.

— Je n'ai rien trouvé d'autre, se justifie-t-elle.

Rho la saisit, la fait tournoyer entre ses doigts, la soupèse.

— Détournez son visage.

Elle lève la lame, prête à frapper.

— Détourne le visage aussi, Elizabeth, lui conseille Mirabella, avant d'attirer son amie tremblante contre elle afin de lui cacher la vue et de resserrer les bords de sa capuche pour que le minuscule pic duveteux niché dans le col d'Elizabeth ne puisse pas s'envoler et reste ainsi dissimulé.

La hachette vient s'abattre avec force, un coup dur résonne contre la table. Qu'elle n'ait pas eu besoin de frapper une seconde fois est bien une preuve de la puissance du don guerrier de Rho. Les prêtresses qui l'entourent enveloppent le bras sanglant de la pauvre fille et l'emmènent discrètement se faire panser. Peut-être est-elle sauvée, le poison destiné à Mirabella a peut-être été arrêté.

Mirabella serre les dents afin de réprimer un cri. C'était Katharine. La douce petite Katharine, que Mirabella ne reconnaît plus du tout. Mais elle est aujourd'hui bien moins naïve, elle a commis l'erreur de se montrer sentimentale envers Arsinoé, c'est une faute qu'elle ne répètera pas.

— Quand elle sera guérie, je lui commanderai une pelle comme la mienne. Nous nous occuperons des jardins ensemble. Son bras ne lui manquera en rien, promet Elizabeth en larmes.

— C'est très gentil de ta part, Elizabeth, affirme Mirabella. Quand j'en aurai terminé avec Arsinoé, je réduirai Katharine au silence. Ainsi, personne n'aura plus à craindre de gants empoisonnés en dehors de la capitale.

Cette nuit-là, Mirabella, Bree et Sara Westwood retrouvent Luca et ses prêtresses dans la cour du temple. La robe noire de Mirabella est recouverte d'une cape brune fluide, et les lacets de ses bottes d'équitation sont très serrés. Bree, Elizabeth et son escorte de gardes et d'éclaireurs portent tous la même tenue. Quiconque les verra passer pourra les prendre pour des marchands ambulants.

Mirabella caresse le chanfrein de l'un des grands chevaux noirs qui tracteront le leurre en direction de Katharine et d'Indrid-Down. C'est une superbe coquille vide, laquée et ornée d'argent, les chevaux qui la tirent sont si noirs qu'ils pourraient passer pour des ombres sans leurs mors et leurs boucles scintillantes. Ils constitueront la distraction parfaite pour occuper Katharine et les Arron. Juste ce qu'il faudra pour les empêcher de s'ingérer dans ses affaires à Wolf-Spring.

— Voici Crackle, annonce Luca en plaçant les rênes de la solide jument brune dans la paume de Mirabella. Elle ne te décevra pas.

— Je n'en doute pas.

Mirabella gratte la peau sous le toupet du cheval. Puis elle se déplace vers le flanc de Crackle et grimpe en selle.

— Qu'est-ce que c'est ?

Mirabella se retourne. Son groupe est en selle lui aussi, mais l'une des prêtresses tire sur les sacoches de Bree.

— Mais laissez ça tranquille ! proteste Bree en poussant son cheval à avancer. Ce sont des poires.

— Nous n'avons inspecté aucune poire, rétorque la prêtresse.

— C'est parce que je les ai cueillies moi-même dans le verger qui borde le parc de la Lande.

— Elles ne devraient pas être emportées, affirme la prêtresse à Luca.

— Et ce sera pourtant bien le cas, insiste Bree. La reine Katharine n'est pas assez vicieuse pour empoisonner ces trois poires en particulier, provenant d'un arbre tout aussi particulier planté dans l'unique verger de l'un des nombreux parcs de Rolanth. Et si elle l'est vraiment tant que ça, ajoute-t-elle à l'intention de Mirabella, alors elle mérite sa couronne.

Mirabella et Elizabeth dissimulent leur sourire. Ils n'ont plus beaucoup de lumière ; celle de la lune décline, tandis que ce qui reste de son croissant est obscurci par des nuages. Peut-être qu'ainsi les prêtresses ne remarqueront pas à quel point leurs membres tremblent.

— Dépêchez-vous, leur enjoint Rho.

Elle a abaissé sa capuche et ses cheveux rouge sombre sont relâchés sur ses épaules.

— Mais restez discrets. Une autre attaque d'ours nous a été rapportée près de Wolf-Spring. Un homme et son fils, retrouvés éventrés et la nuque brisée. Ta sœur ne contrôle pas son familier, ou, au contraire, elle est malveillante. Quoi qu'il en soit, il n'y a pas de temps à perdre.

Mirabella prend les rênes et fait virer Crackle en direction de la route.

— Rho, nous sommes bien d'accord, et ce pour la première fois.

INDRID-DOWN

Les fers du cheval de Katharine glissent sur les pavés qui la mènent au temple d'Indrid-Down, elle tire vigoureusement sur les rênes pour lui remonter la tête. Elle aime parcourir la capitale au galop, traverser en plein centre des rues et voir les habitants sauter pour dégager le passage. Ses cheveux noirs et la queue de Croissant-de-lune battent l'air comme des drapeaux. C'est la monture la plus vaillante et la plus agile que comporte l'écurie de Greavesdrake. Bertrand Roman, le garde bourru que Natalia lui a affecté sur les recommandations de Geneviève, ne parvient pas à la suivre.

Elle atteint le temple et fait signe à une initiée qui se tient dans l'ombre – elle cherche à obtenir ses bracelets noirs en servant à la porte du temple. Cette dernière s'approche immédiatement tandis que Croissant-de-lune freine sa course frénétique et que Katharine descend.

— Voulez-vous que je le guide vers les écuries, reine Katharine ?

— Non merci. Je ne reste pas longtemps. Faites-le simplement marcher, et il appréciera aussi un peu de sucre si vous en avez à disposition.

Elle se tourne et sourit au son de Bertrand Roman approchant, soufflant et sifflant sur le dos de sa jument noire.

Katharine ne l'attend pas. Elle passe les portes de l'édifice, quitte la chaleur du mois de juin d'Indrid-Down pour pénétrer dans la nef, qui sent toujours l'encens et la cire à bois. L'extérieur du temple de la capitale est peut-être tout aussi dramatique que le reste de la ville, une façade de marbre noir et des gargouilles prêtes à crachoter, mais l'intérieur en est étrangement austère : un unique chemin constitué d'une mosaïque noire très usée au sol, des bancs en bois pour les fidèles et une lumière blanche aveuglante filtrant au travers des fenêtres supérieures.

Katharine salue Cora, la première prêtresse, avant d'ouvrir le col de sa veste d'équitation noire.

— De l'eau fraîche pour la reine, ordonne Cora, et une novice se précipite pour chercher un pichet. Vous ne devriez pas autant devancer votre garde, souligne Cora en exécutant une révérence.

— Ne vous inquiétez de rien, prêtresse, répond Katharine. Natalia a des yeux et des oreilles fixés sur chacun des recoins de l'île. S'il y avait eu le moindre mouvement en provenance de Wolf-Spring ou de Rolanth, je peux vous assurer que je serais enfermée à l'heure qu'il est.

Cora sourit nerveusement. Ils sont tous si effrayés. Comme si Mirabella allait apparaître par magie et ébranler le temple jusqu'à ce qu'il s'écroule, ou qu'Arsinoé allait saccager la ville à dos d'ours. Comme si elles pouvaient oser s'y risquer.

Katharine se déplace entre les allées, serrant les mains des visiteurs du temple de ses doigts gantés de noir. L'édifice est pratiquement rempli, même à cette heure étrange. Peut-être Natalia voit-elle juste et l'Ascension rapproche-t-elle le peuple de la Déesse. Ou peut-être sont-ils là uniquement pour apercevoir leur reine revenante.

— Nous allons bientôt recevoir un prétendant à la capitale, n'est-ce pas ? demande Cora.

— Tout à fait, acquiesce Katharine. Nicolas Martel. Natalia prépare le banquet qui va l'accueillir, il se tiendra à l'hôtel Highbern.

— Nous serions honorées de le recevoir ici au temple. Auriez-vous une décoration à nous recommander ?

— Le temple d'Indrid-Down est assez élégant tel qu'il est, répond Katharine d'une voix distraite. Quoique Natalia aime les fleurs toxiques. Quelque chose de joli, mais rien ne pouvant être absorbé par la peau.

Cora hoche la tête et suit Katharine alors qu'elles s'approchent de l'abside et de l'autel. Là, protégée par une chaîne en argent, se trouve la Pierre de la Déesse, un grand cercle bombé en obsidienne incrusté à même le sol. Elle brille de mille feux même dans cette faible luminosité. En sonder les profondeurs rappelle à Katharine l'effet produit lorsqu'elle fixait l'obscurité du domaine Breccia.

— Elle est tellement belle, souffle Katharine.

— En effet, elle est très belle, mais tout aussi sacrée.

La légende veut qu'elle ait été détachée du flanc oriental du mont Horn. Que ce dernier se soit un jour ouvert, comme les paupières d'un œil, afin que la pierre en soit extraite. Katharine ne sait pas si cette histoire est vraie, mais elle vaut la peine d'être écoutée.

Elle se penche et saisit le poignet de Cora. Les bracelets noirs tatoués de la première prêtresse sont vieux et usés, même si Cora ne peut avoir plus de quarante ans. Elle a dû entrer au Temple si jeune.

— Tant de dévouement, dit Katharine en passant son pouce ganté de cuir sur le tatouage.

Tout au fond du temple, les portes s'ouvrent et se referment au lourd bruit des bottes de Bertrand Roman. Katharine fait la moue.

— Pourrais-je passer un moment seule avec elle ? demande-t-elle.

— Évidemment.

La première prêtresse se tourne afin de vider la salle de ses occupants.

— Tout le monde, je vous prie, faisons vite.

Des vêtements se froissent et des pas se hâtent dans les allées. Katharine reste stoïque jusqu'à ce que la porte se referme pesamment et que le silence tombe.

— Vous aussi, Bertrand, insiste-t-elle avec irritation. Attendez-moi dehors.

La porte s'ouvre et se referme à nouveau.

Katharine sourit et se glisse en silence sous la chaîne argentée. Elle peut sentir l'œil de la Pierre de la Déesse l'observer alors qu'elle s'en approche.

— Nous connaissez-vous ? lui souffle Katharine. Est-ce que nous portons toujours l'odeur des pierres, des profondeurs et de la terre humide dans lesquelles vous nous avez projetées ?

Elle s'agenouille et pose ses mains sur le sol en marbre. Elle se penche en avant. La Pierre de la Déesse se trouve devant elle, incurvée et sombre, reflétant sa pâle silhouette.

— Votre désir ne sera pas accompli cette fois-ci, assure Katharine, ses lèvres si proches de l'obsidienne qu'elle pourrait l'embrasser. Nous n'avons pas dit notre dernier mot.

Katharine retire son gant et place sa main contre la surface dure et froide. Cela n'est peut-être que le fruit de son imagination, mais elle est prête à jurer qu'elle sent la Pierre de la Déesse frémir.

WOLF-SPRING

Arsinoé, Jules et Joseph arrivent à la librairie de Luke où leur sont servis un thé et des sandwichs au poisson frit sur la table ovale placée sur la mezzanine qui surplombe le niveau principal de la boutique. Luke a demandé à son coq noir et vert, Hank, de remonter la route tortueuse qui mène à la maison des Milone afin de les inviter à se joindre à lui en tout début d'après-midi. Jules a encore l'oiseau sous le bras (il a exigé d'être porté pour le retour). Puis elle le relâche au sol dans un nuage de plumes.

— Que veut dire tout ça ? interroge Arsinoé. Pourquoi cette sommation en grande pompe par coq ?

Avant même que Luke ait le temps de répondre, Joseph lui donne un coup dans les côtes et fait un signe de la tête en direction de la robe pendue dans la vitrine de la librairie : une robe élégante que Luke confectionne tout spécialement pour le couronnement d'Arsinoé. Cette dernière grimace à la vue de la dentelle qui a été ajoutée au corsage. Luke va une nouvelle fois devoir la retirer, s'il veut la voir portée.

— Entrez, lance Luke. Asseyez-vous. Mangez.

Les trois amis échangent un regard lourd de questions. Même Camden semble méfiante, sa queue fouette nerveusement le tapis. Mais ils gravissent tout de même les marches, prennent place et se remplissent l'estomac de sandwichs au poisson.

— Mirabella prévoit une attaque, annonce Luke.

Arsinoé ressent leurs yeux fixés sur elle, ravie que le masque noir dissimule tant de ses expressions.

— Comment est-ce que tu sais ça ? demande Joseph.

— Un ami couturier rentrant de Rolanth. Il les a vus apprêter deux groupes. L'un constitue un leurre, il se dirige vers Indrid-Down afin de s'assurer que Katharine n'interviendra pas.

— Et comment est-ce qu'il pourrait savoir tout ça ? soulève Jules. Le leurre pourrait très bien nous être destiné.

— Il a repéré des éclaireurs et les a suivis alors qu'ils contournaient la capitale en direction de Highgate. Il a perdu leur trace là-bas, mais il n'y a plus beaucoup de chemin à faire pour se perdre dans les bois, dans nos bois.

Luke continue son service, glissant des biscuits dans chacune des assiettes.

— Je serai soulagé quand l'une d'entre elles aura eu son compte, soyons honnête, reprend-il. Je ne l'aurais pas crue assez courageuse pour venir ici après l'avoir vue pâlir ainsi face à l'ours sur scène.

Joseph baisse la tête.

— Quelle chance nous avons de la voir servie comme ça sur un plateau, poursuit Luke, tout sourire. La Déesse est bien à tes côtés, comme je l'ai toujours dit.

— C'est vrai, c'est bon d'avoir l'avantage, répond doucement Arsinoé.

Luke ne sait pas que l'ours n'était rien de plus qu'une ruse. Qu'elle devra se battre seule. Il sera tellement déçu quand il se rendra compte que Jules et elle fuient en attendant que Katharine meure.

— Nous n'avons pas beaucoup de temps, insiste Luke. Si j'en crois ce qu'il me dit, elle pourrait bien se trouver dans nos forêts d'ici une journée ou deux, sur la trace de ses éclaireurs.

Un lourd silence tombe sur la pièce. Hank picore les biscuits entre les doigts flasques d'Arsinoé.

— Nous…, commence Jules avec hésitation. Nous devrions y aller, nous préparer.

— Mais bien sûr, les encourage Luke tandis qu'ils se lèvent. Prenez des biscuits et du poisson. Je… je suis tellement heureux d'avoir pu vous prévenir. Je souhaiterais presque pouvoir vous accompagner dans ce combat.

Il la prend dans ses bras, tellement confiant, tellement sûr qu'elle va l'emporter. Arsinoé lui rend son étreinte et le serre fort contre elle.

— Nous allons devoir fuir, souffle Jules alors qu'ils descendent les marches. Si Mirabella est en marche, nous n'avons pas le choix.

— Je peux amener les chevaux après le coucher du soleil, propose Joseph.

— Non, il vaudrait mieux que je m'occupe des chevaux. Mon don les calmera.

Arsinoé traverse la librairie d'un pas raide alors qu'on lui assure que cela ne durera pas longtemps. Que Mirabella fera demi-tour dès qu'elle verra que Wolf-Spring est désertée, et qu'elle prendra Katharine pour cible. Ils pourront peut-être revenir en moins d'une semaine.

— Je ne pensais pas qu'elle oserait, avoue Arsinoé, abasourdie.

— Je te l'avais bien dit, grogne Jules, les yeux étrécis. Je t'avais dit qu'elle attaquerait.

Ils sortent de la librairie, prêts à se séparer et à courir chacun dans une direction pour rassembler des provisions. Mais au lieu de cela ils se retrouvent nez à nez avec une véritable foule. La surprise est telle que Camden feule et donne un coup de patte vers elle.

— Que… euh… qu'est-ce que vous faites tous là ? s'enquiert Arsinoé, même si elle connaît déjà la réponse.

Ils sont venus l'encourager. Luke n'a jamais été très doué pour garder des secrets.

— Est-ce que vous allez appeler l'ours ici avant de partir ? crie quelqu'un.

— Partir ? répète Jules.

— Eh bien, vous ne pouvez pas rester ! Vous ne pouvez pas laisser l'élémentaire venir jusqu'à Wolf-Spring ! C'est un vrai cauchemar, cette femme-là.

— La foudre a frappé aussi loin à l'ouest que Kenora, lance quelqu'un d'autre. Des vaches ont été calcinées dans leurs champs.

— Elle réduira nos bateaux en cendres en vous cherchant !

Joseph secoue la tête, mais il n'aurait pas dû bouger. Ils sont trop nombreux ici présents à le haïr pour avoir sauvé la vie de Mirabella lors de Beltane. Certains le détestent même simplement parce qu'il a vécu trop longtemps sur le continent.

— Des vaches foudroyées à Kenora, souffle-t-il en regardant Arsinoé derrière Jules. Comme si elle pouvait générer des tempêtes de l'autre côté de l'île depuis Rolanth.

— Ce n'est pas important, si ? demande Jules brusquement. Si elle vient jusqu'ici, ils ont raison d'avoir peur.

— Oui, ils ont raison, approuve Arsinoé. Si elle cherche vraiment à me tuer, je ne peux pas la laisser faire ça dans la ville.

— Exactement, donc on fuit.

— Non. Je ne peux pas la laisser brûler des maisons pour me retrouver. Je dois d'abord la trouver elle.

— Arsinoé, mais qu'est-ce que tu racontes ? s'inquiète Jules.

Mais Arsinoé parvient à peine à l'entendre au travers du brouhaha de plus en plus prégnant de la foule. Enfin, Jules se décide à crier assez fort sur l'assemblée devant eux, à tel point qu'Arsinoé pourrait jurer que les planches sur lesquelles ils se tiennent vibrent au son de sa voix.

— Tu n'es pas prête, affirme Jules, et Joseph glisse une main sur ses épaules. Ton ours… n'est pas prêt !

— Il semblait fin prêt à Beltane ! s'écrie quelqu'un d'autre, ce qui lui vaut un vivat de la foule.

Jules saisit Arsinoé par le bras.

— Laisse-moi la ralentir. Laisse-moi être ton leurre.

— Non, Jules. Tu sais bien que tu n'as pas le droit d'intervenir.

Elle se tourne vers Joseph.

— Où est Billy ? Il devrait être ici, il devrait savoir tout ça.

— Son père a dépêché un bateau et il est rentré sur le continent. Il a dit qu'il ne serait pas parti plus de quelques jours. Je...

Il s'arrête, désespéré.

— Si tu pars avant qu'il revienne, il ne se le pardonnera jamais.

— Il s'en remettra, décide Arsinoé. Tu lui diras que j'ai demandé où il était.

Joseph opine du chef.

— Je vais aller à sa rencontre, déclare Arsinoé d'une voix forte. Je vais la tenir à l'écart de notre ville, afin qu'elle n'y fasse aucun mal.

Le peuple lui sourit et l'encourage, il l'applaudit. Quelqu'un exige qu'elle ramène le corps de Mirabella attaché au dos de l'ours afin que tout le monde puisse s'en délecter. Quelque chose fend l'air, et elle l'attrape l'objet au vol : un sac rempli de provisions.

— Une chemise de rechange et un peu de nourriture, dit Madge avec un clin d'œil. Il y a aussi des bandages, mais je ne pense pas que tu en auras besoin.

Arsinoé déglutit et s'avance sur la place.

Jules essaie de la retenir, et Camden s'enroule autour de ses jambes.

— Tu ne peux pas, tu n'es pas prête.

— La question n'est pas là, Jules. Je n'ai pas le choix.

Arsinoé est assise sur une petite bûche sous l'arbre penché, elle trempe la lame de son couteau dans de la solanacée toxique. Malgré le fait que son corps tout entier soit attiré par ce poison, elle ne souhaite pas l'utiliser. Elle ne veut faire aucun mal à Mirabella.

Mais elle ne désire pas non plus mourir.

Nous n'en arriverons jamais là, pense-t-elle. *Elle me verra, et je la verrai, et nous trouverons une solution. Tout redeviendra comme avant.*

Elle regarde autour d'elle, sous cet arbre, elle recherche une sorte d'approbation de la part de la Déesse. Un genre de signe.

Les vieilles pierres sont enfoncées dans la terre et recouvertes de mousse. L'arbre est désormais bardé de longues et étranges feuilles, mais ce n'est rien de plus qu'un déguisement. Ici, dans cet endroit sacré où l'œil de la Déesse est à jamais ouvert, il importe bien peu à cet arbre que ce soit l'été ou l'hiver ou n'importe quelle autre saison. Arsinoé écoute ce silence des plus complets, et elle se demande quelle quantité d'elle-même se retrouvera piégée ici pour toujours, après que tout son sang se sera déversé dans ce sol.

Elle se remet à sa tâche, elle frotte et applique la solanacée contre la lame. Les cicatrices de son visage commencent à l'irriter, elle pousse le masque jusque sur sa couronne. Une brindille se brise derrière elle et elle le replace rapidement sur son visage.

— Tu n'as pas besoin de porter ce truc pour moi, lui dit Madrigal, passant élégamment sous les branches tordues dans une belle robe verte étincelante. Il ne peut pas être si agréable que ça par cette chaleur.

— Je le supporte, affirme Arsinoé.

— Tu veux dire que tu aimes la façon dont les autres te regardent quand tu le portes, rétorque Madrigal, et Arsinoé fait la moue. J'ai entendu parler de l'attaque de Mirabella. Je pensais bien pouvoir te retrouver ici. Je l'espérais, même.

— Pourquoi ?

— Parce que ça signifierait que tu réfléchis plus loin que simplement te présenter devant la mort. Jules devient folle, même Joseph n'arrive pas à la calmer.

Arsinoé baisse les yeux. Elle déteste imaginer Jules dans un tel état. Paniquée, effrayée.

— Est-ce qu'il y a quelque chose à faire ? interroge-t-elle. Quoi que ce soit qui puisse aider ? Me porter chance ? Faire qu'elle manque ses attaques ?

— Ce serait un sacré sort, ça. Il y a bien quelque chose, mais il va falloir nous dépêcher.

Madrigal lève un sourcil en regardant le couteau d'Arsinoé, celle-ci cache discrètement la solanacée dans sa manche. Madrigal aura de toute façon apporté son propre couteau.

— Qu'est-ce qu'on fait ? demande Arsinoé.

— Nous appelons ton ours. Le même ours qui a paradé enchanté sur la scène de la Révélation. C'est ton seul espoir, et c'est uniquement à la condition que le sort ait été assez puissant pour que vous soyez encore liés.

— Même si c'est le cas, il n'arrivera jamais à temps.

— Peut-être pas. Mais ça vaut la peine d'essayer.

— Très bien, prenons votre couteau.

— Celui que tu as à la main ne convient pas ?

— Je le garde pour ma sœur, déclare-t-elle, et Madrigal lui lance le sien.

Arsinoé s'avance vers l'arbre penché, prête à rouvrir les cicatrices qu'elle a dans la paume de la main, à peindre la rune de l'ours avec du sang pour toute encre et à l'appuyer contre l'écorce.

— Cela ne fera peut-être que causer davantage de soucis, comme par le passé.

— Il n'a fait que ce qu'il avait à faire.

— Dites cela à Jules. Elle y repense encore, vous savez, à ces personnes qu'il a tuées. Même si elle s'est retrouvée dans cette situation par ma faute. Même si elle n'est pas responsable.

— Qui te dit qu'elle n'est pas responsable ? J'ai vu comme cet ours s'est précipité sur la reine Mirabella. Tu ne devrais pas sous-estimer le tempérament de ma Jules. Il s'affirme de plus en plus. Mais une fois cette Ascension terminée, elle pourra se calmer, et nous pourrons tous nous détendre. Je fais donc tout ça pour elle, et pour nous tous, tout autant que pour toi.

Arsinoé pose la lame contre sa peau, puis la retire.

— Je ne devrais peut-être pas. Cette magie basse pourrait encore mal tourner.

Madrigal lève les yeux au ciel.

— C'est notre faute, vous savez, reprend Arsinoé. Ce qui est arrivé entre Jules et Joseph. C'est le sortilège que nous avons préparé et que j'ai gâché. C'est ce qui l'a rapproché de Mirabella.

— Tu n'en sais rien.

Mais elle le sait très bien. Elle le ressent au plus profond de son être.

— Joseph est un homme, insiste Madrigal, et les hommes sont changeants. Une fois chamboulés, ils ne peuvent plus résister à une jolie fille sur une plage balayée par une tempête. Il n'y a pas besoin de magie basse pour ça. En plus, Jules et lui sont à nouveau ensemble, tout va bien. Alors en quoi est-ce que c'est important ?

Elle frappe du pied, et ses longs cheveux couleur châtaigne sont soudain ébranlés par une brise.

— Allez, fais les incisions.

— Madrigal, comment avez-vous découvert cet endroit ?

— C'était il y a longtemps. J'avais environ… quatorze ans. J'étais avec Connor Howard. Nous nous étions perdus dans les bois et nous nous sommes retrouvés sous cet arbre. Alors que je me couchais là avec lui, quelque chose en moi s'est éveillé. Et depuis, je reviens ici.

— Connor Howard ? M. Howard ? Le boulanger ? Mais il est vieux.

Madrigal rit.

— Il ne l'était pas à l'époque. Enfin, il n'était pas si vieux.

Elle penche la tête.

— Si tu ne veux pas te couper, le sang n'est pas obligatoire, ça peut aussi parfois être de la salive.

— De la salive ?

Arsinoé fait une grimace.

— Beurk. C'est encore pire.

— Comme tu voudras.

Madrigal sourit, et Arsinoé plonge la lame dans sa paume. Au moment où le sang entre en contact avec la vieille écorce, elle ressent le lien qu'elle partage avec l'ours se tendre, et elle sait qu'il va se précipiter pour la retrouver.

LES COLLINES RAPACES

La route qui traverse les collines Rapaces est peu empruntée. Le groupe de la reine n'a croisé personne en une demi-journée. Des éclaireurs ont été envoyés pour ouvrir la voie ; ils le sont de plus en plus souvent maintenant que Wolf-Spring est si proche. Tout ce calme rend Mirabella nerveuse. Elle est assise aux côtés de Bree et Elizabeth, contre le tronc d'un chêne. Le seul oiseau à faire du bruit est Pepper, le pic noir et blanc duveteux d'Elizabeth, qui picote joyeusement du bois.

— C'est bien trop calme, lance Mirabella. Comme si les oiseaux avaient été réduits au silence. Est-ce qu'ils peuvent se taire quand une reine naturaliste est à proximité ?

— Je ne pense pas, non. En tout cas, ils ne se comportent pas ainsi avec moi.

Elizabeth penche la tête pour regarder son familier avec affection.

— Elle pourrait leur demander le silence. Mais ce ne serait pas un comportement naturel.

— Une volée d'oiseaux à la tête inclinée, pense Bree tout haut. Ce serait une bien triste procession.

Elle est assise derrière Mirabella, elle divise les longs cheveux noirs de la reine afin de les tresser.

— Je me demande quelles fanfares ils lui réservent. Je me demande comment est marqué le départ des autres reines de leur ville.

— Le choc des épées et des boucliers pour une reine guerrière de Bastian, suggère Elizabeth. Peut-être des flèches tirées vers les cieux ou déplacées par la pensée.

Mirabella ricane.

— Ce n'est plus possible, Elizabeth. Le don s'est affaibli.

— Je n'en suis pas si sûre. J'ai parfois l'impression que les assiettes restent suspendues dans les airs quand Rho frappe la table du poing à l'heure des repas.

Elizabeth bouge le nez avant de glousser. Mirabella fait un grand sourire tout en mordant dans l'une des poires interdites de Bree.

Il n'y a pas si longtemps que cela, c'était elle la reine élue, et elle s'imaginait quitter Rolanth entourée de bannières érigées. Au lieu de cela, elle est partie en pleine nuit, et pas un seul des habitants des villes qu'ils ont traversées n'est sorti de chez lui pour lui souhaiter bonne chance. Elle se cache, elle avance en secret, et même si ce n'était pas le cas, Arsinoé et Katharine ont effectué de telles démonstrations de force lors de la Révélation qu'il n'y a plus réellement de reine élue.

— J'ai tellement hâte que tout ça soit terminé, murmure Bree en regardant la belle poire jaune. Nous pourrons à nouveau manger ce que nous voudrons et aller où nous le désirons. J'attends avec impatience l'arrivée des prétendants, quand, peut-être, la reine Katharine sera alors trop occupée à les divertir pour envoyer ses poisons.

Bree s'arrête soudain et Elizabeth la regarde avec férocité.

— Ce n'est rien, assure Mirabella.

Ce n'est pas non plus comme si elle ignorait qu'aucun prétendant n'avait demandé à avoir le premier échange courtois avec elle.

— Mais ce n'est de toute façon pas important, lance Bree le menton levé. Nous savons très bien qui tu veux vraiment. Le beau naturaliste. Tu pourras peut-être en faire ton amant quand tu te seras mariée.

Mirabella sourit. Elle ne peut pas imaginer Joseph dans un tel rôle. Il l'exigerait tout entière, mériterait de l'avoir tout entière, et cela est impossible.

— Ce garçon naturaliste ne me reparlera plus jamais, conteste-t-elle doucement, après que j'aurai tué Arsinoé.

— L'éclaireur est de retour.

Elizabeth hoche la tête en direction de la route et se lève. Le groupe n'est plus très loin de Wolf-Spring, des prairies et des rivières où leurs espions rapportent qu'Arsinoé se retrouve souvent seule.

— C'est surprenant qu'ils la laissent sortir à sa guise aussi souvent durant l'année de l'Ascension.

— Les naturalistes n'ont pas pour habitude d'élever une reine qui a de réelles chances de l'emporter, explique Bree. Ils ne savent pas comment s'en occuper et prendre soin d'elle comme il se doit.

— Ou ils n'en ont peut-être pas besoin, réplique Mirabella en se levant elle aussi. Quand on sait qu'un grand ours brun est le familier de la reine.

L'éclaireur ralentit l'allure de sa monture et fait son rapport au chef de la garde qui hoche la tête. Ils peuvent continuer leur progression en toute sécurité.

— Si près de Wolf-Spring, j'espérais recevoir de vraies nouvelles, lance Mirabella en tapotant le cou de Crackle et en montant en selle. Une observation. Nous n'avons reçu aucun rapport concluant concernant l'ours, et cela m'inquiète.

— Il n'y a peut-être pas d'ours, mais le félin des montagnes est souvent avec elle, ajoute Bree. Et la fille Milone.

Elle hésite…

— Ainsi que Joseph.

Mirabella lui jette un regard noir, et Bree baisse les yeux. Mirabella ne fera aucun mal à Joseph. Elle ne souhaite pas blesser non plus Juillenne. Mais si elle intervient, si son couguar attaque, les deux devront accompagner leur reine dans la mort.

WOLF-SPRING

Arsinoé quitte Wolf-Spring par la route de Valleywood. C'est la route habituellement empruntée quand l'on souhaite se rendre à la capitale. C'est un beau et large chemin protégé par des arbres, qui passe par Ashburn et Highgate en traversant les collines Rapaces. Si l'espion de Luke dit vrai, elle croisera Mirabella dans les bois d'Ashburn.

Mais peut-être que Luke et son ami couturier ont tort et qu'elle parcourra la route de Valleywood dans son intégralité jusqu'à Indrid-Down.

Mais elle n'y croit pas. C'est comme si elle pouvait sentir Mirabella avancer dans les collines, elle peut presque percevoir son odeur, comme lorsque la pluie d'été approche.

— Tu ne peux pas la suivre ! Tu ne peux pas intervenir !

— Oh, mais je n'en ferai rien, rétorque Jules.

Il est difficile de se préparer alors que sa mère se trouve dans la même pièce. Tout ce que Jules essaie de mettre dans un sac est immédiatement ressorti par Madrigal. Son écharpe, une pomme, des bandages. Madrigal saisit les fournitures et les garde dans son dos. Comme si un tel comportement allait empêcher Jules de s'éloigner, comme si elle était incapable de partir sans rien emporter.

— Si tu ne veux même pas essayer de la sauver, alors pourquoi t'en aller ? Reste ici, attends avec nous. Tu n'es pas la seule à t'inquiéter !

— C'est ma meilleure amie, dit doucement Jules.

Cette vision d'Arsinoé s'éloignant d'elle dans l'après-midi la hante. Il était tellement difficile de la laisser partir, même en sachant qu'elle comptait bien la suivre.

— Tu me talonnes comme une ombre depuis le festival de Beltane, reprend Jules. Pourquoi ? Pour que je te pardonne d'être en couple avec Matthew ?

— Non, nie Madrigal, son visage déformé par la douleur.

Mais Madrigal sait comment métamorphoser ses traits en un claquement de doigts, adopter une expression qui lui vaudra davantage de sympathie.

— Ne me joue pas le numéro de la mère inquiète, et ne m'ordonne pas non plus de ne pas aider. Tu as déjà beaucoup participé à toute cette histoire en apprenant la magie basse à Arsinoé. En plus, c'est toi qui as insisté pour charmer l'ours afin qu'il monte sur scène lors de la Révélation.

— C'était différent, c'était du spectacle. Ça n'avait rien à voir avec l'Ascension, maintenant tout est entre ses mains.

— Nous n'avons donc plus aucun rôle à jouer, assène Jules, les lèvres retroussées. Je sais que tu n'étais pas présente, Madrigal, mais même toi aurais dû t'en rendre compte. Soit Arsinoé survit, soit nous mourons toutes les deux. Il n'y a jamais eu d'autre dénouement possible.

Les planches du couloir craquent. Cait apparaît à l'extérieur de la chambre de Jules et Arsinoé, ses cheveux gris forment une queue de cheval serrée à la base de sa nuque et ses yeux sont méfiants.

— Excuse-moi pour le bruit, grand-mère. Tout va bien.

— Elle part à la recherche des reines, murmure Madrigal. Tu n'aurais jamais dû la garder ici, à proximité de tout ça.

— Tu n'as jamais été là pour exprimer ton opinion, répond Cait d'une voix calme et basse. Mais nous avons peut-être eu tort. Nous savions que la mort d'Arsinoé nous briserait le cœur. Mais c'est le prix à payer quand on élève une reine.

— Ne parle pas d'elle comme ça, grogne Jules. Comme si son sort était déjà scellé.

— Tu aurais dû envoyer Jules ailleurs, insiste Madrigal.

— « Ailleurs ». Pas « à moi ».

Jules opine du chef.

— J'imagine que ça me fait plaisir que tu ne mentes pas en prétendant que tu me voulais à tes côtés à cette époque.

Elle contourne sa grand-mère et dévale les escaliers, Camden grognant en signe de protestation sur ses talons.

Cait et Madrigal attendent que la porte principale claque avant de parler à nouveau.

— Nous aurions dû le lui dire, affirme Madrigal.

— Non.

— Mais elle finira bien par le découvrir. Tu n'es pas aveugle. Tu as bien vu ce qu'il se passe depuis le début de l'année de l'Ascension. Tu as vu comme sa colère empire. L'ours qu'elle a tué près de l'arbre penché..., celui qu'elle a tué sans même le toucher ! Et combien d'assiettes brisées est-ce que tu as comptées ? Combien de vases ont été jetés de la table ? Tu as essayé de le maîtriser, mais ça n'a pas marché.

— Madrigal, articule Cait d'une voix lasse. Calme-toi.

Madrigal se met à rire.

— Combien de fois est-ce que tu lui as répété ça ? *Calme-toi. Ne t'inquiète pas. Contrôle ta colère.* L'oracle a dit qu'elle était maudite. Qu'elle provoquerait la chute de l'île et tu l'as *crue* !

Cait observe sa fille en silence. Cela faisait longtemps que personne n'avait évoqué ces mots à haute voix. Mais c'était la vérité. Quand Jules est née, une petite de Beltane bénie, la première fille d'une nouvelle génération de Milone, Cait a fait demander une voyante, comme le voulait la tradition. Mais dès que celle-ci a posé les yeux sur Jules, elle a craché au sol.

— Noyez-la, avait-elle préconisé. Elle porte la malédiction de la légion. Son don de naturaliste sera mêlé à celui de la guerre. Noyez-la sans attendre, avant qu'elle perde la raison.

Quand Madrigal a refusé, la voyante a essayé de lui arracher Jules des bras. En touchant le bébé, elle est tombée en transe et a commencé à balbutier des prédictions.

— Elle doit être noyée. Ce bébé ne doit pas vivre. Elle est le chaos, elle annonce la ruine, la fin de...

Elle ne s'est pas arrêtée de parler, les yeux révulsés ; Madrigal criait, le bébé hurlait, jusqu'à ce que Cait et Ellis ordonnent à l'oracle de s'en aller.

Ils ne pouvaient pas se résoudre à noyer la petite Jules. Cela était impossible. Ils ont donc contenu sa malédiction de la légion avec de la magie basse, un lien constitué du sang de sa mère. Cait ne supporte pas de repenser à ce qu'ils ont fait à la voyante qui s'enfuyait. Mais une fois cette histoire terminée, ils se sont accordés à l'oublier.

Cait cligne des yeux en direction de Madrigal avant de secouer la tête.

— Ça n'a rien à voir. Tu sais pourquoi nous l'avons liée, non pas parce qu'elle allait détruire Fennbirn, mais parce qu'elle allait se détruire elle-même.

— Mais elle ne s'est pas détruite, elle est prête.

— Personne n'est jamais prêt. La malédiction de la légion rend fous tous ceux qui la portent. Posséder plus d'un don est un fardeau trop lourd pour un seul esprit.

— Oui, c'est qu'on dit, la contre Madrigal. Mais on raconte aussi que les dons sous la malédiction de la légion sont faibles. Ma Jules est la naturaliste la plus puissante qu'il a été donné de voir. Imagine un peu la puissance du don de la guerre qui coexiste à côté.

Sur la rampe, le corbeau de Cait croasse en piétinant de colère. Madrigal a toujours été ambitieuse. Il ne fait aucun doute qu'une partie d'elle-même était enthousiaste à l'idée qu'un de ses enfants soit au cœur d'une telle prophétie.

— Est-ce qu'elle est là, la question ? demande Cait. Qu'il s'agisse de *ta* fille. Ta fille à *toi*. Que tu fasses partie de toute cette malédiction, que *tu* aies un grand destin. Il est encore question de toi, Madrigal. De *ton* rôle dans toute cette histoire, l'espoir de ton destin incroyable.

— Quelle chose horrible à dire, mère !

Pendant une fraction de seconde, un moment imperceptible, les yeux de Madrigal s'étrécissent. Quiconque la connaîtrait moins bien aurait été incapable de percevoir ce regard. Ses yeux s'ouvrent ensuite en grand, implorants.

— Je sais qu'il a fallu la lier, reprend-elle doucement. Les personnes touchées par la malédiction de la légion ont pendant un temps été brûlées, puis noyées. Le Conseil aurait exigé que je l'abandonne dans les bois pour qu'elle y trouve la mort.

Elle touche l'épaule de sa mère.

— Mais elle a grandi, elle est forte et saine d'esprit.

— Nous avons lié le don de la guerre de Jules pour son propre bien, la corrige Cait. Et…

Elle hésite à dire ce qu'elle n'a jamais voulu croire :

— … comme la voyante a vu juste pour la malédiction de la légion, tu dois bien imaginer qu'elle avait peut-être raison aussi pour le reste.

— Que Jules annonce la chute de l'île ? ricane Madrigal. Cette oracle était folle, comme tant d'autres avant elle.

— Peut-être… Mais, Madrigal, ce lien persistera !

— Il persistera, oui… Pourtant je le sens faiblir, je pourrais le délier si je le voulais. Son sang est mêlé au mien. Je suis sa mère et je ferai ce que j'estime être le mieux.

LES BOIS D'ASHBURN

Une fois Arsinoé lasse de marcher, elle s'arrête et prépare un feu clairement visible au bord de la route. L'éclaireur de Mirabella la découvre alors qu'elle est allongée à côté des flammes, sa tête posée sur un sac de vêtements.

Il est assez discret, Arsinoé ne le perçoit pas avant qu'il se trouve assez près pour qu'elle n'ait pas besoin de hausser la voix pour être entendue. Évidemment, un éclaireur réellement furtif ne se serait pas autant approché.

— Dites à ma sœur que je suis ici, ordonne Arsinoé sans même bouger. Dites-lui que je l'attends.

— Mirabella.

Elizabeth lui secoue doucement l'épaule.

— Mira, réveille-toi. L'éclaireur est revenu.

Il fait encore trop sombre si loin sous les bois pour pouvoir discerner autre chose qu'une silhouette. Mirabella avait pensé s'endormir contre un tronc d'arbre, mais elle a dû tomber par terre durant son sommeil. Sa joue granuleuse en est recouverte.

Quelque part sur sa droite, Bree grogne, puis son visage se retrouve soudain illuminé par des flammes orange tandis qu'elle jette une poignée de branchages sur le feu.

— Bon, commence Bree, les yeux gonflés de sommeil.

Elle donne un coup de poignet et le feu grossit.

— Qu'y a-t-il de si important qui oblige qu'on vienne nous réveiller de nos coins de terre tout à fait inconfortables ?

L'éclaireur descend de sa monture et met un genou à terre. Il semble nerveux. Confus.

— Qu'est-ce qu'il y a ? s'enquiert Mirabella. Est-ce que la route qui mène à Wolf-Spring est bloquée ?

— Ce serait surprenant, bâille Bree.

— C'est la reine Arsinoé, répond l'éclaireur. Elle vous attend sur la route principale.

Aucune réaction, si ce n'est de la part de Bree, qui en terminant de s'éveiller complètement fait par inadvertance gronder le feu en grandes gerbes qui s'élèvent dans les airs.

— Comment pouvait-elle savoir que nous arrivions ? interroge Elizabeth. Ses espions doivent être plus doués que nous ne le pensions.

— Est-ce que vous avez vu l'ours ? demande Mirabella.

— Non. Je l'ai cherché partout. Même mon cheval n'a pas semblé en sentir l'odeur.

Mirabella regarde vers l'est. L'aube commence à poindre au travers des arbres. Repenser à cet ours lui glace l'estomac. Elle se souvient des griffes, des rugissements, des cris, et elle déglutit péniblement.

— Je me mettrai en chemin dès qu'il fera assez clair pour marcher sans trébucher sur des racines, lance-t-elle. Est-ce que j'aurai besoin de Crackle ou est-ce que je peux y aller à pied ?

— Mira ! s'exclament Bree et Elizabeth à l'unisson.

— Tu ne peux aller nulle part tant qu'on ne sait pas où se trouve cet ours, affirme Bree.

— Laisse-nous faire davantage de repérages en plein jour.

— Non, réplique Mirabella. Si son ours est caché, ainsi soit-il. Je serai prête.

Elle étudie le visage de ses amies à la lumière du feu et elle prend garde à ne pas leur révéler sa propre peur. Elle est là, il est temps.

Joseph va aussi vite qu'il le peut sur l'étendue sombre recouverte d'arbres de la route de Valleywood. Sa journée à travailler sur le chantier l'a éreinté et il venait à peine de fermer les yeux quand Madrigal s'est mise à jeter des cailloux à la fenêtre de sa chambre.

Il pensait initialement qu'elle cherchait son frère Matthew, mais quand il a ouvert le châssis, c'est bien son nom qu'elle appelait et à lui qu'elle faisait des signes. Il se retrouve maintenant à courir dans l'obscurité en espérant avoir choisi le bon chemin pour rattraper Jules et Camden. Elles n'ont pas beaucoup d'avance et la douleur dans les jambes de Jules finira bien par la ralentir.

Mais ce que lui a raconté Madrigal sur Jules ne peut pas être vrai. Jules porte la malédiction de la légion et elle posséderait le don de la guerre. Joseph a vu un jour un enfant touché par la malédiction de la légion : ce pauvre garçon était à moitié fou, il avait les mains sur ses oreilles et donnait de violents coups d'épaule contre un mur. Joseph et Matthew l'ont rencontré, sa famille et lui, alors qu'ils se rendaient au temple d'Indrid-Down, où le garçon serait empoisonné avec clémence pour mettre ainsi fin à ses souffrances.

Cela ne peut pas être le cas de Jules. À en croire Madrigal, le lien de magie basse qui maîtrise la malédiction de Jules est en train de faiblir, et le don de la guerre pourrait se révéler au grand jour dans un accès de colère. Pourtant Jules a souvent été furieuse et jamais rien de tel ne s'est produit.

Il ne sait pas ce que Madrigal manigance, à lui raconter de tels mensonges. Mais il s'est quand même lancé à la poursuite de Jules, afin de l'empêcher de se mêler des affaires des reines. Si elle intervient, le Conseil exigera sa mort, qu'elle soit sous l'emprise d'une malédiction ou non.

Arsinoé pousse un cri de surprise quand Mirabella redonne une seconde vie aux braises de son feu mourant. Elle ne peut pas se retenir, les flammes sont tout simplement brûlantes. Le bois s'est entièrement consumé en quelques secondes, et quand elle roule sur le dos pour se détourner du brasier, elle sent une odeur de cheveux brûlés, et son masque lui semble tellement chaud qu'elle craint qu'il ait fondu sur sa joue.

— Toi, postillonne Arsinoé.

Elle s'aide d'un tronc pour se relever rapidement. Mirabella se trouve à peine de l'autre côté de la route. Arsinoé n'a pas entendu le moindre bruit de pas ou la moindre branche se briser.

— Tu es beaucoup plus silencieuse.

— Peut-être que tu dors simplement trop profondément.

Arsinoé jette un regard à son oreiller de fortune désormais roussi, rempli de vêtements pliés avec maladresse et de fromage dur.

— Je ne pense pas.

— Où est ton ours ? demande Mirabella.

— Je l'ai laissé en arrière.

— Tu mens.

Arsinoé déglutit. Le couteau empoisonné est un poids réconfortant dans sa veste, mais elle ne veut pas avoir à s'en servir. Elle aurait de toute façon beaucoup de difficulté à s'approcher assez de sa sœur pour le planter où que ce soit. Ce souffle de flammes n'avait rien d'une plaisanterie, Mirabella a recouvré son sang-froid.

— Tu ferais bien de l'appeler, la prévient Mirabella, avant qu'une étrange pulsation vienne se coller à la peau d'Arsinoé.

Elle baisse le regard. Les poils de ses bras sont tous hérissés.

La foudre illumine la matinée brumeuse d'une lumière blanche étincelante, et l'arbre se trouvant derrière Arsinoé explose en mille étincelles. Le choc traverse la semelle de ses chaussures, elle se retrouve soudainement recroquevillée sur elle-même, ce qui lui fait claquer des dents. La douleur irradie de la pointe de ses orteils à la racine de ses cheveux.

Parle, pense-t-elle, mais elle parvient à peine à forcer sa mâchoire à s'ouvrir. Elle choisit plutôt de courir, l'une de ses jambes traîne derrière elle alors qu'elle cherche à s'abriter derrière des arbres. Elle se jette derrière un petit buisson qui cède rapidement sa place à une terrible explosion orange et un nuage de vapeur sifflant tandis que le feu de Mirabella le ronge.

— Arrête, arrête ! s'écrie Arsinoé.

— Je t'ai laissé ta chance, réplique Mirabella en criant elle aussi. Tu as préféré m'attaquer avec un ours.

Le vent tourne, il pivote autour du col d'Arsinoé et lui projette ses cheveux dans les yeux. Mirabella appelle une grande tempête au-dessus de leurs têtes. La première rafale pousse Arsinoé contre un arbre, une branche lui griffe les yeux et une partie de l'arbuste en flammes lui fouette les côtes, laissant par la même occasion un trou dans sa veste et sa chemise. Elle grimace et regarde la rune de magie basse gravée à même la paume de sa main. Elle sent que l'ours est en chemin, elle aurait dû l'appeler il y a bien longtemps.

Le coup de foudre suivant fait chuter Arsinoé. Elle ressent une vive douleur, voit des étoiles danser devant ses yeux, puis plonge dans l'obscurité totale. Son corps roule mollement au milieu de la route.

Jules n'est plus très loin quand le premier éclair frappe. Le sol tremble et le vent se lève peu après.

Jules et Camden se mettent à courir.

— Jules, attends !

Elle se retourne. Joseph se précipite vers elle dans une chemise froissée.

— Je ne peux pas, hurle Jules.

Elle pointe la fumée du doigt. Arsinoé a besoin d'eux.

Mirabella s'approche avec précaution d'Arsinoé. Elle tient sa tempête à disposition, prête à frapper si nécessaire, tout en gardant un œil sur les bois. Son cœur tambourine dans sa poitrine, mais pour l'instant, aucun grand ours brun ne la charge en rugissant ou en lacérant l'air de coups de griffes.

Il ne peut pas être loin. Arsinoé a dit l'avoir laissé en arrière, c'est un mensonge. Il attend simplement que Mirabella baisse sa garde.

Arsinoé est allongée sur le dos au milieu de la route, un bras étendu au-dessus de la tête. Elle ne bouge pas. Elle ressemble à un tas de branches et de chiffons sales. Mirabella la pousse d'un orteil.

— Lève-toi.

Arsinoé reste immobile. Mirabella s'avance doucement. Est-ce que cela pourrait vraiment être si simple ?

— Arsinoé ?

Elle pense l'entendre marmonner et se tend ; elle regarde autour d'elle avec frénésie pour essayer de voir l'ours. Mais il ne se montre toujours pas.

— Qu'est-ce que tu as dit ? demande Mirabella tandis qu'Arsinoé se retourne.

— J'ai dit : « un seul ». Le feu, la foudre, le vent… Ce serait bien que tu n'en choisisses *qu'un seul.*

Mirabella se redresse.

— Ce n'est pas parce que tu n'as qu'un tour dans ton sac que cela devrait être pareil pour moi.

— Tu ne sais rien de mes tours.

Arsinoé la regarde d'en dessous, cachée derrière ce masque exaspérant. Ses narines sont cerclées de sang. Sa main tremble en direction de l'intérieur de sa veste. Elle a de vieilles coupures dans la paume.

— Tu as l'air différente.

Elle lève les yeux vers la cape brune de Mirabella et ses cheveux noirs coiffés en une longue tresse bien serrée.

— Toute pimpante pour ta couronne.

Arsinoé tousse et ses yeux chancellent. C'est étonnant qu'elle soit toujours consciente.

— Pourquoi es-tu venue ici ? interroge Mirabella. Tu renonces ? Tu veux que je te transforme en morceau de charbon ?

— Peut-être ? Je n'en sais rien. Je n'ai pas reçu la même éducation que toi. Nous n'avons élaboré aucun plan, je ne fais qu'improviser.

— Ah bon ? siffle Mirabella entre ses dents. Tu ne fais qu'improviser. Comme ta petite scène durant la Révélation, quand tu as demandé à ta bête de me découper en morceaux ?

Arsinoé déglutit et grimace, ses dents sont teintées de rose à cause du sang. Puis, à la grande surprise de Mirabella, elle se met à rire, et sa main s'écarte de sa veste pour retomber par terre.

— Tu penses que je l'ai envoyé te tuer, rit-elle à nouveau. Évidemment.

— C'est exactement ce que tu as fait.

— Que ce soit le cas ou non, il ne t'attaque pas aujourd'hui, si ?

— Tu as essayé de me tuer, deux jours à peine après que je t'ai sauvée. Sale morveuse ingrate !

Mirabella serre les poings, elle s'assure de garder le contrôle de ses éléments. Elle veut étrangler sa sœur, la gifler. La battre jusqu'à ce qu'elle ne puisse plus émettre le moindre gloussement. Elle pourrait la foudroyer immédiatement, en terminer. Arsinoé est une cible facile et immobile.

— Qu'est-ce que tu fabriques ici ? hurle Mirabella. Pourquoi est-ce que tu es venue jusqu'ici ?

— Je voulais t'écarter de Wolf-Spring, explique Arsinoé. Que tu restes loin de ceux que j'aime.

— Je ne leur aurais jamais fait de mal.

— Ils n'en étaient pas si sûrs. Les Ascensions peuvent vite tourner au vinaigre, devenir très laides.

Arsinoé marque une pause.

— Nous pourrions tout arrêter. Laisser Katharine et les Arron l'emporter. Les empoisonneurs ont déjà gagné trois fois. Une quatrième ne changera pas grand-chose, peu importe ce que prêchent les laquais du Temple.

— Tu veux abdiquer ? rit Mirabella d'un air triste. Ils ne nous laisseraient jamais faire. Arrête d'essayer de marchander après avoir perdu. C'est bien toi qui as dit que les choses étaient ainsi. Nous tuons ou nous sommes tuées.

Arsinoé inspire doucement. Elle observe les arbres et voit la lumière filtrer au travers des nuages.

La bouche de Mirabella s'incurve vers le bas. Sa vision s'obscurcit, elle ne veut plus parler. Un seul coup de foudre suffira, et si elle détourne le regard, cet acte ne la hantera peut-être pas après.

— Mirabella, souffle Arsinoé.

— Oui ?

— Quand tu t'attaqueras à Katharine, n'hésite pas. Je sais que c'était notre petite poupée que nous coiffions de pâquerettes, mais elle a bien changé.

— Jules, arrête !

Joseph lui saisit le bras.

— On ne peut pas s'arrêter ! Tu ne vois pas cette tempête ou ces éclairs ?

— Arsinoé est futée, essaie de la raisonner Joseph. Elle ne se jetterait jamais dans la bataille sans avoir une idée derrière la tête. Laisse-la se débrouiller.

— *Laisse-la se débrouiller*. Tu la laisserais tuer ta Mirabella ? Ou est-ce que tu espères juste qu'elle perdra ?

Jules se libère de sa poigne, et Joseph fait la seule chose qui lui paraît adaptée. Il la plaque au sol.

Elle réagit tout de suite et avec férocité. Elle lui donne un coup de coude dans la tempe et la vision du garçon vacille. Mais il ne lâche pas pour autant sa prise, pas même quand la masse de Camden vient le frapper de plein fouet et les envoie rouler au sol.

— Joseph, lâche-moi ! Lâche-moi !

— Non, Jules, je ne peux pas !

Elle crie et le frappe de tous ses membres. Le bruit de leur confrontation doit être assez fort pour qu'il atteigne l'oreille des reines. Si Arsinoé doit tomber aujourd'hui, elle saura au moins que Jules était présente.

Les dents de Camden s'enfoncent dans la chair de l'épaule de Joseph, et elle tire fort vers l'arrière, essayant de le soulever avec violence.

— Ah ! glapit-il. Jules, je t'en prie !

— Non ! hurle-t-elle. NON !

Maintenir sa prise sur elle est tellement difficile qu'il ne remarque pas que les arbres qui les entourent se mettent à frémir. Il n'entend pas non plus les branches s'agiter, pas avant que la première se brise et chute au sol pour s'enfoncer profondément dans la terre.

Joseph baisse alors la tête tandis que de nouveaux rameaux leur pleuvent dessus ; ils se plantent dans le sol comme des couteaux. Il relâche Jules pour se couvrir la tête avec les bras.

Tout à coup, la pluie de branches cesse. Les arbres ne tremblent plus et les seuls sons qui leur parviennent sont ceux émis par leurs souffles effrayés et les grognements nerveux de Camden.

— Qu'est-ce que c'était que ça ? interroge Jules.

Elle peine à se redresser sur ses genoux et appelle son félin des montagnes pour qu'il se rapproche d'elle. Elle passe la main dans sa fourrure pour s'assurer qu'elle n'est pas blessée.

— Je crois, halète Joseph, que c'était toi.

— Mais qu'est-ce que c'était que ça ? demande Mirabella. Est-ce que tu as entendu ?

Bien évidemment qu'Arsinoé a tout entendu, elle a reconnu ces cris.

— C'était Jules, affirme Arsinoé ; elle se redresse péniblement sur son coude en crachant du sang. Il lui est arrivé quelque chose ! Est-ce que tes prêtresses ont fait quelque chose ?

Arsinoé passe la main dans sa veste et agrippe le manche du couteau empoisonné. Elle ne veut pas en arriver là, Mirabella l'a sauvée durant Beltane. Mirabella l'aime, mais si Jules est blessée, ils souffriront *tous*.

— Non, répond rapidement Mirabella. Elles ne feraient jamais ça ! Et elles ne se trouvent pas dans cette direction. Mon groupe campe par là-bas, dit-elle en pointant la direction de Highgate du doigt.

Puis elle prend un air renfrogné.

— Est-ce que c'est une diversion ? Elle ne te sauvera pas !

La tempête s'assombrit à nouveau au-dessus d'elles, et Arsinoé réfléchit à ses options. Elle pourrait peut-être encore parvenir à jeter le couteau pour le planter dans le cœur de Mirabella. Les empoisonneurs sont naturellement doués pour ce genre de choses, enfin, c'est ce qu'elle a entendu. Quand bien même ce serait le cas, elle ne s'est jamais entraînée.

La rune dans sa main commence à la brûler.

Une rune qui picote est loin d'être un véritable avertissement, et Arsinoé hurle tout autant que sa sœur quand elles aperçoivent l'ours charger au travers des arbres avant d'atteindre la route. Il rugit plus fort que le tonnerre et ses foulées sont encore plus longues et tout aussi rapides que celles d'un cheval.

— Attends ! s'écrie Arsinoé, et l'ours hésite juste assez longtemps pour l'empêcher d'ouvrir le torse de Mirabella d'un coup de patte.

Mirabella tombe à la renverse, tout son courage envolé. Elle s'écarte comme elle peut, ses joues humides de larmes de panique. Il ne fait aucun doute qu'elle revit les derniers instants sur la scène de la Révélation, quand elle a vu ce même ours éventrer les prêtresses qui se dressaient sur la route qui le menait à elle.

— Attends ! Attends, viens me voir, dit Arsinoé avec empressement en tendant la main dans laquelle est inscrite une rune.

L'ours n'est pas son familier. Le charme qui les lie ensemble n'est constitué que de magie basse. Mais Arsinoé demeure une reine. Sa magie, même basse, reste puissante, et l'ours exécute ses ordres. Elle dépose du sang de son nez sur sa paume et la presse contre le front de la bête, puis cette dernière lui lèche le visage.

— Allons-nous-en, ajoute-t-elle.

Elle serre la fourrure de l'ours entre ses doigts tandis que lui mord dans sa chemise brûlée et la tire vers le fossé, sous le couvert des arbres. Il est rapide et étonnamment silencieux, ils se retrouvent au fond des bois avant même que Mirabella trouve le temps de se remettre de cette rencontre.

— Arsinoé ! crie sa sœur. Où es-tu ? Où est-ce que tu te caches ?

— Elle ne s'attend quand même pas à ce que je le lui dise, si ? murmure Arsinoé.

Puis l'ours et elle s'aplatissent en silence, espérant que Mirabella ne les découvre pas.

MANOIR GREAVESDRAKE

Natalia regarde la lettre qu'elle a entre les mains. De temps à autre, elle prend des gorgées de brandy infusé avec de la digitale et tapote le bord du verre avec ses dents. La missive provient de son frère, Christophe. Elle est arrivée ce matin, et il y explique que son fils, Pietyr, n'est rentré que très brièvement chez eux avant de reprendre la route de Prynn pour affaires. Ce que ce voyage comprenait exactement, il n'en savait rien. Il a naturellement pensé que c'était une mission qu'elle lui avait confiée. Mais (et elle imagine parfaitement le haussement d'épaules insouciant caractéristique de son frère accompagnant ces paroles) sa femme, Marguerite, lui envoie ses meilleurs vœux et l'invite à venir séjourner dans leur résidence de campagne dès que l'Ascension ne l'accaparera plus.

Natalia froisse la lettre dans son poing. Comme cela doit être agréable de vivre si loin de la capitale et du Conseil et de pouvoir parler de l'Ascension avec autant de légèreté. Ce bienheureux Christophe, qui s'est marié avant de prendre la fuite. Mais elle, elle est restée, tout comme son fils, Pietyr, et ce dernier a tout intérêt à se hâter de se présenter à sa porte. Katharine doit toujours obtenir sa couronne, son travail n'est pas achevé.

Geneviève frappe une fois à la porte et entre sans attendre de permission. Il semblerait décidément que chacun des membres de sa famille soit bien déterminé à causer une migraine à Natalia.

— J'étais au Highbern toute la matinée, se lance Geneviève, en parlant de l'hôtel qui se trouve en ville et où se tiendra le banquet d'accueil du prétendant, Nicolas Martel.

— Et ?

— Tout se passe comme il faut. L'argenterie est polie, le menu sélectionné, et les fleurs de la serre sont commandées.

— Très bien.

Elles n'auront pas besoin de trop en faire pour impressionner le garçon. Natalia se souvient parfaitement du regard qu'il portait sur Katharine la nuit du Débarquement et lors de la fête qui a suivi. De plus, il ne paraît pas avoir été répugné outre mesure par les rumeurs abjectes qui entourent son retour. Pietyr et elle avaient espéré que Katharine aurait un vaste choix de prétendants, mais il n'en faut en définitive qu'un seul pour donner le change, le temps que Katharine soit couronnée et qu'elle choisisse Billy Chatworth en tant que roi consort, comme elle le doit.

— Quel est ce bruit ? demande Geneviève.

Elle se tourne et tend l'oreille vers le couloir. Natalia n'entend rien, mais quand Geneviève ouvre la porte en grand, le son d'applaudissements se répercute dans les escaliers.

Natalia pose son brandy, et Geneviève et elles suivent le tapage ; elles passent devant le foyer, traversent le couloir et pénètrent finalement dans la salle de billard, où un petit groupe de serviteurs s'est rassemblé.

Elles entrent sans faire le moindre bruit, et quand elles aperçoivent ce qui les fascine autant, Geneviève laisse échapper un cri de surprise.

Katharine a dressé une cible de l'autre côté des tables. Sa servante Giselle y est attachée. Natalia et Geneviève observent la scène. Katharine lance de petits couteaux qui se plantent, dans un choc clairement audible, à quelques centimètres des bras, des hanches et de la tête de Giselle.

Les autres serviteurs applaudissent, et Katharine les remercie d'une révérence. Elle s'approche gaiement de Giselle et lui embrasse la joue avant d'ordonner à des serviteurs de la libérer.

— Qu'est-ce que c'est que tout ça ? interroge Natalia, et Katharine pivote vers elle.

— Natalia, s'exclame-t-elle.

Les serviteurs crispent leurs épaules de manière perceptible, se préparant à être pris au beau milieu d'une dispute.

Natalia arque les sourcils. Depuis quand est-ce que Katharine se dispute avec Natalia, ou qui que ce soit d'autre ?

— Cela vous plaît-il ? demande Katharine. J'avais besoin de me divertir après avoir été enfermée pendant tant de jours, à me cacher de notre très chère reine élémentaire. J'ai également pensé que les prétendants pourraient être impressionnés par un peu d'activité sportive.

— De l'activité sportive, répète Natalia. Ce sont tes prouesses à cheval et tes capacités d'archère qui les impressionneront. Mais je pense que tu découvriras bien vite que les estomacs du continent pourraient facilement se retourner à l'idée d'une épouse qui excelle dans l'art du lancer de couteaux.

— Vraiment ? rit Katharine. Sont-ils vraiment si fragiles ?

— J'espère que ce n'est pas le cas pour tous, commente Geneviève calmement.

Katharine la fixe de ses grands yeux noirs. Depuis son retour, Geneviève n'a pas osé s'adresser à la reine. Elle s'est contentée d'observer et de rapporter des informations au Conseil afin que lui-même puisse chuchoter à son tour : comme la reine se met en danger, comme elle ingère trop de poisons sans posséder de don, et comme un jour elle avalera le mauvais.

Katharine incline la tête vers la cible.

— Geneviève, souhaiteriez-vous faire un tour sur la cible ? Afin de donner quelques frissons aux serviteurs.

Geneviève regarde Natalia, comme si elle espérait une objection de sa part, mais comme celle-ci ne vient pas, un large sourire à l'intention de la reine s'étire sur son visage.

— Évidemment.

Elle sort du public ainsi composé et autorise Giselle et une autre servante à lier ses poignets au panneau. L'atmosphère de la pièce se refroidit. Tout le monde se tait. Katharine dispose les couteaux argentés en éventail et les glisse entre ses doigts.

Elle lance le premier. Il se fiche franchement à côté du bassin de Geneviève, et celle-ci s'écarte d'un mouvement sec.

— Attention, la houspille Katharine. Ne bougez pas. Que se passerait-il si je devais jeter le suivant trop vite et que vos tressautements vous plaçaient sur son chemin ?

Elle lance une autre lame. Celle-ci se plante si près de la joue de Geneviève qu'elle sectionne une boucle de cheveux blond glacé.

— Je pense que cela suffit, Kat, déclare Natalia. Giselle, Lucy, veuillez détacher ma sœur, je vous prie. Je suis certaine que nous pourrons apprécier davantage des activités sportives de la reine une prochaine fois.

Giselle et Lucy libèrent rapidement les poignets de Geneviève. Cette dernière garde le silence tandis que les serviteurs et elle quittent la pièce, mais elle envoie un regard trahi et blessé à Natalia.

— Vous me pensez cruelle, commente Katharine, une fois Natalia et elle seules.

— Non, nie Natalia. Peut-être un peu téméraire. Je sais que Geneviève s'est montrée sévère envers toi, Kat. Mais ses décisions ont toujours été prises pour ton plus grand intérêt.

Katharine soupire.

— Je devrais peut-être lui pardonner, alors.

— Je ne te savais pas rancunière, Kat. Tu ne l'as jamais montré auparavant. Qu'est-ce qui a changé, Kat ? Que t'est-il réellement arrivé la nuit de la Révélation ?

Katharine se déplace dans la pièce assombrie et ouvre les rideaux rouges des fenêtres. La lumière du jour l'oblige à étrécir les yeux. Son visage a perdu tous ses creux, malgré l'ingestion de poisons supplémentaires. Katharine semble différente, elle ne semble plus être la même.

— Rien de plus que ce que je vous ai déjà raconté, dit-elle. Je me suis enfuie et perdue. Je suis tombée et la Déesse m'a sauvée. Si je suis aujourd'hui un peu perturbée, c'est simplement parce que je suis confinée à l'intérieur depuis trop longtemps.

Elle se tourne vers Natalia.

— Le carrosse de Mirabella n'était qu'un leurre, n'est-ce pas ?

— Tout à fait. Il vient de repartir. Peut-être que cela signifie que l'une de tes sœurs est désormais morte.

Katharine chevauche Croissant-de-lune et grimpe au sommet des collines jouxtant Greavesdrake. L'animal et sa cavalière filent à toute allure, ses talons battant ses flancs. Elle espère parvenir en haut avant que le leurre de sa sœur ait disparu. Mais la route est vide à son arrivée.

— Ce n'est rien, Croissant-de-lune, souffle-t-elle en donnant une tape sur l'encolure humide de sueur du hongre.

Elle sait à quoi cette mascarade devait ressembler : une voiture noire tapageuse recouverte de fixations argentées et de coussins bleus en velours, des chevaux soignés à outrance dont le moindre poil blanc devait être recouvert de teinture.

— J'aurais voulu que ce ne soit pas une duperie, reprend-elle à l'intention de son cheval. J'aurais souhaité qu'elle dégonde les portes de Greavesdrake et me trouve pelotonnée dans mes draps. J'aurais alors lancé un couteau à sa jolie gorge blanche, et elle aurait été tellement surprise.

Katharine détourne Croissant-de-lune et lui fait prendre le chemin qui descend des collines. Lorsqu'ils passent sous les arbres, ses sens se mettent en alerte : elle comprend qu'ils sont suivis.

Ce doit être Bertrand Roman, sa nouvelle ombre quasi permanente. Natalia l'a envoyé sur ses traces, il lui a fallu un long moment pour la rattraper. Elle tire sur les rênes de son cheval pour l'arrêter. Toutefois les bruits de sabots derrière elle sont trop légers pour provenir de la jument noire souffreteuse de Bertrand.

Katharine met Croissant-de-lune au petit galop. Derrière elle, son poursuivant l'imite. Elle regarde discrètement sous son bras et découvre un cheval bai clair monté par un homme aux cheveux blonds.

Pietyr ? Elle ordonne à Croissant-de-lune de passer au grand galop. Il n'a pas pu se faufiler dans son dos, il ne la dépassera pas non plus. Personne à Greavesdrake n'est meilleur cavalier qu'elle, et aucune monture des écuries Arron ne peut filer au travers des arbres comme Croissant-de-lune.

Elle parvient à le semer avec aisance et opère un demi-tour, le contournant par la gauche. Elle force alors son cheval à se mettre en travers de son chemin. L'apparition est si soudaine que la monture de Pietyr se cabre et vire avec frénésie. Katharine sourit avec suffisance quand le cavalier se retrouve à terre.

Elle s'approche de l'endroit où l'homme gémit, allongé dans les fougères. Sa bouche s'ouvre en grand.

— Mais vous n'êtes pas Pietyr !

Le garçon, qui a bien des cheveux blonds, mais pas du blond pâle de Pietyr et Natalia, se relève lentement.

— Non, c'est un fait, admet-il en retirant les feuilles mortes qui se sont glissées dans le revers de sa chemise. Vous ne vous souvenez pas de moi ? Je suis Nicolas Martel.

— Mon prétendant ! laisse échapper Katharine, qui pour une fois n'a pas besoin d'en appeler aux diverses astuces que lui a apprises Pietyr pour s'empourprer.

Elle se souvient bien de lui maintenant, mais il semble différent de celui qu'elle a vu au bas des falaises sur la plage du Débarquement ou même de l'autre côté des torches lors du festin. Son visage est tout en angles adoucis à la lumière du soleil, et sa lèvre inférieure est parcourue d'une courbure agréable. Des cheveux blonds viennent caresser le col de sa chemise et tombent en boucles sur ses tempes.

Katharine cherche ses mots. Elle lâche une rêne et pose une main sur sa hanche.

— C'était idiot de se faufiler ainsi dans mon dos l'année de l'Ascension ! Je porte des couteaux empoisonnés, j'aurais pu vous tuer !

Elle ne devrait pas employer une voix aussi perçante. Selon Pietyr, les garçons du continent n'aiment pas cela. Mais Nicolas sourit.

— Je ne souhaitais pas vous surprendre.

Son accent est chantant, sa voix douce et profonde. Elle en apprécie immédiatement le timbre.

— Je viens seulement d'arriver. On m'a demandé d'attendre au manoir, mais je dois admettre que j'étais bien trop curieux.

— C'est… gentil. Quelqu'un aurait dû vous arrêter.

— Une fois ma décision prise, je ne suis pas simple à arrêter.

Il penche la tête, comme s'il était intrigué.

— Est-ce que vous m'auriez vraiment tué ? Je ne croyais les reines mortelles que les unes envers les autres.

— Vous avez donc bien des choses à apprendre, soupire Katharine. Même s'il est vrai que mes sœurs constituent mes proies préférées.

— Pardonnez-moi. J'ai le sentiment d'avoir gâché notre rencontre. La tête la première dans la terre, ce n'est pas vraiment ainsi que je voulais me présenter à vous.

Katharine retourne sur sa selle.

— Allons trouver votre jument. Si elle provient de nos écuries, elle aura été dressée à ne pas trop s'éloigner. Mais dans les faits, je n'ai aucune idée d'où elle a pu aller.

Elle lui tend une main, Nicolas l'accepte, ainsi que l'un de ses étriers, et il se met en selle sur Croissant-de-lune derrière elle. Il glisse ses bras autour de sa taille.

— Je vous remercie, souffle-t-il à son oreille. Ce n'est finalement pas si mal pour une première rencontre.

WOLF-SPRING

Arsinoé, Jules et Joseph quittent la route de Valleywood et piquent vers l'ouest ; ils suivent la rivière qui se déverse dans l'étang du Bois-au-Chien. Ils entrent en catimini sur la propriété Milone alors que le soleil se couche derrière les arbres, et ils parviennent à esquiver les yeux et les interrogations des habitants de la ville.

Cait, Madrigal et Ellis passent la porte à toute vitesse avant même que le moindre appel soit émis. Jake l'épagneul saute dans les bras de Jules et les familiers corbeaux viennent voleter avec douceur et inquiétude autour de leurs têtes.

— Ma Déesse.

Ellis s'approche et prend la main d'Arsinoé.

— Nous allons demander un guérisseur.

— Non, refuse Arsinoé. Je vais bien, regardez.

Comme si elle avait besoin d'attirer leur attention à tous. Le grand ours brun est difficile à manquer.

— Il s'appelle Braddock, lance Arsinoé.

Elle place sa main sur la grande tête recouverte de fourrure de l'ours.

Madrigal tend un bras comme si elle voulait le toucher, puis elle se ravise.

— Est-ce que Mirabella est morte, alors ?

La porte claque et, quelques instants plus tard, Cait revient avec un grand bol d'eau chaude. Elle éponge le visage et les bras d'Arsinoé, qui sont recouverts de sang encroûté et de cloques de brûlures. Cait donne l'impression de vouloir pleurer, mais sa voix, elle, demeure égale.

— Tu ressembles à un cadavre ambulant. Il vaudrait mieux qu'elle soit morte.

Elle appuie sur les côtes percluses d'hématomes d'Arsinoé.

— Tu ne survivras pas à une autre confrontation pareille.

— Elle n'est pas morte. Braddock, il... Je crois qu'elle n'avait pas la force de lui faire face une nouvelle fois.

— Mais elle retrouvera bientôt le courage de l'affronter, rétorque Jules d'une voix basse et éreintée.

— Est-ce que tu as pu la rejoindre, au moins ? demande Madrigal à Joseph.

Joseph resserre son étreinte autour de la taille de Jules et place son menton sur le haut de sa tête, comme pour la protéger.

— Oui, je l'ai retrouvée à temps. Et je lui ai dit ce que vous m'aviez raconté.

— Entrez, suggère Cait avec gravité. Ces brûlures ont besoin d'être soignées. J'ai peur que Braddock doive rester à l'extérieur, par contre. Ce n'est pas un familier, et même s'il en était un, il ne pourrait passer par aucune des portes.

Le lendemain matin, Arsinoé se réveille avec son masque de travers. Elle était tellement fatiguée qu'elle s'est endormie sans même l'enlever. Elle le remet comme il faut et se tourne vers Jules, qui est couchée sur le flanc en direction du mur. Mais Camden est redressée, sa queue au bout noir s'enroule et se déroule de bas en haut. Jules est éveillée.

Il est difficile de croire ce que Cait et Madrigal ont expliqué la veille. Même après que Joseph a affirmé avoir vu les branches des arbres se briser et se planter dans le sol. Jules, sa puissante Jules, porte la malédiction de la légion. Touchée par le don de la guerre. Les Milone le savaient et ont dissimulé la malédiction pendant tout ce temps sans même en souffler un seul mot d'avertissement. Ils ont lié le don de la guerre par la magie basse, mais le lien commence à s'affaiblir. Que se passerait-il s'il se brisait totalement ? La malédiction de la légion est une abomination et ses victimes deviennent folles. Tout le monde le sait.

— Arrête de me fixer comme ça, Arsinoé.

Elle se retourne et cligne de ses yeux vairons. Arsinoé les a toujours trouvés beaux, l'un bleu, l'autre vert. Mais Cait a dit que l'oracle a décidé qu'il fallait noyer Jules dès qu'elle les avait aperçus.

— Tout ira bien, Jules. Il ne s'est rien passé jusque-là.

— Je sais que je ne risque rien.

Jules se met sur le dos pour observer le plafond, les poutres en bois sombre et une jolie toile d'araignée dans le coin est.

— Nous avons chacune notre secret maintenant.

Elle pivote vers Arsinoé.

— Pourquoi est-ce que tu ne m'as pas dit que tu avais appelé l'ours ?

— C'est arrivé après qu'on s'est quittées. Je ne pensais pas qu'il surgirait à temps. Il devait déjà s'efforcer de me trouver.

Elle se redresse dans son lit et regarde par la fenêtre. Braddock a passé la nuit dans la cour : il cherchait probablement un moyen d'entrer dans le poulailler, pense Arsinoé en souriant.

— J'ai hâte que Billy revienne pour le lui présenter.

Jules sourit avec tendresse. Elle baisse le regard vers ses mains et les referme pour en faire des poings.

— Tu vas laisser Madrigal défaire le lien ? demande Arsinoé.

— Tu penses que je devrais la laisser faire ?

— Je ne sais pas.

— Joseph croit que c'est une mauvaise idée, que c'est trop dangereux. Il estime que ce lien est la seule chose qui contienne la malédiction. Mais je continue à penser à l'une des phrases que Luke a dites un jour…, qu'il y a bien une raison pour laquelle la Déesse m'a placée à tes côtés. Parce que je suis puissante et que je pourrais t'aider à l'emporter.

— Tu n'as pas besoin d'être une guerrière pour être puissante. Tu l'es déjà. Est-ce que Cait et Madrigal nous cachent encore autre chose ? Quelque chose que l'oracle aurait dit qui pourrait nous aider ?

— Non. Elle a dit que j'avais une malédiction de la légion du don de la guerre, et ils l'ont payée pour qu'elle n'en parle à personne. Je pense que la transaction a été relativement claire.

Elles échangent un sourire un peu inconfortable. Arsinoé ne sait pas ce que va décider Jules. Mais elle aimerait que ce soit quelqu'un d'autre que Madrigal qui possède la clé de ce lien.

Ellis frappe à la porte et passe la tête avec Jake, qui lance un aboiement franc.

— Debout et habillées, lance-t-il. Des prétendants nous attendent.

— Des prétendants, reprend Jules avec un rictus carnassier.

Arsinoé tire sa légère couette d'été par-dessus sa tête. Elle s'est tellement concentrée sur Mirabella qu'elle a oublié jusqu'à l'existence de Tommy Stratford et Michael Percy.

— Réveille-moi quand tout est terminé, se plaint-elle.

— Bon, si cette annonce-là ne te pousse pas à te lever, que dis-tu du fait qu'en remontant du champ sud j'ai rencontré Madge qui m'a appris que le bateau continental de Billy est arrivé ce matin ?

Billy se présente chez les Milone juste après midi, tandis qu'Arsinoé promène son ours dans la partie occidentale de la propriété.

— Eh bien, s'exclame Billy. Joseph m'avait assuré que c'était vrai, mais j'ai eu beaucoup de mal à le croire.

Arsinoé fait un large sourire. Il est tellement bon de le voir. Elle n'avait pas réalisé à quel point elle l'attendait, à quel point il lui avait manqué.

— Il s'appelle Braddock, l'informe-t-elle.

— Braddock l'ours. Cela semble entièrement approprié. Est-ce qu'il est dangereux ?

Arsinoé caresse la grande tête de Braddock. Elle a passé sa matinée avec lui, à l'habituer à l'odeur et au son des humains. Les Milone sont des naturalistes, et leur don calme l'ours. Mais des sans-dons le verront également lors de la fête, ainsi que des prétendants du continent, qui ne savent rien de leurs coutumes. Peu importe à quel point cet ours semble docile, elle doit faire particulièrement attention. À la vue de sa douce truffe enfoncée avec tendresse dans sa hanche, il est facile d'oublier qu'ils sont liés par magie basse et non par un lien de familier.

— Il ne l'est pas pour le moment, finit-elle par assurer. Il a l'estomac plein de pommes mûres et de bars rayés. Sans compter l'un des enfants qui sont venus plus tôt pour l'observer de loin.

Billy passe lentement ses doigts dans la fourrure brune de l'ours.

— Il est…, entame Billy en déglutissant, plus doux que je ne l'aurais pensé. Et il n'a pas la même odeur que le premier.

— Celui-là était vieux. Malade. Une erreur. Ou c'était peut-être le prix à payer pour celui-ci.

— La magie basse, hein ? Personne n'en connaît le prix avant de l'avoir payé.

Arsinoé lui donne un coup affectueux, et Braddock soulève la tête.

— Qu'est-ce que tu peux bien en savoir, le continental ?

— Encore moins que rien, en convient Billy.

Puis ses yeux se baissent et se perdent dans le vague.

— J'ai des nouvelles.

— Nouvelles. Ce mot commence à me hérisser. Désormais elles ne sont plus jamais bonnes.

Billy ne sourit pas et ne lui dit pas non plus de ne pas être si négative. Mais elles ne peuvent certainement pas être si mauvaises, il vient seulement de rentrer.

— Je crains d'avoir été vendu aux Westwood, annonce-t-il.

— Pardon ?

— J'ai été nommé goûteur royal de la reine Mirabella. Une punition de mon père parce que j'ai refusé de me plier au jeu des échanges courtois. Je pars pour Rolanth ce soir sous peine d'être déshérité.

Il sourit avec regret.

— Toujours cette menace du déshéritement. Mais il m'a au moins autorisé à venir te le dire. C'est déjà quelque chose.

— Mais…, balbutie Arsinoé. Tu ne peux pas !

— Je n'ai pas le choix.

En réponse à la nervosité de son ton, Braddock secoue la tête et s'écarte.

— Junior ! Ne sois pas idiot, tu ne peux pas être goûteur ! Est-ce que ton père ne comprend pas le danger ? Elle… Katharine envoie déjà des poisons à Rolanth. L'une des servantes de Mirabella est morte dans une robe empoisonnée !

— Ce n'était pas une robe, la corrige Billy, mais un gant, et elle n'est pas morte. Ils ont réussi à lui sectionner le bras à temps. Personne ne sait si elle serait vraiment morte ou si Katharine cherche simplement à s'amuser.

— Les Arron ne connaissent pas le sens du mot amusement. Et comment est-ce que tu sais tout ça ?

— Mon père a longuement discuté avec les Westwood.

Les sourcils de la reine se froncent d'inquiétude, il lui fait un sourire charmeur et glisse une main derrière sa nuque, juste sous ses cheveux. Ce comportement fanfaron et idiot des continentaux ! Elle ne parvient pas à se dégager.

— Est-ce que tous les continentaux se croient immortels ou est-ce que c'est juste toi ?

— Je ne risque strictement rien ! Mon père ne me mettrait pas sciemment en danger. Quand sa colère sera passée, je reviendrai à tes côtés, je te le promets. Mais en attendant, je peux espionner Mirabella pour ton compte.

Il caresse le masque de son pouce.

— On m'a raconté ce qu'il s'est passé dans les bois. Tu n'aurais pas dû la confronter comme ça. Espèce de grande sotte.

Elle repousse sa main de son masque.

— Est-ce que tu es certain que ton père ne va pas passer un autre marché ? Il passe son temps à Indrid-Down, avec les Arron.

— Il apprécie Indrid-Down. Cette ville lui rappelle ce qu'il connaît, la civilisation. Il a hâte d'en purger les Arron quand tu seras reine.

Elle lève les yeux au ciel et il rit, en essayant de lui rendre le sourire.

— Ne t'inquiète pas autant ! Je suis son seul fils. C'est quelque chose d'important là d'où je viens.

— Personne ne pourra te faire changer d'avis ?

— Personne. Pas même toi.

— Tu vas donc t'en aller une nouvelle fois. Quand ?

— Nous prenons la mer aujourd'hui.

— Mais tu viens à peine de revenir.

Tout son être lui semble soudain lourd. Elle s'avance gauchement vers lui et passe ses bras autour de son cou. Après un petit « ouf » de surprise, il la serre fort contre lui.

— Ne sois pas idiote, chuchote-t-il contre sa tête. Peu importe où je me trouve, je suis à toi. Nous faisons front ensemble, maintenant, nous *sommes* ensemble, n'est-ce pas ?

— Vraiment ? demande-t-elle.

Il lui embrasse le front, la joue et l'épaule. Il n'ose toujours pas lui donner un vrai baiser, mais c'est sa faute. Puis, doucement, il retire ses bras et s'écarte d'elle.

— Billy ! s'écrie-t-elle.

Il s'arrête.

— Pourquoi me choisir moi ? Plutôt qu'une de mes sœurs ?

— Parce que je t'ai vue en premier, rétorque-t-il avec un clin d'œil. Je reviens bientôt. Mais... juste au cas où je mourrais, je veux que tu te souviennes que tu as eu l'occasion de m'embrasser l'autre jour dans la prairie.

Jules et Joseph chargent des fûts de bière à l'arrière d'un char à bœufs. Il sera conduit de l'autre côté des collines, vers la pommeraie au nord-est de la maison des Milone, où le festin en l'honneur des prétendants se tiendra.

— Tu es forte pour quelqu'un de si petit, lance Joseph tandis qu'ils chargent le dernier fût.

Il essuie la sueur de son front.

— Pardon, est-ce que j'ai bien entendu un compliment dissimulé dans une insulte ?

Il rit, puis ils se mettent tous les deux dans l'ombre des escaliers à l'arrière de *La Tête de Lion*. Camden s'étend à leurs pieds sur les pavés frais, Jules s'avance pour lui gratter le ventre.

— Je n'arrive pas à croire que le père de Billy l'oblige à devenir goûteur, reprend Jules. J'ai l'impression qu'on devrait l'empêcher d'y aller. Ou même qu'il devrait refuser.

— Il ne refuse jamais rien à son père, objecte Joseph en penchant la tête de manière pensive. *Personne* ne refuse jamais rien à son père. Durant tout ce temps que j'ai passé chez eux, je n'ai rien vu d'autre que des gens lui lécher le postérieur et lui dire ce qu'il voulait entendre.

Il hausse les épaules.

— Je me demande quel effet ça peut faire.

— Je ne vois pas l'intérêt. De la lèche et des mensonges. L'un de nous devrait parler à Billy, ne serait-ce que pour la tranquillité d'esprit d'Arsinoé.

— Je vais l'accompagner, Jules.

Elle lui lance un regard choqué.

— Je ne voulais pas forcément parler de toi ! Je ne disais tout ça que pour être gentille !

— Je m'en vais, affirme-t-il en souriant à moitié après son emportement. Juste le temps qu'il trouve ses repères. M'assurer que tout est en ordre, comme tu le dis. Comme ça Arsinoé ne s'inquiètera pas.

— Elle s'inquiètera de toute façon.

Jules croise les bras.

— Tu verras Mirabella ? Tu arriveras peut-être même à trouver le chemin de son lit.

— C'est en partie pour ça que je m'en vais. Pour la voir ! Pas pour son lit ! ajoute-t-il alors que les poings de Jules se lèvent.

— Pourquoi est-ce que tu veux la voir ?

— Pour lui dire que tout est fini, m'assurer qu'elle le sait.

— Est-ce qu'elle a vraiment besoin de le savoir ? pointe Jules, ayant conscience du point auquel ses mots sont durs, mais tout de même incapable de rester silencieuse. Il n'y a jamais réellement eu quoi que ce soit. Mirabella mourra ou épousera un prétendant. Tu n'as jamais été une option viable.

— Jules.

Joseph prend son visage entre ses mains et l'embrasse.

— Je t'aime. Ce que j'ai fait est mal, et elle a souffert elle aussi. C'était ma faute. Elle ne savait pas que tu existais avant qu'il soit trop tard.

Jules soupire.

— Vas-y, alors.

— Tu me fais donc confiance ?

Elle se tourne vers lui et le regarde dans ses beaux yeux bleu tempête.

— Pas le moins du monde.

Les prétendants arrivent

INDRID-DOWN

L'hôtel Highbern est le meilleur de la capitale. Un haut bâtiment rectangulaire et imposant construit en brique grise et encadré de gouttières dorées dont les gargouilles représentent des têtes de faucons. Il se trouve assez près du Volroy pour qu'il en assombrisse les jardins ouest le matin. Les drapeaux noirs et blancs qui d'ordinaire pendent au-dessus des portes ont été remplacés par des étendards entièrement noirs ornés de serpents enroulés sur eux-mêmes et de fleurs toxiques. Une manière claire et évidente d'annoncer que la reine empoisonneuse est présente.

Dans la grande salle de bal, Katharine est assise, avec agitation, entre Natalia et Nicolas Martel alors que ce dernier s'extasie devant tant d'atours. Il n'y a pourtant rien qu'elle n'ait déjà vu auparavant. Elle est venue plusieurs fois au Highbern ces dernières années, avec Natalia pour prendre le thé ou dans le cadre d'autres banquets. Selon elle, cet endroit a toujours dégagé une odeur de trop vieux, comme si le bâtiment lui-même pourrissait sous les moquettes. Mais aujourd'hui, les portes et les fenêtres sont ouvertes et elle peut ainsi profiter de l'air parfumé au lilas émanant des clôtures de la cour du Volroy.

— Avez-vous entendu les nouvelles de Highgate ? s'enquiert Renata Hargrove.

Natalia a mis en place un plan de table différent pour le festin du prétendant, plus intime. Les convives sont disposés autour de tables placées en arc de cercle et drapées d'un tissu rouge sombre. Pour le plus grand plaisir de Katharine, cela signifie que Geneviève a été installée à l'extrême opposé, ou presque, de la salle.

— Quelles sont les nouvelles ? demande Natalia.

— Il semblerait que l'élémentaire n'ait pas appelé une, mais deux tempêtes. Il y a eu de grands éclairs et des feux dont la fumée était visible à des lieux à la ronde.

— Pourtant, la naturaliste respire encore, intervient Lucian Marlowe, le seul homme qui ne fasse pas partie de la famille Arron à siéger au Conseil noir.

— C'est réellement dommage que ce carrosse n'ait été qu'un leurre. Un peu de pluie nous aurait été bien utile.

Natalia prend une gorgée de son vin toxique, les invités s'esclaffent.

— Mais avec un peu de chance, elle parviendra à tuer la naturaliste, et nous n'aurons pas besoin de fermer les fenêtres pour nous protéger de la puanteur d'un ours.

— Mais en quoi est-ce que tout cela serait amusant pour notre reine Katharine ? ajoute Lucian en riant.

Katharine les ignore et se penche vers Nicolas.

— Vous devez nous prendre pour des personnes ignobles à deviser si aisément de tant de morts.

— Pas du tout, réplique-t-il avec son léger accent. On m'a enseigné les us et coutumes des reines, et j'ai également côtoyé la mort et des mourants au combat. Les coups d'État dans mon pays emportent des dizaines de milliers de vies. Votre année de l'Ascension paraît bien civilisée en comparaison.

— Vous semblez bien sûr de vous. Mais vos yeux sont agités, voire effrayés.

— Seulement de manger quelque chose qui n'est pas destiné à mon assiette.

Nicolas sourit et baisse le regard en faisant mine de la surveiller.

Ce festin est bien un Gave noir, mais il n'est pas de la même ampleur que celui de la Révélation. Chaque plat est servi individuellement, et tous les empoisonneurs présents se joignent au repas. Il n'est pas préparé uniquement pour la reine.

De sa fourchette, Katharine repousse de la salade verte agrémentée de champignons toxiques, elle ajuste ses gants qui l'irritent. En dessous, sa peau se remet d'une application d'ortie brûlante. La combinaison de l'irritation et de la sueur lui donne envie de s'arracher l'épiderme.

— Avant le festival de Beltane, je pensais que regarder un Gave noir était tout à fait trivial. Mais après y avoir participé…

Il la regarde derrière une mèche de cheveux blonds.

— … j'y ai trouvé quelque chose d'attirant, de savoir ainsi que vous pouvez manger quelque chose dont je ne connaîtrai jamais le goût.

— Voulez-vous que je vous le décrive ?

— Pensez-vous pouvoir y arriver ?

— Je ne sais pas.

Elle observe les champignons : leurs chapeaux rouges sont recouverts de points blancs.

— La majorité de ce que l'on avale est amère ou n'a que peu de goût. Mais il y a quelque chose dans la sensation. Un peu comme d'ingérer du pouvoir à l'état pur.

Elle poignarde un morceau et le mène à sa bouche.

— De plus, le fait que nos cuisiniers noient tout dans du beurre n'est pas non plus pour me déplaire.

Nicolas rit. Sa voix n'est pas basse, celle de Natalia l'est davantage, mais elle est agréable.

— Mais ce n'est pas tout, relance-t-il. Tous les empoisonneurs ont pris une mine dégoûtée quand mes plats m'ont été servis.

Il regarde la salle, et Katharine hausse les sourcils en scrutant son assiette : un bol bien peu profond de soupe estivale froide. Il n'y a que lui, Renata Hargrove la sans-don et Margaret Beaulin la guerrière qui en mangent, et elles ont toutes deux eu la finesse de prétendre qu'elles n'avaient pas faim.

— Ne leur prêtez aucune attention, affirme Katharine. C'est la réaction de tous les empoisonneurs face à une nourriture qui ne comporte aucun poison.

Elle se redresse pour se tendre vers les fleurs de décoration de la table et les tours de fruits brillants.

— Ils considèrent ce genre de nourriture comme inélégant, peu importe la quantité d'argent sur laquelle elle peut se trouver ou la quantité de sucre filé qui la recouvre.

Nicolas aussi se dresse et leurs doigts se frôlent. Il saisit cette opportunité pour lui prendre la main et la presser fermement contre ses lèvres, avec une telle intensité qu'elle ne peut que les sentir au travers de ses gants.

Katharine ressent ce baiser, elle est choquée par la force de cette sensation, et l'espace d'un instant, Pietyr apparaît dans son esprit. Ce souvenir soudain est si prégnant que son cœur s'emballe dans sa poitrine. Elle serre les mâchoires et inspire profondément. Elle refuse de penser à Pietyr ainsi, à celui qui a essayé de l'assassiner. Elle se touche le visage, ses joues se sont empourprées. Nicolas va croire que c'est en réaction à son baiser.

— Il y a tant d'élégance ici, dit Nicolas. Mais le rythme est moins soutenu qu'à Beltane. Ces nuits au coin du feu étaient exaltantes. Vous regarder au travers des flammes ou vous voir en contrebas depuis une plage. Est-ce qu'il y aura d'autres festivals similaires ?

— Le prochain est celui de la Midsummer, l'informe Katharine, avant de tousser pour empêcher sa voix de trembler. Il est célébré par l'île tout entière, mais c'est un événement davantage naturaliste. Il est question de moissons et d'abondance. Puis il y a la Lune des moissons en automne, même si les élémentaires se la sont arrogée avec leurs feux et leurs vents glacés.

— Quel festival est celui des empoisonneurs, alors ? demande Nicolas.

— *Tous*, répond Natalia, derrière Katharine.

Elle aurait dû se douter que Natalia les écouterait.

— À chaque festival, il y a un festin, explique Natalia. Chacun de ceux-ci est destiné aux empoisonneurs.

Le plat principal est servi : un porc empoisonné présenté avec une belle poire printanière dans la gueule, placée là après cuisson. Les serveurs l'exposent d'abord à la table de Katharine et Natalia, afin d'y découper les plus beaux morceaux et de les agrémenter de pleines cuillères de courge orange sucrée à la mélasse et à l'arsenic. Ce cochon est délicieux, juteux et riche. L'oiseau rôti dans l'assiette de Nicolas semble bien chétif et triste en comparaison.

Après le repas, Katharine conduit son prétendant sur la piste de danse.

— Je n'en reviens pas que vous vous portiez si bien, souffle Nicolas en la regardant avec émerveillement. Il y avait tellement de poison… Assez pour terrasser un homme de deux fois votre taille.

— Assez pour en tuer vingt, le corrige Katharine en souriant. Mais ne vous inquiétez de rien, Nicolas. J'ingère des poisons depuis ma plus tendre enfance. J'en suis pratiquement constituée, désormais.

ROLANTH

Mirabella se tourne et se retourne devant le miroir avec une expression affligée tandis que Sara et des prêtresses ajustent les plis de sa robe.

— Le tissu est tellement fin à certains endroits, pointe Mirabella en étudiant un morceau transparent près de sa hanche.

La robe a été fabriquée dans une matière diaphane en couches superposées et enveloppées sur elles-mêmes. Elle est aussi légère que l'air et se laisse porter par les brises.

— Elle est magnifique, lui assure Elizabeth.

— Juste ce qu'il faut pour accueillir un prétendant, ajoute Bree.

— William Chatworth Junior n'est pas ici en sa qualité de prétendant. C'est un prisonnier. Tout le monde sait qu'il a déjà choisi Arsinoé. Ce festin est une mascarade.

Sara referme un collier autour de la gorge de Mirabella : c'est celui qu'elle avait choisi pour Beltane, celui composé de perles d'obsidienne et de gemmes qui brillent comme le feu.

— L'esprit des garçons est changeant, objecte-t-elle en tapotant les gemmes. Ces pierres lui rappelleront ta danse. Ses yeux ne te quittaient pas à cet instant-là, peu importe ce qu'il dit de la naturaliste.

D'un sourire malicieux, Bree pousse Mirabella sur le côté et se tourne devant le miroir.

— J'ai tellement hâte d'être à ce festin. Du porc mijoté aux pommes, des tartelettes aux fruits rouges… Toutes ces histoires de poisons et de goûteurs, j'ai tellement peur de mes assiettes ces jours-ci que j'arrive à peine à manger une bouchée entière.

Elle pointe du doigt un écart entre sa robe et ses aisselles.

— Regarde ce corsage ! Ma poitrine a rapetissé !

— Bree, rit Elizabeth. Ce n'est pas vrai.

— C'est facile à dire pour toi, avec la paire que tu as. Si elle n'était pas dissimulée sous tes robes de prêtresse, personne ne me regarderait.

Elle effectue des mouvements de va-et-vient avec sa jupe. Malgré ses affirmations outrées, cette robe lui va à ravir, avec ses broderies d'hydrangées bleues.

— Sur quel garçon avez-vous jeté votre dévolu aujourd'hui, ma très chère fille ? demande Sara.

— L'apprenti souffleur de verre de Mme Warren, répond Bree. Celui aux cheveux fauves, avec de larges épaules et des taches de rousseur.

Elle se tourne.

— Mira, si nous tombons amoureux, tu dois me promettre de le nommer dans ta garde royale. Tu dois aussi me promettre de te débarrasser de lui quand nous ne le serons plus.

— Bree, conteste Elizabeth. Elle ne peut pas mettre quelqu'un à la porte simplement parce que tu n'en veux plus ! Si un jour tu réalises que la garde de Mira est entièrement composée de tes anciens amants, ce sera entièrement ta faute.

Mirabella s'efforce de sourire. Elles essaient vraiment de lui remonter le moral depuis qu'Arsinoé et son ours lui ont échappé dans les bois d'Ashburn. La reine a fouillé sans relâche les environs ce matin-là, mais elle aurait pu croire que sa sœur et son ours avaient tout simplement disparu.

— Il y aura des rumeurs, des bruits courront, souffle Mirabella. Le peuple dit déjà que je suis rentrée la queue entre les jambes.

— Mais nous connaissons la vérité, proteste Elizabeth. C'est Arsinoé qui a fui, pas toi.

C'est Arsinoé qui a fui. Mais pour quelle raison ? L'ours a totalement pris Mirabella par surprise. Il aurait pu la déchiqueter en mille morceaux. Elle ne comprend pas pourquoi cela n'a pas été le cas. Pourquoi est-ce qu'Arsinoé ne s'est pas battue.

Le pavillon du parc de la Lande a été orné de couronnes de fleurs et de longs rubans blancs et bleus flottant dans les airs. Le Temple souhaite lui présenter William Chatworth Jr. à cet endroit comme s'il était un présent.

— Il y a tellement de monde, murmure Mirabella alors que leur voiture s'arrête.

Rolanth dans sa totalité ne doit plus compter une seule âme, que ce soit dans les fermes de moutons au sud ou sur les étals du marché de Penman au nord.

Mirabella prend une profonde inspiration. L'atmosphère amène des odeurs de tartes aux pommes cuites et de fumée épicée de feux de rôtissoires.

— Mirabella ! La reine Mirabella est arrivée !

Les personnes les plus proches de la calèche se précipitent dans sa direction. Mirabella, Bree et Elizabeth en sortent, et elles se retrouvent rapidement au milieu de neuf prêtresses gardiennes. Certains participants sont saouls et s'approchent trop près du groupe.

— Reculez ! hurle Bree tandis que les prêtresses posent leurs mains sur les manches de leurs couteaux dentelés.

— Rho devrait être avec nous, dit Elizabeth.

— Rho est avec Luca, répond Mirabella.

— En outre, ajoute Bree, qui aime avoir Rho à proximité ?

Mais Elizabeth a raison. Si Rho avait été présente, elles n'auraient pas à se soucier de la foule.

— Est-ce que vous entendez ? murmure Elizabeth.

Mirabella n'entend rien si ce n'est le bruit de la cohue et les morceaux joués par les musiciens à côté du pavillon.

— De quoi parles-tu, Elizabeth ?

L'initiée tend le cou en direction des branches aux feuilles vertes qui dardent leur ombre sur le chemin.

— C'est Pepper, souffle-t-elle. Il est agité, il a reconnu quelqu'un.

— Je crois savoir qui, confirme Bree.

À côté de la fontaine, Luca et Rho se tiennent à la tête d'un groupe de prêtresses. À genoux devant elles, la tête baissée de telle sorte qu'elle ne peut en discerner que les cheveux couleur sable mouillé, se trouve le prétendant, William Chatworth Jr.

À sa droite, Joseph Sandrin.

Mirabella veut hurler, mais elle ne réagit pas. Elle a été élevée pour devenir reine et elle a conscience de tous les yeux braqués sur elle. Elle ne peut pas se permettre de demander pourquoi Joseph est présent. Elle ne peut même pas serrer les mains de ses amies dans les siennes.

— Reine Mirabella, déclare William. Je suis ici pour vous servir.

— Vous êtes le bienvenu, répond-elle d'une voix distante.

William lève les yeux, et elle se force à sourire. Est-ce que Joseph va rester ? Est-ce la manière qu'il a trouvée pour être près d'elle ?

— Viens, Mira, lui souffle Bree avant de l'escorter à la table du banquet.

Elizabeth effectue une révérence et les quitte pour dîner avec les autres prêtresses.

Joseph est assis de l'autre côté de William Chatworth, qui lui-même est placé sur la gauche de Mirabella. À droite de la reine, la grande prêtresse Luca fait signe aux musiciens de jouer, et des danseurs et jongleurs viennent occuper l'espace herbeux devant la table.

Quand une prêtresse novice apporte la première tranche du cuissot rôti d'un sanglier, Chatworth saisit le couteau et la fourchette de la reine avant même qu'elle ait le temps de les toucher.

— Pas encore, ma reine, explique-t-il. Voici mon fardeau. Mâcher et avaler afin de voir si je trouverai la mort, pour m'assurer que ce ne sera pas votre cas.

Il mange un petit morceau de la viande et une section de la pâtisserie aux pommes. Il rince le tout avec un peu de vin du gobelet de la reine.

Mirabella attend, pendant que lui tapote la table de ses doigts.

— Aucune crampe. Aucune brûlure. Pas une seule goutte de sang ne coule de mes yeux.

— Est-ce sans danger, William ?

— Appelez-moi Billy. Et oui, je le pense. Contrairement à tout ce que vous avez infligé à Arsinoé dans cette forêt.

Mirabella lui jette un regard noir. Ses yeux sont plissés, mais ce sourire est faux. Il cache des sentiments aussi froids que la pierre.

— Aucune excuse valable ne peut justifier ce qu'il s'est passé, je n'en présenterai donc aucune.

— Très bien. Je vous l'aurais de toute façon recrachée au visage.

— Puis-je avoir ma fourchette maintenant, Billy ?

— Non.

Il fait un signe de tête en direction de la foule, qui mange sa part de sanglier rôti et de poisson fumé sur des tranchoirs de pain. Elle danse, rit et observe la table royale du coin de ses multiples yeux.

— Nous devons leur donner un vrai spectacle. N'est-ce pas là ce qu'ils attendent ? Une belle histoire d'amour pour leur reine ?

Il coupe un morceau de viande et le transperce de sa fourchette. Il lui propose la bouchée en plaçant une main sur le dos de sa chaise, comme si, par admiration, il lui donnait des bonbons du bout des doigts.

Le peuple les applaudit quand elle mâche enfin la nourriture.

— Voilà, ajoute Billy. C'est bien mieux, même si vous avez hésité. Avez-vous cru que j'enfoncerais la fourchette au fin fond de votre gorge ? La moindre de ces prêtresses barbares me prendrait d'assaut à l'instant même où je le ferais.

— Mais votre mort servirait Arsinoé. C'est peut-être pour cela que vous prendrez tout de même le risque.

— La situation n'est pas encore si désespérée, reine Mirabella.

Elle essaie de regarder autour de lui, d'apercevoir Joseph, mais, de toutes les personnes présentes, il s'est détourné d'eux pour échanger avec Rho. Personne ne semble les écouter ; personne n'entend les mots que Billy est en train de lui assener. Sara parle avec Luca. Même Bree est distraite, elle tente de capter l'attention d'un garçon aux cheveux fauves.

— C'est ainsi que les choses vont se passer, dit Billy d'une voix basse. Je goûterai pour vous. Je sourirai. Cela apaisera mon père.

Il lui tend une nouvelle bouchée de pommes sucrées.

— Et je retrouverai mon Arsinoé avant même que je lui manque.

WOLF-SPRING

— Je ne porterai pas ça, affirme Arsinoé.

Madrigal soupire en laissant la longue robe noire tomber sur le lit d'Arsinoé.

— C'est la première fois qu'ils te rencontrent. Tu pourrais porter une robe. Juste une fois.

Arsinoé se tourne vers son miroir et ajuste les manches de son chemisier noir. Elle remet son masque droit.

— Je n'ai pas porté de robe depuis mes six ans. Cela explique en partie pourquoi je pleurais quand on est venu me chercher au Cottage noir.

Elle tend les mains.

— Alors ? Comment me trouvez-vous ?

Madrigal hausse les sourcils.

— Oh, on s'en fiche, non ? s'emporte Arsinoé.

— Tu es d'une humeur massacrante, et tu ne les as même pas encore rencontrés.

— Tommy Stratford et Michael Percy, marmonne Arsinoé alors qu'elle déboutonne sa veste et s'en débarrasse.

Il en faut peut-être une autre. Celle à rayures confectionnée par Luke. Elle fixe son reflet qui lui renvoie son regard noir, une petite partie de sa cicatrice rosée dépasse de son masque rouge et noir.

— Quelle serait la punition au juste, demande-t-elle, si Braddock devait les manger tout cru, accidentellement, je veux dire ?

— Il n'est pas sage de plaisanter de ce genre de choses.

— J'aimerais que Billy soit ici.

— S'il l'était, il y aurait du grabuge, déclare Madrigal.

Arsinoé dissimule un sourire.

— Bon, si toi tu ne veux pas la porter, peut-être que je peux la passer à Jules. Elle sera un peu longue…

Madrigal se penche pour soulever le vêtement, et quelque chose de petit et sombre tombe de sa ceinture verte.

— Qu'est-ce que c'est ? interroge Arsinoé.

Madrigal ramasse rapidement l'objet pour le cacher.

— Ce n'est rien, affirme-t-elle.

Mais Arsinoé a assez pratiqué la magie basse pour reconnaître les cordelettes qui servent à préserver le sang.

— Ce n'est pas le tien, lui assure Madrigal. Même moi je n'oserais pas m'en servir. De plus, pour ce genre de sortilège, il vaut mieux se servir de son propre sang.

— Quel type de sortilège ?

Mais Arsinoé connaît la réponse. La longueur de cordelette était nouée autour d'un anneau doré qu'elle a déjà vu. Elle espère avoir tort, mais il ressemblait à la bague que Matthew avait donnée à Caragh, il y a bien longtemps.

— Un charme, rien de plus, réplique Madrigal en évitant de la regarder dans les yeux.

— Mais comment avez-vous pu l'obtenir ? Est-ce que vous avez fouillé ses affaires ? J'aurais pensé qu'elle l'aurait emmenée avec elle au Cottage noir.

— Eh bien, non. Elle la lui a rendue. Et qu'est-ce que ça peut bien faire ?

Madrigal se dirige jusqu'à la fenêtre et observe l'extérieur, où, dans la cour, Braddock joue avec Camden et Jules. Il est pratiquement l'heure d'y aller.

— Ne changez pas de sujet, ordonne Arsinoé.

Madrigal fait rapidement volte-face.

— Caragh n'est pas là, siffle-t-elle. Alors pourquoi est-ce qu'il devrait encore l'aimer ? Pourquoi ne m'aimerait-il pas moi ?

— Car ce que vous avez fait est affreux. Est-ce que vous employez ce charme depuis longtemps ? C'est pour ça qu'il est venu à vous ?

— Non. Il me désirait. Il me désire toujours, mais…

— Mais il ne vous aime pas.

— Bien sûr que si ! C'est juste que…

Madrigal s'arrête.

— Pas comme il l'aime, elle.

— Et alors ? C'est si grave s'il tient quand même à vous ?

Madrigal secoue la tête.

— Tu ne comprends pas.

Elle pose une paume à plat sur son ventre.

— Vous êtes enceinte.

— Oui.

Elle baisse le regard vers son ventre et sourit tristement.

— Un autre petit de Beltane, je crois. Il semblerait que je sois douée pour en avoir. Seulement, cette fois-ci, je ne dirai à personne comment a été conçu cet enfant.

— Car vous voulez qu'il ait un père, comprend Arsinoé. Vous voulez qu'il ait Matthew.

Elle fait la moue. Toute cette vie à pratiquer la magie basse, et Madrigal se comporte encore de la sorte, en en connaissant pertinemment les risques, en sachant qu'il y a toujours un prix à payer.

— Cela ne va pas bien se passer, prédit Arsinoé.

— Mais si, tout ira bien. Mais tu ne peux rien dire à Jules, pas avant que je sois prête. Elle sera contente, si on lui laisse un peu de temps. Jules adore les bébés.

— Elle ne l'élèvera pas, si c'est à ça que vous pensez, la prévient Arsinoé.

Madrigal se recule comme si elle venait de recevoir une gifle.

C'était une remarque cruelle, mais elle n'était pas infondée. Elle regarde la ceinture de Madrigal, là où se dissimule le charme.

— Vous devriez vous débarrasser de ça avant qu'il soit trop tard. C'est moins un charme que ça n'est une malédiction.

L'ours fixe les poulets alors qu'Arsinoé atteint la cour. Quand il la voit, il lève la tête et abaisse sa lèvre inférieure, Camden range immédiatement sa queue et rabat les oreilles.

— Mais ne réagis pas comme ça, la fustige Jules en touchant la tête de son félin. C'est un ami, maintenant.

— Camden ! la houspille Arsinoé. Tu ne pardonnes rien à mon ours parce que c'est un ours, mais tu pardonnes à tout le reste de l'île ? J'ai vu les coups de museau que tu donnes à Joseph, espèce de chiffe molle à poils.

Jules se met à rire en caressant le dos du couguar.

Ils se dirigent ensemble vers le verger : deux filles, un ours et un couguar. L'estomac d'Arsinoé est plus tendu que la corde d'un arc. Le masque qui recouvre son visage et la lame empoisonnée qui repose dans sa veste la rassurent, mais elle aimerait quand même se trouver un trou dans lequel se terrer jusqu'au lendemain matin.

— Ils sont arrivés ? demande Arsinoé.

— Oui.

— Ils ressemblent à quoi ?

— À des bouffons, répond Jules avec honnêteté. Mais souviens-toi que tu pensais la même chose de Billy quand on l'a rencontré pour la première fois.

— Certes, mais quelles sont les chances que je me trompe deux fois ?

Elle balance des coups de pied dans les cailloux de la route, et Braddock leur donne à son tour des coups de patte comme s'il s'agissait d'un jeu. Il est difficile d'imaginer que c'est le même ours qui a déchiqueté autant de personnes sur la plage de la Révélation.

Mais c'est pourtant bien le cas, et un jour elle reverra ses griffes découper une personne en morceaux.

— Comment vas-tu, Jules ? Est-ce que tout va bien ?

— Je ne suis pas en train de devenir folle, si c'est ce que tu veux savoir…

— Ce n'est pas ce que je veux dire. C'est juste que…

— Je vais bien. Je ne ressens rien d'étrange, je ne suis ni malade ni différente.

— Eh bien, médite Arsinoé, ce n'est pas tout à fait vrai, si ?

Jules a commencé à en appeler à son don de la guerre. Arsinoé le sait, car Jules passe trop de temps seule pour qu'il y ait l'ombre d'un doute dans son esprit.

— Tu veux bien me le montrer ?

— Ça ne me plaît pas.

— S'il te plaît ! Je peux comprendre quel effet ça fait d'avoir un don qui reste un mystère pour tous ceux qui m'entourent. Je me demande parfois quel genre d'empoisonneuse je serais devenue si j'étais allée chez les Arron. Tu dois bien te demander comment les choses auraient tourné pour toi si tu avais été confiée aux guerriers de Bastian.

— Je serais restée naturaliste, murmure Jules.

Mais elle inspire profondément et serre les mâchoires, elle lève un bras en direction des arbres à proximité. Sous les yeux d'Arsinoé, les branches d'un érable se mettent à frémir, comme si des écureuils y chahutaient. Puis cela cesse.

— C'était toi, ça ? demande Arsinoé.

— J'essaie d'apprendre à briser des branches, ça nous ferait gagner du temps sur la découpe du bois pour l'hiver, répond Jules avec amertume.

— C'est vrai que ce serait pratique.

— On dit que ceux qui ont le don de la guerre ne peuvent plus faire voler d'objets. Que cette partie-là du don, le déplacement par l'esprit, a disparu !

— J'imagine que c'est faux. Les dons gagnent en puissance dans toute l'île. Avant qu'on ait le temps de le réaliser, nous reverrons de grands oracles et plus rien ne sera jamais une surprise.

Arsinoé plisse les yeux.

— Je me demande bien ce que tout cela veut dire.

— Peut-être qu'une grande reine va bientôt être couronnée, déclare Jules. Toi, peut-être.

ROLANTH

Le lendemain du banquet, Joseph se présente à la maison des Westwood pour voir Mirabella. Bree le laisse entrer dans le salon en secret.

— Tu mérites bien une audience avec elle, lui lance Bree. Comme tu lui as sauvé la vie. Mais si tu tentes quoi que ce soit pour aider la reine naturaliste, je vous écorcherai vif toi et ton beau prétendant d'ami et je renverrai vos corps à Wolf-Spring dans une barge.

— Euh, merci, répond Joseph.

Bree fait une révérence à Mirabella et quitte la pièce.

— Dans une barge ? demande-t-il quand ils se retrouvent seuls.

— Fluviale, très certainement.

Le sourire de Mirabella est pincé, tendu. Cette rencontre n'a rien à voir avec les précédentes. Joseph est bien habillé, sûr de lui, et le soleil est levé.

— Au moins nos corps pourront profiter d'un beau paysage avant qu'ils regagnent nos familles, conclut-il, ce qui la fait rire.

— Pourquoi es-tu ici ? s'enquiert-elle.

— Dans cette maison ? Ou à Rolanth ?

— Les deux.

Comme il ne répond rien, elle s'écarte de lui et se rend près des fenêtres.

— Est-ce que tu es venu me demander de rester à l'écart d'Arsinoé, de l'épargner ?

— Ce serait un voyage effectué en vain, non ?

— Pourquoi es-tu ici, alors ?

Mirabella pose ses mains sur ses hanches.

— Ce n'est pas comme ça que j'imaginais nos retrouvailles. Ce n'est pas ainsi que nous nous sommes séparés cette nuit-là sur la plage, après que tu m'as sauvée des griffes de son ours et que ce qui me terrifiait le plus était d'être séparée de toi. Beltane était-il vraiment il y a si longtemps ?

— Non, dit-il doucement. Il n'est pas si lointain que ça.

— Quand je t'ai vu avec William Chatworth, Billy, j'ai voulu me jeter dans tes bras. Je suis restée éveillée la nuit dernière en espérant que tu trouverais une façon de venir à moi. Je t'ai attendu.

Elle le regarde, mais lui se détourne.

— Mais j'imagine que tu étais avec lui. Pas si loin que ça de ma porte, mais beaucoup d'autres portes verrouillées et de Westwood aux aguets se dressaient sur ton chemin.

— Mirabella…

— Je n'arrête pas de parler car je sais que quand je le ferai, tout ce qu'il y a entre nous se terminera. C'est pour ça que tu es venu me voir.

— Je suis venu te dire au revoir.

La gorge de Mirabella se resserre, ses yeux la piquent. Mais c'est une reine. Jamais elle ne pourra afficher ouvertement un cœur brisé.

— Tu l'as choisie elle parce que tu ne pouvais pas m'avoir moi ?

À l'instant où ces mots quittent ses lèvres, elle souhaiterait ne pas les avoir prononcés. Elle déteste le ton qu'elle a employé, cet espoir insensé.

— Je l'ai choisie elle parce que je l'aime. Je l'ai toujours aimée.

Il ne ment pas, mais là n'est pas l'entière vérité. Ses yeux fuyants trahissent ses sentiments.

— Ce ne sont que des mots. Tu m'as dit m'aimer une fois aussi. Tu… me désires toujours, Joseph.

Il la regarde enfin dans les yeux, mais ce qu'elle trouve dans son regard n'a rien à voir avec du désir. C'est de la culpabilité.

— Une partie de moi te désirera toujours. Je m'inquièterai toujours de ton sort. Mais je choisis Jules.

— Comme s'il y avait un choix à effectuer.

— S'il y en avait un à faire, si je devais vraiment choisir, cela ne changerait rien. Ce qui s'est passé entre nous était une erreur. Je n'ai pas réfléchi. Je ne savais pas où je me trouvais, ni même qui tu étais.

— Et la nuit de la Chasse ? Nous savions parfaitement ce que nous faisions. Tu ne vas quand même pas me dire que c'était une erreur ? Un accident ?

Joseph baisse la tête.

— Cette nuit était…

De l'extase pure, passionnelle. Un moment de quiétude dans le chaos du festival.

— … du désespoir, finit-il par lâcher. Je voulais être avec Jules, mais elle m'avait repoussé. Je pensais l'avoir perdue.

Un goût amer se propage dans le fond de sa gorge. Jules le veut et elle l'a, et maintenant elle jubile. Elle ne peut même pas laisser ses souvenirs à Mirabella. *Mais ce n'est pas juste*, pense Mirabella en fermant les yeux. *J'ai toujours su que j'étais l'intruse dans leur histoire.*

— Pourquoi parcourir tout ce chemin pour me le dire ? demande-t-elle.

Sa voix semble neutre et distante à son oreille.

— J'imagine que je ne voulais pas te donner de faux espoirs. Je te le devais bien, non ? Je ne pouvais pas simplement disparaître, pas après tout ce qu'il s'est passé.

— Très bien. Je ne nourrirai aucun espoir. Si tant est que ce fût le cas un jour.

— Excuse-moi, Mirabella.

— Pas d'excuses. Je n'en ai pas besoin. Quand reprends-tu la mer pour Wolf-Spring ?

— Ce soir.

Elle se retourne vers lui et lui sourit, ses mains croisées sur le haut de sa jupe.

— Très bien. Bon voyage, Joseph.

Il avale sa salive péniblement. Il y a tant d'autres choses qu'il voudrait lui confier. Mais elle refuse d'en entendre davantage. Il s'en va, et le papier peint texturé du salon se met à osciller devant les yeux de la reine.

Alors que le bruit de ses pas s'efface, Bree se glisse dans la pièce et vient la prendre dans ses bras.

— Il l'a choisie elle. Je le savais. Il lui appartenait avant même qu'il m'appartienne.

— J'ai tout entendu, répond doucement Bree.

— Tu nous écoutais.

— Bien évidemment. Est-ce que tu vas bien, Mira ?

Mirabella tourne la tête. Si elle se rendait à la fenêtre donnant au sud, elle pourrait l'observer partir. Elle pourrait savoir s'il se retourne ou non pour regarder en arrière.

— Je vais bien, Bree. C'est terminé.

Bree soupire.

— Non. J'ai vu comme il t'a prise dans ses bras ce soir-là, Mira. Comme il t'a protégée de cet ours, la moitié de l'île l'a vu. Tu as raison : en tant que reine, cela doit se terminer pour toi. Mais quiconque a des yeux peut constater que ce ne sera jamais terminé pour lui.

WOLF-SPRING

Le verger est noir de monde quand ils y parviennent enfin, et l'animation sur la parcelle de terre est telle que personne ne remarque l'arrivée d'un grand ours brun.

— Les voilà, pointe Jules.

Deux garçons aux cheveux rouge doré échangent avec Ellis et Madrigal. Cette dernière flirte impitoyablement avec eux.

— J'espère qu'ils ne s'attendent pas à m'entendre glousser de la sorte, lance Arsinoé.

— Personne n'attendrait un tel comportement de qui que ce soit, lui rétorque Jules en observant sa mère avec une expression amère.

— Lequel est Tommy et lequel est Michael ?

— Tommy est le plus grand, Michael le plus beau.

— Jules, la reprend Arsinoé. Je le dirai à Joseph quand il reviendra.

Elle étire les épaules. Les désagréments ne peuvent plus être repoussés à plus tard. Elle tend une main vers Braddock pour le caresser. Il est calme, ses yeux clignent de curiosité face à toute cette activité et cette nourriture entassée sur les tables.

Arsinoé s'avance d'un pas en direction des prétendants et lève un bras pour les saluer. Au même moment, des enfants sortent à toute vitesse des arbres. Elle tombe dans la cohue, renversée dans la boue tandis que les enfants hurlent, obnubilés par une partie de chat. Braddock grogne et se joint au jeu. Il la balance d'avant en arrière par terre, il la bouscule jusqu'à une pile de chaises qui chute dans le mouvement. Des pommes lui pleuvent dessus comme de la grêle, et elle se recouvre la tête alors que l'ours se retrouve allongé sur ses jambes.

Quelqu'un pousse un cri, et Arsinoé montre immédiatement la paume de ses mains.

— Non, non, Braddock, lève-toi, lui intime-t-elle.

Elle roule pour se redresser sur ses genoux, juste à temps pour voir Jules dégager un couteau des mains de Tommy Stratford.

— Ça suffit, Braddock, ça suffit.

Arsinoé rit tout en poussant la grande tête brune.

— Excusez-moi, dit Tommy. J'ai cru… j'ai cru qu'il l'attaquait.

Michael Percy rassemble un peu de courage et passe devant Tommy pour offrir sa main à la reine.

— Cet ours est un sacré morceau à gérer, déclare-t-il en l'aidant à se relever. Comment est-ce que vous y parvenez ?

— Parfois, je n'y arrive pas. Comme vous avez pu le constater.

Elle lui sourit, et l'expression du prétendant vacille. Il ne fait aucun doute qu'il se rappelle le carnage des scènes de la Révélation. Mais l'ours n'était pas encore Braddock. Il n'était rien de plus qu'un animal furieux et effrayé, contrôlé par un sortilège de magie basse.

Arsinoé dégage sa main de celle de Michael. Il n'y a aucun mal à accepter la main tendue d'un prétendant. Malgré ça, elle ne peut s'empêcher de se demander ce qu'en penserait Billy, mais aussi ce qu'il fabrique à Rolanth avec sa sœur.

Tommy s'approche par l'autre côté.

— Est-ce que vous allez bien ? demande-t-il à toute vitesse, comme pour couper la parole à Michael.

S'ils se comportent ainsi toute la journée, elle en aura bientôt plus qu'assez d'eux.

— Pourquoi avez-vous choisi de me courtiser ensemble ? les interroge Arsinoé.

Partager une barge lors du Débarquement était déjà étrange, mais cela est hautement inhabituel.

— Par amour de la compétition, répond simplement Tommy.

Il sourit et découvre ainsi des dents blanches et brillantes sur un visage agréablement beau. Il est mieux bâti que Michael, mais entre leurs cheveux rouge doré et leurs traits similaires, les regarder donne l'impression d'observer l'un au naturel et l'autre sous un verre grossissant.

— C'est la vérité. Nous avons toujours été très compétitifs, l'interrompt Michael.

Il se penche pour aider Luke à redresser une table renversée. Arsinoé sourit comme pour s'excuser, mais Luke lui répond par un clin d'œil. Personne ne semble s'offusquer de devoir ranger. Tant que son ours sera à ses côtés, elle ne peut commettre aucune erreur.

— Nous sommes cousins, voyez-vous, continue Michael. Nous fréquentons les mêmes écoles, passons nos étés dans les résidences l'un de l'autre. Quand vous passez autant de temps avec quelqu'un, il se développe forcément un certain esprit de surenchère.

— Vous devez ressentir la même chose envers les autres reines, tente Tommy.

— Ce n'est pas tout à fait pareil quand on doit les tuer, rétorque Arsinoé en étirant le cou afin de voir où est Jules.

Elle pourra peut-être la débarrasser de l'un des deux, ils étaient tout aussi impressionnés par Camden qu'ils l'étaient par Braddock.

Elle repose les yeux sur Tommy, mais lui les détourne. Il lui faut quelques instants, mais elle comprend enfin pourquoi : il essaie de distinguer ce que cache le masque. Arsinoé ne sait pas si elle devrait en rire ou au contraire le frapper.

— Pourquoi avez-vous demandé à me rencontrer d'abord ? Pensiez-vous que je mourrais la première ?

Michael secoue la tête avec empathie.

— Pas du tout. Nous voulions simplement voir l'ours de près. Nous avions hâte.

Il fait un geste pour le moins timide en direction de Braddock, qui se déplace d'un pas lourd devant eux.

— Je peux ? Enfin, il n'est pas dangereux ?

— Tant que vous lui donnez du poisson, il sera doux comme un agneau.

Tandis que le soleil se couche sur le verger et que les brasiers s'allument un à un pour la soirée, Arsinoé et Jules s'écartent de la foule. C'est une nuit agréable. Les enfants de Wolf-Spring courent les uns derrière les autres d'un feu à l'autre avec témérité. Les habitants sont assis à des tables à jouer et à grignoter des restes de tourtes. Camden est allongée contre les jambes de Jules, et Braddock se trouve quelque part dans l'obscurité, le ventre enfin rempli de poissons et de pommes, lassé du hurlement des enfants.

— Ils ne sont vraiment pas si terribles, déclare Jules. Ils pourraient être tellement pires.

— J'imagine, oui.

Arsinoé penche la tête de fatigue. Tommy et Michael sont installés à une table près des cochons de lait rôtis, ils hochent la tête et s'amusent d'une blague de Luke.

— Luke semble les apprécier.

— Ne te laisse pas berner, lui dit Jules. Il ne fait que les tolérer, rien de plus. Tu sais que son cœur va à Billy avec presque autant de ferveur que le tien.

— Que le mien ? Je ne me rappelle pas m'être engagée à quoi que ce soit.

— Bon. Dès qu'il reviendra de Rolanth, peut-être.

— Peut-être.

Arsinoé ricane et croise les bras. Son cœur se fige soudain. Son couteau n'est plus dans sa veste.

— Jules, mon couteau a disparu.

Elle se tapote tout entière, comme s'il avait pu se déplacer vers une autre poche par lui-même.

— Il est certainement tombé alors que tu te chamaillais avec Braddock. Nous pourrons le retrouver demain, en plein jour.

— Tu ne comprends pas.

Arsinoé parcourt rapidement du regard la foule présente. Son peuple qui parle et boit. Luke appelle Tommy et Michael depuis les abords de la rangée de pommiers la plus proche, ils se lèvent pour faire un jeu d'ombres avec les enfants. Avant de partir, Tommy se découpe une tranche de viande et la mange. Le cœur d'Arsinoé bondit devant cette scène. Il a utilisé son couteau. Comme tout le reste de sa tablée. Son couteau à la lame empoisonnée.

— Oh, ma Déesse, murmure-t-elle, avant de se précipiter vers la table pour le récupérer.

— Arsinoé ? Qu'est-ce qui ne va pas ? lui demande Jules en la rejoignant.

— Ils ont utilisé mon couteau ! Celui que j'ai perdu !

Il faut quelques secondes à Jules pour comprendre la situation. Pour elle, Arsinoé n'a toujours rien d'une empoisonneuse.

— Qui mangeait là ? interroge-t-elle.

— Les deux prétendants... Je ne sais pas qui d'autre ! Nous devons appeler un guérisseur, Jules, tout de suite !

Arsinoé commence à courir, mais Jules la retient.

— Appeler un guérisseur pour lui dire quoi ? Que notre empoisonneuse secrète a accidentellement empoisonné ses prétendants ? C'est impossible !

Arsinoé cligne des yeux.

— Qu'est-ce que tu veux dire ? Ce n'est plus important, il faut les aider !

— Arsinoé, non !

Elle agrippe le bras de la reine d'une poigne de fer quand ils entendent le premier cri.

— Du poison ! s'écrie Luke. Du poison ! Appelez les guérisseurs ! Les prétendants ont été empoisonnés !

— Non, souffle Arsinoé pitoyablement, mais Jules l'agrippe farouchement et glisse le couteau dans sa poche arrière.

— Tu n'as rien prémédité, siffle Jules avec férocité. Ce n'est pas ta faute ! Il est trop tard pour les aider, maintenant.

MANOIR GREAVESDRAKE

— Empoisonner des prétendants ? Je n'ai rien fait de la sorte ! déclare Katharine. Pourquoi les empoisonnerais-je avant même de les rencontrer ?

Elle croise les bras et tourne le dos aux hautes fenêtres du bureau de Natalia.

— Parce qu'ils ont préféré ta sœur, l'accuse Geneviève. Car elle en a reçu deux et toi qu'un seul. Parce que tu le pouvais !

Geneviève croise elle aussi les bras, mais Natalia se masse les tempes du bout des doigts avec lassitude.

— Arrêtez de vous chamailler comme deux enfants gâtées, murmure-t-elle.

— Eh bien, elle a vraiment mis un beau désordre, crie Geneviève à demi. Revenir d'entre les morts est une chose, mais tuer des prétendants du continent ?

Elle lève ses mains vers le plafond.

— Je vous ai dit que je n'avais rien fait ! hurle Katharine. Natalia, ce n'est pas moi !

— Que ce soit ta faute ou pas ne change rien. Ils sont morts, et si tu n'y es pour rien, alors quelqu'un a agi à ta place. Que nous reste-t-il à faire, maintenant ?

Natalia tente de se calmer en prenant une nouvelle gorgée de brandy empoisonné à l'if. Seulement, elle a déjà trop bu. Son esprit est ralenti alors qu'il devrait être vif. Elle regarde son verre et le vide quoi qu'il en soit.

— Ce pourrait être pire. Ces prétendants avaient une famille qu'il faudra apaiser, fut une époque où cela aurait été un pays tout entier. Il n'y a aucune guerre à craindre.

— Pense à tout l'argent que ça va coûter, grogne Geneviève. Aux ressources et aux faveurs nécessaires. La Couronne sera en faillite avant même qu'elle puisse la porter !

— Au moins, ils étaient cousins, il n'y a donc qu'une famille à apaiser plutôt que deux, souffle Katharine.

Natalia la réprimande des sourcils.

— Cela ne va pas plaire à l'île.

Geneviève fait les cent pas. Quand elle s'arrête, son corps tressaute au rythme des tapotements de son pied sur le sol.

— Le bruit court dans toute l'île. Les prétendants ne sont pas les seuls à avoir trouvé la mort, un vieil homme et une petite fille de Wolf-Spring ont également succombé au poison. Tout cela se mélange à des histoires de fermiers mourant dans de grands incendies et de bétail foudroyé. Cette Ascension est incontrôlable !

Elle pointe Katharine du doigt.

— Si tu te contentais d'empoisonner comme la reine Camille ou la reine Nicola, rapidement et proprement. Des poisons qui atteignaient leurs cibles, et seulement leurs cibles !

— Geneviève, tais-toi, la coupe Natalia. La façon dont une reine empoisonne ne regarde que la reine en question. Promulgue une déclaration de la part du Conseil. Rappelle au peuple que les plus grandes Ascensions sont sanglantes et chaotiques. C'est en ces occasions que les reines les plus puissantes émergent. Des prétendants meurent, ce n'est pas extraordinaire. Même s'ils avaient été vivants pour le couronnement de Beltane, ils n'auraient peut-être pas survécu à la Chasse des célibataires dans les bois d'Innisfuil.

— Cela est quand même désordonné, répète Geneviève, mais moins fort.

— Natalia, reprend Katharine. Je n'ai réellement pas…

Natalia fait un geste de la main.

— Que ce soit le cas ou non, nous devons tout de même trouver une issue satisfaisante

Elle se lève et quitte son bureau pour regarder par les fenêtres, en direction de la grande ville d'Indrid-Down de l'autre côté des collines.

— Ces prétendants n'étaient de toute façon pas importants. Notre alliance avec le père du garçon Chatworth est toujours de mise. Il a beaucoup investi pour gagner la confiance des Westwood, dans l'éventualité où cela puisse nous être utile, et son fils fera un bon roi consort le moment venu.

— Ne peut-on pas l'écarter de ma sœur ? interroge Katharine. Je n'aime pas l'idée qu'il se retrouve entre nous. Je veux la voir, j'aimerais plonger mon regard dans le sien pendant que je lui découpe son joli petit visage avec une lame empoisonnée.

Elle s'approche de la carafe à brandy de Natalia et se sert un verre qu'elle boit d'un trait.

— Tu prends du poison à chaque repas, maintenant, constate Geneviève.

— Comment pouvez-vous savoir cela ?

— Les serviteurs parlent. Ils disent que tu es malade jusque tard dans la nuit, que tu en avales trop, que tu vas te faire du mal.

Katharine rit pour toute réponse.

— Vous ne savez donc pas, n'avez-vous pas entendu ? s'étonne-t-elle. Ce qui est déjà mort ne peut mourir.

Natalia fronce les sourcils. Les rumeurs de la reine revenante ne se sont pas tues comme elles l'espéraient. Au lieu de cela, elles ont enflé, et Katharine n'aide en rien le peuple à les oublier.

— Kat, demande Natalia attentivement. Est-ce que tu désires vraiment te rendre auprès de Mirabella ?

Katharine et Geneviève la regardent, interloquées.

— Avec la surveillance rapprochée du Temple, l'affaire serait plus simple si vous vous retrouviez face à face, explique Natalia.

Nous pourrions organiser une rencontre. Vous rassembler toutes les trois lors du festival de Midsummer. Celui-ci aura lieu dans deux semaines à peine, nous pourrions descendre sur Wolf-Spring.

— Parfait, approuve Geneviève. Tous les dommages causés à Wolf-Spring dans le cadre des affaires des reines ne seront que punition pour avoir échoué à protéger les prétendants. Mais la grande prêtresse Luca n'appréciera pas.

— Qui s'inquiète de ce qui lui plaît ou non ? rétorque Katharine. Si cela ne tenait qu'à vous, je ne ferais rien jusqu'à la fin de Beltane, et nous nous retrouverions toutes les trois enfermées dans la tour. Je n'estime pas mes chances particulièrement hautes une fois enfermée à huis clos avec un ours.

— De plus, reprend Natalia, je pense que la grande prêtresse aimerait forcer la main de sa reine aussi. Personne n'était très heureux de voir Mirabella ressortir des bois d'Ashburn en sachant qu'Arsinoé respirait encore. Si nous proposons d'organiser le festival de la Lune des Moissons à Rolanth ensuite, je ne pense pas qu'elle aura d'objection à celui de Midsummer.

— Je vais consulter le Conseil immédiatement, assure Geneviève en effectuant une demi-révérence et en s'éloignant vers la porte.

— Attends, la retient Natalia. Laisse-moi envoyer une lettre à Luca d'abord. Cela nous épargnera peut-être un débat.

ROLANTH

Billy a ordonné qu'une table soit dressée pour deux dans le jardin ensoleillé à l'arrière de la maison Westwood. C'est une très belle table, parée d'une jolie nappe blanche et d'élégants plats en argent. Mais alors que Mirabella prend place, le soleil se reflète dans l'un de ces derniers et manque de l'aveugler. Elle appelle donc rapidement des nuages et bientôt le ciel s'obscurcit.

— Quel est l'intérêt de dîner dehors, alors ? s'enquiert Billy. Si vous vouliez de l'ombre, nous aurions pu demander que la table soit installée sous les arbres.

— Je ne laisserai pas la pluie tomber, rétorque Mirabella, et les lèvres de son goûteur se plissent de colère.

Il commence à apprécier Bree et Sara, et il n'a évidemment pas pu résister à Elizabeth. Mais quand Mirabella parle, il l'écoute à peine. Il passe la majeure partie de son temps en compagnie de Bree et de son apprenti souffleur de verre en ville, et quand il n'est pas avec eux, il est avec Elizabeth au temple, fasciné par les prêtresses aux robes blanches et aux bracelets noirs tatoués.

Mirabella s'éclaircit la voix et se tourne vers le chariot de nourriture. Heureusement, c'est un goûteur diligent qui s'est totalement emparé de la cuisine. Malheureusement, c'est un très mauvais cuisinier.

— Qu'avez-vous apporté pour aujourd'hui ?

— Du ragoût de porc avec du pain de maïs pour saucer et, pour le dessert, une tarte aux fraises et à la crème.

— Vous commencez à être plutôt doué, sourit-elle.

— Il est inutile de mentir puisque vous savez pertinemment que je dois le goûter.

Il les sert tous les deux. Le jus du ragoût semble bien liquide et étrangement pâle. Une couche de graisse s'est accumulée à la surface. Il utilise la fourchette et le couteau de la reine pour goûter tout ce que celle-ci a dans son assiette, puis il attend en silence de voir s'il tombera à la renverse ou si de la salive mousseuse va soudainement apparaître à la commissure de ses lèvres.

— Je ne sais même pas pourquoi je fais ça, reprend-il. Les prêtresses, là-bas – il tend la main en direction des ombres de la maison –, m'ont observé lors de la préparation et ont insisté pour tout goûter elles-mêmes.

— Elles ne vous font pas confiance ?

— Bien évidemment que non. Mon père a promis que j'exécuterais les ordres qui me seraient donnés, mais tout le monde sait ce que je ressens pour Arsinoé.

Il s'éclaircit la gorge.

— Mais quoi qu'il en soit, je refuse que vous avaliez le moindre aliment que je n'aurais pas préparé, est-ce que vous me comprenez ?

— Pourquoi pas ?

— Parce qu'il m'a été assuré que si vous mouriez malgré ma présence, Rho me découpera la tête et la renverra à mon père dans une barge.

Mirabella rit.

— Il semblerait que nous renvoyons bien des choses atroces dans des barges.

— Oui.

Billy hausse ses sourcils.

— Joseph m'a répété ce que Bree lui a dit avant de reprendre la mer.

La couverture en tissu du chariot de Billy glousse, et une poule brune sort la tête d'au-dessous, en sortant du panier dans lequel elle était cachée.

— Il y a une poule dans votre chariot.

— Je sais, s'emporte Billy en claquant sa serviette de table sur ses genoux.

— Pourquoi est-ce qu'il y a une poule dans votre chariot ?

— Parce que ce plat était censé être du ragoût de poulet. J'ai nourri cet oiseau à la main pendant des jours afin de m'assurer qu'il ne soit pas empoisonné avant que je le cuisine. Maintenant…

Il sert de l'eau à Mirabella avant d'en boire dans son verre. La poule glousse et Billy lui jette un morceau de pain.

— Maintenant, elle s'appelle Harriet, conclut-il doucement.

Mirabella se met à rire.

— Vous devez très certainement penser que j'ai passé trop de temps avec ces piètres naturalistes.

— Jamais. Les naturalistes constituent un élément vital de l'île. Ils nous nourrissent, assurent de bonnes prises de chasse.

— Une réponse très royale. Est-ce là ce que l'on vous a appris à dire ?

— Pensez-vous que parce que j'ai été éduquée pour porter la couronne, je ne peux pas réfléchir par moi-même ?

Billy hausse les épaules. Il prend une pleine cuillerée de ragoût graisseux et l'avale péniblement avant de tourner son attention vers le pain.

— J'ai connu des filles comme vous. Elles n'étaient pas reines, évidemment, mais elles étaient très riches, très gâtées et n'ont jamais entendu que des louanges dans leur enfance. Tout le monde leur répétait à quel point la position de leur famille était importante. Je pouvais certes en apprécier la vue, mais c'est tout.

Mirabella saisit un morceau de porc, il est immangeable. Si avant son couronnement elle ne peut rien manger d'autre que la cuisine de Billy, elle deviendra pratiquement aussi fine que Katharine.

— Voici des mots bien durs. Votre famille ne doit pas être pauvre, sinon vous ne seriez pas ici.

— Tout à fait, c'est plutôt vrai, mais c'est sans compter mon père qui me rappelle chaque jour qu'il me prendra tout, qu'il transfèrera son héritage à quelqu'un d'autre si je ne le mérite pas.

— Comment pourriez-vous le mériter, alors ?

— En m'élevant au niveau qui lui passe par la tête ce jour-là. Être accepté dans la bonne école, impressionner le gouverneur, remporter un match de cricket. Devenir le roi consort d'une île mystique et secrète.

— Mais vous avez fui l'île. Vous avez emmené Arsinoé avec vous. Renonceriez-vous ainsi à votre fortune pour elle ?

Billy ricane, la bouche pleine de pain.

— Ne soyez pas ridicule, mon but a toujours été de revenir.

Mirabella baisse la tête en souriant. Ses paroles affirment une chose, mais la vérité se lit dans les couleurs qui envahissent ses joues.

— De plus, reprend-il, je crois qu'il ne le pense plus réellement. Une menace proférée de manière quotidienne perd de sa superbe, si vous voyez ce que je veux dire. Pourquoi souriez-vous ?

— Aucune raison en particulier.

Elle pique un morceau de pomme de terre de sa fourchette et le laisse tomber dans l'herbe pour la poule.

— Ce qui est arrivé aux prétendants d'Arsinoé à Wolf-Spring est tragique. Mais une partie de vous doit être ravie qu'ils ne soient plus en sa compagnie.

— « Ravie » n'est pas le terme que j'emploierais pour en parler. Ces garçons sont morts et Katharine semble démente. J'aurais très bien pu me retrouver à leur place. Je ne sais pas si vous êtes réellement la « reine élue » comme tous les habitants de cette ville semblent le penser, mais pour le bien de Fennbirn, vous feriez bien de prier pour que ce ne soit pas Katharine. Elle mènerait cette île à sa perte.

— La reine couronnée est la reine qui est destinée à l'être.

Billy soupire.

— Bon Dieu. N'est-ce pas lassant que de répéter bêtement la rhétorique du Temple ? Ne pensez-vous jamais par vous-même ?

— C'est exactement ce que j'ai fait quand j'ai sauvé Arsinoé, réplique Mirabella brusquement, tandis que les nuages s'assombrissent. À Innisfuil, quand elles ont essayé de la couper en morceaux. Deux jours plus tard, elle ordonnait à son ours de m'attaquer. Alors ne me dites pas qu'elle serait mieux indiquée pour gouverner cette île, elle est tout aussi impitoyable que Katharine.

Il plante son couteau dans un morceau de porc avec autant de force que s'il imaginait embrocher l'œil de Mirabella.

— Elle n'a rien ordonné à cet ours, sombre idiote.

— Pardon ?

— Non, rien, oubliez ce que j'ai dit.

— Non. Que voulez-vous dire ? Bien évidemment qu'elle m'a attaquée !

Mirabella jette un regard aux prêtresses se trouvant près de la maison avant de baisser la voix.

— Qui d'autre aurait pu contrôler son familier ?

— Qui d'autre selon vous ? demande Billy d'une voix tout aussi basse. Une autre naturaliste puissante, peut-être ? Quelqu'un qui aurait tout autant de raisons de vous nuire après que vous lui avez volé le garçon qu'elle aimait ? Peut-être quelqu'un pour qui Arsinoé serait toujours prête à mentir ? renchérit Billy, mais quand Mirabella ouvre la bouche il l'arrête immédiatement. Ne dites pas son nom. Je n'aurais rien dû vous dire, Arsinoé va me tuer.

— Alors, conclut Mirabella tandis que Billy recommence à triturer son piètre repas, Arsinoé n'a jamais voulu me faire de mal.

— Non. Jamais. Arsinoé a grandi en pensant qu'elle allait mourir. Elle ne s'attendait pas à avoir autant de choses pour lesquelles vivre : Jules, Joseph, les Milone…

Il lance un petit sourire.

— Moi. Mais à quoi bon connaître tout ce bonheur ? C'est ainsi que va la vie sur l'île, n'est-ce pas ? L'ordre naturel des choses. Qu'est-ce que tout cela peut bien changer ?

Les doigts de Mirabella s'enfoncent dans sa serviette. Elle veut hurler et pleurer, mais si elle se laisse aller, les prêtresses accourront vers elle.

— Je l'ai pratiquement tuée ce jour-là, sur la route, souffle-t-elle. Pourquoi m'a-t-elle laissé faire ?

— Peut-être se rendait-elle compte que c'était votre devoir. Elle voulait peut-être vous faciliter la tâche.

Les yeux de Mirabella s'emplissent de larmes, et Billy se nettoie rapidement la bouche. Il prend un morceau de tarte aux fraises dans sa fourchette et la tend à la reine.

— Tenez. Goûtez ça.

Tandis qu'elle accepte la bouchée, il essuie furtivement de son pouce la larme qui coule le long de sa joue.

— Veuillez m'excuser, reprend-il doucement. J'imagine que je n'ai même pas essayé de voir la situation de votre point de vue. C'était indélicat de ma part.

— Ce n'est rien. Est-ce qu'elle sait que vous l'aimez ?

Billy soulève les sourcils.

— Comment pourrait-elle le savoir si moi je n'en savais rien ? Cela n'a rien à voir avec ce que j'en ai lu dans les livres. Vous savez, un coup de tonnerre. Des regards qui se croisent. Des coups d'œil torturés. Avec Arsinoé, c'est un peu comme… avoir de l'eau glacée lancée en permanence dans son dos et apprendre à l'apprécier.

— Est-ce qu'elle vous aime ?

— Je n'en ai aucune idée. Peut-être.

Il sourit.

— Je l'espère.

— Je l'espère aussi.

Une autre larme roule le long de sa joue. Billy se précipite pour la dissimuler discrètement.

— Ce n'est rien. Elles croiront que je pleure simplement parce que cette tarte aux fraises est répugnante.

Billy pose sa fourchette, outré. Puis ils se mettent tous deux à rire.

WOLF-SPRING

Ils ont placé les dépouilles des prétendants dans de longues boîtes en bois afin de les renvoyer sur le continent, comme l'exigent leurs traditions. Ces boîtes semblent bien petites, et si immobiles que la gorge d'Arsinoé se bloque complètement. Elle n'a connu Tommy et Michael que brièvement, deux garçons qui se voyaient déjà rois. Peut-être pensaient-ils que tout cela n'était qu'un grand jeu.

Le Conseil noir a dépêché Lucian Arron et Lucian Marlowe afin qu'ils examinent les corps, en espérant qu'ils découvriraient qu'ils n'étaient pas morts d'un empoisonnement. Évidemment, ils n'ont trouvé aucune preuve du contraire.

— Qu'ils lancent autant de rumeurs qu'ils le veulent, déclare Joseph. Tout le monde saura dorénavant qu'ils ont perdu le contrôle de leur reine.

Il passe un bras autour de la taille de Jules et l'autre autour de celle d'Arsinoé, mais cette dernière se dégage de l'étreinte. C'est bien elle qui a tué ces garçons, et non pas Katharine. Elle a été négligente, et elle les a tués.

Arsinoé s'approche du bord du quai et observe le bateau qui transporte les corps de Tommy et Michael prendre le large dans l'anse.

— Je n'arrive pas à respirer, Jules, souffle-t-elle, cherchant l'air avec difficulté.

Elle sent Camden coller sa chaude fourrure contre ses jambes, puis Jules s'approche pour la soutenir.

— Tu avais raison, je n'aurais pas dû jouer avec ce couteau. Je ne savais pas comment le faire prudemment.

— Chut, Arsinoé, lui intime Jules.

Trop de personnes se trouvent sur le quai, trop d'oreilles attentives.

Arsinoé attend de perdre l'embarcation de vue et s'en retourne vers le port, ses pieds se posant lourdement sur les planches de bois. Plus vite elle rejoindra la maison des Milone, plus vite cette journée se terminera.

— Reine Arsinoé ! hurle quelqu'un alors qu'elle traverse les docks pour gagner la route de la colline. Où est votre ours ?

— Eh bien, il n'est pas dans ma poche, s'emporte-t-elle sans s'arrêter. Il doit donc être dans les bois.

ROLANTH

La lettre de Natalia est adressée à la grande prêtresse et non pas à la reine, mais Rho insiste pour qu'elle soit ouverte par des novices gantées dans une pièce sans courant d'air. Elle n'autorisera pas Luca à la toucher avant qu'elle soit entièrement examinée.

— Votre comportement est ridicule, proteste Luca. Les prêtresses ont été enfermées avec cette lettre la majeure partie de la matinée, et aucune d'entre elles n'est tombée malade avec ne serait-ce qu'une coupure de papier. Il n'y a rien à gagner en m'empoisonnant.

Luca fait les cent pas dans la pièce d'un air indigné.

— Quand bien même il y aurait le moindre bénéfice à tirer de ma mort, Natalia aurait déjà tenté sa chance avant. La Déesse le sait bien, elle en a eu l'opportunité plusieurs fois.

Elle marche jusqu'à la fenêtre orientale et en ouvre les volets en grand pour laisser pénétrer la brise. Comme Rolanth se trouve si loin au nord, les étés dans cette ville ne sont jamais incroyablement chauds, mais les pièces du temple peuvent tout de même devenir étouffantes en saison estivale. Ses anciens appartements dans la capitale étaient bien plus agréables. Quand ses jambes étaient encore jeunes, elle se débarrassait de la tension dans les innombrables marches que comptait la tour est du Volroy. Elle soupire, elle est désormais tellement vieille. Si Mirabella obtient la couronne et qu'elles retournent à Indrid-Down, il faudra désormais la porter en litière pour monter et descendre ces marches.

Enfin, la porte de ses appartements s'ouvre, et Rho entre la lettre à la main. À en juger par son regard, Luca sait qu'elle a ignoré l'ordre qui lui intimait de ne pas la lire.

— Alors ? demande Luca. Que dit-elle ?

Elle lui arrache la lettre des mains avec colère, mais Rho ne sursaute même pas. Elle n'est jamais surprise. Sa robustesse est tout aussi rassurante qu'elle est irritante.

— Lisez-la par vous-même.

Les yeux de Luca la parcourent avec une telle voracité la première fois qu'elle en comprend à peine le contenu et doit recommencer sa lecture.

Elle débute simplement par son nom, « Luca », comme si Natalia et elle étaient de vieilles amies. Pas de « grande prêtresse » ou toute autre forme de civilité. Les coins des lèvres de Luca se tendent vers le haut.

— Elle veut forcer les reines à se confronter lors des grands festivals. La Midsummer à Wolf-Spring et la Lune des Moissons ici.

— Elles manigancent quelque chose.

Luca grimace et consulte une nouvelle fois la lettre. Elle est courte, et pour Natalia, c'est un ton presque badin.

Luca en lit un extrait à haute voix :

— « Il est certain que vous apprécieriez que votre chère Mirabella tienne ses promesses. »

Elle pose la lettre et ajoute d'un ton moqueur :

— C'est certain.

— Elle craint l'impasse. Elle ne veut pas que l'Ascension se conclue avec les reines enfermées dans une tour. Elle sait que ce n'est pas le terrain de prédilection des empoisonneuses.

— Ce pourrait être tout aussi compliqué pour Mirabella si Arsinoé n'est pas encore morte, avec son grand ours brun.

Luca se tapote le menton.

— Vous savez qu'en envoyant cette lettre elle vous flatte avec courtoisie. Elle sait parfaitement que nous pourrions contrecarrer ses plans si nous le souhaitions. Ce n'est pas le Conseil noir qui a le dernier mot quand il en vient aux grands festivals.

Luca donne un coup de pied dans les oreillers brodés qui ont chuté au sol.

— Je pense que nous devrions accepter leur proposition. Mirabella est puissante, et peu importe ce que concoctent les Arron, au moins nous ne serons pas totalement prises de court.

— Nous prendrons nos précautions, assure Rho. Mais même si les trois reines se retrouvent face à face, nos chances sont bonnes. Elle est puissante, comme vous l'avez dit vous-même.

Les yeux de Rho brillent. Malgré ses mots mesurés, elle brûle d'envie de voir le sang couler.

Luca baisse la tête et demande conseil à la Déesse. Mais la seule réponse venant faire vibrer ses os est celle qu'elle a comprise il y a bien longtemps : si la couronne est destinée à Mirabella, alors elle s'élèvera et la saisira.

— Luca ? s'enquiert Rho, impatiente comme toujours. Devons-nous préparer un messager à envoyer à Wolf-Spring ?

Luca reprend sa respiration.

— Oui. Commencez les préparatifs immédiatement. Je vais prendre un peu l'air.

Rho opine du chef et Luca quitte sa chambre pour descendre lentement les marches et traverser le temple. Elle s'assure de bien rester à l'écart des fidèles qui envahissent l'autel jour après jour.

Alors qu'elle passe devant l'une des réserves inférieures, elle tend un bras pour fermer une porte demeurée légèrement entrouverte et voit quelqu'un évoluer à l'intérieur. C'est le prétendant, Billy Chatworth : il fouille les réserves du temple en compagnie d'une grosse poule brune perchée à côté de lui sur quelques caisses de robes.

— Grande prêtresse, la salue-t-il en la voyant, effectuant une révérence des plus neutres. Je cherche des fruits avec lesquels m'essayer à une tarte.

— Pour agrémenter votre poule ? s'enquiert-elle en ricanant. Vous n'avez pas besoin de faire tout cela. Les prêtresses prépareront vos repas.

— Et me laisseront m'ennuyer ? Par ailleurs, je n'aime pas confier ma vie à qui que ce soit d'autre qu'à moi-même.

Luca opine du chef. C'est un beau garçon, aux cheveux couleur sable mouillé et au sourire facile. Malgré sa loyauté envers la reine Arsinoé, Luca a appris à l'apprécier. Elle n'a pas confiance en lui, et les prêtresses surveillent le moindre de ses mouvements, mais pour Luca, son affection pour Arsinoé est la preuve d'un cœur pur. Après la mort de cette reine-là, il apprendra à aimer Mirabella avec tout autant de ferveur.

— Voulez-vous bien m'accompagner, Billy ? demande-t-elle. Ces vieilles jambes ont besoin d'exercice.

— Évidemment, grande prêtresse.

Il lui prend le bras, et ils traversent la cour pour passer devant le potager, en direction des roses. La journée est belle, une brise légère et rafraîchissante souffle entre les falaises de basalte de la Chaussée noire de Shannon, et les roses roses et blanches s'agitent sous l'effervescence des abeilles du rucher.

— Comment Mirabella et vous vous entendez-vous ? interroge-t-elle.

— Plutôt bien, admet-il, mais sa voix trahit aujourd'hui davantage d'affection que lorsqu'elle lui a posé la question il y a quelques semaines. Ma cuisine l'affine. Mais je progresse, je vous le promets.

— Vous ne pouvez pas régresser en la matière, c'est certain. Elle m'a parlé de vos ragoûts.

Ils croisent Elizabeth qui leur fait signe ; elle se prépare à prélever du miel et s'est protégé la tête d'un filet.

— Pourrais-je en avoir ? demande Billy.

— J'en apporterai à la maison plus tard, lui répond Elizabeth. Ainsi que du grain pour ta poule.

Luca se retourne pour regarder derrière eux. Elle n'avait pas remarqué que la poule les avait suivis depuis les réserves.

— Il semblerait que vous ayez trouvé un familier, commente Luca. L'emporterez-vous avec vous à Wolf-Spring quand vous repartirez ?

— J'imagine, oui. Mais qui sait quand cela aura lieu.

— Plus tôt que vous ne pouvez l'imaginer.

Luca s'arrête et pivote pour lui faire face.

— Connaissez-vous le festival de Midsummer ?

— C'est le prochain grand festival. J'ai entendu Sara et les prêtresses discuter des préparatifs.

— Ici, à Rolanth, les élémentaires sacrifient une petite barge de légumes et de viande de lapin. Elle est enflammée alors qu'elle vogue sur la rivière et elle est poussée jusqu'à la mer.

Luca se tourne vers le sud, vers la ville, se remémorant tous les festivals précédents où elle a siégé. Il arrivait que Mirabella y donne de magnifiques spectacles aquatiques. Luca s'était sentie si proche de la Déesse en ces occasions. Elle savait alors qu'elle était à sa place et qu'elle accomplissait la tâche pour laquelle elle avait été choisie.

— À Wolf-Spring, continue-t-elle, ils décorent leurs bateaux de lanternes et se retrouvent au port au crépuscule. Ils jettent alors du grain dans l'eau pour nourrir les poissons. L'événement est plutôt rustique, mais pour le moins agréable. Je m'y suis rendue plusieurs fois petite à l'occasion de ce festival.

Elle soupire.

— Il sera agréable de revivre cette expérience.

— Pourquoi iriez-vous au festival de Wolf-Spring ? demande Billy avec méfiance.

— Nous nous y rendrons tous. Vous, moi, Mirabella et même les Westwood. Tout comme le Conseil noir et la reine Katharine. Je suis sur le point d'informer Indrid-Down que les reines passeront les derniers grands festivals ensemble. La Midsummer à Wolf-Spring et la Lune des Moissons ici même, à Rolanth.

— Vous les réunissez afin que l'une d'entre elles meure.

— Précisément. Ainsi va l'année de l'Ascension.

MANOIR GREAVESDRAKE

Nicolas a placé des cibles sur la longue bande de pelouse plate qui se trouve à l'arrière de la cour. Il encoche une flèche et la plante près du centre de l'une d'entre elles, juste à gauche de celle qu'il a décochée avant.

— Beau tir, s'exclame Katharine en applaudissant.

Nicolas pose son arc et la laisse prendre son tour. Il faut bien le lui reconnaître, son sourire ne faiblit que très légèrement quand la flèche de la reine vient se ficher en plein milieu d'une cible.

— Il n'était pas aussi beau que le vôtre.

Nicolas se penche et embrasse le dos de sa main gantée.

— Pas aussi beau que vous.

Katharine rougit et fait un signe de la tête en direction des cibles plus éloignées.

— Il ne faudra plus attendre longtemps pour que ce jeu devienne un vrai défi. Vous vous montrez de plus en plus doué. Je n'arrive pas à croire que vous n'ayez jamais pratiqué le tir à l'arc auparavant.

Nicolas hausse les épaules. Il est presque aussi beau que Pietyr, même dans cet accoutrement étrange composé d'une chemise blanche du continent et de chaussures blanches. Ses épaules étirent le tissu quand il prend sa position d'archer, et ses cheveux blonds assombris par la sueur frottent contre son col.

— Je ne m'y intéressais pas, dit-il en décochant une nouvelle flèche.

Elle dévie légèrement.

— Celle-ci n'était pas aussi précise que celle de tout à l'heure, vous devez me distraire.

— Veuillez m'en excuser.

— Il n'y a rien à excuser, vous représentez une distraction bienvenue.

Katharine se penche pour prendre une nouvelle flèche. Son arc est flambant neuf, plus long et plus dur à bander que l'ancien. Mais ses bras sont bien plus musclés qu'avant.

Elle encoche la flèche et relâche la corde. Puis une autre, et encore une autre. Le bruit émis par les flèches quand elles viennent se planter est franc et plaisant. Elle se demande si elles produiront les mêmes sons quand elles trouveront le dos de Mirabella.

— Je n'ai même pas besoin de regarder la cible pour savoir que vous vous en êtes mieux tirée que moi, affirme Nicolas alors qu'ils posent leurs arcs et qu'ils se dirigent vers une petite table en pierre à l'ombre d'un grand aulne feuillu.

— Je pratique le tir à l'arc depuis que je suis toute petite. Même si je dois bien avouer qu'avant je n'étais pas très douée. Il y a quelques mois ces mêmes flèches auraient probablement été perdues dans les buissons et les haies.

Sur la table se trouvent deux pichets en argent accompagnés de deux gobelets. L'un est rempli de la boisson de Katharine : du maitrank couleur paille, sucré avec du miel et des baies fraîches, aussi bien toxiques que non. L'autre contient du vin pour Nicolas : rouge profond coupé à l'eau. Il est impossible de confondre les deux récipients.

— Il m'a été annoncé que nous allions bientôt prendre la direction de Wolf-Spring, déclare Nicolas. Moi qui commençais à m'habituer au manoir Greavesdrake.

— Nous ne serons pas partis longtemps. De plus, on raconte souvent que leur rituel de Midsummer est sublime : des lanternes flottantes vacillant dans le port. J'ai toujours voulu y assister, mais jusque-là je pensais devoir d'abord revêtir la couronne.

Nicolas avale une grande gorgée de vin. Il la regarde de biais et ses yeux s'étrécissent avec espièglerie.

— Je sais déjà que j'aurai hâte de revenir chez vous à la capitale, mais je dois admettre que j'ai très envie de vous voir face à vos sœurs. J'espère, ajoute-t-il en s'avançant pour saisir sa main gantée, que vous ne me laisserez pas derrière au moment de vos retrouvailles avec elles.

— Vous laisser derrière ?

— Quand vous les tuerez. Ce qui sera certainement le cas.

Il fait un geste en direction des arcs et des cibles hérissées de flèches.

— Les serviteurs m'ont également parlé de votre habileté au couteau. Vous les lancez à proximité d'une cible vivante ? J'aimerais beaucoup voir cela !

L'estomac de Katharine se tend de plaisir et un frisson lui parcourt l'échine, comme si des doigts invisibles l'avaient touchée.

— Vraiment ? souffle-t-elle. Vous pensez cela maintenant, mais vous ressentirez peut-être quelque chose d'entièrement différent quand vous verrez votre future reine plonger un couteau dans la poitrine de sa jolie sœur.

Nicolas sourit.

— Je viens d'une famille de soldats, reine Katharine. J'ai assisté à beaucoup d'échanges de ce type, et pire encore.

Il prend une autre gorgée de vin. Des gouttes se sont assemblées à la commissure de ses lèvres, elles sont rouge vif.

— Et je n'aime pas être tenu à l'écart de l'action.

Le pouls de Katharine s'accélère jusqu'à ce que son cœur batte tellement fort qu'elle a l'impression que sa poitrine en renferme plus d'un. Son regard lui empourpre les joues. Elle a déjà aperçu une telle expression, chez Pietyr, juste avant qu'il l'attire contre lui et la conduise à un lit.

— Natalia préfère que j'empoisonne à une certaine distance, sous sa protection. C'est ainsi que les Arron préfèrent tuer, avec silence et raffinement. Ils n'apprécient rien de plus qu'une conversation agréable autour d'un dîner qui se conclut par un mort plongé la tête la première dans une assiette.

Nicolas parcourt l'intégralité de son corps avec ses yeux.

— Il peut effectivement y avoir un certain charme à ce type d'activité. Mais j'apprécierais de voir vos mains serrer leurs gorges. C'est un souvenir que j'aimerais me rappeler la nuit de notre mariage.

Giselle s'éclaircit la gorge :

— Ahem, excusez-moi, ma reine.

— Giselle, répond Katharine. Excuse-nous. Nous étions tellement… absorbés que nous ne t'avons pas entendue.

Giselle regarde Katharine puis Nicolas et rougit face aux expressions inscrites sur leurs visages.

— Natalia vous demande, les informe la servante. Elle dit que vous avez un invité.

— Mais je suis déjà occupée avec un invité.

— Elle affirme que vous devez venir.

Katharine soupire.

— Je vous en prie, vous êtes attendue, lance Nicolas. Vous ne voulez certainement pas obliger la maîtresse des lieux à patienter.

Katharine monte les marches qui mènent au couloir et au bureau de Natalia d'un pas lourd.

— Natalia, commence-t-elle, vous m'avez fait demander…

Mais le reste de sa phrase ne parvient pas à passer sa glotte. Au milieu de la pièce, le dos droit et les yeux brillants comme ceux d'un lapin effrayé, se trouve Pietyr.

— Je savais que tu voudrais le voir immédiatement, sourit Natalia. Ne sois pas trop dure avec lui, Katharine. Je l'ai déjà sévèrement réprimandé de nous avoir abandonnées pendant si longtemps.

Bien évidemment, il ne contredira pas ce commentaire de Natalia. Par peur qu'elle l'envoie croupir dans les cellules du Volroy, si loin sous la surface qu'il ne verrait plus jamais le soleil de sa vie. Terrifié à l'idée que Bertrand Roman fasse gicler sa cervelle sur les pierres de l'allée ovale du manoir, voire qu'elle le fasse elle-même.

— Il ne fait aucun doute que vous aimeriez vous retrouver seuls, ajoute Natalia.

— Sans l'ombre d'un doute, lui accorde Katharine.

Les cages des oiseaux et des rongeurs morts ont été dégagées des appartements de Katharine à l'arrivée de Nicolas, mais même avec les fenêtres ouvertes pour évacuer l'odeur, celle-ci reste en suspens dans l'air. Elle espère que Pietyr la relèvera à son entrée. Cette odeur de mort. De souffrance. Mais désormais ce n'est plus la reine qui l'émet.

Il s'introduit dans sa chambre le premier, il ne s'aperçoit ainsi pas qu'elle saisit un couteau à lame courte sur l'une des tables. Il pénètre dans la pièce en toute ignorance et avec assurance, comme si sa place était toujours là. Comme s'il en avait toujours le droit.

Il tapote les parois en verre de la cage de Sweetheart, le serpent lève sa petite tête en réaction.

— Je vois que Sweetheart se porte bien, déclare-t-il tandis que Katharine lui saute dessus.

Elle le tire vers le lit et s'enroule autour de son corps, elle pose un genou sur le matelas pour le tenir fermement par-derrière. L'un de ses bras lui serre le haut du crâne et l'autre glisse langoureusement un couteau sur sa gorge.

— Kat, souffle-t-il.

— Ça va être sale.

Elle appuie davantage le couteau contre sa chair. La lame est aiguisée et sa veine est toute proche.

— Giselle devra trouver un nouveau couvre-lit. Mais ce que dit Natalia est vrai, il est impossible d'empoisonner un empoisonneur.

— Kat, je t'en prie.

— Tu me pries de quoi ? grogne-t-elle en réaffirmant la prise qu'elle a sur sa tête.

Elle sent son pouls s'accélérer sous ses mains. Mais alors qu'elle veut lui planter la lame profondément dans le cou, elle se rappelle ce qu'elle ressentait serrée ainsi contre lui. Contre son Pietyr, qu'elle aimait et qui affirmait l'aimer en retour. Son odeur de vanille et d'ambre gris fait larmoyer ses yeux de colère.

— Comment as-tu pu me faire ça, Pietyr ?

— Je suis désolé, tente-t-il tandis que le couteau s'enfonce dans sa peau.

— J'imagine bien, siffle-t-elle.

— Je n'avais pas le choix ! s'écrie-t-il rapidement afin de l'empêcher de pratiquer une incision plus étendue. Kat, s'il te plaît, je pensais y être obligé.

Sa prise sur sa tête ne se relâche pas.

— Pourquoi donc ?

— Il y avait un complot. Une machination. Natalia m'en a parlé dans les jours qui ont précédé Beltane. Les prêtresses voulaient faire de Mirabella une reine aux mains blanches. Après ta piteuse représentation lors de la Révélation, elles comptaient prendre les scènes d'assaut. Elles prévoyaient de te découper en petits morceaux et de te jeter au feu.

— Mais ma représentation était *loin* d'être piteuse, le corrige Katharine en augmentant à nouveau la pression de son couteau.

— Je n'en savais rien ! Quand tu m'as retrouvé ce soir-là, près du domaine Breccia, j'ai cru que tu les fuyais elles ! Je n'ai pas supporté l'idée de les voir te toucher.

Sa main remonte jusqu'à son bras et elle se prépare, mais en vain, il ne cherche pas à écarter le couteau de son cou. Il souhaite uniquement la toucher, avec douceur.

— Je croyais qu'elles étaient à tes trousses pour te tuer. Je ne pouvais pas les laisser faire, je préférais m'en charger moi-même.

— Et tu m'as jetée dans cet abysse !

Katharine hurle entre ses dents serrées. Son corps tout entier tremble de rage, elle se souvient du choc et de la confusion d'être poussée dans le vide.

Il a commis un crime. Une trahison. Elle devrait lui lacérer la gorge et regarder son sang se répandre en flaque autour de ses jambes.

Mais au lieu de cela elle s'écarte et plante le couteau dans le mur.

Pietyr s'effondre vers l'avant, sa main se porte à la blessure peu profonde qu'il a au cou.

— Tu m'as coupé, dit-il doucement, avec incrédulité.

— Cette blessure aurait dû être bien plus profonde.

Il se tourne vers elle et elle se délecte de la frayeur qu'elle lit dans ses yeux.

— Je n'ai pas encore pris ma décision, je pourrais bien vouloir reprendre mon travail là où je l'ai laissé.

Ce Pietyr, si intelligent et calculateur. Il s'est habillé comme il le fallait, avec sa chemise gris tourterelle et sa veste noire, et ses cheveux juste un peu longs, comme elle les préfère. À le voir sur son lit, elle le déteste et il la rend furieuse pour bien des raisons. Mais il demeure son Pietyr.

— Je ne pourrai pas t'en vouloir si tu le fais. Mais je suis réellement désolé, Kat.

Il observe ses épaules pleines et rondes.

— Tu es différente.

— À quoi est-ce que tu t'attendais ? Personne ne tombe dans le domaine Breccia et n'en ressort à la force de ses ongles sans séquelles.

— Je veux te retrouver depuis si longtemps.

— Évidemment, retrouver le siège de la puissance des Arron.

— Non, te retrouver toi.

Ses doigts tremblent de désir, il lève la main pour lui caresser la joue. Katharine la dégage d'une tape.

— Tu n'as pas la moindre idée de ce que tu as retrouvé.

Elle lui agrippe le visage et l'embrasse avec violence, ses lèvres sont assez dures pour constituer une punition. Elle lui mord la mâchoire, lèche le sang qui s'épanche de sa gorge.

Il passe ses bras autour de sa taille et l'attire vers lui.

— Katharine, soupire-t-il. Qu'est-ce que je peux t'aimer.

— En effet.

Elle le repousse violemment.

— Comme tu dois m'aimer, Pietyr, lance-t-elle avant de repartir rejoindre Nicolas. Mais je ne t'appartiendrai plus jamais.

WOLF-SPRING

La maison est calme. C'est une chose inhabituelle pour une maison de naturaliste. De manière générale, elle est remplie d'aboiements, de croassements et de bruits de cuisine, ou encore du son de la voix de Cait qui s'adresse à la basse-cour tandis qu'elle piaille et cacarde. Jules prend une grande inspiration et écoute l'air circuler dans la bâtisse. Elle boit de petites gorgées d'infusion d'écorce de saule tout en caressant la tête de Camden qui repose sur ses jambes.

La relation du félin et de la jeune femme s'est renforcée depuis que Jules a appris qu'elle était touchée par la malédiction de la légion. Elles ne se quittent pas, inquiètes de ce que l'avenir réserve au lien qui les unit. L'idée qu'elle puisse un jour se lever pour découvrir que Camden ne fait plus partie d'elle est quelque chose qui la terrifie davantage encore que tout ce qu'elle pourrait accomplir avec le don de la guerre.

Madrigal entre dans la maison, elle revient du marché les bras chargés de paniers. Elle brise la quiétude.

— Tu veux bien m'aider ? Je vais préparer une soupe avec de la crème fraîche et des biscuits sur lesquels étaler ce fromage doux que tu aimes.

— En quel honneur ? se méfie Jules.

Elle saisit le panier de palourdes et le vide dans l'évier pour les y rincer.

— Aucun en particulier.

Madrigal pose le reste de ses emplettes sur le haut du comptoir.

— Mais une fois tout ça prêt, tu pourrais faire flotter nos bols jusqu'à la table.

Jules prend un air renfrogné.

— Ce n'est pas comme ça que ça fonctionne.

— Comment peux-tu le savoir ? Ce don est affaibli depuis si longtemps que plus personne ne sait véritablement comment il fonctionne.

C'est un fait. Tout ce qu'a entendu Jules sur le don de la guerre est tiré de très vieilles légendes, et ce qu'il y a de récent n'est rien d'autre que des rumeurs. Des habitants de la ville de Bastian qui disposent d'une étrange précision au couteau ou à l'arc. Ou encore des lancers ou des tirs pratiquement impossibles et si précis que le projectile semble avoir été manipulé et guidé par un fil.

Mais la question relève moins de la traction que de la poussée. Jules s'y entraîne, seule et dans un secret quasi absolu, à la fois horrifiée et fascinée par ses nouvelles prouesses.

À l'évier, Madrigal commence à nettoyer les palourdes, elle parviendrait presque à faire croire que ce n'est pas sa première fois. Elle s'essuie le front. Des cercles viennent marquer le dessous de ses yeux, et elle n'a toujours pas retrouvé son souffle après sa marche.

— Est-ce que tu vas bien ?

— Je vais bien, oui, et toi ? C'est de l'infusion d'écorce de saule ? Tu as encore mal à la jambe ?

— Madrigal, qu'est-ce qui se passe ?

— Rien. Enfin…

Elle marque une pause et vide sa poignée de palourdes nettoyées sur le haut du tas qui se trouve déjà dans la casserole.

— Je suis enceinte.

Elle pivote le haut de son corps et lance un sourire rapide, avant de baisser le regard vers ses mains.

— Matthew et moi allons avoir un bébé.

Aria se pose nerveusement sur la table. L'agitation de ses plumes brise le silence.

— Toi, commence Jules, et le Matthew de tante Caragh allez avoir un bébé ?

— Ne dis pas ça, ce n'est pas *son* Matthew.

— C'est pourtant bien ce qu'il est pour nous tous. C'est comme ça qu'on le verra *toujours*.

— Franchement, Jules, réplique Madrigal d'un ton teinté d'un léger dégoût, après ce qu'il s'est passé entre Joseph et la reine Mirabella, j'aurais pensé que tu aurais mûri un peu.

La colère de Jules s'enflamme, et sur le comptoir, le couteau de Madrigal se met à cliqueter comme s'il prenait vie.

— Ne fais pas ça, Jules, l'avertit Madrigal en se reculant. Ne fais surtout pas ça.

Le couteau cesse de frémir.

— Ce n'est pas moi, répond Jules rapidement. Enfin, ce n'était pas conscient.

— Ton don de la guerre est puissant. Tu devrais me laisser le délier.

— Grand-mère Cait dit que c'est peut-être bien ce lien qui explique que je sois encore saine d'esprit.

— Ou bien c'est ce lien qui te bride.

Jules regarde le couteau. Elle pourrait le déplacer, le projeter, le faire trancher. Aucune partie de son don de naturaliste ne lui a jamais paru aussi malfaisante ou incontrôlable.

Madrigal saisit le couteau en question et Jules respire un peu plus librement maintenant qu'il est fermement tenu entre ses mains.

— J'imagine que ce petit numéro signifie que la nouvelle ne t'enchante pas. Mais tu ne détesteras pas ce bébé juste pour me blesser, Jules. N'est-ce pas ?

— Non, lâche Jules avec une ombre dans la voix. Je serai la grande sœur *parfaite*.

Madrigal lui jette un regard. Puis elle fait rouler des pommes de terre sur le comptoir et commence à les découper.

— Je pensais être si heureuse, souffle-t-elle. Je pensais que ce bébé me rendrait tellement heureuse.

— C'est dommage, alors. Rien n'est jamais aussi agréable que tu l'imagines.

Un second corbeau, plus robuste qu'Aria, pénètre dans la cuisine avec une lettre dans le bec. C'est Éva, le familier de grand-mère Cait. La lettre porte le sceau du Conseil noir. Cait entre juste après l'oiseau et avise la mine renfrognée de Jules.

— J'en déduis que tu lui as parlé du bébé.

— Pourquoi est-ce que tous les membres de cette famille savent les choses avant moi ?

— Ne t'inquiète pas de ça, Jules. Tu t'en remettras.

Jules hoche la tête en direction de la lettre que porte Éva.

— Quelles sont les nouvelles ?

— Wolf-Spring va bientôt être noire de monde. Il semblerait que les deux autres reines et leurs suites vont venir ici pour la Midsummer. Où est Arsinoé ?

— Dans les bois, je crois, avec Braddock.

— File le lui dire, alors.

Jules se relève de la table, Camden et elle sortent ensemble. Elles dévalent le chemin qui mène à la route, en profitant un peu de cet exercice pour dégourdir leurs jambes claudicantes. Elles retrouvent Joseph en arrivant au croisement en haut de la colline.

— Pourquoi est-ce que vous êtes si pressées, toutes les deux ? demande-t-il alors qu'elle passe sa main dans la sienne et le tire dans leur mouvement.

— Des nouvelles pour Arsinoé. Je suis contente que tu sois là, ça nous évite un voyage.

— Oh non, lance Arsinoé quand Jules et Joseph entrent dans la prairie. Qu'est-ce que vous apportez encore comme nouvelles ?

Elle était en train d'observer Braddock cueillir des mûres sur un roncier avec ses grandes lèvres ballantes. Elles sont pratiquement aussi agiles que des doigts.

— Mirabella et Katharine vont venir ici, explique Jules. Pour la Midsummer. Elles vont toutes les deux venir avec leurs armées de partisans respectives. La lettre du Conseil vient seulement d'arriver.

Les épaules d'Arsinoé s'affaissent. Les autres reines, ici. Wolf-Spring va être envahie d'étrangers.

— Cela aura été très utile que j'essaie de maintenir Mirabella à distance de ma ville.

— Cela ne me plaît pas, grogne Jules tandis que Camden l'imite. Nous ne pourrons pas te surveiller, ce sera le chaos.

— Ce ne sera pas simple, lui accorde Joseph. Mais nous serons chez nous, nous avons tous nos repères ici.

— La Midsummer a lieu dans moins d'une semaine, souligne Arsinoé. Billy n'a envoyé aucune lettre d'avertissement. Quelle est l'utilité d'avoir un espion à Rolanth s'il ne peut même pas nous prévenir de ce genre de choses ?

— Rolanth n'a peut-être pas reçu l'information longtemps avant nous, suggère Jules. Mais cela serait surprenant. Même si c'est une manigance des Arron, le Temple aura dû donner son accord.

Arsinoé soupire.

— Nous, les naturalistes, sommes toujours les derniers à recevoir les informations.

— Après ton couronnement, des naturalistes siègeront au Conseil, affirme Joseph. Wolf-Spring aura enfin son mot à dire dans le fonctionnement de Fennbirn.

Arsinoé et Jules échangent des regards. *Joseph*, se transmettent-elles, *toujours aussi optimiste.*

— Billy a écrit ? demande-t-il. Est-ce qu'il va bien ? Est-il en sécurité ?

— Il a écrit deux fois, mais il m'avait promis d'écrire tous les jours.

Arsinoé croise les bras. Deux lettres, toutes deux formelles et guindées, sans aucune trace de cette horrible personnalité qui lui manque tant.

Elle regarde ses amis debout dans cette prairie qu'ils connaissent si bien. Le soleil estival projette leurs ombres au sol. Celles-ci semblent être les fantômes de leur enfance à jamais perdue, à courir parmi ces arbres.

— Notre fin heureuse, souffle-t-elle.

— Arsinoé, lance Jules. Tu dois faire quelque chose. Tu sais pourquoi elles viennent ici.

Certainement pas pour parler. C'était stupide de penser qu'une simple discussion empêcherait Mirabella de lui cuire le dos jusqu'à ce qu'il cloque.

Arsinoé regarde Braddock fourrager dans les buissons. Elle ne veut pas le mettre en danger, ni Jules ou Joseph. Mais voilà tout ce dont elle dispose. Ses amis et sa magie basse.

MANOIR GREAVESDRAKE

Katharine maintient Sweetheart avec précaution alors qu'elle prélève le venin du serpent en lui pressant les glandes. Le poison jaune s'écoule sur les bords du pot en verre, il n'y en a pas beaucoup. Sweetheart n'est qu'un petit serpent, et même quand il est extrait dans un pot minuscule, son venin en recouvre à peine le fond.

Nicolas s'allonge sur son lit et observe la scène, captivé.

— Comme c'est étrange, souffle-t-il. Qu'une si petite chose puisse causer autant de dégâts.

Katharine libère les crocs du serpent d'un mouvement léger et le replace dans sa cage. Sweetheart se soulève grincheusement et s'attaque au verre de la paroi. Elle se tortille en essayant d'y injecter le venin de ses glandes vides.

Nicolas se recule ; Katharine ricane. Elle referme le pot.

— Que vas-tu en faire ?

— Rien, peut-être.

Elle penche le récipient d'avant en arrière et regarde le liquide se mouvoir.

— Je voulais juste avoir un peu d'elle avec moi, comme je ne peux pas l'emmener. Bon, allons-y !

Elle le tire d'un mouvement joueur de son lit, il lui embrasse ses doigts gantés.

Au bas des escaliers, Natalia fronce les sourcils. Elle attend déjà à la porte. Mais elle ne réprimande personne. Au contraire, elle sourit légèrement à la vue de leurs mains jointes.

À l'extérieur, une sombre caravane constituée de Arron et de poisons s'étend sur la longue allée en forme de fer à cheval.

— J'ai tellement hâte de voir la tête des ploucs de Wolf-Spring quand nous arriverons, lâche Katharine. Leurs mâchoires vont ratisser la terre qu'ils foulent.

Les serviteurs du manoir se mettent en rang pour leur souhaiter un bon voyage. Elle passe devant sa servante Giselle, et lorsqu'elle s'avance pour lui toucher l'épaule, la servante a un mouvement de recul, puis baisse le regard vers les marches en pierre.

Elle a peur de moi, réalise Katharine en contemplant la rangée de serviteurs dans sa totalité. Ils ont tous peur d'elle. Même Edmund, l'inébranlable majordome de Natalia.

Katharine sourit à Giselle et lui embrasse la joue comme si de rien n'était. Elle se détourne d'elle quand elle entend le son de sabots de chevaux claquer dans sa direction.

Elle ne voyagera pas dans une voiture comme les autres. Pietyr chevauche une grande jument noire et ouvre la voie à deux chevaux de selle : le préféré de Katharine, Croissant-de-lune, ainsi que le cheval bai sang que Nicolas a amené du continent.

— Ce sera une bonne opportunité de t'exposer aux yeux du peuple, déclare Natalia.

— Qu'il se rende compte de ta force et de ta santé, ajoute Geneviève, mais elle s'arrête immédiatement de parler en croisant le regard de Natalia.

L'île la verra passer, une reine bien vivante, et non pas un corps animé en état de décomposition, comme aiment à la décrire les rumeurs.

— Qu'importe la raison, je suis heureuse de voyager à l'air libre.

Le poids de la caravane l'obligera à progresser à un rythme d'escargot d'autant plus quand elle parcourra les routes escarpées et mal entretenues des collines.

Pietyr commence à mettre pied à terre pour aider Katharine à monter en selle.

— Ne vous dérangez pas, Renard, lui lance Nicolas en employant délibérément son nom de famille pour l'irriter. Je vais aider ma reine.

— Elle n'est pas encore votre reine, murmure Pietyr, et Katharine lui adresse un grand sourire avant que Nicolas l'aide à monter Croissant-de-lune.

— Fais attention, Pietyr, lui souffle-t-elle après que Nicolas s'est écarté pour monter sur son propre cheval. Ou Natalia et Geneviève te congédieront.

Elle saisit ses rênes, mais Pietyr retient fermement la bride de Croissant-de-lune.

— Peut-être, mais je ne m'en irai pas. Je resterai à tes côtés jusqu'à ce que tu me dises de partir.

Le pouls de Katharine s'accélère. Le regard que Pietyr lance à Nicolas est tellement sombre qu'elle se demande si c'est une si bonne idée qu'ils demeurent tous les deux à Greavesdrake. Si leur rivalité devait s'envenimer, elle pourrait bien entrer dans le salon un jour et retrouver Nicolas empoisonné ou Pietyr étendu sur le canapé, un couteau planté dans le dos.

— Pouvons-nous partir devant ? s'enquiert Nicolas en remontant à son niveau. Nous pourrions avancer et opérer un demi-tour afin de revenir vers les voitures si nous nous écartons trop... À moins que cela ne fatigue votre cheval ?

— C'est impossible.

Katharine caresse le cou élancé de sa monture.

— Croissant-de-lune pourrait courir des journées entières sans jamais se fatiguer. C'est la meilleure monture de toute l'île.

Ils trottent ensemble pour sortir de l'allée devant la caravane, en prenant garde toutefois de ne pas dépasser leur escorte et les éclaireurs. La journée est chaude, mais il souffle une brise rafraîchissante. Un vrai jour de Midsummer. Un bon présage, peut-être.

— Que se passe-t-il là-bas ?

Nicolas montre l'extrémité de l'allée.

Un groupe de femmes habillées de robes blanches et noires, des prêtresses du temple d'Indrid-Down, se tient là pour la bénir. En s'approchant, Katharine remarque que la première prêtresse Cora ne se trouve pas avec elles.

— Tant de voitures, dit l'une des prêtresses dont elle ne se rappelle plus le nom. Wolf-Spring va déborder.

— Tout à fait, en convient Katharine. Quand je quitterai la ville, ils auront peut-être perdu une reine, mais ils auront gagné une fortune en provenance de la capitale. Êtes-vous ici pour me donner la bénédiction de la Déesse ?

— C'est exact. Ce soir, nous irons dans les collines pour prier et brûler du laurier-rose.

Croissant-de-lune commence à s'agiter et Katharine tire un peu sur ses rênes.

— Tout le monde sait que le Temple soutient Mirabella. Mais vous êtes des prêtresses d'Indrid-Down, au service des empoisonneurs, comme en atteste votre présence.

— Chaque reine est sacrée, répond la prêtresse.

Les mâchoires de Katharine se serrent. Elle regarde Nicolas qui recule son cheval.

— Je sais bien que vous ne m'appréciez pas, murmure Katharine. Je sais que je ne suis pas celle que vous attendez, même si vous vous refusez à l'avouer.

— Chaque reine est sacrée, répète la prêtresse de sa voix neutre et irritante.

Katharine n'aimerait qu'une chose : traîner ces belles robes blanches dans la boue et les piétiner jusqu'à ce qu'elles soient recouvertes de rouge sang et de marron. Mais la caravane les rattrape au son des sabots, au tintement des harnais et au grincement des roues. Au lieu de cela, elle leur lance un sourire plein de dents.

— Oui. Chaque reine est effectivement sacrée. Même toutes celles que vous avez jetées dans un gouffre.

ROLANTH

Une femme et son mari sont agenouillés devant une offrande d'eau parfumée et teinte. L'eau est d'un bleu profond tempétueux, elle est immobile dans un sublime bol en mosaïque de verre blanc et argenté.

— Que vous soyez bénie, reine Mirabella, murmure la femme.

Mirabella tend la main vers la tête baissée.

Elle les a déjà vus dans le quartier central. Ce sont des marchands de soie et de pierres précieuses. Elle a aperçu la femme au travers des fenêtres de sa voiture, à vociférer des ordres aux ouvriers qui restauraient le théâtre voûté.

Rares sont les habitants de Rolanth qui l'accompagneront à Wolf-Spring. Il a été annoncé que la Lune des Moissons aurait lieu ici dans quelques mois, il y a bien trop de tâches à accomplir avant les festivités.

— Merci pour cette offrande, dit Elizabeth en soulevant le bol pour l'amener à l'intérieur.

Bree prend le bras de Mirabella. Une fois entrée dans le temple, la reine inspire profondément. L'air frais porte l'odeur des roses fleuries, des notes iodées et maritimes, l'essence terreuse et froide des falaises de basalte qu'elle affectionne tant. Aujourd'hui, elles entament leur long périple vers Wolf-Spring. Des charrettes ont été remplies de provisions, et à la maison Westwood, des calèches l'attendent, chargées d'une partie de sa garde-robe soigneusement pliée dans des coffres.

— Tu sembles bien triste, lui lance Bree alors qu'elles se dirigent vers le dôme sud. Tu n'es même pas un tout petit peu impatiente ?

Mirabella s'arrête devant la fresque murale de la reine Shannon, des tempêtes et des éclairs peints de couleurs bleues et dorées. La reine des éléments semble la prendre de haut.

— Je ne devrais pas être impatiente du tout. Je devrais être prête. Aucun décret du Conseil noir ne devrait être pris au pied de la lettre tant que les Arron le contrôlent.

Bree lève les yeux au ciel.

— Je croirais entendre Luca. Tu ne vois pas que cet événement est une bonne chose ? Tu tueras Katharine et Arsinoé d'un coup d'un seul, et ensuite notre vie ne sera rythmée que par les festins et les prétendants jusqu'à ton couronnement.

Tout le monde à Rolanth paraît s'accorder sur la question, ils ont été endoctrinés par Luca avec cette légende de la reine Mirabella pendant toutes ces années.

— Il ne sera pas facile de te protéger à Wolf-Spring, nuance Elizabeth. Les habitants y sont sauvages, et comme le Temple se doit de se montrer neutre, Rho ne pourra pas intervenir.

— C'est son don qui la gardera en sécurité, affirme Bree, sûre d'elle. Tout comme nous, c'est bien pour ça qu'elle a une famille adoptive.

Elle tapote la main de Mirabella, mais la vérité est tout à fait différente. Les Westwood ont toujours compté sur les prêtresses pour assurer leur sécurité. Ils n'ont pratiquement jamais eu à la protéger de quoi que ce soit.

— Quelque chose t'inquiète, Mira ? lui demande Elizabeth.

— Je ne suis pas à l'aise. Je n'aime pas quitter Rolanth, et encore moins le fait que l'idée ne vienne pas de nous.

Elle ne peut pas s'empêcher de repenser à ce que lui a confié Billy. Qu'Arsinoé ne l'avait jamais attaquée avec son ours. Elle ne s'est pas non plus défendue dans les bois d'Ashburn, ni même n'a ordonné à sa bête de lui sauter dessus...

Elle regarde les grands yeux sombres d'Elizabeth.

— J'ai seulement peur de ce qui m'attend.

Elizabeth passe un bras autour de la reine.

— Tout ira bien.

Pepper le pic quitte sa cachette dans la capuche de la prêtresse pour venir lui picorer le lobe de l'oreille.

— Pepper devrait être dans un arbre, chuchote Bree. C'est dangereux pour lui d'être au temple entouré d'autant d'yeux attentifs.

— Oui, je sais.

Elizabeth roule une épaule et Pepper retourne se plonger dans sa robe.

— Mais ce n'est pas facile de l'obliger à s'éloigner de moi quand il sent que je suis anxieuse ou inquiète.

— Alors ne sois ni anxieuse ni inquiète ! Mira ne peut pas échouer.

Alors qu'elles passent devant une porte de réserve ouverte, elles aperçoivent Billy la tête plongée la première dans un baril. Harriet, sa poule, les voit et caquette. Billy se redresse, ce qui libère de la poussière et de la paille de ses cheveux.

— Oh oh ! Pris la main dans le sac.

— Qu'est-ce que tu fabriques ? interroge Mirabella.

— Je mets des choses de côté pour les amener à Wolf-Spring. J'ai entendu dire qu'il y avait des tomates et des mûres en bocal. Je pourrai ainsi vous concocter le plat que vous préférez : des tomates en bocal réchauffées sur du pain.

— J'aurais imaginé que tu aurais développé quelques talents culinaires maintenant, le réprimande Bree. Mira est désormais si maigre que la moitié de ses robes doit être reprise par un couturier !

— Pourquoi ne pas m'enseigner quelques recettes alors, Bree ? réplique-t-il. Si tu es plus douée que moi, je mangerai mon chapeau.

Elizabeth glousse.

— Bree sait à peine découper du pain pour se préparer un sandwich.

— Oh, qui a besoin de savoir trancher du pain, de toute façon ?

Bree entre dans la réserve pour aider Billy à fouiller les caisses.

— Et cette idée d'acheter la nourriture en ville ? demande-t-elle, essoufflée d'avoir soulevé le couvercle d'une caisse. Ma mère t'a donné de l'argent, et les prêtresses se chargeraient d'inspecter tout ce que tu ramènes.

— Oui, eh bien, peut-être que cet argent a été investi dans un très bon restaurant de la rue Dale, mais aussi dans quelques-uns des pubs près du marché.

— Billy Chatworth, s'exclame Mirabella. Vous vous êtes rempli la panse, pendant que moi je suis contrainte à manger des tomates en bocal étalées sur du pain.

Billy grimace.

— J'ai essayé d'acheter des produits au marché, mais les vendeurs ne m'y plaisaient guère. Ils ont craché sur Harriet comme si elle était un familier.

Le sourire de Mirabella s'estompe. Ces ressentiments s'effaceront avec le temps. Luca affirme que l'île sera unifiée sous son règne, une fois que la couronne aura trouvé sa juste place.

— Je devrais peut-être t'accompagner…, commence Bree.

Puis Elizabeth se met à crier.

Elle secoue la tête tout en se recouvrant la bouche de la main. Pepper quitte sa capuche et bat furieusement des ailes en décrivant des cercles dans la réserve, son petit corps paniqué vient cogner contre les murs.

Elizabeth pointe quelque chose du bout de son moignon.

Le corps de la prêtresse allongée derrière les barils n'a pas perdu la vie il y a longtemps. Ses joues sont encore roses, et de belles boucles dorées ornent son front. En ne regardant que son visage et son cou, un observateur inattentif pourrait croire qu'elle dort. Mais sa poitrine est recouverte d'horribles vaisseaux sanguins gonflés et tellement inflammés qu'ils font ressembler sa peau à un vase fissuré. Le corset de la robe empoisonnée est serré et se trouve en contact avec une grande partie de son épiderme. Son tissu bleu est désormais taché de sang, et sous les ongles de la fille se révèle sa propre chair, arrachée alors qu'elle essayait de s'extirper de cette torture.

— Tout va bien, calme-toi, souffle Billy en essayant d'attirer Elizabeth à lui pour la calmer. Mirabella, ne t'approche pas.

Des bruits de pas résonnent dans le couloir : des prêtresses accourent pour découvrir la source des cris.

— Fais entrer Pepper dans ta robe ! siffle Bree.

Mais la pauvre bête est paniquée. Avec vivacité, Mirabella se met en travers de la porte pour attirer l'attention des prêtresses, le temps qu'Elizabeth se détende et retrouve ses esprits.

— Que se passe-t-il ? exige de savoir la première des prêtresses.

Elle examine Mirabella de la tête aux pieds, et les autres forcent l'entrée de la réserve. À la vue de la fille étendue à terre, certaines d'entre elles gémissent pitoyablement. C'était l'une des leurs.

Luca arrête brièvement de faire les cent pas pour caresser les cheveux de Mirabella. La reine se trouve sur le canapé de la chambre de Luca, confortablement installée entre Bree, Elizabeth et un oreiller brodé.

La porte s'ouvre, mais ce n'est rien qu'une initiée entrant avec un plateau garni de thé et de petits gâteaux, que Billy s'empresse de goûter consciencieusement même si rien de tout cela ne sera ni bu ni mangé.

— Je ne souhaite plus que tu fasses cela, lui dit Mirabella.

— Mais c'est exactement pour cette raison que je suis ici, répond-il doucement. Je connaissais les risques, tout comme mon père quand il m'a ordonné de venir ici.

— Vous avez été envoyé ici pour transmettre un message, le corrige Luca. Mais aussi pour que votre père recueille notre soutien. À titre personnel, je pense qu'il est fou de vous placer en travers du chemin de cette empoisonneuse, même si mes prêtresses goûtent tout avant vous.

— Personne d'autre ne doit plus se plier à cette tâche, exige Mirabella. Plus de goûteurs, plus un seul.

Le visage de cette fille morte flotte devant ses yeux, il se mêle à une autre image dont elle ne parvient pas à se défaire : celle de la douce et petite Katharine, tout sourire.

La porte s'ouvre à nouveau. Cette fois-ci, Rho pénètre dans la pièce. Elle a baissé sa capuche et ses cheveux rouges enflamment ses épaules.

— Qui était-ce ? interroge Luca.

— La novice ? Rebecca.

Luca porte ses mains à son visage. Mirabella ne la connaissait pas, elle ne l'avait vue que quelques fois au temple.

— Elle était… ambitieuse, explique Luca en s'asseyant finalement dans l'un de ses fauteuils trop rembourrés. Elle a dû essayer les robes.

— Seule ? demande Rho. En les enfilant ?

— C'était une bonne prêtresse, dévouée. Elle venait d'une ferme de Waring. J'écrirai à sa famille et leur enverrai une bénédiction. Nous placerons ses cendres dans une urne après l'avoir incinérée, au cas où sa mère souhaiterait les récupérer.

Mirabella grimace. Tout se déroule si rapidement, tout est si froid.

— A-t-elle souffert ? s'enquiert Mirabella. Je me fiche que vous considériez que ma question trahit ma faiblesse, Rho. J'attends une réponse.

Les mâchoires de Rho se desserrent.

— J'imagine que je n'en sais rien, ma reine. À la vue de la peau arrachée sous ses ongles, je dirais que oui. Mais l'empoisonnement a été rapide, personne ne l'a entendue crier, et elle n'a pas eu le temps de sortir de la réserve pour trouver de l'aide.

— Connaît-on le poison qui a été employé ? demande Luca.

— Quelque chose qui a été absorbé par la peau. Les blessures sont localisées à proximité du corset, là où la robe est le plus près du corps. Nous allons l'examiner avant de la détruire, nous chercherons notamment des épingles ou de fines lames dissimulées.

— Katharine, souffle Mirabella. Tu es devenue horrible.

— Rebecca n'aurait jamais dû passer cette robe, lâche Rho.

— Mais comment aurait-elle pu s'en douter, proteste Bree. Vous ne comprenez pas ? Cette robe était bleue ! Elle n'a pas été envoyée pour la reine, mais pour l'une d'entre nous !

Elle lève des yeux rageurs en direction de Rho.

— Pourquoi ferait-elle cela ?

— Cette empoisonneuse est intelligente. Si elle ne peut pas vous atteindre directement, elle veut vous forcer la main en tuant les personnes qui composent votre suite.

— Elle n'a rien d'intelligent, fait la voix basse d'Elizabeth alors qu'elle s'essuie les yeux du dos de la main.

Mirabella passe un bras autour d'elle.

— Elle est cruelle.

WOLF-SPRING

Dans la clairière, sous l'arbre penché, Arsinoé laisse Madrigal lui prélever du sang frais du bras. Au-dessus d'elles, les feuilles vertes bruissent sur les vieilles branches.

— Voilà qui devrait suffire, dit Madrigal.

Arsinoé presse un tissu contre la coupure pour endiguer le saignement.

— Est-ce que vous avez quoi que ce soit à manger ?

Madrigal lui jette un sac. À l'intérieur se trouvent une outre de cidre et des lanières de viande séchée.

Elle reprend des forces, mais les saignées ne la dérangent plus tellement désormais. Ses bras et ses mains sont recouverts de tant de cicatrices qu'elle n'a pas pu se résoudre à relever ses manches de toute la saison.

Madrigal se penche lentement par-dessus le petit feu qu'elle a démarré quand elles sont arrivées. Cela fait à peine deux mois qu'elle est enceinte, mais son ventre commence déjà à se tendre.

— Est-ce que vous espérez avoir une fille ?

— J'espère surtout que tu vas te concentrer, lui rétorque Madrigal avant de souffler sur les flammes.

— Mais si vous pouviez choisir.

Madrigal lève le regard vers elle avec lassitude. Elle n'a jamais semblé si peu enthousiaste à l'idée de pratiquer la magie basse. Cet enfant lui sape toute son énergie.

— Cela n'a aucune importance.

Elle se rassoit sur une bûche.

— Les Milone ne donnent naissance qu'à des filles et les Sandrin qu'à des garçons.

L'une de ses mains vient se poser sur son estomac.

— Il ne nous reste qu'à attendre de voir quel sang prendra le dessus.

Une bourrasque, froide pour cette époque de l'année, traverse la clairière et les feuilles du vieil arbre sifflent comme des serpents.

— Les autres reines arrivent, affirme Madrigal en inspirant l'air de la brise. Si tu souhaites maudire tes sœurs, nous devons lancer la malédiction tout de suite.

Arsinoé opine de la tête. Des souvenirs se rappellent à elle : la petite Katharine avec des pâquerettes dans les cheveux, Mirabella la tenant fort dans ses bras alors que les prêtresses essayaient de la tuer après son arrivée sur les plages d'Innisfuil. Elle les repousse.

Elle doit se concentrer. Plus de la moitié de la réalisation de la malédiction repose sur la force de l'intention.

— Est-ce que Juillenne sait que tu m'as demandé de t'aider ?

— Oui.

— Elle n'a pas essayé de t'en dissuader ?

— Pour quelqu'un qui souhaite que je me concentre, vous semblez bien distraite. Qu'est-ce que cette malédiction fera, d'ailleurs ?

— Je n'en sais rien.

— Comment ça ?

— Un tel acte n'a rien à voir avec une rune ou un charme. Une malédiction est une force libérée dans la nature. Une fois relâchée, elle ne peut plus être arrêtée. Ce qui traversera cette fumée aujourd'hui portera ta volonté et celle de la Déesse. Mais elle aura également sa propre volonté.

La magie basse agit selon sa volonté propre. Est-ce pour cette raison qu'elle s'est laissée emporter par la tempête ce jour-là, pour jeter son dévolu sur Joseph et Mirabella ? Les coupures sur son bras la lancent, et elle ressent le poids d'un prix qu'elle ne peut même pas encore imaginer.

Madrigal verse le sang d'Arsinoé dans le feu. Les flammes semblent s'étirer vers lui, le laper, le dévorer sans émettre le moindre son ou grésillement. Elle en répand l'intégralité et le nourrit encore davantage avec les cordelettes des saignées précédentes. Elle murmure comme elle le fait pour son enfant qui n'est pas encore né.

Derrière elle, l'arbre penché craque et Arsinoé se raidit. Pourtant cette réaction est idiote, il ne peut pas se déplacer. Il ne peut pas se réveiller et se déraciner de lui-même.

— Pense à elles, lui enjoint Madrigal.

Arsinoé s'exécute. Elle pense à une petite fille qui rit et joue dans une rivière. Elle se souvient de Mirabella, grave et prête à intervenir si nécessaire.

Je les aime, se rend-elle compte. *Je les aime toutes les deux.*

— Madrigal, arrêtez.

— M'arrêter ? répète Madrigal en détournant le regard des flammes.

Le feu s'élève comme une vague et s'étend en direction de Madrigal. Arsinoé crie et se jette sur elle pour la rouler au sol, cherchant à étouffer les flammes de la manche de son chemisier. En quelques instants, les flammes sont éteintes et ne sont plus que de la fumée, mais la puanteur de cheveux et de peau brûlés reste suspendue dans l'air.

— Madrigal ? Madrigal, est-ce que vous m'entendez ?

Arsinoé saisit le visage choqué de Madrigal entre ses mains. Son épaule a été gravement atteinte, noircie, la rougeur de la peau est exposée. Mais Madrigal ne semble même pas s'en apercevoir.

— Mon bébé, chuchote-t-elle. Mon bébé…

— Pardon ?

L'estomac de Madrigal n'a pas été touché, et sa chute n'a pas été violente. Le bébé va bien.

— Madrigal ?

Elle essuie des larmes sur les joues de la femme.

— Mon bébé… mon bébé…

Ses cris s'amplifient et les coins de sa bouche se tordent vers le bas.

— Mon bébé !

— Madrigal !

Arsinoé la gifle. Légèrement. Ce geste n'a rien à voir avec les soufflets de Cait, même quand ceux-ci sont donnés de manière joueuse. Les yeux de Madrigal virent vers la gauche et se fixent sur son visage.

Le bocal vide qui contenait le sang d'Arsinoé, teinté de rouge, tombe des mains de Madrigal et roule au sol. Arsinoé ose lancer un regard vers l'arbre penché. Il est toujours à sa place, l'air innocent.

— Qu'est-ce qu'il s'est passé ?

— Rien.

— Madrigal, qu'est-ce que vous avez vu ?

— Je n'ai rien vu ! s'emporte Madrigal en s'essuyant rapidement le visage. Cela ne te concernait pas et ce n'était pas réel.

Elle se lève, ses bras placés de manière protectrice autour de son ventre. Sa vision impliquait l'enfant, Arsinoé n'a aucun doute à ce sujet. Peu importe ce qu'elle contenait, elle était terrible.

Arsinoé regarde à nouveau l'arbre penché, cet endroit sacré. La magie basse ne se contente pas d'exécuter des souhaits, et elle ne s'exprime pas par des détours. L'arbre penché ne ment jamais, et une vague de terreur saisit Arsinoé au ventre. Elle craint pour Madrigal et son bébé, pour Jules et sa petite sœur ou son petit frère qu'elle aimera tant.

— Vous avez raison, dit Arsinoé pour la détendre. C'était ma faute, je n'ai pas pu me concentrer. Je n'arrêtais pas de voir des images de mes sœurs… Des souvenirs. Nous pouvons réessayer…

— Nous ne pouvons rien réessayer du tout !

Madrigal se libère et quitte la clairière en courant. Elle ne s'immobilise pas au son des cris d'Arsinoé.

La reine baisse le regard sur les cendres du feu, déjà froides. Elle pourrait recommencer par elle-même. Mais, sans savoir pourquoi, elle sent que ce serait inutile. La Midsummer est arrivée, et elle n'aura aucun autre avantage que les secrets qui lui ont déjà été livrés.

— Les autres reines approchent, confie Arsinoé à l'arbre. Et il semblerait que cela soit ce que tu veux.

MIDSUMMER

LA ROUTE DE VALLEYWOOD

En chevauchant non loin de la tête de la caravane d'Indrid-Down, Katharine lève le nez au vent et inspire profondément. Ils ne sont plus loin de Wolf-Spring, elle peut pratiquement sentir les effluves du marché aux poissons. L'île tout entière affirme qu'on y trouve les plus belles prises de pêche et elle espère que cette information se vérifiera, car Natalia meurt d'envie de goûter un poisson des récifs empoisonné.

— Est-ce que tu veux bien m'en dire un peu plus sur le festival de Midsummer ? demande Nicolas.

Pietyr et lui l'entourent de leurs montures, si proches d'ailleurs que Croissant-de-lune renâcle face à cet espace restreint.

— Si j'ai bien compris, il y aura des festins et des lumières ?

— Des lanternes illumineront le port, le coupe Pietyr. Il y aura également de nombreuses opportunités pour un empoisonnement. Wolf-Spring est connue pour ses ivrognes ; il y aura beaucoup de confusion et de mouvement. De plus, Arsinoé n'osera jamais en appeler à son ours dans une telle foule.

Il lance un regard noir à Nicolas par-dessus sa selle, et Katharine doit se mordre l'intérieur de la joue pour s'empêcher de rire.

— L'ours ne m'effraie pas. J'ai apporté un cadeau tout spécialement pour lui.

Nicolas sourit à cette remarque. Katharine a emporté de longues piques aiguisées, idéales pour transpercer le cuir d'un ours. Il les a examinées avec approbation avant qu'ils quittent Greavesdrake.

— Parle-moi plus des reines alors, celles que tu vas affronter. Une naturaliste et une élémentaire. Est-ce toujours ainsi que ce genre d'événement se déroule, avec cette composition ? J'ai entendu qu'il existait d'autres reines, des oracles et des guerrières.

— Nous n'avons pas connu de reine oracle depuis bien des âges, explique Katharine. Pas depuis que l'une d'entre elles a perdu la raison sur le trône et a ordonné l'exécution de plusieurs des familles de son propre Conseil. Elle prétendait qu'ils complotaient contre elle, ou plutôt que ce serait leur intention à l'avenir. Elle disait l'avoir prédit. Aujourd'hui, quand une reine naît avec le don de voyance, elle est noyée.

Elle s'attend à ce qu'il blêmisse ; mais au lieu de cela il opine du chef.

— La folie chez un souverain ne peut être permise. Mais qu'en est-il du don de la guerre ? Pourquoi n'y a-t-il aucune reine guerrière ?

— Personne ne sait pourquoi le don de la guerre s'est tant affaibli. Le fait que les reines voyantes soient noyées à la naissance explique que la ville des oracles de Sunpool soit aujourd'hui pratiquement vide, mais Bastian, elle, reste peuplée. Les guerriers demeurent. Pourtant, il n'y a pas eu de reine guerrière depuis des générations.

— C'est regrettable, reprend Nicolas. Même si toi, ma douce Katharine, tu es bien assez guerrière à mon goût.

Il arbore un large sourire. Quel prétendant a-t-elle attiré, raffiné, charmant, mais assoiffé de sang. Il affirme qu'elle a bien trop de courage pour se contenter d'empoisonner une assiette, que son talent au couteau et à l'arc est trop grand pour être gâché. Elle a failli l'embrasser après ces compliments. Elle l'a presque jeté à même le sol. Natalia souhaite qu'elle prenne Billy Chatworth pour roi consort afin de préserver l'alliance entre leurs familles. Mais quand les prétendants se lanceront dans la Chasse des célibataires, une chasse sacrée qui leur est exclusivement réservée, Billy Chatworth n'aura pas la moindre chance. Nicolas le poursuivra comme il chasse le cerf. Katharine sera alors libre de choisir de l'épouser.

Des cris provenant de la tête de la caravane redescendent la procession.

— Nous sommes pratiquement arrivés, dit Pietyr. La ville se trouve juste après le prochain virage.

— Dans ce cas, ouvrons la voie.

Katharine enfonce ses talons dans les flancs de Croissant-de-lune avant même que Pietyr puisse s'y opposer, et Nicolas se met à rire en la suivant. Alors qu'elle arrive au sommet du faux plat qui mène à Wolf-Spring, l'air iodé de la mer s'élève tel un mur pour lui saisir la poitrine.

Ils ne ralentissent pas avant d'avoir atteint les abords de la ville. Comme elle s'y attendait, ce n'est pas vraiment un grand spectacle : des bâtiments d'un bois gris passé et des enseignes à la peinture défraîchie. Néanmoins les habitants dans les rues et les vitrines des magasins cessent leurs activités pour les fixer du regard. Leurs expressions semblent quelque peu hostiles et très méfiantes. Quand le reste des voitures arrive, la majorité des badauds paraît soulagée de pouvoir enfin poser leurs yeux sur autre chose.

— Vous ne savez même pas où nous allons ! leur lance Pietyr, furieux, une fois qu'il les a rattrapés.

— Sincèrement, Renard, rétorque Nicolas. Voici la ville et voici la mer, comment pouvions-nous nous perdre ?

Katharine glousse. C'est un fait, elle ne comprend pas en quoi il était nécessaire de demander au cousin Lucian et à Renata Hargrove la sans-don de partir une semaine en avance pour trouver un hébergement. Une ville de cette taille ne peut guère offrir que quatre ou cinq possibilités.

— Où descendons-nous, Pietyr ?

— À l'auberge Wolverton. La voiture de tête connaît le chemin, si seulement vous pouviez daigner la suivre.

Katharine soupire.

— Très bien.

Elle fait ralentir Croissant-de-lune afin que le reste du groupe la rejoigne, puis elle bascule également le poids des couteaux qu'elle a fixés à sa hanche. Elle garde le menton haut alors qu'ils passent dans les rues, devant ces gens détestables et burinés par le sel. Ce n'est pas un accueil des plus chaleureux, mais ses couteaux et elle vont profiter d'un très agréable moment ici.

WOLF-SPRING

Tandis que l'annonce de l'arrivée des reines se diffuse en ville comme une onde à la surface de l'eau, Wolf-Spring s'éveille à la vie. Les ouvriers frappent de leur marteau sur les planches alors qu'ils érigent de nouvelles plateformes qui surplombent le port. Le Wolverton et l'hôtel de la rue de la baie préparent les chambres de leurs invités. Les commerçants demeurent ouverts plus tard qu'à l'accoutumée et trouvent souvent des tâches à effectuer en extérieur, dans l'espoir d'apercevoir l'empoisonneuse revenante ou même Mirabella l'élémentaire de légende. Selon Ellis, qui laisse traîner ses yeux et ses oreilles en ville depuis l'arrivée des autres reines, Luke lui-même est resté tard à balayer le trottoir devant sa librairie. Mais avant toute chose, il a retiré la robe de couronnement d'Arsinoé de sa devanture.

— Nous aurions dû refuser cet arrangement, déclare Jules.

— Nous n'avions pas le choix, réplique Arsinoé.

Katharine et les Arron sont déjà comme chez eux dans les chambres qu'ils occupent au Wolverton, il ne fait aucun doute qu'ils mettent les nerfs de Mme Casteel et du jeune Miles à rude épreuve avec leurs exigences d'empoisonneurs. À l'ouest, la colline du temple a été envahie par des prêtresses de Rolanth qui essaient de transformer les modestes quartiers de pierre circulaires afin qu'ils soient dignes d'accueillir la reine Mirabella.

— C'est ignoble, cette façon de nous placer ainsi, lâche Arsinoé. Comme des pions sur un échiquier. Si cette décision provient de la Déesse, alors elle est simplement cruelle. Mais si elle a été prise par le Conseil et le Temple, nous sommes idiots de les laisser mener la danse.

— Peut-être. Mais comme tu l'as dit toi-même, personne ne nous a laissé le choix.

— Pourquoi ne resterions-nous pas simplement ici ? Je veux que nous vivions nos vies ici, comme cela a toujours été le cas.

Du coin l'œil, Arsinoé distingue les poings de Jules qui se resserrent, puis elle lance un regard nerveux aux arbres pour voir s'ils vont frémir.

— Et notre fin heureuse, tu l'oublies ? lui demande Jules. Ne vaut-elle pas la peine de se battre pour elle ?

Mais quand Arsinoé ne répond pas, elle s'emporte :

— Arrête de te comporter comme une enfant ! Si tu gagnes, tu vis, et c'est mieux que rien !

Arsinoé se recule.

— Je n'allais pas te frapper. Enfin, pas plus fort que d'habitude, et ça n'aurait pas été le résultat de la malédiction.

— Excuse-moi, Jules. Tu m'as surprise, c'est tout.

— Bien sûr, fait Jules, incrédule. C'est ça.

— Est-ce que ça empire ?

Mais elles ne savent même pas ce qui peut empirer. Le don de la guerre de Jules qui gagnerait en puissance ? Sa colère ? Ou encore le fait qu'elle perde la raison ?

— Je vais bien.

Jules prend une grande et lente inspiration.

— J'aurais voulu que ça se passe mieux auprès de l'arbre entre Madrigal et toi.

Elles ont aidé Madrigal à soigner ses brûlures. Avec le baume efficace de Cait, elle n'aura pratiquement aucune cicatrice. Mais elle refuse toujours de parler de ce que les flammes lui ont montré au sujet de son bébé.

— J'imagine que nous aurons les chances que nous aurons.

— Pourquoi est-ce que tu n'as pas peur ? Pourquoi est-ce que tu ne veux pas te défendre ?

— Évidemment que j'ai peur ! Mais je ne peux pas faire plus que ce que je sais faire, Jules.

Jules garde le silence pendant un long moment, et Arsinoé pense que leur conversation est terminée. Mais Camden se met soudain à gronder, et les bûches du tas de bois commencent à se déplacer et à s'agiter.

— Nous assurerons ta sécurité, même si ce ne sera que pour te contrarier, Arsinoé, affirme Jules d'une voix sombre. Camden, Joseph et moi.

— Tu comptes en appeler à ton don de la guerre ? Tu ne peux pas ! S'ils le voient, ils…

Arsinoé s'arrête pour baisser la voix, comme si le Conseil les épiait déjà.

— Ils t'emporteront à Indrid-Down et t'enfermeront dans une geôle. Ils te tueront, l'île ne plaisante pas avec la folie.

— Peut-être que je ne deviendrai pas folle. Peut-être devrait-on le délier et que c'est exactement pour tout ça que je porte cette malédiction. Pour te protéger quand tu refuses de te protéger toi-même.

— Je ne veux pas que tu sois mêlée à tout ça, Jules. Je t'en prie.

— C'est de ta vie dont il est question, ne me demande pas de ne pas m'en préoccuper.

Jules lui jette un regard noir et entame la descente de l'allée.

— Jules !

— Je vais retrouver Joseph, crie-t-elle par-dessus son épaule.

Elle ralentit et dans le même temps sa voix s'adoucit.

— Ne t'inquiète pas. Nous ne ferons que surveiller ce que les Arron et le Temple fabriquent.

***

Arsinoé parvient à s'éclipser pour partager quelques instants seule avec Braddock à proximité de l'étang du Bois-au-Chien, avant que le chaos s'invite aux festivités. Mais ce n'est pas encore le moment pour un peu de quiétude. Billy vient la surprendre, fraîchement rentré de Rolanth.

— Arsinoé.

— Junior !

Son corps tout entier se précipite sur lui. Elle se jette sur le garçon et l'enlace. Ses mains à lui se pressent contre son dos, ainsi que quelque chose qui bruisse.

— Voilà un accueil plus agréable qu'escompté.

— Alors ne gâche pas tout en parlant.

Billy rit, et ils s'écartent l'un de l'autre. Il semble ne pas avoir changé, aucune trace d'empoisonnement. Sain et sauf et de retour à sa juste place, aux côtés de sa reine. Les yeux de cette dernière s'attardent sur son visage, ses épaules et son torse. Avant de pouvoir rougir, elle regarde ses mains.

— Junior. Tu as une couronne de fleurs.

Celle-ci ne lui déplaît pas : des vignes lisses enroulées encore et encore, agrémentées de grassette commune et de bermudienne des montagnes.

— C'est moi qui l'ai confectionnée.

Il la tend devant lui.

— Pour toi.

Arsinoé l'accepte et la fait tourner autour de ses doigts.

— Enfin, ce n'est pas moi qui l'ai fabriquée, j'ai précisé à la fille du marché ce qu'il fallait mettre dedans. Ce n'est pas censé être un bouquet, ajoute-t-il avec hâte. Je sais que tu n'aimes pas ça. Que tu sois naturaliste ou non.

— Mais tu m'as déjà apporté un bouquet, tu te rappelles ? L'hiver dernier, après l'attaque du vieil ours malade.

— C'était un cadeau de mon père.

Arsinoé sourit d'un air suffisant. Elle glisse un doigt au travers du ruban bleu pâle relié à la couronne, il est utilisé pour l'accrocher aux portes durant les quelques jours qui précèdent le festival.

— C'est… très gentil, dit-elle avec un ton inhabituellement dénué de sarcasme. Ce sera la première que je mettrai à l'eau.

Puis elle se met à rire quand Braddock vient inspecter ce présent, il renifle et renifle encore de sa truffe brune.

— Est-ce qu'il restera à tes côtés pendant le festival ? lui demande Billy en se baissant pour lui gratter le crâne entre les oreilles.

— Oui. Mais il demeurera près des docks, à bonne distance de la majeure partie de la foule.

— Mais est-ce qu'il y sera en sécurité, si proche des autres reines ? Après ce qu'il s'est passé durant Beltane…

— Je pense que ça ira, oui.

Elle a tendance à oublier que Billy aussi a assisté à l'attaque de la Révélation, maintenant qu'il se montre si décontracté en compagnie de Braddock, à lui gratter la fourrure et lui parler comme si c'était un chaton.

— Tu es vraiment un ours gâté.

Arsinoé tapote l'épaule de Braddock, et il s'écarte en se dandinant, sa fourrure plus brillante qu'aucun autre grand ours brun. Wolf-Spring l'a rendu gras et soyeux, son régime opulent n'étant constitué que des meilleures prises de pêche.

— Dis-moi que tu as un plan, l'implore Billy. Une arme ou une idée dont tu n'as parlé à personne.

— J'ai un ours, certains diraient que c'est suffisant.

Elle regarde sa couronne végétale.

— Devons-nous vraiment parler de tout ça ? Tu viens seulement de rentrer.

— Je viens de rentrer, répète-t-il, en tant que membre de la suite de Mirabella.

Fichu festival, le retour de Billy sera bien son seul aspect positif. Elle se tourne vers lui et lui caresse le cou.

— Je suis heureuse de voir que tu vas bien. L'ami couturier de Luke nous a donné des nouvelles effrayantes d'empoisonnements à Rolanth. Des prêtresses défigurées, du bétail empoisonné… Est-ce que c'est vrai ?

Billy hoche la tête. Il n'en dit pas plus, mais un voile obscurcit soudain son visage. Arsinoé comprend alors que tout était vrai, et sûrement pire encore.

— J'aurais dû t'écrire, mais il n'y avait réellement rien à annoncer, et ce que je voulais dire, je ne parvenais pas à l'écrire.

— Je suis pareille. Je n'arrive jamais à écrire des mots qui ne soient pas idiots une fois couchés sur le papier. Jules, elle, pourrait écrire des journées entières.

— Nous devons toujours nous assurer d'être face à face, alors. Ainsi, il n'y aura jamais aucun malentendu.

Il passe un doigt sur les bords de son masque et suit la courbure de sa mâchoire où une toute petite extrémité de cicatrice pointe derrière le bois laqué.

— Je ne sais pas si je pourrai beaucoup te revoir.

— Tu ne loges pas chez les Sandrin ?

— Même ici, à Wolf-Spring, je reste le goûteur officiel de Mirabella. Je vais devoir rester à ses côtés pendant les cérémonies du festival.

La gorge d'Arsinoé se resserre. Le voir se tenir derrière sa sœur lui fera du mal, même si cela n'est que pour les apparences.

— Tu ne feras donc pas ce que tu as fait à Beltane. Délaisser Mirabella pour me rejoindre.

— La situation est différente, répond-il doucement.

— En quoi ?

Billy la saisit par les épaules et elle retient sa respiration. Aucun poison ne s'attarde sur ses lèvres cette fois-ci. S'il l'embrasse, elle lui rendra son baiser et elle ne le laissera plus jamais la quitter.

Mais au lieu de cela, il l'écrase contre son torse.

— Arsinoé, souffle-t-il en lui embrassant les cheveux et l'épaule, partout, sauf là où elle le désire. Arsinoé, Arsinoé.

— J'espère que nous pourrons au moins nous reparler, soupire-t-elle en enfonçant son nez dans son épaule. Avant qu'une de mes sœurs arrive à m'atteindre.

— Ne dis pas ce genre de choses. Pour ce qui est de Mirabella, elle n'a pas spécialement de projets, si ce n'est celui de rester en vie.

— Ou tu n'es tout simplement pas dans la confidence, le contre Arsinoé en s'écartant. Est-ce que tu m'en parlerais, Junior, si c'était le cas ? Est-ce que tu lui ferais part de mes projets ?

Il détourne le regard.

— Ne me réponds pas. Ces questions étaient injustes. Mirabella est plus pour toi désormais qu'un simple nom ou qu'un visage en haut d'une falaise. Je ne m'attends pas à ce que tu la détestes pour moi.

Billy prend sa main et noue ses doigts aux siens.

— Peut-être pas. Mais je ne laisserai jamais rien t'arriver, et rien ne pourra changer quoi que ce soit à ça.

TEMPLE DE WOLF-SPRING

Luca passe un doigt sur le seuil de la fenêtre du cottage du temple et le montre à Rho.

— Au moins, le ménage a été fait.

— C'est la moindre des choses, raille Rho. Vous êtes devenue aussi gâtée et indolente qu'un chat, grande prêtresse.

Luca ricane à son tour. Mais Rho dit vrai. Elle est grande prêtresse depuis longtemps et elle en apprécie chacun des avantages. Si elle fait fi du confort dont elle a l'habitude, ce logement modeste est parfaitement suffisant.

Les prêtresses de Rolanth ont effectué un beau travail de ménage et d'aménagement de l'espace. Elles ne peuvent pas réellement se prononcer quant à la sécurité de la propriété du temple, mais cela est le domaine de Rho. La tâche la plus ardue sera de maintenir Mirabella à proximité. Luca l'a déjà vue se promener près des limites du jardin du temple, ses yeux rivés sur la ville et le port. Leur reine au cœur tendre est curieuse de connaître la vie que sa sœur a menée ici, et elle désire revoir le garçon, Joseph Sandrin.

— J'aime cet endroit, déclare Rho en prenant une profonde inspiration. Il est plus rude que celui de Rolanth, plus franc.

— Et une seule inspiration vous suffit à déterminer cela.

— Vous me connaissez, Luca. Il ne me faut pas longtemps pour que je puisse juger d'un endroit.

— Ou d'une personne. Que pensez-vous de notre petite empoisonneuse ? Je ne la considérais pas comme une menace jusqu'à sa disparition, et surtout sa mystérieuse réapparition.

— Elle a réussi à sortir d'un fossé, et alors ? rétorque Rho, ses lèvres retroussées de dédain. Elle reste faible, ce sont les Arron qui la maintiennent debout.

Luca se dirige vers la fenêtre qui donne à l'est et surplombe le marché et le port ouest. La journée est belle et ensoleillée. Au cœur de la ville, les habitants s'affairent à apprêter la place centrale pour leurs invités. Seuls les reines, leurs familles d'accueil et les plus chanceux de leurs suites pourront s'y retrouver. Le reste se déversera dans les rues parallèles lors du festin : Wolf-Spring, Rolanth et Indrid-Down, toutes mêlées les unes aux autres.

— Était-ce une erreur de venir ici ? demande Luca

— Non.

— Même si nous ne pouvons pas lui venir en aide ?

Rho pose fermement sa main sur l'épaule de la vieille femme.

— C'est *ainsi* que nous lui venons en aide. Une jeune reine n'a qu'un seul objectif : la couronne.

— Je sais bien que vous avez raison. Mais toute cette histoire me déplaît tout de même.

— Ils célèbrent ce festival avec des couronnes de fleurs, dit Bree en en faisant tournoyer une autour de son doigt. Celle-ci a été confectionnée tout spécialement pour toi par les prêtresses de Wolf-Spring. Elles en ont réalisé une pour chaque reine.

Elle la tend à Mirabella. Elle est sublime, et son tressage dénote une grande expertise. Elle comprend une variété de fleurs sauvages bleues, des lis blancs et du lierre.

— J'ai vu celle de Katharine. Elle est constituée de roses rouge sombre et d'épines.

— Qu'en font-ils ? s'enquiert Mirabella, mais la réponse provient d'Elizabeth et non de Bree.

— Nous les mettons à l'eau et elles abritent des lanternes en papier en leur centre, explique-t-elle.

Son visage est tourné vers le port, un peu pensif.

— Est-ce que cet endroit te rend nostalgique, Elizabeth ? l'interroge Mirabella. Est-ce qu'il ressemble à Port-Bernadine ?

— Un petit peu. Je n'habitais pas si près de la mer, mais je retrouve les mêmes paysages et les mêmes coutumes dans cette région.

— Je n'ai pas vu l'ours pendant mon exploration de la ville, lance brusquement Bree, et Mirabella se raidit. Même si beaucoup en parlent. Où pensez-vous qu'elle le cache ? Et surtout pourquoi ? Peut-être est-il dangereux. Il était si violent ce soir-là. Est-ce que c'est la même chose pour toi, Elizabeth ? Est-ce que Pepper n'en fait parfois qu'à sa tête ?

Elizabeth jette un œil dans les branches d'un arbre voisin, et le pic duveteux incline la tête dans sa direction.

— Pepper ne m'obéit pratiquement jamais, sourit Elizabeth. Nos familiers savent ce que nous ressentons, et c'est la même chose pour nous. Nous sommes liés, tout en restant des individus distincts. Un familier si puissant doit être difficile à contrôler quand il est en colère.

— Cela n'a aucune importance, affirme Mirabella. Nous verrons cet ours autant que nous le voudrons, et peut-être même plus, pendant ce festival.

Bree se tend sur la pointe des pieds pour regarder par-dessus l'épaule de Mirabella.

— Qu'est-ce qu'il t'arrive ? demande Elizabeth. Est-ce que tu as aperçu un autre beau garçon naturaliste ?

Les sourcils de Bree se dressent, puis elle fait une moue.

— Non. Ce n'est que Billy qui revient après avoir déposé sa poule auprès de sa famille d'accueil. Non pas qu'il ne soit pas parfaitement attirant. S'il n'était pas l'un des prétendants...

Elle s'arrête quand Elizabeth lui balance un gland.

Billy a prétendu s'absenter pour confier Harriet aux Sandrin, mais Mirabella sait bien qu'il est également allé voir Arsinoé.

— Je reviens, dit-elle à Bree et Elizabeth.

— Ne va pas trop loin !

— Mais non.

Avec toutes ces prêtresses aux aguets, elle ne pourrait de toute façon pas s'écarter, même si elle en avait envie.

Elle trottine rapidement jusqu'à atteindre Billy et lui emboîte le pas. Il lui jette un regard avant de baisser une nouvelle fois les yeux au sol.

— C'est donc ainsi que vont se passer les choses ? s'enquiert-elle après un certain moment. Une visite à ma sœur et nous ne sommes plus amis ?

Il arrive au sommet de la colline et contemple les reflets du soleil qui scintillent dans les mouvements de la mer de l'anse de la Tête-de-Phoque.

— J'aimerais que nous ne le soyons pas. Quand mon père m'a ordonné d'aller à Rolanth, j'ai juré de te haïr. Juré que je ne serais pas aussi idiot que Joseph et que je ne me retrouverais pas piégé entre vous deux.

Il lui fait un sourire triste.

— Pourquoi ne peux-tu pas être pitoyable ? Personne ne t'a jamais rien appris ? Tu devrais avoir la courtoisie d'être horripilante, ainsi j'aurais pu te détester.

— Je te prie de m'en excuser. Veux-tu que je commence maintenant ? Est-ce que tu souhaites que je te crache dans les yeux et te donne des coups de pied ?

— Arsinoé pourrait se comporter ainsi. Je trouverais donc cela très attachant.

— Est-ce que tu lui as expliqué que je connais la vérité ? Que je sais qu'elle n'a pas essayé de me tuer ?

Billy secoue la tête, et Mirabella sent son cœur la tirailler. Elle veut qu'Arsinoé le sache. Elle veut le lui dire elle-même et la secouer par les épaules jusqu'à ce que ses dents s'entrechoquent, parce qu'elle lui a caché la vérité sur son ours ce jour-là, dans les bois d'Ashburn.

— Arsinoé dirait qu'une absence de haine ne change rien. Mais je pense, reprend Mirabella lentement, que je pourrais supporter de mourir, en sachant que la sœur qui doit m'exécuter… si je sais qu'elle m'aime.

Elle se moque d'elle-même.

— Est-ce que ce que je dis a le moindre sens ?

— Je n'en sais rien, répond Billy. J'imagine, oui. Mais je déteste plus que tout l'idée qu'Arsinoé et toi deviez avoir ce genre de réflexion.

Il lui lance un regard plein de regret.

— Je ne veux pas te détester après tout cela. Mais ce sera peut-être le cas. Je vous détesterai peut-être toutes si elle meurt.

Mirabella fixe la mer à son tour. Cette ville est si agréable. Dans une autre vie, les choses se seraient peut-être déroulées autrement. Arsinoé l'aurait accueillie à son arrivée en ville et lui aurait fait visiter le marché et ces endroits où Jules et elle jouaient enfants.

— Ne tire pas trop de conclusions hâtives avec « après tout cela ». Nous sommes ici pour participer à un festival, il ne se passera peut-être rien du tout.

— Mirabella, souffle Billy. Ne te voile pas la face.

LE WOLVERTON

Geneviève n'a de cesse de lancer des regards furieux en direction du temple de Wolf-Spring depuis qu'elles ont pris possession de leurs chambres à l'auberge. Elle fait les cent pas en grognant, tout en croisant et décroisant les bras. Elle est contrariée que Mirabella soit arrivée à Wolf-Spring la première. Katharine lève les yeux au plafond tandis que Geneviève continue de fixer la fenêtre. Il lui est impossible de voir le temple, l'établissement est bien trop près du cœur de la ville pour cela, peu importe à quel point elle écrasera son nez contre la vitre.

— Écarte-toi de là, ordonne Natalia. Il vaut mieux arriver en dernier qu'au milieu. Il était de toute manière impossible d'arriver en premier en sachant qu'Arsinoé vit ici.

Katharine les ignore tandis qu'elles palabrent de paraître et de sécurité, comme si tout cela avait la moindre importance. Elle passe la lame d'un petit couteau de lancer contre une pierre à aiguiser et en écoute le crissement. Aiguiser, toujours aiguiser. Il les lui faudra en parfait état, ainsi qu'une arbalète et une pléthore de carreaux.

— Kat, la coupe Natalia.

Du coin de l'œil, Katharine aperçoit Geneviève se raidir à la vue des couteaux.

— Que fais-tu ?

— Je me prépare.

— Te préparer à quoi ? demande Geneviève. Tu n'as besoin de rien de tout ça, tu es en parfaite sécurité.

— Natalia, reprend-elle en ignorant le commentaire de Geneviève. Quelle préparation me recommanderiez-vous pour ces pointes-ci ?

Elle passe doucement la pulpe de son doigt le long de la lame, à peine une pression. Une fine coupure apparaît rapidement sur sa peau, elle ne ressent aucune douleur et il lui faut un moment pour se mettre à saigner.

— Il me faut quelque chose d'assez fort pour abattre un ours.

— Ne crains pas l'ours, la réprimande Geneviève.

— Je n'en ai pas peur, sourit Katharine. Mais j'ai une idée.

LE FESTIVAL DE MIDSUMMER

— C'est une erreur.

— Peut-être bien, Jules, mais c'est une erreur qu'elle seule doit commettre. Tu ne peux pas la forcer à quoi que ce soit.

Jules et Joseph se trouvent dans la chambre de ce dernier, à l'étage. Ils étudient les mouvements de Wolf-Spring par la fenêtre à l'aide d'une longue-vue noir et doré que le père de Billy lui a offerte.

— Depuis quand est-ce que je la *force* à quoi que ce soit ? grommelle Jules. Mon rôle a toujours été de protéger Arsinoé. Je l'ai su dès que je l'ai aperçue quand nous étions enfants.

Elle scrute la ville au travers de la longue-vue. Les rues sont en pleine effervescence, noires de monde, mais le festival ne va pas commencer avant plusieurs heures.

— Ils vont nous cerner de chaque côté. Nous forcer à nous rabattre.

— Au moins, nous connaissons les rues et nous savons où nous cacher. C'est nous qui avons l'avantage.

— C'est un piège. Je ne pense pas que nos connaissances de la ville jouent un rôle quelconque.

Joseph baisse les yeux.

— Je ne t'ai jamais entendue t'exprimer comme ça.

— Dans ce cas, tu ne m'as jamais réellement écoutée.

Elle ferme les yeux.

— Excuse-moi, ce que je viens de dire était injuste. Nous sommes entourés d'empoisonneurs et d'élémentaires et personne ne semble aussi inquiet qu'il devrait l'être.

— Moi, j'ai peur, avoue-t-il en lui prenant la main. J'ai peur pour Arsinoé et pour toi, Jules. Je sais que tu vas me répondre que tu n'as besoin de personne pour te protéger. Mais je n'ai pas confiance en Madrigal. Je crains qu'elle délie ton don sans que tu le saches. Elle l'a peut-être même déjà fait.

Jules lui agrippe les doigts. Pauvre Joseph. Du noir encercle ses yeux, et il paraît amaigri. Elle ne l'avait pas remarqué avant.

— Ma mère cause effectivement des problèmes, mais pas ce genre-là.

Elle remonte la longue-vue jusqu'à ses yeux.

— Et puis, tout le monde a besoin d'être protégé, parfois.

Sur le marché, il y a tant de prêtresses habillées de blanc que l'on pourrait croire à une invasion. Il ne fait aucun doute qu'elles inspectent la nourriture, même si elle ne comprend pas pourquoi. Mirabella aura certainement apporté ses propres réserves. Si quelqu'un veut y introduire du poison, il faudra le verser à la main.

— Les empoisonneurs attaqueront lors du festin, c'est certain. Arsinoé ne pourra pas y toucher ou y manger quoi que ce soit… et elle ne pourra toucher aucun étranger, au cas où leur peau serait empoisonnée. Puis ils se demanderont pourquoi elle ne meurt pas… Tenir notre langue à propos de ce secret est presque pire que de s'inquiéter de l'efficacité d'un poison !

Elle jure et referme rapidement la longue-vue.

— Où se trouve Arsinoé ?

— Elle se prépare, et ce sera plus long que d'habitude. La Midsummer est le seul jour de l'année où elle laisse Madrigal lui tresser une fleur dans les cheveux.

Joseph ricane.

— Je devrais y retourner. Mais je suis si fatiguée, dit-elle en se massant les tempes. Je suis tellement fatiguée, Joseph.

— Jules, ce n'est pas juste ta responsabilité à toi.

— Cait sera accaparée par la cérémonie, Ellis va aider à contrôler Braddock avec cette foule, et Madrigal ne s'est *jamais* montrée utile.

— N'oublie pas Luke, et moi aussi, sans oublier Arsinoé. Elle n'est pas si impuissante que ça, elle. Il n'y a qu'une seule reine ici qui soit une réelle menace.

— Un couteau empoisonné reste un couteau. Il peut toujours tuer quelqu'un.

Elle relâche une expiration tremblante, et Camden s'approche du bord du lit de Joseph pour pousser le genou de Jules de son museau.

— Tu dois te reposer. La nuit pourrait bien être longue.

— Je ne peux pas.

Elle secoue la tête et se détourne comme si elle allait se lever.

— Qu'est-ce qui se passe sur la place ?

Joseph lui prend les bras et la retient.

— Tu peux voir correctement d'ici. Voilà, sur les tables, on pose les lanternes en papier qui seront lâchées dans le port, comme toutes les autres années.

Mais cette année n'est en rien comparable aux précédentes. Le ciel bleu au-dessus de la ville est voilé par la fumée de toutes ces cuisines qui se préparent pour le festin. À l'auberge et sur la colline du temple à l'ouest, deux autres reines attendent. Elles guettent leur chance de tuer Arsinoé.

— Je t'ai dit un jour que j'avais le sentiment que tu ne nous étais jamais revenu. Que j'aurais aimé que tu ne sois jamais rentré. Je ne le pensais pas, je ne pourrais rien faire de tout ça sans toi à mes côtés.

Joseph s'avance vers elle et dégage les cheveux qui recouvrent sa joue.

— Je reviendrai toujours pour retrouver ma place à tes côtés, Jules.

Il l'enlace et Jules se serre contre lui.

Plus elle se presse contre lui, plus elle a l'impression qu'il lui échappe. Joseph n'a plus sa place ici, mais elle ne sait guère où est la sienne non plus.

— Embrasse-moi, Joseph, exige-t-elle, mais c'est elle qui se rapproche de lui et l'entraîne contre elle.

Ses bras se glissent dans son dos et elle force sur sa chemise jusqu'à ce qu'elle se défasse. Il tire sur son chemisier pour lui découvrir les épaules, et ils rient tous les deux quand ses mains restent coincées dans ses manches.

— Je t'aime, lui confie Jules.

Elle se permet de savourer cet instant durant lequel rien d'autre n'a d'importance. Une parenthèse juste pour Joseph et ses mains sur ses épaules, ses doigts dans ses cheveux. Elle s'allonge sur le lit et l'attire à elle.

— Je t'aime, Jules. Je t'aimerai jusqu'à ce que je rende mon dernier souffle.

Arsinoé tire sur les bords de sa veste. Cela doit être plus de la centième fois qu'elle la porte, mais aujourd'hui, quelque chose ne convient pas. Elle semble trop serrée, mal ajustée. Le masque qui recouvre son visage refuse lui aussi de rester à sa place, peu importe le nombre de fois où elle refait le nœud avec le ruban qui lui passe derrière la tête.

Ce doit être la tresse. Elle pend sur le côté, les tiges d'avoine et les pétales de fleurs l'irritent. Toutes les Midsummer, ses cheveux sont tressés de la même façon, même si ceux-ci sont si courts que la tresse dépasse comme un petit bras raide et chétif. Mais cela ne l'a encore jamais dérangée. C'est la journée qui est problématique, pas sa coiffure.

Elle retrouve Madrigal assise à l'ombre dans la cour, avec Matthew en train de se reposer à côté d'elle.

— Est-ce que vous avez vu Jules ? demande la reine.

— Je ne l'ai pas vue, non. J'aurais pensé qu'elle serait déjà arrivée. Nous ne pouvons pas retarder la procession indéfiniment.

Ses épaules s'affaissent, dévoilant ainsi le bandage qui recouvre sa brûlure, de sa clavicule jusqu'à son bras. Elle devrait être en train de coiffer joyeusement la tête de Matthew de sa couronne constituée de perce-neiges blancs et de vigne, mais au lieu de cela, elle reste assise là, blafarde. Tout son corps est aminci à l'exception de son ventre.

Matthew tend la main et attire Arsinoé à lui. Son sourire Sandrin s'étire franchement sur son visage, charmant et beau à faire rougir n'importe qui. Madrigal n'a donc pas dû lui parler de ce qu'elle a vu dans les flammes à lui non plus.

— C'est une bien belle couronne.

Arsinoé passe le présent du temple autour de son doigt.

— J'ai connu plus joli.

Elle pense à celle que Billy lui a offerte. Elle a dû la donner à Cait quand les prêtresses du temple se sont présentées avec la couronne de la reine naturaliste, qui ressemble davantage à un bouquet qu'autre chose, en vérité. Elle comporte tant de gerbes pourpres et de fleurs sauvages jaunes que la lanterne en papier devra être froissée pour pouvoir être installée au centre.

La porte latérale de la maison claque, et Cait s'approche d'eux avec Éva sur l'épaule.

— C'est l'heure.

— Déjà ? s'étonne Arsinoé. Est-ce que nous n'attendons pas Jules ?

— Nous ne pouvons plus l'attendre. En tant qu'hôtes, nous nous devons d'être les premiers. Jules le sait bien, je suis certaine qu'elle nous retrouvera là-bas.

Arsinoé lâche un soupir et appelle Braddock tandis que Madrigal et Cait prennent place devant elle, Matthew ferme la marche. Ellis s'avance et lui presse l'épaule.

— Arrête, lui intime-t-elle en lui lançant un faible sourire. J'ai l'impression que tu me fais tes adieux.

— Jamais, lui affirme Ellis. Je te montre simplement que je suis là. Alors ne t'inquiète pas pour Braddock.

Arsinoé opine du chef. Les lumières vacillantes de Wolf-Spring sont douces et dorées.

— C'est étrange de se sentir autant en danger en une si belle journée.

Ils commencent leur procession. Pendant tout le temps de la descente, elle ne parvient pas à sentir ses jambes la porter. Elle s'efforce simplement de ne pas trébucher et garde sa main gauche bien enfoncée dans la chaude fourrure de Braddock.

Quand ils arrivent près de l'anse, la foule encombre déjà les quais et se faufile sur des estrades construites avec hâte. La grande prêtresse Luca se tient au bord de l'eau avec trois prêtresses, dont Autumn, la première prêtresse du temple de Wolf-Spring. Luca incline la tête en voyant Arsinoé. Son geste n'a rien de menaçant, mais l'estomac d'Arsinoé bondit quoi qu'il en soit. Elle cherche nerveusement Jules du regard, mais elle ne l'aperçoit nulle part.

Mirabella marche au côté de Billy avec raideur, elle suit Sara et Bree. Aujourd'hui, les Westwood ignorent le fait qu'il est son goûteur officiel et le traitent comme un prétendant à part entière. Jusqu'à présent, il a accepté ce rôle, même s'il passe son temps à fouiller la foule des yeux à la recherche de son Arsinoé.

Sara ralentit l'allure, et la ligne se tasse tant que l'oncle Miles et Nico manquent de marcher sur les talons de Mirabella. Heureusement, sa robe est courte et n'arbore aucune traîne, sinon elle serait recouverte de traces de pas.

Mirabella tend le cou. Ce ralentissement est causé par la proximité de la procession de Katharine, qui se situe juste devant la sienne. Celle de l'empoisonneuse est bien plus longue et remplie de membres du Conseil. Elle ne parvient pas à discerner davantage de Katharine que l'arrière de sa tête. Ses cheveux sont entièrement détachés à l'exception d'un petit chignon épinglé par des fleurs rouge sombre. Son bras est tenu par son prétendant, le beau garçon aux cheveux blonds.

Ils recommencent à avancer, et l'estomac de Mirabella vibre d'une sensation proche de l'excitation. Elle se trouve à Wolf-Spring, là où Arsinoé a grandi. Quelque part près de l'eau, sa sœur l'attend. Mais elle ne sera pas seule, ni même souriante. Et son ours sera présent lui aussi.

Quand ils atteignent la mer, un silence étrange règne. Mirabella pensait être la cible de regards noirs des empoisonneurs, peut-être même de quelques crachats des naturalistes. Mais il ne se passe rien. Aucun vivat, aucune discussion. Cela ne ressemble en rien à un festival.

Alors qu'ils prennent place, Billy se tend. Arsinoé est là, et quand elle regarde Billy, une rougeur s'empare de ses joues malgré son masque.

Mirabella sourit pour elle-même. Elle ne note aucune mauvaise intention aujourd'hui. Rien n'arrivera, rien de plus que de jolies lanternes et une barge remplie de fruits et de grains à enflammer sur l'eau. L'ours d'Arsinoé reste calme, et Katharine semble n'avoir d'yeux que pour son prétendant, elle lui susurre des mots à l'oreille avec une intimité telle qu'elle en est pratiquement scandaleuse.

Le Conseil noir a comploté et fait peser une forte pression pour les rassembler ici. Mirabella est heureuse de constater qu'ils seront amèrement déçus.

Arsinoé observe ses sœurs au bord de l'eau. C'est la première fois depuis qu'elles ont quitté le Cottage noir qu'elles se retrouvent si près. La petite Katharine a été bien trop maquillée, à la manière des Arron, mais elle n'a plus rien d'une poupée. Son menton est dressé haut et ses joues sont bien pleines. L'ombre d'un sourire se devine au coin de ses lèvres.

Quant à Mirabella, elle demeure froide, comme toujours. Ses sœurs sont toutes deux des reines et savent ce qu'il leur revient de faire.

— C'est donc comme ça que ça va se passer, souffle Arsinoé. Quelqu'un va mourir.

— Ils auraient dû choisir un autre endroit où tenir la cérémonie, déclare Nicolas. Un endroit qui ne sent pas comme l'intérieur d'une palourde.

Le vent a tourné, il apporte désormais les odeurs du marché de Wolf-Spring. Mais cela ne dérange pas Katharine. Le peu qu'elle a pu découvrir de Wolf-Spring lui plaît, ce côté sauvage, la rade remplie de frêles bateaux. Ils dansent dans le port, illuminés par des lanternes en papier dans la lumière bleu clair du crépuscule.

— Les reines vont s'avancer, annonce la grande prêtresse.

Katharine se calme tandis que Luca tend d'abord la main en direction de la naturaliste.

— Reine Arsinoé.

Celle-ci progresse jusqu'au bord de l'eau, habillée non pas comme une reine, mais comme une paysanne, tout comme elle l'était au festival de Beltane. Elle reçoit une lanterne en papier de la part d'une prêtresse de Wolf-Spring et se penche gauchement pour pousser sa couronne dans l'eau.

— Reine Katharine.

Katharine recueille sa lanterne d'une prêtresse d'Indrid-Down. Elle la place au centre de la couronne et la fait voguer à son tour. Elle sourit quand elle voit que ses roses rouges viennent dévier les fleurs sauvages d'Arsinoé de leur trajectoire.

— Ce n'est quand même pas la grande prêtresse qui va présenter sa lanterne à Mirabella, chuchote quelqu'un dans la foule quand Katharine rejoint sa place.

Mais évidemment que si. Mirabella obtient sa lanterne de Luca elle-même, assortie d'un baiser sur le front. La réaction des empoisonneurs est telle que Katharine peut pratiquement entendre leurs dents grincer.

Mirabella pose sa couronne sur l'eau, et, dans l'esprit d'offrir un peu de spectacle, elle emploie son don pour pousser les trois offrandes plus loin dans le port. Comme si cela était un signe décidé d'avance, les bateaux relâchent l'ensemble de leurs lanternes, ce qui illumine l'anse tout entière. Le bateau le plus proche du quai tracte une petite barge remplie de pommes et de boisseaux de blé. Il la tire devant les yeux de la foule et la libère ensuite, pour dériver au gré des courants.

— Le peuple de Rolanth apporte cette offrande en l'honneur des habitants de Wolf-Spring, annonce Mirabella. Pour les remercier de nous accueillir dans leur ville.

Katharine attire la servante la plus proche qu'elle puisse trouver.

— Apporte-moi mon arc, vite. Et les flèches de feu.

La fille trouve à peine le temps d'opiner que Katharine la pousse déjà dans la foule.

— À Rolanth, continue Mirabella, c'est ainsi que nous célébrons la Midsummer. J'espère que les naturalistes nous accorderont ce sacrifice, en leur honneur mais aussi en celui de la Déesse.

Les têtes se tournent vers une femme aux cheveux gris et à l'air sévère sur l'épaule de laquelle se perche un corbeau. Ce doit être Cait Milone, la matriarche de la famille Milone, la famille adoptive d'Arsinoé. Cait soupèse la requête de Mirabella pendant de longs instants empreints de tension, avant de finalement accorder sa permission d'un subtil coup de menton. C'est une femme dure, peut-être même plus que Natalia.

Les personnes qui se situent derrière Katharine se bousculent et s'exclament tandis que la servante lui apporte son arc long. Pour atteindre la reine, elle le manœuvre au travers de la foule comme si elle enfilait une aiguille dans du tissu.

— Très bien, sourit Katharine. Merci.

— Kat, souffle Pietyr du bout des lèvres. Qu'est-ce que tu fabriques ?

Puis quelqu'un se met à crier.

— Mira, elle a un arc !

Katharine lève les yeux au ciel. C'était la fille Westwood, celle qui aime jouer avec le feu.

À la suite de cet avertissement, la foule est prise d'un sursaut et se baisse à l'unisson. Les prêtresses mettent Luca à l'abri, même si cette vieille bique chancelante essaie de leur résister, et cette idiote de Westwood descend à toute vitesse en direction de l'eau.

— Bree, non ! s'écrie Mirabella.

Katharine place une main sur sa hanche.

— « Bree, non » est tout à fait pertinent, reprend-elle. Je veux simplement aider.

Elle s'avance vers le centre de l'assemblée et pivote vers la foule.

— La prévenance de ma sœur me couvre de honte. Je n'ai aucune offrande à proposer, mais je peux l'aider néanmoins à embraser la sienne.

Katharine encoche une flèche et en allume la pointe à l'aide de la lanterne la plus proche. Le projectile produit de belles flammes tandis qu'elle vise le ciel qui s'assombrit. Quand elle bande son arc et décoche la flèche, celle-ci décrit un arc par-dessus l'anse et vient toucher la barge en plein milieu. Le feu s'empare de l'embarcation, et la foule soupire de soulagement. Beaucoup s'aventurent même à un applaudissement frileux, et pas seulement des empoisonneurs. La grande prêtresse lance un regard froid à Natalia, mais quand Katharine se retourne, la matriarche de la famille Arron lui adresse un signe approbateur de la tête. Ce petit moment que Mirabella s'était attribué lui a définitivement été soufflé.

— Cela me met d'humeur pour une autre activité, reprend Katharine d'une voix forte en examinant son arc. Je sais qu'un grand festin nous attend sur la place. Mais nous sommes ici à Wolf-Spring, n'est-ce pas ? La ville des naturalistes.

La foule acquiesce, leurs yeux illuminés par les flammes de la barge. Mirabella et la grande prêtresse se reculent, mais il n'y a nulle part où aller, si ce n'est dans la mer.

— Je n'ai rien à offrir, continue Katharine en criant à demi. Aucun beau présent. Mais je désire toujours honorer la reine naturaliste.

Ses yeux se posent sur Arsinoé, en train de caresser son ours. La créature semble bien confuse, il n'a rien à craindre. La pauvre bête.

— Avant que nous nous asseyions tous pour partager ce festin, je propose que la reine Arsinoé guide ses sœurs lors d'une partie de chasse.

* * *

L'estomac d'Arsinoé se noue. Tout le monde applaudit le défi lancé par Katharine. Même son peuple de Wolf-Spring. Ces grands benêts sont incapables de refuser une chasse, et avec son ours, la victoire leur paraît assurée. Ils pensent tous que la reine empoisonneuse a commis une grave erreur.

Parmi les empoisonneurs, le beau garçon aux cheveux pâles souffle férocement des mots dans l'oreille de Katharine, et Natalia Arron ainsi que le Conseil noir piétinent tous avec nervosité. Rien de tout cela n'était prévu, mais ils ne peuvent rien y faire, tout comme les prêtresses et les Westwood.

C'est un défi émanant de l'une des reines, c'est pour cela qu'elles sont ici. Arsinoé regarde droit devant elle. Elle se refuse aux supplications qui ne feraient qu'alourdir les épaules de Cait et Ellis de culpabilité, ils ne peuvent en rien intervenir. Rapidement, la voix forte de Cait s'élève au-dessus du brouhaha.

— La chasse débutera dans les bois nord, au-delà du verger. Que les reines soient prêtes.

Par-delà les vagues, le soleil se couche, il reste encore trop de lumière. Il est vain d'attendre la pénombre, le moment où Arsinoé pourrait employer ses connaissances de la région à son avantage. Elle parcourt les visages de la foule. Les yeux de Billy sont remplis de larmes, comme si son acte de mort venait d'être signé. Luke prie, certainement pour remercier la Déesse pour cette victoire offerte sur un plateau. Arsinoé enfonce ses doigts dans la fourrure de Braddock.

— Jules, chuchote-t-elle. Où es-tu ?

LA CHASSE DES REINES

En courant, Arsinoé quitte la foule rassemblée près de l'anse. Braddock trottine à ses côtés et lui donne un coup de tête. L'impact est tel qu'il suffit presque à la renverser. Elle se penche pour lui embrasser rapidement les oreilles. Ce brave ours pense qu'ils jouent.

— Arsinoé !

Elle se retourne et aperçoit Billy au bas de la colline. Il ne peut pas la suivre. Si seulement ils pouvaient se retrouver pour parler, il essaierait de lui indiquer quoi faire. Il pourrait trouver Jules et Joseph. Peut-être même pourrait-il se comporter comme un idiot de continental et la rendre assez furieuse pour qu'elle ait une chance de s'en sortir rien qu'à la force de ses nerfs.

— Ne prends pas cet air si triste, souffle-t-elle alors qu'il est trop loin pour l'entendre. Nous savions tous les deux que l'une d'entre elles ferait quelque chose de ce style.

Courir a dû paraître très lâche, aucune de ses sœurs n'a eu la même réaction. Mirabella n'aurait de toute façon qu'à peine pu marcher, encerclée comme elle l'était par les prêtresses et les Westwood, et bien évidemment que Katharine n'y aurait même pas pensé. La petite empoisonneuse attendait sa chance en élaborant des plans par elle-même.

— Arsinoé !

C'est Luke, Hank est sur son épaule.

— Je ne peux pas rester ! crie-t-elle.

Elle doit atteindre le verger et les bois avant ses sœurs, ou tout sera terminé avant même d'avoir commencé. Katharine a dit que ce serait à Arsinoé de mener la chasse. Mais ce qu'elle sous-entendait par là était évidemment qu'Arsinoé était le gibier.

— Luke, ne rentre pas dans les bois ! Trouve Jules ! Trouve Jules et Joseph !

Les Westwood et Luca immobilisent Mirabella juste à l'ouest de la place. Elles forment un mur de robes, et Bree, Sara et Elizabeth lui enlèvent sa robe de Midsummer et lui enfilent ses vêtements de chasse : un pantalon près du corps, des bottes légères, une tunique chaude et une cape.

— Vite, faites vite ! ordonne Luca à bout de souffle.

— Il me faut mon arbalète, exige Bree. Et une autre pour Elizabeth.

— Bree, tu ne peux pas intervenir.

— Je le sais bien. Mais c'est une chasse. Est-ce que tu crois sincèrement que la reine empoisonneuse va charger toute seule dans le sous-bois ? Elle sera suivie par une garde de Arron au grand complet !

— Elle a raison, renchérit Elizabeth.

L'une des prêtresses lui tend une arme et elle la saisit de sa main valide.

— Nous n'interviendrons certes pas, mais nous ne te laisserons pas affronter ce défi seule.

Mirabella regarde Luca, mais la grande prêtresse ne dit rien. Au lieu de cela, elle prend Bree et Elizabeth par les épaules.

— Vous êtes des filles bien. Des amies loyales. Ne laissez pas notre reine tomber par traîtrise. Sa mort ne doit provenir que de la main d'une reine et de personne d'autre.

— Attendez, proteste Mirabella. Arsinoé ne sait pas qu'elle a le droit à une garde ! Je l'ai vue partir seule, et aucun des Milone ne l'a suivie !

— Très bien, se réjouit Sara. Un avantage.

— Mais c'est injuste !

— Mira, reprend Luca de sa voix la plus douce. Rien n'allait jamais être juste. Maintenant, filez dans les bois. Passez la colline, jusqu'au verger. Suivez les prêtresses de Wolf-Spring.

— Katharine, qu'est-ce que tu viens de faire ? lui demande Pietyr.

Il place ses mains de part et d'autre de son visage tandis que des serviteurs aident Katharine à quitter sa robe et à passer ses vêtements de chasse.

— Elle fait ce qui est attendu d'elle, rétorque Nicolas alors qu'il la regarde se changer.

Pietyr semble vouloir le briser en deux.

— Vous n'avez pas votre mot à dire, aboie Pietyr. J'en ai par-dessus la tête de vos idées de continental. Vous êtes un prétendant, et même pas celui qu'elle a choisi. Vous n'êtes pas un Arron.

Katharine les laisse se disputer. La tension qui les anime doit bien s'exprimer à un moment. Elle espère juste être présente quand ce sera le cas.

— S'il m'a mis des idées en tête, Pietyr, elles y sont moins nombreuses que les tiennes.

Pietyr se calme. Il jette un regard noir à Nicolas. C'est une bonne chose qu'ils l'accompagnent dans cette chasse.

Katharine glisse ses couteaux dans leurs fourreaux et les accroche à sa ceinture tandis que Natalia entre dans la pièce avec fracas.

— Ma douce Kat, tu me surprendras toujours.

— Ce sera plus simple ainsi, Natalia. Vous verrez.

Elle dissimule un couteau encore plus long dans sa botte.

— Essayer d'empoisonner le dîner aurait été infernal. Tant de tours de passe-passe et d'assiettes changées. Vous savez que je n'ai jamais été douée pour cela.

— Tu es talentueuse avec un arc, Kat, mais je ne te sais pas douée pour la chasse. C'est un risque que le Conseil n'est pas prêt à courir.

— Peut-être bien, mais il ne peut néanmoins pas s'y opposer.

Katharine fait un geste en direction d'un serviteur.

— Arbalète, carreaux trempés dans l'hellébore, ordonne-t-elle, employant ainsi le poison de chasse de prédilection des Arron.

— Non, c'est vrai. Attendre ton retour sera long, surtout avec ma sœur et Renata pendues à mes oreilles. Ne t'attarde pas, tu dois me le promettre.

Katharine s'arrête. Personne ne parvient à lire ce qu'elle discerne dans les yeux de Natalia. Cette dernière ne montrera jamais de frayeur ou de doute, mais ces deux sentiments sont pourtant bien présents dans son regard. *Fais attention et reviens-nous*, voilà le message qu'elle veut lui transmettre.

— Je le promets, Natalia.

— Très bien.

Natalia cligne des yeux, son message est passé.

— À dos de cheval, ce sera selon moi la meilleure idée. J'ai fait seller Croissant-de-lune, ainsi que les montures de Pietyr et de Nicolas. Bertrand Roman se joindra à vous, ainsi que Margaret Beaulin.

— Margaret Beaulin ? demande Pietyr en inspectant son arbalète. Du Conseil ?

— Elle-même. C'est une guerrière, elle pourra vous être utile.

WOLF-SPRING

Jules s'éveille doucement dans le lit chaud, sous le poids agréable du bras de Joseph qui repose sur sa poitrine. Ses yeux s'ouvrent aussi quand il commence à la sentir bouger, puis il lui embrasse l'épaule.

— Bonjour, ma Jules, murmure-t-il, et les joues de sa compagne s'enflamment.

Joseph se met à rire.

— C'est maintenant que tu rougis ? Après tout ça ?

— C'est nouveau pour moi, souffle-t-elle.

— Pour moi aussi.

— Tu vois très bien de quoi je veux parler.

— Oui, reconnaît-il, avant de se redresser pour l'embrasser. Mais c'est vrai. Notre première fois allait de toute façon être spéciale, peu importent les nombreuses fois où je me la suis imaginée.

— Joseph, glousse-t-elle en s'approchant de la fenêtre.

L'anse de la Tête-de-Phoque est remplie de lanternes allumées flottant au gré de l'eau.

— Joseph, lance Jules en s'accrochant à l'encadrement.

Ils se sont endormis bien trop longtemps.

LA CHASSE DES REINES

Arsinoé trébuche toujours plus loin dans les bois.

— Où allons-nous, Braddock ?

Elle est déjà à bout de souffle après sa progression fastidieuse dans les épais sous-bois estivaux. Elle regarde autour d'elle. L'arbre penché ? Peut-être lui accorderait-il un peu de chance, mais il n'est pas assez loin. De plus, il n'a aucune loyauté. Aucune raison de l'aider elle plutôt que ses sœurs.

— Il y a un fourré, ahane-t-elle, essoufflée. Là où se rendent les cerfs.

Jules l'y a déjà emmenée. Elle se tourne et se retourne, prise d'une panique soudaine. Elle croit un instant avoir réussi à se perdre au milieu de ses propres arbres.

Il y a un certain temps, un cor de chasse a sonné à Wolf-Spring, une façon pour les habitants de la prévenir qu'au moins l'une de ses sœurs avait pénétré les bois. C'est la seule aide qu'elle peut espérer recevoir, et il lui semble bien qu'une vie entière s'est écoulée depuis que quelqu'un a soufflé dans cet instrument.

Au loin, des feuilles bruissent et des branches craquent. Les sons sont distants, mais pas tant que ça. Elle est poursuivie plus que pistée. Arsinoé s'agenouille et se recule, elle se met à l'abri d'un large tronc. Elle fait un geste à Braddock, il se rapproche d'elle pour lui renifler les mains et voir ce qu'elle a déniché.

— Imbécile d'ours. Il faut que tu te sauves, tu ne comprends pas ? Sinon c'est la mort qui t'attend.

Il cligne de ses grands yeux calmes. En tant que grand ours brun, il n'a jamais craint grand-chose, et même s'il ressent sa peur, sans lien de familier, elle ne peut pas lui faire comprendre ce qui se passe.

Si seulement Jules était là. À présent, elle doit savoir ce qui s'est produit. À moins que quelqu'un ait réussi à l'atteindre. Cette pensée la glace immédiatement. Si qui que ce soit a fait du mal à Jules, Arsinoé trouvera un moyen de les réduire en pièces.

— Nous ne pouvons pas nous reposer longtemps, mon nounours, chuchote-t-elle en tapotant sa grosse tête. Nous devons rester en mouvement.

— Là-haut, propose Bree en pointant un arbre du doigt.

C'est un grand spécimen, qui compte de nombreuses longues branches sur lesquelles grimper, et elles sont recouvertes de feuilles. Elles veulent cacher Mirabella en hauteur afin qu'elle puisse voir ses sœurs venir de loin et les roussir par le feu ou la foudre.

— Elles ne passeront peut-être jamais par ici, lui oppose Mirabella.

— Donne-moi ta cape.

Elizabeth lui tend la main, et Mirabella l'enlève afin que Bree aide Elizabeth à l'enfiler.

— Je vais jouer le leurre. Je vais les débusquer et je les attirerai jusqu'ici.

— Non ! C'est bien trop dangereux. Tu ne peux pas courir plus vite qu'un ours ou éviter une flèche empoisonnée. Nous ne devrions pas nous séparer.

— Combien de temps est-ce que tu souhaites rester perchée là-haut ? lui demande Elizabeth. La chasse ne se conclura qu'après la mort d'une reine.

Elle redresse ses épaules.

— Ne t'inquiète pas pour moi, Mira. Il ne me reste peut-être plus qu'une main, mais mes jambes n'ont jamais été aussi robustes.

— Alors emmène Bree avec toi, au moins.

Ses amies se regardent avec réticence, mais elles savent parfaitement qu'elles n'obtiendront jamais son accord autrement.

— Très bien, accepte Mirabella.

Elle évalue l'arbre.

— Je vais avoir besoin d'aide pour atteindre les premières branches.

Katharine et ses cavaliers sont les derniers à pénétrer dans les bois, mais cela ne la dérange en rien. Dans son esprit, cela a toujours été clair, c'est bien elle qui pourchasse sa proie.

— Les autres reines ont une belle longueur d'avance, déclare Margaret Beaulin en scrutant les arbres.

— Nous aurions dû emmener des limiers, ajoute Bertrand Roman.

Katharine se met à rire.

— Cela n'aurait pas été très juste.

Que ses sœurs prennent leurs jambes à leur cou. Elles ne pourront pas fuir éternellement. De plus, elles ne peuvent pas être bien loin sans monture. Elle fait sautiller Croissant-de-lune en cercle, il a tout autant envie qu'elle d'entamer la chasse.

— Est-ce que ce serait gâcher de la salive que de te demander de rester au centre du groupe ? s'enquiert Pietyr, ce qui fait grandement sourire Nicolas.

— Évidemment, lui répond Katharine.

— Un grand ours brun peut aisément éventrer un cheval au galop. Pense à Croissant-de-lune, si tu refuses de penser à toi.

Katharine caresse l'encolure écumeuse de son hongre noir.

— Cet ours ne s'approchera pas de nous. Et si quelqu'un le voit, capturez-le vivant.

Elle enfonce ses talons dans les flancs de Croissant-de-lune et suit le chemin à toute allure, sans même prendre le temps de les écouter se quereller. Ils semblent penser que capturer cet ours est une tâche impossible. Mais elle a exigé que leurs armes soient baignées dans une solution de sommeil. Quelques coupures et flèches, et la bête devrait paisiblement tomber au sol.

— Mais le sort que je te réserve ne sera pas aussi agréable, chère sœur, souffle Katharine en s'avançant de manière excessive sur sa selle.

WOLF-SPRING

Jules et Joseph passent devant les docks à toute vitesse en se rendant au marché, Camden se trouve en tête, elle saute sur des caisses et des cordages enroulés, frustrée qu'ils ne puissent pas en faire autant.

— Il fait pratiquement noir, gémit Jules. Le festin a certainement commencé !

— Arsinoé comprendra.

Joseph la suit en essayant de reboutonner sa chemise. Jules ne lui a pas laissé beaucoup de temps pour se rhabiller avant de quitter la maison.

— Et puis elle est en sécurité. Tout le monde est avec elle, Madrigal et Ellis.

— Madrigal ! Mais à quoi est-ce qu'elle peut bien servir ? À strictement rien dans les bons jours, et ces jours-ci encore moins que ça avec ses nausées et douleurs.

— Cet enfant est ta petite sœur ou ton petit frère.

Jules le regarde à contrecœur. C'est Arsinoé la plus importante dans cette histoire. Jules peut s'imaginer la manière dont elle va les réprimander quand ils se glisseront à ses côtés à la table du festin. « Qu'est-ce qui vous a pris autant de temps ? dira-t-elle. Personne n'était là pour me boucher les oreilles pendant le discours du Conseil. »

Ils traversent rapidement le marché, passent devant les étals vides et par l'allée qui mène à la place. Seulement, la section que Jules entrevoit de leur destination est totalement vide. Il n'y a personne aux tables et aucun rire ne se diffuse dans les rues. Elle regarde vers le port. Peut-être fait-elle erreur et que les lanternes qu'elle a vues depuis la fenêtre de Joseph n'étaient qu'une illusion. Pourtant, elles sont bien là, illuminées, à balloter dans l'eau. La cérémonie est terminée.

— Où sont-ils tous passés ? demande Joseph.

Camden gémit et balance sa queue au bout noir d'avant en arrière. Quelque chose ne va pas.

— Allons voir les docks et la côte, propose Jules.

Elle ne sait pas où aller d'autre.

— Juillenne ! Joseph !

Luke s'approche d'eux en courant avec Hank en train de voleter et caqueter sur ses talons.

— Mais vous étiez où ?

— Nous nous sommes endormis, explique Jules avec honnêteté, trop distraite pour être timide. Qu'est-ce qu'il s'est passé ? Où sont-ils tous fourrés ?

— Ils sont dans le verger, crache Luke. Ils attendent aux abords de la forêt. Les empoisonneurs et la reine, la reine Katharine, elle les a défiées à une chasse !

— Une chasse ? répète Joseph, et ses sourcils se froncent. Luke, où est Arsinoé ?

— Je n'en sais rien ! Elle est allée dans les bois la première avec Braddock. Ses deux sœurs sont maintenant à ses trousses, surtout l'empoisonneuse. Elle passait son temps à fixer Arsinoé !

— Où ? s'emporte Jules, et quand Luke commence à balbutier, elle s'avance et le secoue. Elle est où ?

— La bordure sud, près du ruisseau. Mais elle pourrait être n'importe où. Où étais-tu, Jules ? Pourquoi est-ce que tu n'étais pas là ?

Jules ne répond rien. Elle court à toute vitesse vers la forêt, non pas en passant par le verger, là où la foule la verrait, mais en direction de la colline. Elle quitte la route pour suivre la rivière. Camden est devant, sa truffe rose tressaute et renifle l'air. Dans la panique et la hâte, Arsinoé a pu aller n'importe où. Mais elle n'aura pas abandonné Braddock, et l'odeur de l'ours sera facile à filer pour le félin.

— Jules, attends, s'écrie Joseph.

Il est juste derrière elle, mais même ses grands pas ne valent pas les petits de Jules quand elle est aussi en colère.

— Attendre quoi ? s'énerve-t-elle, frustrée.

Elle s'arrête entre deux enjambées et se retourne.

— Je sais que nous ne pouvons pas intervenir, mais je ne peux pas me résoudre à la savoir chassée seule, Joseph. Tu le peux, toi ?

— Non.

Il lui saisit le bras et ils recommencent à courir.

— Nous devons la retrouver.

LA CHASSE DES REINES

Les empoisonneurs aperçoivent Braddock en premier. Son énorme silhouette hirsute est impossible à dissimuler. Arsinoé entend d'abord les cris, puis les sabots. Elle jette un bref regard à son ours.

— Cours !

Cependant, l'instinct d'un grand ours brun ne lui dicte pas de fuir, mais au contraire de se battre. Il se retourne vers leurs poursuivants, qui se trouvent toujours bien loin entre les arbres. Il renifle l'air avec curiosité et se dresse sur ses pattes arrière.

— Non, le supplie Arsinoé.

Elle lui tapote désespérément les flancs et fait des gestes de la main dans la direction qu'ils doivent prendre, plus loin dans les bois, là où la végétation est si dense que les chevaux pourront difficilement évoluer.

— S'il te plaît, Braddock, viens avec moi ! Ils vont te tuer !

Ils ne peuvent pas abattre ce grand ours doux. Les empoisonneurs se rappellent certainement le chaos qu'il a causé ce soir-là lors de la Révélation. Ils ne s'y risqueront pas. Ils ne laisseront pas de temps à Arsinoé pour leur expliquer que c'est un gentil animal ; que tout était sa faute !

— Allez Braddock, viens !

Elle trépigne, et ses yeux fusent furieusement entre les cavaliers qui approchent et son ours. Katharine est en tête, son arbalète en joue.

— S'il te plaît ! siffle Arsinoé, puis elle pleure de soulagement quand finalement il se remet à quatre pattes et la suit vers le sous-bois.

Mirabella se raidit au son de chevaux lancés au galop. Ils sont tout proches, mais elle est en sécurité perchée en haut de son arbre. Elle s'appuie contre le tronc pour assurer son équilibre, ses pieds sont fermement ancrés sur deux branches qui forment un V. Bree et Elizabeth sont allées jouer les leurres il n'y a pas si longtemps. Elle les a presque tout de suite perdues de vue. Les apercevra-t-elle repasser avec Katharine sur leurs talons ? Ou peut-être un ours ? Elle serre et desserre les poings. Sa foudre est plus puissante que son feu, mais ce dernier est plus rapide et plus précis.

Les cris et les sabots se font plus présents, et elle se tourne pour chercher à discerner du mouvement. Ces échos sont violents, des chocs. Mais Elizabeth et Bree sont parties dans la direction opposée. Elles devraient être en sécurité, à moins qu'elles ne soient revenues sur leurs pas.

Cette attente est terrible. Écouter ses sœurs se donner la chasse, se demander ce qu'il se passe. Ne pas savoir quoi espérer. Le choix le plus intelligent serait de rester là où elle se trouve. D'attendre que tout se termine et que Bree et Elizabeth réapparaissent.

Mirabella descend de l'arbre et repose ses pieds sur la terre ferme.

* * *

Sa sœur et son ours les ont entendus arriver et se sont précipités dans les fourrés comme des lapins effrayés, mais cette manœuvre ne les sauvera pas. La distance que peuvent parcourir les jambes de Croissant-de-lune est bien plus importante que celle des jambes d'Arsinoé. Si elle était futée, elle chevaucherait plutôt son ours. Ou peut-être y a-t-il des limites à ce qu'un familier autorise.

— Ne les perdez pas de vue ! s'écrie Nicolas, euphorique, les yeux brillants.

Même Pietyr trouve son compte dans cette poursuite, et il monte son cheval avec la concentration d'un faucon en pleine chasse.

Elle aperçoit l'ours à nouveau, et Katharine soulève son arbalète. Mais cet animal n'est pas sa cible. Les autres, dont les armes sont recouvertes d'une solution de sommeil, peuvent eux s'amuser avec lui. Elle est là pour Arsinoé. Sa proie a toujours été la reine naturaliste, celle qui vient de Wolf-Spring. Celle qui trouvera la mort ici, sous les yeux de son propre peuple. Cela semble tout naturel.

La course de Croissant-de-lune gronde au travers des fougères et des buissons, et l'ours en face d'elle s'agrandit à mesure qu'elle approche. Il paraît désormais gigantesque par rapport à la reine tout habillée de noir qui court à ses côtés. Katharine aurait dû appliquer du poison sur les fers de Croissant-de-lune afin qu'il ne lui reste plus qu'à écraser Arsinoé. Bon…, peut-être est-ce une idée à réserver à Mirabella.

Elle affiche un grand sourire, jusqu'à ce que l'ours se retourne pour se placer face à ses poursuivants.

— Non, Braddock, non ! s'écrie Arsinoé en frappant des pieds, mais il refuse de lui obéir.

Il ne souhaite plus courir. Les sabots et les voix qu'il ne reconnaît pas et qui approchent le rendent de plus en plus furieux. Il se dresse sur ses pattes arrière et rugit pour les obliger à fuir. Il ne donnera pas de coups de patte à moins d'y être contraint.

Arsinoé ne sait pas quoi faire. Ils ne peuvent pas s'arrêter maintenant, mais il ne s'avancera pas plus loin. Elle secoue la tête et se met à courir seule, mais elle se fige après quelques pas. Cet animal est le sien. Elle ne peut pas l'abandonner.

— Cours ! lui hurle Mirabella.

Arsinoé reste gelée sur place. Elle observe les arbres et découvre Mirabella accroupie derrière un large tronc, sa capuche recouvrant ses cheveux.

— Mais cours ! lui ordonne à nouveau Mirabella, une lueur sauvage dans le regard. Va-t'en ! Fuis, Arsinoé ! Tu dois fuir !

— Je ne peux pas ! crie-t-elle tandis que Braddock retombe sur ses quatre pattes et charge les chevaux.

Elle ne peut rien faire d'autre que regarder la pluie de couteaux et de flèches s'abattre sur l'animal. Elle ne peut qu'écouter la bête mugir alors que les pointes s'enfoncent profondément dans sa fourrure brune et tendre.

Elle fixe Mirabella d'un regard troublé par le chagrin.

— Toi, tu cours, lui dit Arsinoé. Sauve ta peau. Ils m'ont déjà eue.

Elle se tourne et place ses mains autour de sa bouche pour mieux porter ses provocations.

— Allez, venez me chercher, sales lâches d'empoisonneurs, si vous avez assez de courage pour venir là où vos chevaux ne peuvent pas aller !

Elle ne s'attarde pas pour savoir s'ils mordront à l'hameçon, elle connaît déjà leur réaction. Ils la suivront. De plus, Arsinoé sait très bien où elle est, elle n'est plus loin du fourré aux cerfs où elle pourra se tapir au sol. Avec un peu de chance, Katharine lui passera devant sans même s'en rendre compte. Peut-être même assez près pour qu'Arsinoé puisse la faire chuter et lui trancher la gorge.

— Restez-là ! exige Katharine.

Elle montre les dents et pousse Croissant-de-lune à laisser derrière lui l'ours blessé et chancelant pour pourchasser Arsinoé dans les buissons. Quand sa monture traverse les sous-bois, ils se trouvent à portée et Katharine vise soigneusement sa cible.

— Où est-ce que tu crois te sauver comme ça ? murmure-t-elle, puis elle décoche un carreau.

Il se plante au beau milieu du dos d'Arsinoé. Elle tombe avec un petit cri de surprise, une exclamation dont se délectera Katharine pendant bien des nuits. Katharine hurle sa victoire, puis détourne Croissant-de-lune en un cercle. Elle aurait juré avoir entendu un autre cri provenir de quelque part derrière les arbres.

Bree pose les mains sur la bouche de Mirabella, l'empêchant ainsi de hurler. Mirabella se débat et rue, mais Elizabeth est elle aussi présente, et elles la maintiennent au sol.

Arsinoé est tombée. Katharine lui a tiré dans le dos, et elle est tombée. Tout est terminé.

De chaudes larmes coulent le long des joues de Mirabella tandis qu'elle observe Katharine descendre de sa monture. De là où elles sont cachées dans les fougères, le corps d'Arsinoé n'est rien d'autre qu'un tas de vêtements noirs et flasques.

Katharine donne un coup de pied dans les côtes d'Arsinoé et la retourne. Arsinoé glapit comme un renard.

— Qu'est-ce qui te tuera en premier, se demande tout haut Katharine, mon poison ou mon carreau ?

Elle penche la tête.

— Tu n'as rien à dire ? Une dernière parole, une réplique cinglante avant de mourir ?

Elle se courbe pour écouter, puis se met à rire.

— Lâchez-moi, souffle Mirabella avec furie.

— Non, Mira, lui répond Bree. Je t'en prie. Laisse tout cela se terminer. Le carreau était empoisonné. Laisse cette chasse s'achever.

— Non, s'entête Mirabella, mais Bree a raison.

Pour tout ce qu'elle pouvait faire pour Arsinoé, elle n'a pas réagi à temps.

Katharine fait tournoyer le masque strié de rouge d'Arsinoé autour de son doigt.

— Cet ours t'a réellement transformée en monstre, remarque Katharine en étudiant les cicatrices exposées d'Arsinoé. Tu devrais être heureuse que nous l'ayons tué.

Arsinoé tousse. Son souffle est rauque et humide.

— Tu es devenue un beau monstre *toi* aussi, petite Katharine. Cicatrices ou non.

Tout se déroule ensuite avec une telle rapidité que Mirabella n'a presque pas le temps de comprendre la scène. Juillenne Milone surgit des arbres derrière Katharine.

— Écartez-vous d'elle ! crie-t-elle.

Katharine est projetée en arrière et grogne en retombant au sol.

La main de Jules est tendue comme si elle l'avait repoussée, mais elle est bien trop loin pour avoir pu la toucher. Mirabella observe la scène sans cligner des yeux, et Jules se précipite au côté d'Arsinoé. Mais quand Katharine se redresse, Jules recommence. La reine fend une nouvelle fois les airs sous l'effet d'une force invisible et roule là où elle tombe.

— Arsinoé, passe tes bras autour de mon cou. Aide-moi, Arsinoé, dépêche-toi !

Jules appelle le cheval de Katharine et le force à s'agenouiller afin de parvenir à se hisser, ainsi qu'Arsinoé, sur sa selle. Ils se mettent au galop et le félin des montagnes de Juillenne les suit en grandes enjambées sur trois pattes. Katharine ne peut rien faire d'autre que crier et frapper rageusement le sol de ses poings.

Mirabella, Elizabeth et Bree se baissent encore davantage tandis que le groupe de chasse de Katharine la rejoint.

— Reine Katharine ! Êtes-vous blessée ?

— Non.

Katharine se lève et essuie la terre qui recouvre sa jupe.

— Je l'ai touchée. J'ai eu Arsinoé. Mais cette naturaliste s'est emparée du corps.

Elle s'avance d'une démarche raide et saute fébrilement sur la selle d'un garçon aux cheveux blond glacé. Un Arron.

— Allons-y, Pietyr ! Je ne perdrai pas le corps de ma sœur !

Elle donne un coup de talon au cheval et il part au galop. Le reste des empoisonneurs leur emboîte le pas.

— Qu'est-ce que c'était que tout ça ? interroge Bree tandis que les bruits de sabots s'estompent dans la nuit. Même si je ne l'ai jamais observé avant, j'aurais pu jurer que c'était le don de la guerre.

— Mais comment est-ce possible ? demande Elizabeth. Jules Milone est naturaliste.

— Je n'en sais rien.

Mirabella se met à pleurer.

— Je m'en fiche.

Elle se repose contre ses amies et elles l'enlacent. Elles sont en sécurité, elle est en sécurité. Cela devrait la rendre heureuse, mais c'est impossible alors qu'elle sait qu'Arsinoé est morte.

WOLF-SPRING

Joseph a perdu la trace de Jules et Camden pratiquement au moment où le félin des montagnes a découvert l'odeur de Braddock. Elles allaient bien trop vite pour lui, et même s'il a essayé de les rattraper, c'était impossible. Il a donc décidé de rebrousser chemin et de regagner le verger. Au moins, il ne serait pas le seul à y être inquiet.

Il quitte les bois et rejoint la foule silencieuse, il la traverse jusqu'à retrouver Billy aux côtés des Milone et de Matthew.

— Quelqu'un arrive !

— Est-ce que c'est Arsinoé ? demande Billy en étirant le cou.

— Il est trop tôt, dit doucement Cait. Bien trop tôt.

Elle a raison. La reine qui émerge de la frondaison n'est pas Arsinoé, mais Mirabella.

— Mira, s'exclame Billy. Est-ce qu'elle va bien ? Est-ce que Katharine est morte ?

Joseph observe les yeux de Mirabella et sent une vague de froid l'envahir.

— Je suis désolée, répond Mirabella. La reine Katharine lui a tiré dans le dos.

La foule réagit à peine. Aucune célébration tapageuse n'émane des empoisonneurs, aucun soulagement de la part des élémentaires. Ils gardent leurs prières et leurs célébrations pour plus tard, quand ils se retrouveront entre eux. Quant aux naturalistes, c'est un peuple naturellement impassible. En outre, ils se sont préparés à cette funeste éventualité dès la naissance d'Arsinoé.

— Non. Non !

Billy joue des coudes pour atteindre Mirabella, qui est maintenue debout par Bree Westwood et une prêtresse. Elle dévisage Billy avec des yeux lourds de regret. Elle ne peut même pas se forcer à regarder Joseph.

— Mira, tu mens ! hurle Billy. Je n'y crois pas. Je n'y croirai pas tant que je ne la verrai pas !

Matthew s'avance pour lui attraper le bras, mais il se libère de sa poigne. Joseph le saisit par les épaules, et Billy en fait autant, ils tremblent tellement qu'ils manquent de tomber à terre.

— Quel est leur problème ? Pourquoi est-ce qu'ils ne font rien ?

Il se tourne vers les Milone et hurle à leurs visages sombres et silencieux :

— Qu'est-ce qui ne va pas chez vous ? Allez la retrouver !

— Du calme, Billy, lui chuchote Joseph à l'oreille. Ce n'est peut-être pas vrai. C'est impossible.

Jules et Camden avaient trouvé sa piste.

Le cœur de Joseph tambourine dans sa poitrine en entendant ses propres mots. Si Jules et Camden sont mortes également, il deviendra fou.

— Moi j'y vais, déclare Billy en s'arrachant de l'étreinte de son frère adoptif.

— Billy.

Mirabella tend les mains.

— Tu ne la retrouveras pas. Elle est partie.

— Elle n'est pas partie !

— Non. Ce n'est pas ce que je veux dire…

Ses yeux se braquent sur Joseph.

— Jules a tenté de la sauver. Et après… elle a emporté Arsinoé.

Les yeux de Joseph s'emplissent de larmes. Madrigal agrippe son estomac et tombe à genoux.

Je suis désolée, articule Mirabella en silence.

— Je sais, souffle Joseph. Je le sais bien.

La foule se raidit au bruissement du feuillage et au son des sabots. Les Arron s'avancent, suivis de leur Conseil noir toujours aussi loyal. Jusqu'à présent, ils se sont sagement cantonnés à l'écart pour observer, mais leur reine est de retour. Une reine qui revient victorieuse doit être honorée, peu importe où cette victoire a été remportée.

Margaret Beaulin émerge la première des arbres. Elle ralentit son allure et trotte en direction de Natalia Arron. Elle s'arrête si près que la cheffe de la famille doit écarter sa tête pour éviter le souffle las du cheval.

— C'est fait.

— Ils peuvent encore s'être trompés, affirme Billy.

Joseph maintient son bras sur le torse de son frère adoptif tandis que Natalia interroge chaque cavalier, même le prétendant aux cheveux d'or.

Puis la reine Katharine apparaît enfin, montant en tandem derrière le garçon Arron.

— Elle a pris mon cheval, fulmine Katharine. Elle a volé Croissant-de-lune !

— Qui donc ? exige de savoir Cait Milone. Arsinoé ?

Katharine semble complètement furieuse, mais quand elle réalise de qui émane la question, son visage s'adoucit et elle baisse le regard avec respect.

— La reine Arsinoé, ma sœur, est morte, maîtresse Milone. Je l'ai touchée d'un carreau empoisonné. Celle dont je parle n'est autre que votre petite-fille, Juillenne. Elle a dérobé mon cheval et s'est emparée du corps.

— Si tel est le cas, déclare Cait d'une voix éprouvée, elle a alors agi par chagrin et elle retrouvera bientôt la raison.

— J'en suis persuadée, Cait, répond Natalia. Mais le corps de la reine doit être rendu. La reine Arsinoé mérite ses rites funéraires.

Les yeux de Joseph s'étrécissent alors que Katharine se recouvre le visage, peut-être pour dissimuler un ricanement. Quand ses mains se baissent, elle redevient solennelle.

— Mais ce n'est pas tout. La fille Milone ne m'a pas attaquée avec son familier. Mais avec un don de la guerre.

Un silence tombe sur l'assemblée. Puis des cris d'incrédulité fusent de-ci de-là. La voix de Katharine forcit par-dessus le brouhaha ambiant.

— Pensez ce qu'il vous plaira, Wolf-Spring. Mais je l'ai vu de mes yeux. Juillenne Milone est maudite par la légion.

LES BOIS AU NORD-EST

Jules ralentit l'allure du cheval quand ils arrivent sur les berges de la rivière Calder. L'air nocturne est frais et l'eau se déverse en torrents noirs dans la lumière de la lune. Arsinoé est allongée sur le pommeau de sa selle. Est-ce qu'elle est morte ? Jules refuse d'y croire, mais elle est trop apeurée pour s'en assurer. Elle appelle Camden et maintient le cheval calme alors que le félin saute sur son arrière-train pour traverser la rivière.

— Je dirai une chose en faveur des empoisonneurs, glisse Jules. Ils élèvent de bons chevaux.

Cette bête est au moins à moitié plus rapide que les chevaux de selle de Wolf-Spring et plus robuste. Elle a transporté le poids considérable de Camden sur un tiers de la distance, et Jules n'a même pas eu besoin d'en appeler à son don pour la presser.

— Arsinoé ? Est-ce que tu m'entends ?

Aucune réponse. Jules serre les dents tandis que le cheval bondit par-dessus les quelques derniers pas à parcourir pour atteindre la berge opposée, faisant ainsi tressaillir Arsinoé sur la selle. Elle n'a rien dit depuis qu'elles ont fui Katharine. Elle n'a même pas gémi une seule fois. Mais Jules ne s'arrêtera pas. Elle continuera de progresser tant qu'elle sentira de la chaleur émaner du corps d'Arsinoé.

— Je t'en prie, Arsinoé. Ne sois pas morte.

Le carreau est planté bien droit dans le dos d'Arsinoé et vient buter contre la jambe de Jules à chaque action du cheval. Elle doit s'en occuper. Chacun des mouvements dans sa chair occasionne davantage de dégâts. Elle soulève doucement l'épaule d'Arsinoé pour regarder.

— N'y touche pas, glapit Arsinoé, et Jules est si surprise qu'elle manque de crier. Ne touche pas le carreau. Tu ne sais pas ce qu'elle a appliqué dessus.

Jules se penche en avant et couvre la tête d'Arsinoé de baisers. Elle est vivante, et bien vivante.

— Je vais d'abord recouvrir ma main, alors, suggère Jules avec un grand sourire malgré ses larmes de joie. Il faut le retirer de là.

— Non, grimace Arsinoé, les dents blanches à la lumière de la lune. Laisse-le là où il est.

Jules passe un bras autour du cou d'Arsinoé. Elle n'est pas guérisseuse et personne n'aidera une reine blessée, maintenant que l'Ascension a débuté. Elle ne peut penser qu'à un seul endroit et à une seule personne. Mais ce voyage lui semble si long.

— Tout va bien, Jules, murmure Arsinoé.

Elle regarde le visage pâle d'Arsinoé. Elle est faible, mais les saignements ont ralenti.

Camden glisse du cheval, et elles reprennent leur cheminement à bon rythme. Elles s'enfoncent toujours davantage vers le nord.

TEMPLE DE WOLF-SPRING

— Mira, bois un peu de cidre chaud.

Elizabeth place une tasse entre ses mains, mais Mirabella la regarde à peine. Même à la Midsummer, les nuits sont si froides près de la mer.

— Il vient des tonneaux qui sont dehors ? Elle ne peut pas boire ça, petite sotte !

L'une des prêtresses de Rolanth lui arrache la tasse avec tant de violence que du cidre se renverse.

— Ils n'ont pas été inspectés.

— Ne la traitez pas de petite sotte, bouillonne Bree. Si la reine ne peut pas boire de ce cidre, alors allez en préparer qu'elle *peut* boire.

La prêtresse prend un air renfrogné, mais elle s'exécute. Après qu'elle leur a tourné le dos, Bree fait mine de lui donner un coup de pied au derrière, puis elle pivote vers Elizabeth.

— Tu devrais quitter cet ordre, si on te traite ainsi.

— Je suis une initiée, Bree. Notre destin est d'être bousculées.

— Tu es l'une des meilleures amies de la reine.

— La Déesse ne fait pas de favoritisme. Ses prêtresses non plus.

Bree souffle une mèche de cheveux de son visage et maugrée quelque chose. Mirabella croit discerner le mot « foutaises ».

Elizabeth et Bree ne l'ont pas quittée depuis la Chasse des reines. Elles s'efforcent de la calmer tandis que le reste de leur groupe s'égaie autour d'elles comme des oiseaux inquiets, confus et inutiles. Luca se trouve à la maison des Milone avec les membres du Conseil noir, ils discutent de la punition à infliger à Jules. Elle s'en est prise à une reine et a disparu avec le corps d'une autre. Mais son plus grand outrage repose dans sa nature même : maudite par la légion.

Mirabella ferme les yeux. Cette pauvre Jules, ce pauvre Joseph. Il ne devrait y avoir aucune punition, mais des éloges. De l'honneur. Elle a réalisé ce que Mirabella craignait trop de faire elle-même. Elle aurait pu tout aussi facilement projeter Katharine d'un coup de vent, elle aurait pu les abattre son cheval et elle d'un seul éclair.

La porte du temple s'ouvre et la grande prêtresse entre. Sara s'avance pour l'accueillir et lui saisir la main.

— Luca. A-t-on retrouvé le corps de la reine Arsinoé ?

— Non, et il n'est guère probable que cela arrive. La fille Milone connaît bien ces forêts, et maintenant que la nuit est tombée, ils auront très peu de chances de retrouver sa trace avant demain matin. D'ici là, elle aura pris une belle longueur d'avance.

— Quelle est la sanction ? s'écrie Mirabella, et toute la pièce se tait.

Son ton indique clairement qu'elle estime qu'aucune punition ne devrait être appliquée.

— Il n'y a aucun châtiment pour avoir emporté le corps, Mira, répond Luca avec douceur. Le Conseil est déjà bien assez satisfait qu'une reine soit morte. Ils ne souhaitent pas non plus enrager le peuple de Wolf-Spring en exécutant l'une de ses filles favorites.

Elle hausse les sourcils et penche la tête.

— J'ai vraiment été impressionnée, surprise, mais impressionnée. Cependant, il reste la question de la malédiction de la légion. Quand Juillenne Milone reviendra, elle devra se rendre à la capitale pour être interrogée.

— « Filles favorites », ricane une prêtresse de Rolanth. Wolf-Spring va la servir sur un plateau maintenant qu'ils savent qu'elle porte la malédiction de la légion. Ils vont peut-être même l'exécuter eux-mêmes.

Des chuchotements approbateurs se diffusent dans la pièce. Les prêtresses de Rolanth et de Wolf-Spring s'échangent des regards furieux, un côté mettant l'autre au défi de le contredire.

— Luca, vous savez que c'est un mensonge, reprend Mirabella. Ils ne l'interrogeront pas. Ils l'enfermeront et l'exécuteront dès que la couronne aura trouvé sa place.

— Peut-être. La Déesse elle-même sait qu'il est dangereux qu'une femme si puissante soit porteuse de cette malédiction. Si elle devait perdre la raison… Mais c'est à eux de prendre cette décision.

Elle observe Mirabella avec calme.

— À moins que tu ne deviennes reine, ce serait alors à ton Conseil de décider.

Mirabella pourrait sauver Jules. Évidemment. Elle le doit, en mémoire d'Arsinoé.

La porte s'ouvre à nouveau, Rho entre d'un pas raide.

— Certains des Arron sont retournés dans les bois avec des effectifs plus importants ainsi qu'une charrette, les informe-t-elle. Du cordage et des lanternes.

— Pourquoi donc ? demande Mirabella.

— Pour confectionner un tapis de la victoire, je pense. Ils sont partis chercher le corps de l'ours d'Arsinoé.

— Mais c'est horrible.

Elizabeth se recroqueville sur elle-même à cette idée.

— Profaner un familier de la sorte. Le familier d'une reine, qui plus est !

— Katharine est vicieuse, souffle Mirabella. Excuse-moi, Arsinoé, de ne pas m'être occupée d'elle il y a bien longtemps.

LES MONTS MARINS

Le cheval commence finalement à traîner des sabots. Jules flatte son encolure écumeuse.

— Tu es une très brave bête, le complimente-t-elle.

Elle a dû le pousser dans ses retranchements, ne ralentissant son allure que lorsqu'ils ont abordé les chemins rocailleux des contreforts des montagnes.

Dans ses bras, Arsinoé se met à tousser. Son corps tout entier convulse et se raidit comme une planche, il menace de glisser de la selle.

— Arsinoé, ne bouge pas !

Jules arrête le cheval et pose pied à terre, ses jambes lui font tellement mal qu'elles la soutiennent à peine. Elle maudit à voix basse les empoisonneurs, mais en vérité, cette douleur doit simplement provenir des longues heures passées en selle.

— Camden, viens m'aider.

Elle fait délicatement descendre Arsinoé, et Camden se glisse sous le corps de la blessée pour adoucir sa réception au sol. Elle ronronne et lèche avec inquiétude les joues moites de la reine.

Arsinoé pousse un cri quand le carreau d'arbalète fiché dans son dos se tord en entrant en contact avec le sol. Jules la bascule rapidement sur le flanc.

Dans la lumière blafarde de la lune et des étoiles, Arsinoé semble déjà morte.

— J'entends un ruisseau couler pas loin, dit Jules avec un entrain forcé. Mais faible comme je suis, je ne pourrai jamais amener un poisson à me sauter au visage, et encore moins le convaincre de nous laisser le manger.

— Pas de poisson, murmure Arsinoé. De l'eau.

Jules conduit le cheval jusqu'au son du cours d'eau, et Camden et elle se baissent avec lui pour boire. Dans la sacoche de la selle, elle trouve une flasque en argent et en vide le poison que Katharine y avait préservé, l'inclinant dans le courant pour le dissiper. Elle la rince trois fois et la remplit d'une eau glacée et limpide.

— Tiens.

Jules s'agenouille et tire la tête d'Arsinoé sur ses genoux, en pressant le bord de la flasque contre ses lèvres. Arsinoé n'arrive à avaler qu'une gorgée avant de tousser à nouveau. Une fois sa quinte passée, du sang noir constelle son menton.

— Tu n'aurais jamais dû faire ça, Jules. Tu vas avoir des soucis.

— Depuis quand est-ce que les soucis nous inquiètent ?

Jules observe avec tendresse les cicatrices sur le visage d'Arsinoé et suit les lignes de ses blessures avec le pouce.

— Elle a… pris mon masque.

— Je te le rapporterai, lui promet Jules. Ton masque, et sa tête en prime.

— Non.

Arsinoé recommence à tousser. Davantage de sang vient recouvrir son menton.

— Ce n'est pas ton rôle. Laisse… Mirabella…

— Tu n'aurais pas dû essayer de fuir. Tu n'aurais pas dû être seule. Je suis désolée ! Je ne suis jamais là quand tu as besoin de moi.

— Mais tu es toujours à mes côtés.

— Je ne l'étais pas aujourd'hui. J'étais avec Joseph et nous nous sommes assoupis ! J'étais censée être avec toi, mais j'étais avec lui ! Endormie !

Un grand sourire étire les lèvres d'Arsinoé.

— Enfin.

Jules s'essuie le visage.

— Il n'est pas plus important que toi ! Il est déloyal, on ne peut pas lui faire confiance. Il ne vaut pas tout ça !

— Eh bien, qui en est digne, alors ? lance Arsinoé avec malice. Mais il vaut mieux que tu ne le penses. C'était ma faute, Jules. Ce qu'il s'est passé entre Mirabella et lui.

— De quoi est-ce que tu parles ?

— J'ai lancé un sortilège, il a mal tourné. C'était il y a longtemps, avant que je comprenne ce qu'était réellement la magie basse. Mais je n'ai jamais voulu te faire de mal.

Elle tousse à nouveau, ses doigts courbés ressemblent à des griffes. Quand elle se calme, un éclat de sueur brille sur son front.

— Je n'arrive pas à respirer. Jules. Je ne peux pas respirer.

Ses yeux se ferment.

— Arsinoé ?

Jules se penche par-dessus son corps et le secoue doucement.

— Arsinoé, non !

Paniquée, elle observe les arbres à la recherche de quelqu'un, n'importe qui, à appeler. Camden s'approche à pas feutrés. Elle donne un coup de museau au visage d'Arsinoé, mais la tête de la reine tombe mollement en arrière.

— Repartons. Camden, allons-y !

Jules soulève le corps d'Arsinoé et appelle le cheval pour qu'il s'agenouille. Ils sont tous éreintés, mais Arsinoé est mourante. Ils doivent se dépêcher.

L'AUBERGE DU CHAT À LA QUEUE TORDUE

Les empoisonneurs ne vont pas plus loin que Highgate avant de s'arrêter pour célébrer leur victoire. Sur les ordres de Geneviève et du cousin Lucian du Conseil, ils prennent possession complète de la première auberge qu'ils trouvent : celle du Chat à la Queue tordue. Malgré son nom douteux, le bâtiment est propre et bien entretenu, la cuisine remplie de suffisamment de casseroles de bonne facture et de couteaux de qualité pour préparer un festin impromptu. Toute l'après-midi durant et la nuit qui suit, le groupe de la reine Katharine lui porte des toasts et l'écoute raconter encore et encore le déroulement de la chasse.

Ils tirent même l'ours à l'intérieur, attaché à l'arrière d'une charrette. Empoisonné et inconscient.

— Que va-t-il lui arriver, maintenant ? demande Nicolas en regardant l'ours. Qu'arrive-t-il à un familier après la mort de son naturaliste ?

Katharine se recule dans sa chaise et observe le grand ours brun, la tête penchée. Il demeure imposant et intimidant, même ligoté à la charrette avec sa langue pendant entre ses dents. Il y a quelque chose de satisfaisant à le voir ainsi, à sa merci. Sa fourrure brune et brillante est tranchée à vif et ensanglantée après avoir été transpercée de multiples lames et flèches empoisonnées.

— Il retournera dans les bois, j'imagine.

— Mais j'ai appris à Wolf-Spring que les familiers jouissaient d'une longue vie, bien loin d'être naturelle, poursuit Nicolas. Est-ce que ce sera son cas également ? Ou est-ce que maintenant, son lien avec sa naturaliste rompu, il vieillira et mourra comme n'importe quel autre ours ?

Pietyr, assis à côté de Katharine, termine son verre de maitrank et le repose bruyamment sur la table.

— Voilà des questions qu'il vaudrait mieux poser à un naturaliste. Peut-être souhaiteriez-vous y retourner et les leur poser vous-même. Ensuite, ils pourraient vous conduire à Rolanth. Vous allez bientôt commencer à courtiser la reine Mirabella également, n'est-ce pas ?

Nicolas sourit et hausse les épaules.

— Bientôt. À moins que ma reine ne la tue d'abord.

Il se baisse et embrasse la main gantée de Katharine, puis il se lève. Il s'approche de l'ours et Katharine le regarde verser le fond de son verre sur le crâne de l'animal.

— Ne me dis pas que tu l'apprécies vraiment, s'emporte Pietyr.

— Et pourquoi pas ? J'aime beaucoup de choses chez lui. Je n'ai jamais vu ses yeux se poser sur qui que ce soit d'autre que moi, par exemple. Je n'ai pas non plus trouvé de pâquerettes dans ses cheveux, placées là par des prêtresses intéressées.

— Je n'ai connu aucune autre fille après toi, Kat, lui répond doucement Pietyr. Plus aucune ne m'attire.

Il reporte son attention sur Nicolas, en train de rire et trinquer avec Renata Hargrove, la sans-don qui siège au Conseil.

— Il ne t'aime pas comme je t'aime, c'est impossible.

— Et comment peux-tu savoir cela, Pietyr ? l'interroge Katharine, qui s'est tant approchée de lui qu'il peut sentir son souffle contre son oreille. Que doit-il entreprendre pour prouver son amour ? Doit-il me pousser lui aussi tout au fond du domaine Breccia ?

Pietyr se tend. Katharine se rassoit et jette gaiement une poignée de baies toxiques dans sa bouche.

— Tu manges trop. Tu seras malade cette nuit.

— Malade, peut-être, admet-elle en en croquant une nouvelle poignée. Mais je ne vais pas mourir. J'ai été empoisonnée et empoisonnée encore depuis mon enfance, Pietyr. Je sais ce que je suis en train de faire. Détends-toi et profite de cette soirée.

Il se recule sur sa chaise et croise les bras. Il constitue le seul point lugubre de la pièce. La musique des artistes locaux n'a rien de raffiné, l'auberge est fade et dépourvue du moindre chandelier. Mais les empoisonneurs sont tellement enthousiasmés par la victoire à Wolf-Spring que ce manque de faste ne semble pas les déranger. Même Natalia danse, avec un doux sourire et le dos bien droit, dans les bras de son plus jeune frère, Antonin.

— Jouez plus fort ! leur ordonne Geneviève. Ainsi, si les voitures des élémentaires passent, ils nous entendront !

Tout le monde acclame cette décision, et les musiciens jouent de plus belle. Katharine aimerait que Mirabella entende tout cela. Qu'elle le voie. Mais même si des voitures de Rolanth passent en transportant des prêtresses, Mirabella ne sera pas présente. La reine élémentaire et les Westwood ont rejoint Wolf-Spring par la mer, là où ils peuvent contrôler les courants et les vents, et, bien évidemment, là où ils sont certains de ne rencontrer aucun empoisonneur.

Margaret Beaulin s'approche de la table et exécute une révérence. Puis elle s'appuie lourdement sur le meuble, dans un état d'ébriété tel que son œil gauche fait sa propre vie dans son orbite.

— Quelle manœuvre remarquable que de faire entrer l'ours à l'intérieur. La seule chose encore plus agréable serait de voir le corps d'Arsinoé attaché à cette charrette.

Les yeux de Katharine s'étrécissent.

— Une reine vaincue mérite de recevoir les rites adéquats, Margaret, grogne-t-elle d'une voix transformée. Elle est digne de l'amour et de l'affection du peuple.

Des bougies ont été allumées à toutes les fenêtres de chacune des villes qu'ils ont traversées, en l'honneur de la reine Arsinoé. C'est bien ainsi que les choses doivent se dérouler.

Margaret fait un geste de la main, ignorant le ton grave employé par Katharine.

— Qu'ils fassent leur deuil et qu'on en finisse. Nous n'entendrons plus jamais parler d'elle ou de son nom après votre couronnement. Il se perdra dans le temps, comme un galet dans une rivière.

Les doigts gantés de Katharine agrippent sa chaise avec une telle force que le bois gémit.

— Katharine ? lui demande Pietyr. Est-ce que tout va bien ?

Katharine saisit sa coupe de vin empoisonné. Elle veut la jeter au visage de Margaret Beaulin, lui sauter dessus et l'enfoncer tout au fond de sa gorge de guerrière.

Un jour peut-être. Mais pas aujourd'hui. Elle se met debout, et les musiciens s'arrêtent de jouer, les empoisonneurs cessent de danser au milieu d'un pas.

— Levons nos verres en l'honneur de la reine Arsinoé.

Des mâchoires s'ouvrent très légèrement. Des gloussements retentissent comme s'ils s'attendaient à ce que ce soit une plaisanterie. Mais Katharine est très sérieuse, et enfin, Natalia s'avance vers son verre de vin et le lève. Après un moment, les autres en font tout autant.

— Il serait plus simple de la détester, reprend Katharine en repensant à sa sœur, ses yeux se perdant dans la foule. Une autre reine sur mon chemin vers la couronne. Mais la reine Arsinoé était innocente, tout comme moi. Avant cet ours – elle le désigne d'un geste –, avant Beltane, le peuple pensait d'elle ce qu'il pensait de moi. Que nous étions faibles, nées pour mourir. Bonnes à sacrifier sur l'autel de la légendaire reine élue. Alors, n'oublions pas la reine que nous haïssons réellement, la petite chérie de Rolanth et du Temple.

Katharine tend son verre haut dans les airs.

— Je porte donc ce toast à la reine Arsinoé, ma sœur, que j'ai tuée avec clémence. Je ne montrerai pas autant de pitié envers la reine Mirabella. La reine Mirabella souffrira.

LE COTTAGE NOIR

Quand Jules atteint le Cottage noir, elle est bien trop exténuée pour que la prudence soit une priorité. Elle force le cheval épuisé à parcourir les derniers mètres au milieu des arbres ; il manque de trébucher dans un ruisseau. Elle doit tirer violemment sur la tête de cette pauvre bête pour la maintenir debout.

— Caragh !

Elle trottine sur le chemin de terre au travers des buissons aux feuilles cireuses. Sa voix est éraillée et lui paraît étrangère. Elle a l'impression de ne pas avoir entendu d'autres voix depuis si longtemps. Pendant des heures, elle n'a perçu que les bruits de sabots et le bruissement des arbres.

— Caragh !

La porte principale du cottage s'ouvre et tante Caragh en sort doucement.

— Juillenne ?

— Oui.

Ses épaules s'affaissent. Elles croulent sous le poids d'Arsinoé.

— C'est bien moi.

Caragh ne dit rien, mais son limier couleur chocolat bondit par la porte et dévale les escaliers pour sautiller autour du cheval et aboyer gaiement.

— Tante Caragh, aide-nous !

Les mots sortent de sa bouche avec autant de consistance que s'ils étaient composés d'air tandis qu'elle se laisse glisser de sa selle, tirant le corps d'Arsinoé en même temps que le sien. Mais elle ne tombe pas au sol. Les bras de Caragh sont là pour la rattraper.

— Jules, répète Caragh.

Elle met ses mains autour du visage de sa nièce, puis elle la palpe de haut en bas, elle lui donne l'impression de vouloir la sonder jusqu'aux os. À côté d'elles, son limier renifle avec excitation Camden. Le félin est étendu dans l'herbe, épuisé. Enfin, Caragh repousse les courts cheveux noirs d'Arsinoé de son visage. Ses lèvres tremblent à la vue des cicatrices.

— Je ne savais pas où aller d'autre, souffle Jules.

Des pas se précipitent sur le seuil de la porte du Cottage, Jules lève les yeux et découvre une vieille femme entièrement vêtue de noir et aussi robuste qu'un petit bœuf. De saisissants cheveux blancs coulent le long de son épaule gauche en une longue tresse.

— Caragh. Elles ne peuvent pas rester ici.

— Qui est-elle ? interroge Jules. Je croyais que tu étais seule. Je pensais que ton exil… ta punition était d'être seule jusqu'à l'arrivée des nouvelles reines.

— C'est Willa, lui explique Caragh. La vieille sage-femme. Quelqu'un devait bien me montrer les rudiments du métier.

Elle regarde cette dernière.

— Je ne repousserai pas ma nièce.

— Ce n'est pas d'elle dont je parle.

Willa hoche la tête en direction d'Arsinoé.

— Ce que nous avons là est une reine morte. Aucune reine ne peut revenir ici une fois qu'elle a grandi, à moins qu'elle ne porte ses triplées.

— Elle n'est pas morte ! hurle Jules. Et vous allez l'aider !

Willa renifle.

— De tels ordres, grogne-t-elle tout en descendant les marches. Je vois maintenant la filiation entre ta tante et toi.

— Retourne-la, Jules, lui demande Caragh. Laisse-moi voir.

— Fais attention. Ne touche pas le carreau, il est empoisonné.

La main de Caragh s'arrête dans son mouvement.

— Un carreau empoisonné ? Jules, il n'y a plus rien à faire.

— Non, tu…

Jules hésite. Qu'importe que Caragh connaisse leur secret, après tout ? L'île tout entière pense qu'Arsinoé est morte. Qu'elle soit en définitive une empoisonneuse n'est plus si grave que cela.

Jules ouvre la bouche pour parler, mais elle se fige à la vue de l'expression de Willa, qui ne trahit aucune surprise.

— Vous le saviez. Vous le saviez parfaitement.

Willa s'avance pour saisir l'un des bras d'Arsinoé.

— Fais-la entrer, ordonne-t-elle d'un ton bourru. Elle respire à peine, mais nous verrons ce qui peut être fait. Je suis moi aussi une empoisonneuse. Je peux m'occuper de ce carreau.

Jules se réveille brusquement dans un lit qu'elle ne connaît pas. L'obscurité est désormais totale, et elle tend le bras sur les couvertures à la recherche de Camden, afin qu'elle la rassure d'un ronronnement. Puis elle se souvient de ce qui est arrivé. Elles sont au Cottage noir, avec Arsinoé et Caragh.

L'extraction du carreau empoisonné, le nettoyage de la plaie et la suture de la blessure se sont mieux passés que Jules ne l'aurait imaginé. Principalement parce qu'Arsinoé n'a pas repris conscience. Les mains assurées de Willa ont tourné et tiré, massé et étiré, jusqu'à ce que la reine se retrouve sous une couverture douillette, arborant un visage aussi apaisé et serein que si elle ne faisait qu'une sieste bien méritée. Après cela, Caragh a aidé Jules à descendre le couloir pour gagner une autre chambre, où Camden et elle se sont endormies dès qu'elles ont fermé les yeux.

Jules se glisse en dehors du lit, elle porte toujours ses vêtements et ses chaussures, et Camden s'étire avant de sauter au sol. Des lumières projettent des ombres dans le couloir. Caragh ou Willa doivent toujours être éveillées quelque part.

Jules se faufile doucement dans la pièce où Arsinoé a été couchée et regarde vers le lit. La respiration de la reine est superficielle, mais perceptible à la lumière de la bougie placée sur la table de chevet. Jules l'observe pendant un temps, mais Arsinoé ne se réveillera pas ce soir. Elle s'avance donc à pas feutrés vers l'autre source de lumière, espérant trouver sa tante.

Le Cottage noir n'a rien d'un petit bâtiment. Il est plus vaste que la maison des Milone et rempli de beaux objets : des candélabres en argent, de sublimes peintures à l'huile et des tapis si épais et moelleux qu'elle ne peut résister à la tentation d'y plonger ses orteils. Elle s'arrête brièvement pour jeter un œil à un grand escalier sombre, puis elle suit la lumière et traverse le salon pour atteindre la cuisine.

Le limier brun les entend arriver et vient à leur rencontre en trottinant. Il se met à danser en un joyeux cercle autour de Camden, avant de coller son long corps contre celui de Jules.

— Tu es réveillée, lance Caragh quand Jules entre dans la cuisine, fortement éclairée par plusieurs lampes jaunes. Comment va Arsinoé ?

Jules s'assied à la table en face d'elle.

— Elle se repose toujours, elle respire.

— Vu l'état dans lequel tu es arrivée ici, tu devrais toi aussi être en train de dormir. Ce pauvre cheval qui vous a accompagnées ronfle toujours dans l'étable, je n'ai aucun doute sur la question.

— Ce n'est pas le mien, avoue-t-elle, même si elle suppose le contraire, maintenant. Je l'ai volé… à la reine Katharine.

— Humph, fait Willa, qui s'est glissée derrière elle très silencieusement pour quelqu'un qui se déplace avec une canne.

— Mais bon sang, qu'est-ce qui arrive à cette année de l'Ascension ?

Elle pose un bouquet de gerbes d'or et d'achillée millefeuille à côté de Caragh alors qu'elle prépare une émulsion à base d'huile et d'herbes en les écrasant dans un mortier.

— C'est une bonne chose qu'elle soit arrivée maintenant. Elles sont toutes en fleurs.

— Nous en avons encore d'autres, annonce Caragh. Dans des pots ou en train de sécher dans la réserve.

— Elles sont plus efficaces fraîches, souligne Willa en se tapotant le menton.

Jules regarde les deux femmes échanger. Une tendresse simple les lie, c'est quelque chose d'étrange aux yeux de Jules. Elle est heureuse de voir que Caragh n'a pas été seule, heureuse de la voir sourire. Mais ce n'est pas ainsi qu'elle se l'est imaginée durant les cinq années qui viennent de s'écouler.

— Vous ne savez rien de l'Ascension, alors ? demande Jules. Vous ne recevez jamais de nouvelles ?

— Worcester nous apporte des fournitures tous les mois, explique Willa. Dans sa petite charrette, tractée par son brave poney au poil touffu. Parfois, il nous apporte aussi des nouvelles.

— Il vient même parfois deux fois, complète Caragh. Quand Willa est particulièrement ravissante.

Elle rit, et Willa lui répond par une grimace.

— Qu'est-ce que c'est ? interroge Jules.

Elle pointe le mortier du doigt.

— Un onguent pour Arsinoé.

— N'oublie pas, il doit être plus épais que la dernière fois.

Willa s'étire le dos.

— Je vais aller me reposer avant que la reine se réveille. *Si* elle se réveille. Elle a perdu beaucoup de sang et est très faible. Cela a dû être une longue cavalcade pour toi aussi, j'imagine.

Jules est allée aussi vite que possible. Elle aurait peut-être dû se rendre ailleurs. À un endroit plus proche.

Willa passe derrière elle et lui agrippe fermement l'épaule.

— Ne t'inquiète pas trop. Elle a toujours été la plus robuste des trois, même toute petite.

— Vous… vous vous souvenez d'elle, alors ?

— Bien évidemment. Je n'en ai oublié aucune. Jusqu'à leurs six ans, elles étaient à moi.

Puis elle s'en va, et Jules et Caragh se retrouvent seules.

Caragh observe Jules, sa tête est penchée alors qu'elle sépare les feuilles des fleurs avant de les laisser tomber dans le mortier.

— Tu as bien grandi, Jules. Tu es tellement belle.

— J'ai à peine *grandi*, marmonne Jules. Je suis la plus petite de la maison.

— Petite mais féroce.

Les oreilles de Camden oscillent d'avant en arrière comme pour montrer son approbation. Camden a toujours plus facilement accepté les compliments qu'elle.

— J'ai toujours su que tu étais puissante, même quand tu étais petite. Mais je n'aurais jamais pensé à un félin des montagnes.

Elle baisse les yeux.

— Comment vont maman et papa ?

— Ils vont bien. Tu leur manques.

Jules tend la main vers le limier, qui vient poser son menton contre son genou.

— Tu leur manques aussi, Juniper, lance-t-elle, et le chien se met à japper de joie. À Jake surtout.

— Et comment se porte Madrigal ?

Jules hésite. Comment lui annoncer que Madrigal et Matthew sont ensemble ? Qu'ils vont avoir un enfant ? Devrait-elle le lui dire, alors que ce n'est vraiment pas sa place et alors même que cette nouvelle ne pourra rien changer, sachant que Caragh est exilée au Cottage ?

— Madrigal est Madrigal. Ça fait longtemps que je n'attends plus rien d'autre d'elle.

— C'est probablement une décision très sage. Mais elle t'aime, Jules. Elle t'a toujours aimée.

Pas comme tu m'as aimée toi, veut lui répondre Jules.

— Je pensais ne jamais te revoir, tante Caragh.

Caragh écrase l'onguent avec davantage de force. Le temps qu'elle a passé au Cottage lui a forci les bras et apporté un peu plus d'épaisseur aux hanches. Ses cheveux brun doré sont longs et lâches. Elle est toujours aussi belle. Jules a toujours pensé que Caragh n'avait rien à envier à Madrigal, mais elles n'ont pas le même genre de beauté.

— Ils vont bien me laisser partir d'ici un jour. Pour me remplacer par une bonne prêtresse. Quelqu'un comme Willa. Je pense que ce ne sera pas longtemps après le couronnement de la nouvelle reine.

— Pourquoi est-ce qu'ils feraient ça ?

— Parce que cette punition était une façon pour les Arron de s'en prendre aux Milone. Mais la future reine ne sera pas Arron. Willa en semble plutôt sûre, et étant donné qu'elle a élevé ces jeunes filles, elle doit savoir de quoi elle parle.

— Sans doute.

Même si elle n'en est peut-être plus si certaine maintenant.

LA MER OCCIDENTALE

Le voyage entre Wolf-Spring et Rolanth par la mer est rapide, bien plus que les jours nécessaires pour rallier ces deux villes en voiture. Ce matin-là, Mirabella a regardé les prêtresses relâcher des oiseaux sur le pont, ils prenaient leur envol vers Rolanth pour prévenir du retour de la reine.

Elle se demande si l'annonce de la mort d'Arsinoé les précédera, si des bougies seront allumées aux fenêtres et si son peuple portera le carmin et le noir traditionnels du deuil. Elle l'espère. Ainsi, ce ne sera pas à elle de les en informer.

Quand le vaisseau est passé au large du cap Horn, de nombreuses lumières étaient discernables sur la côte. Mais le cap est bien plus au sud que Rolanth.

Mirabella scrute les murs en bois sombre de sa cabine. Elle n'aura pas été très utile durant cette traversée, laissant les autres élémentaires guider le bateau. Après la mort d'Arsinoé, elle n'avait pas le cœur à y participer. Ils n'ont de toute façon pas besoin d'elle, beaucoup des passagers du bateau savent contrôler le vent, et Sara est assez à l'aise avec l'eau pour maîtriser les courants toute seule.

Quelqu'un frappe à sa porte.

— Oui ?

Celle-ci s'ouvre, et Billy passe la tête dans l'encadrement. Elle ne l'a pas beaucoup vu depuis qu'ils ont quitté le port. La seule fois où elle s'est approchée de ses quartiers, elle l'a entendu pleurer au travers de sa porte et a rebroussé chemin.

— Est-ce que tu veux de la compagnie ?

— S'il te plaît, oui.

Elle lui fait un geste pour qu'il entre.

— Ma chambre est bien trop calme. Harriet et ses caquètements me manquent.

Mirabella pose le livre dont elle tournait péniblement les pages. Elle devrait s'installer correctement, lever les pieds de son lit et recevoir son invité autour d'une table. Il est inconvenable qu'elle demeure allongée sur sa couchette, avec Billy assis à ses pieds. Mais elle s'en fiche éperdument, ils se connaissent, et elle n'a pas non plus l'énergie de réfléchir à la convenance et à la bienséance.

— Harriet se portera bien avec la famille de Joseph, non ?

— Il vaudrait mieux. Si je la retrouve dans un ragoût ou un pot-au-feu à mon retour…

La voix de Billy se perd dans le silence. Ses joues sont grises comme de la cendre. Il ne l'a pas contemplée une seule fois depuis qu'il est entré, il ne fait que regarder à travers elle. Il voudrait se servir d'elle pour se distraire de son deuil, mais elle faillit à sa tâche.

— Nous n'en avons plus pour longtemps avant d'atteindre Rolanth, lance Mirabella en élevant la voix.

— Je sais. Vous êtes tous des tricheurs, vous les élémentaires. Vous appelez les vents et poussez les vagues. Appeler cela de la navigation relève pratiquement du mensonge.

Il sourit, mais cela ne paraît pas authentique. L'intention ne remonte pas jusqu'à ses yeux.

— Au moins, tu as pu la revoir, glisse Mirabella avec douceur. Tu as pu passer du temps en sa compagnie. J'espère que ces derniers instants étaient agréables.

— J'aurais dû lui dire. Je ne le lui ai jamais dit.

— Je suis certaine qu'elle le savait.

— Comment aurait-elle pu ? J'ai passé mon temps à lui répéter qu'elle ne ferait pas l'affaire, qu'elle ne convenait pas. Qu'elle était irritante et qu'elle n'avait aucune des qualités qu'un homme peut rechercher chez une épouse.

Il lance un rire qui sonne creux.

— Et c'était vrai. Mais j'aurais ignoré tous ces petits défauts.

Mirabella soupire, mais elle voulait glousser.

Billy s'avance vers quelques bijoux que Bree a abandonnés sur la table de chevet.

— C'est une cabine bien étrange. Des objets hétéroclites y traînent, rien n'est fixé ou sécurisé.

— Ce serait inutile sur un vaisseau élémentaire.

Il enroule un bracelet noir et argent autour de ses doigts et laisse retomber sa main sur ses genoux.

— Qu'est-ce que tu vas faire, maintenant ? Est-ce que toi aussi tu vas l'oublier ?

Mirabella se tourne vers le mur comme si elle pouvait apercevoir l'océan agité au travers de celui-ci. Comme toujours, elle ressent les éléments tout autour d'elle, la foudre qu'elle pourrait faire craquer dans le ciel dégagé, le vent qui peut hurler pour elle, la douce vibration de la flamme de la bougie. Elle pourrait en appeler à la mer grâce à son don et l'utiliser comme un poing. Retourner le bateau et l'écraser sous les vagues jusqu'à ce que sa coque se brise. La totalité des élémentaires à bord ne pourrait l'en empêcher.

Mais Billy est à bord, et Arsinoé l'aimait. Jules se trouve quelque part, toujours pourchassée. Et Kat. Elle ne doit surtout pas oublier Kat.

Il y a encore tant à accomplir.

— Je ne l'oublierai pas si tu restes à mes côtés pour me rappeler son souvenir. Si tu restes et que tu m'aides à la venger.

— Rester.

— Oui. Régner à mes côtés, pour elle.

Ils s'observent dans la douce lumière tamisée. Il semble tout aussi surpris de l'entendre qu'elle de le lui demander. Dès son enfance,

Luca a tenté de la persuader qu'elle était une reine importante. Voilà une leçon qu'elle ne voulait ni croire ni accepter. Mais elle en est désormais convaincue.

— Tu me choisirais pour roi.

— Roi consort, le corrige-t-elle. Mais oui.

— Est-ce là ce qu'elle voudrait ?

— Je n'en sais rien. Mais nous devons bien épouser quelqu'un. Néanmoins, ceux que nous désirons… ne nous sont pas disponibles.

Billy la fixe intensément.

— Nous nous compléterions bien.

Puis il secoue la tête.

— Je ne peux pas, c'est trop tôt. Cela ne paraît pas correct.

— Tu veux la venger, n'est-ce pas ? Ou préfères-tu renoncer et retourner sur le continent ? Ou est-ce que tu iras auprès de Katharine, sa meurtrière, pour la courtiser ?

— Non, aboie Billy.

Son expression s'assombrit.

— Jamais.

— Alors reste et sois actif.

Mirabella lui tend la main. Elle a besoin qu'il lui dise oui. Elle ne peut soudainement plus supporter l'idée qu'il s'en aille. Lui, le seul prétendant à avoir aimé sa sœur, il doit être roi.

— Je voulais qu'elle puisse profiter de tout, dit-il sans quitter sa main des yeux. Je voulais jouir de tout avec elle.

Mirabella attend.

Elle le laisse s'essuyer les yeux et inspirer profondément. Billy Chatworth a un cœur pur. C'est quelqu'un d'intelligent, de fort, de loyal.

— Nous allons donc conclure ce marché par une poignée de main ?

— Est-ce la coutume sur le continent ?

— Seulement entre hommes d'honneur, déclare-t-il en glissant sa main dans la sienne.

Ce n'est pas la première fois qu'ils se touchent. Mais cet échange est lourd de sens, car ils savent tous deux qu'ils partageront à l'avenir bien plus qu'une poignée de main. Les doigts de Billy se défont des siens et il détourne le regard, coupable. Mais ni Arsinoé ni Joseph ne sont présents pour juger.

— Et maintenant ? demande-t-il.

— Nous nous occupons de Katharine.

Le vaisseau entre dans le port de Rolanth peu de temps après. Bree et Elizabeth viennent chercher Mirabella pour la conduire sur le pont. Elles sont surprises de trouver Billy en sa compagnie, en train d'accrocher sa légère cape d'été sur ses épaules.

— Tu portes uniquement du noir, remarque Elizabeth.

— Là d'où je viens, le noir est la couleur du deuil.

— Eh bien, ici, c'est la couleur des reines, lui répond Bree.

Elle défait l'écharpe carmin et diaphane qu'elle a autour du cou et la renoue autour du sien.

— Voici. Pour ton Arsinoé.

Il touche l'étoffe et regarde Mirabella.

— Ou ne devrais-je porter que du noir, pour toi ? s'enquiert-il, mais elle secoue la tête.

— Non. Cette tenue est appropriée.

Bree et Elizabeth échangent un regard. Même elles ne savent rien de leur accord de fiançailles. La nouvelle se répandrait trop vite, et Mirabella ne veut ni des questions de Luca ni des inquiétudes de Sara.

Mirabella et Billy émergent sur le pont et se retrouvent face à une gigantesque foule assemblée sur les quais de Rolanth. Tout autour du port, des bougies illuminent les fiers et blancs bâtiments. Les habitants portent du noir et du carmin, affichant ainsi le signe de deuil pour une reine. Leurs yeux sont sombres et leurs mentons hauts. Le seul bruit que l'on entend est le criaillement des mouettes se battant pour des restes de poisson.

Sara et Luca se tiennent déjà debout sur le pont, mais Mirabella leur passe rapidement devant, en tirant Billy derrière elle avant que l'une d'elles ait l'opportunité de faire la moindre réflexion. Cette foule est la sienne, c'est son moment. Elle entrouvre la bouche et chaque regard vient se poser sur elle.

— Il ne fait aucun doute que vous avez eu vent de ce qu'il s'est passé à Wolf-Spring, commence-t-elle d'une voix forte. La mort de ma sœur, la reine naturaliste Arsinoé, des mains de la reine empoisonneuse Katharine.

Elle s'arrête de parler afin de laisser aux gens le temps de se plaindre, de lancer des murmures dédaigneux à l'encontre des empoisonneurs.

— Elle compte maintenant se présenter à Rolanth pour le festival de la Lune des Moissons. Elle souhaite triompher devant vous tous.

Son peuple se met à crier, elle le leur permet, leurs voix s'élèvent au-dessus de leurs sourcils et de leurs poings levés.

— Elle pense pouvoir parader dans notre ville, *ma* ville, et me tuer comme si ce n'était qu'un simple sport. Mais elle n'y parviendra pas !

Mirabella perçoit le bruissement des robes derrière son épaule, et la voix calme de Luca parvient à se faire entendre au travers du bruit ambiant.

— Mira. Qu'est-ce que tu fabriques ?

Mirabella se retourne et saisit la main de Billy.

— Aujourd'hui, je choisis mon roi consort ! Et il me choisit en retour. Nous unissons ainsi Wolf-Spring et Rolanth sous une même couronne ! Aujourd'hui, je défie la reine Katharine en duel ! hurle-t-elle. Un duel à Indrid-Down ! J'aimerais que vous vous joigniez à moi là-bas, et cette empoisonneuse trouvera enfin la mort !

Son peuple l'applaudit. Elle lève la main de Billy dans la sienne, et ils applaudissent de plus belle. C'est ce qu'ils attendaient. Voir leur reine élue se soulever pour réclamer son trône.

— Mirabella, intervient Luca. Ce n'est pas une décision sage.

— Peut-être pas, mais nous ne pouvons plus reculer. Katharine pense célébrer la Lune des Moissons ici. Mais à ce moment-là, elle ne respirera plus.

WOLF-SPRING

Joseph essore son torchon dans son seau plein de savon et retrousse les narines comme pour se protéger de cette odeur. Quelqu'un a jeté des œufs contre les fenêtres de la librairie Gillespie. Une belle poignée, semblerait-il, et dans la chaleur de la mi-journée, les jaunes coulants et collants se sont déjà mis à exhaler des odeurs peu agréables.

Joseph commence par le haut et essuie vers le bas. Le tissu et l'eau n'ont pas d'autre effet que de tout étaler. Il aurait dû apporter une brosse. Davantage de seaux.

— Quel gâchis de bons œufs.

Joseph lève la tête et reconnaît le reflet de Madge dans la vitrine. Elle tient un panier recouvert d'un tissu bleu sous le bras. Il lui lance un signe de la tête, et ses yeux ridés se plissent de dégoût.

— S'ils avaient eu quoi que ce soit dans la caboche, reprend-elle, ils en auraient utilisé des pourris. L'odeur aurait été si horrible que tu en aurais rendu ton repas sur tes propres chaussures.

— Est-ce que vous savez qui a fait ça ?

— Ça pourrait être n'importe qui.

Joseph plonge une nouvelle fois son torchon dans l'eau et se remet à la tâche. Ça pourrait être n'importe qui. À peine une semaine s'est écoulée depuis que Jules a disparu avec le corps d'Arsinoé, depuis que la ville a appris qu'elle portait la malédiction de la légion. Ils se sont bien rapidement retournés contre elle, et contre ceux et celles qui l'aiment.

— Il a peut-être même pas entendu les œufs, continue Madge en regardant le tissu noir que Luke a pendu pour recouvrir ses fenêtres de l'intérieur – noir et carmin, en l'honneur de sa reine. C'est pas comme s'il avait regardé dehors, ou même s'il était sorti depuis ce qu'il s'est passé. Il n'a même pas quitté son lit, sauf pour pisser.

— Comment pouvez-vous savoir ça ?

Madge retire le tissu qui recouvre le panier pour découvrir des huîtres frites et du pain frais, ainsi qu'une petite bouteille de bière.

— Sauf pour pisser, j'ai dit, donc d'après toi, qui est-ce qui le nourrit ?

Joseph sourit à la vue du panier. Cette bonne vieille Madge.

— Peut-être que vous ne devriez pas. On vous verra. Ma famille a vu des bateaux disparaître de leur cale en pleine nuit, leurs propriétaires étant bien trop lâches pour annuler la transaction en face à face. Ils arrêteront peut-être de venir à votre étal.

— Qu'ils le fassent. Personne n'a besoin d'eux.

Elle s'arrête et lance un regard noir par-dessus son épaule à quiconque pourrait être en train de regarder.

— Les maudits méritent de la compassion. De la compréhension. Ils n'ont pas besoin qu'on les roue de coups de bec jusqu'à ce que mort s'ensuive comme un poulet avec une tache noire.

Elle pointe du doigt les œufs sur la vitrine.

— Elle n'a pas non plus besoin de la sentence que le Conseil va lui infliger quand elle sera de retour.

Joseph nettoie les coquilles de la fenêtre sans ajouter un mot. Au bout d'un moment, Madge lui presse l'épaule et entre dans le magasin. Elle fait taire le tintement joyeux de la clochette en cuivre d'une main.

Il faut pratiquement deux heures à Joseph pour laver la vitrine. Quand il termine enfin, son torchon est abîmé, transformé en une substance gluante, et l'eau de son seau est une boue malodorante.

Peu importe combien de fois il rincera la devanture, la librairie Gillespie sentira toujours un peu l'œuf par forte chaleur. Mais c'est mieux.

Joseph est en train de s'étirer pour débarrasser son dos et ses épaules de leur tension quand un joli corbeau noir vient se poser sur le bord de son seau pour en analyser le contenu.

— Aria, la reconnaît-il, et elle croasse.

Il cherche Madrigal du regard et l'aperçoit descendre calmement de la place dans sa direction. Les manches de son chemisier blanc sont remontées et sa jupe noire est parée d'une ceinture carmin.

— Toujours rien de Jules ? interroge-t-il en connaissant la réponse.

— Non, rien.

— J'aurais cru qu'elle serait revenue, maintenant.

Madrigal hausse les épaules.

— Creuser une tombe ou construire un bûcher demande du temps. Notre Jules va bien. Elle reviendra quand elle aura terminé.

— Et si ce n'était pas terminé ? Si Arsinoé était encore vivante ?

— Les Arron ont pris Braddock. Arsinoé ne les aurait jamais laissé faire si elle avait été vivante. Et puis ils ont trouvé son sang. À l'endroit précis indiqué par la reine Katharine.

— Je n'ai pas dit qu'elle n'était pas blessée, la corrige Joseph en essayant de s'expliquer sans avoir à avouer à Madrigal la vérité, qu'Arsinoé est une empoisonneuse. Je ne sais tout simplement pas où Jules a pu aller, si elle cherchait la sécurité.

— Jules ne se sent en sécurité nulle part. En tout cas pas depuis le début de l'Ascension, ou peut-être même jamais. Elle est toujours aux aguets. Parée à toute éventualité. C'était le don de la guerre qui s'exprimait, même à l'époque.

Madrigal prend une profonde inspiration et son visage s'assombrit.

— Il n'y a que quelques rares personnes qui ont permis à Jules de se sentir en sécurité. Tu en as fait partie, tout comme ma sœur, Caragh.

— Caragh, murmure Joseph.

Les yeux de Madrigal s'illuminent en comprenant à quoi il réfléchit.

— Le Cottage noir. Mais il est tellement loin.

— Vous connaissez notre Jules. Elle aura au moins essayé.

Troublé, Joseph soulève son seau dont la fange déborde et se répand sur ses chaussures. Il se sent idiot de ne pas avoir pensé au Cottage avant. Il veut s'y précipiter immédiatement, désormais persuadé de la trouver là-bas.

— Nous devons faire attention, prévient Madrigal. Le Conseil a des espions ici, maintenant. Ils nous observeront. Nous devons attendre le couvert de la nuit.

MANOIR GREAVESDRAKE

Les Arron ont organisé une grande réception au manoir Greavesdrake pour célébrer la victoire de Katharine. Les petits événements ayant jalonné la route du retour de Wolf-Spring n'ont pas suffi, ni même la parade à travers la capitale, avec Katharine chevauchant en tête devant l'ours conscient et rugissant.

— Cette bête était un vrai spectacle, commente Renata Hargrove auprès de plusieurs invités rassemblés devant elle. Il se jetait contre les liens et remuait la tête d'avant en arrière. Alors même qu'il était empoisonné et qu'il avait perdu beaucoup de sang !

— Où se trouve-t-il actuellement ?

— Dans une cage dans la cour du Volroy. Je peux à peine le regarder sans trembler.

— Attendez que je le fasse parader dans Rolanth lors de la Lune des Moissons, ajoute Katharine.

Elle saisit une flûte de champagne et ne s'attarde même pas à la renifler pour en vérifier la toxicité avant d'en vider la moitié.

— Cette pauvre Mirabella s'évanouira peut-être.

Nicolas glisse sa main autour de la taille de Katharine et l'attire sur la piste de danse. Il la maintient très près de lui et lui souffle des mots qui lui font battre le cœur à tout rompre. Pietyr les observe depuis leur table, ses mâchoires sont tellement serrées que son visage semble sur le point d'exploser en mille morceaux.

— Pourquoi le regardes-tu ? demande Nicolas.

— Qui donc ?

— Pietyr Renard. Il s'est passé quelque chose entre vous deux. Je le vois dans la façon qu'il a de nous fixer.

— Si c'était le cas avant, tout est maintenant terminé.

Mais alors même qu'elle prononce ces mots, les yeux de Katharine vacillent à nouveau vers Pietyr. Nicolas est un beau garçon, il est audacieux et il la désire. Mais il n'a pas remplacé Pietyr, et elle ressent avec amertume qu'il n'y parviendra jamais.

— Renvoie-le, lui souffle Nicolas.

— Non.

— Renvoie-le, répète-t-il. Je serai bientôt dans ton lit, et je ne veux pas le trouver debout derrière moi à ce moment-là.

Katharine s'écarte. Elle le scrute d'un regard froid. C'était une requête, mais elle ressemblait beaucoup à un ordre.

— Pietyr restera aussi longtemps qu'il le voudra. C'est un Arron, un membre de la famille.

Nicolas hausse les épaules, et sa voix retrouve sa douceur ordinaire.

— Comme tu voudras. Mais participera-t-il à la Chasse des célibataires ?

— C'est possible.

— Et essaiera-t-il de m'empoisonner pour l'occasion ? De me blesser avec une lame empoisonnée ?

— Essaieras-tu de planter ton épée dans son dos ? le contre Katharine, mais Nicolas se contente de rire.

— Évidemment que non, ma douce. Quand je tue un homme, je le regarde dans les yeux.

Katharine s'efforce de sourire. C'est bien évidemment une plaisanterie, il ne peut en être autrement. Personne n'a le droit de faire du mal à Pietyr. Personne d'autre qu'elle.

Un mouvement de l'autre côté de la pièce attire l'attention de Nicolas, et il s'écarte de sa cavalière.

— Accorde-moi un instant, reine Katharine. Il y a un présent que j'aimerais t'offrir et il vient d'arriver.

Il s'excuse et traverse l'assemblée d'invités en direction de la porte principale, où le majordome de Natalia, Edmund, l'attend.

Pietyr s'approche d'elle par-derrière.

— Il te quitte au beau milieu d'un morceau ?

— Il dit avoir un cadeau pour moi.

Il la fait pivoter dans ses bras, puis ils se mettent à danser. C'est plus facile et plus naturel qu'avec Nicolas. Pietyr et elle se complètent. Quand elle se plonge dans ses yeux, elle s'y retrouve, la meilleure partie d'elle-même la regarde en retour.

— Peu importe son cadeau, il ne sera pas digne de toi. Il ne sait pas comment faire plaisir à une reine empoisonneuse.

Nicolas revient, Edmund le suit en portant un plateau en argent. Un vase se trouve bien droit en son centre et celui-ci contient des tiges vertes surmontées de minuscules bourgeons blancs. Tout autour de la composition s'étalent plusieurs verres remplis d'un liquide blanc.

Nicolas les invite à quitter la piste de danse pour rejoindre la table de Natalia, où cette dernière échange avec Geneviève, leur frère Antonin, leur cousin Lucian et d'autres membres du Conseil noir.

— Si vous me permettez, commence-t-il, et tout le monde le regarde. Je vous apporte un présent, en l'honneur de la victoire de la reine Katharine.

Il pose un verre devant chaque empoisonneur de la table et en place même un dans la main de Pietyr, avant de servir Natalia et Katharine en dernier.

— J'espère que vous ne vous offusquerez pas du fait que j'ai utilisé votre personnel, mais… je voulais que ce soit une surprise.

Natalia observe les plantes dans le vase.

— De l'agératum élevé.

— Je ne crois pas que vous en trouviez ici, s'aventure Nicolas.

— C'est vrai.

Elle ajuste son lourd mamba noir tandis que la tête droguée du serpent glisse le long de son bras.

— Mais je connais bien cette plante. Une toute petite gerbe peut suffire à intoxiquer une vache entière si elle la broute, empoisonnant également la viande et le lait.

— Servir un poison qui cause une intoxication par le lait dans un verre du même liquide, souligne Pietyr en reniflant celui qu'il a dans la main. Vous êtes studieux, Nicolas. Vous serez bientôt expert.

— Renard, réplique Nicolas, vous avez un vrai talent pour tourner un compliment en menace.

Les yeux de Katharine vont de l'un à l'autre, et Natalia soulève son lait, sachant, comme toujours, quand désamorcer une situation explosive.

— Un poison des plus exotiques. Un cadeau très raffiné. Nous le dégusterons lentement.

Ses yeux trouvent ceux de Katharine.

— Doucement et lentement.

Katharine n'a été exposée à cette toxine que deux ou trois fois.

Katharine saisit son verre et le vide d'un trait. Elle s'essuie ensuite les lèvres du revers de la main et écoute les exclamations qui éclosent tout autour d'elle.

Les yeux de Natalia tremblent par-dessus le bord de son verre, mais elle en boit néanmoins une gorgée.

— Ce breuvage va te monter à la tête, reine Katharine. Il est bien trop puissant. Tu devrais retourner à tes appartements.

Mais Katharine n'est pas amenée à ses appartements, elle est conduite directement dans le bureau de Natalia. Quand elle y arrive, le poison s'est déjà diffusé dans son corps. Elle a à peine le temps de désenrouler Sweetheart de son poignet pour la tendre à Pietyr avant de s'écrouler sur le tapis.

Les convulsions sont violentes, douloureuses. Ses dents s'entrechoquent et elle se mord la langue. Son sang possède le même goût que le lait empoisonné.

Elle entend les voix effrayées de Natalia et de Pietyr tandis qu'ils se précipitent pour invoquer l'autre pan de leur don, celui de la guérison. Ils combinent leurs souvenirs et leurs vieilles leçons, des remèdes, des antidotes. Des bouteilles tintent sur les étagères de Natalia alors qu'elle les parcourt de ses doigts. Des tiroirs grincent en s'ouvrant et en se refermant.

— Enfonce deux doigts dans sa gorge, lui ordonne Natalia. Oblige-la à vider son estomac.

Pietyr s'agenouille près de la tête de la reine. Il essaie.

— Je ne peux pas passer ses dents !

— Katharine !

Natalia se penche par-dessus son corps. Sa seule mère. Son visage est envahi par la peur.

— Kat, vomis tout, maintenant !

Les convulsions se font moins violentes, et elle se détend, même si la douleur demeure. Elle a le sentiment que quelqu'un a pénétré sa cage thoracique pour lui comprimer le cœur.

Pietyr l'attire contre lui et pose sa tête sur ses genoux. Il lui embrasse le front et dégage les cheveux noirs et humides de ses joues.

— Katharine, je t'en prie, implore-t-il. Tu vas finir par te tuer si tu continues comme ça.

La tête de Katharine pivote mollement sur son cou. Quand elle parle, sa voix est éraillée et étrangère, elle la reconnaît à peine.

— Ne sois pas ridicule, mon garçon. Rien ne peut ôter la vie à ce qui est déjà mort.

LE COTTAGE NOIR

Quand Arsinoé se réveille, la première chose qu'elle aperçoit est Jules et Camden se partageant une chaise. Elle leur lance un sourire fébrile et cligne des yeux pour se protéger de la luminosité, le moindre muscle de son corps est endolori et raide. Mais elle a chaud, elle est vivante, et le lit dans lequel elle est allongée serait plutôt agréable sans ce trou recousu qui la lance dans le dos. Elle n'a pas la moindre idée de l'endroit où elles se sont réfugiées, mais cette pièce lui semble très familière.

— Jules ?

— Arsinoé !

Jules et Camden sautent de la chaise. Camden se jette sur ses pieds en ronronnant, sa queue battant fougueusement d'avant en arrière.

— De l'eau, croasse Arsinoé.

Elle vide le verre que lui a servi son amie pendant ce qui semble être une éternité. Elle a un goût infect dans la bouche. Comme un goût de vieux sang.

— Tante Caragh ! s'écrie Jules. Willa ! Elle est réveillée !

— Willa ?

Arsinoé se frotte les yeux. Elle a compris où elle se trouve, désormais. Au Cottage noir, là où elle est née.

Caragh entre dans la pièce avec son limier brun Juniper, elle lui embrasse immédiatement la joue. Arsinoé ne peut s'empêcher de les fixer. Puis la vieille Willa bouscule Caragh pour appuyer le dos de sa main contre le front d'Arsinoé.

— Pas de fièvre. Tu as toujours autant de chance, toi.

— Bien plus que qui que ce soit d'autre que je connaisse, ajoute Jules. Combien de fois est-ce que tu as échappé de justesse à la mort ? Trois ? Quatre ?

— Disons plutôt dix ou onze.

Arsinoé se relève sur son oreiller. Caragh et Jules se tendent, mais Willa en enfonce rapidement un autre derrière son dos.

— Laissez-la se redresser, enjoint-elle d'un ton bourru. C'est bon pour ses poumons, et son don d'empoisonneuse lui permettra de guérir plus rapidement que vous.

— Don d'empoisonneuse, répète Arsinoé. Mon secret est un peu moins secret.

— Elle le connaissait déjà, précise Jules.

Arsinoé tend le bras pour caresser la tête brune de Juniper. En regardant dans les yeux sombres et doux du chien, elle a presque envie de pleurer. Elles lui ont tellement manqué.

— Tu dois être surprise de te réveiller ici, déclare Caragh.

— Je suis surprise d'être éveillée tout court.

Elle s'arrête tandis que des souvenirs de la Chasse des reines lui reviennent. Ce regard vicieux de Katharine.

— Braddock ?

Jules secoue la tête.

— Je ne sais pas, Arsinoé. Il fallait que nous partions à toute vitesse…

Elle n'en dit pas plus, mais la reine sait que les empoisonneurs n'auront pas gardé l'ours en vie. C'est impossible, il était trop furieux pour cela. Ce pauvre Braddock. Elle a été sotte de croire qu'elle pouvait le protéger.

— Billy, lance-t-elle soudain. Il doit penser que je suis morte. Tout le monde doit le croire.

— Oui, tout le monde le croit, confirme Jules. Ou tout du moins, personne n'est venu à ta recherche.

— Je retourne chercher de l'achillée millefeuille.

Willa contourne lourdement le lit et passe par la porte.

— Maintenant qu'elle est réveillée, il y a des légumes à ramasser. Je n'ai pas oublié les quantités de nourriture qu'il fallait lui présenter quand elle était plus jeune. Je ne peux qu'imaginer ce qu'elle doit engouffrer maintenant. Viens, Caragh.

Cette dernière opine du chef. Mais avant de partir, elle touche la joue balafrée d'Arsinoé.

— Je suis désolée que tu aies reçu un carreau dans le dos. Mais je suis heureuse de te voir.

Elle sourit, sa bouche est fermée et presque austère tandis qu'elle remonte ses manches. Rien chez Caragh n'est vain ou facile comme chez sa sœur, Madrigal. Mais il y a bien plus de signification dans un seul de ses gestes que dans une douzaine d'embrassades de la part de Madrigal.

— À la façon dont elle me regarde, commente Arsinoé quand elle se retrouve seule avec Jules, c'est comme si je n'avais aucune cicatrice.

— Elle n'a pas changé. Enfin, cette partie-là n'a pas changé.

— Qu'est-ce qui a changé, alors ?

Jules se penche sur le lit.

— C'est étrange de la voir ici. Elle est si sereine, comme si elle était à la maison. Je sais qu'elle est chez elle, mais…

— Je comprends ce que tu veux dire. Moi aussi je veux qu'elle rentre.

Jules agrippe le bout de la queue de Camden jusqu'à ce qu'elle lui donne un coup de patte.

— Raconte-moi, qu'est-ce qui s'est passé ? Je me rappelle seulement le carreau dans le dos, puis toi qui me hissais sur une selle.

— J'ai utilisé le don de la guerre. J'ai projeté Katharine dans les airs. Elle a dû rouler au moins trois fois au sol en se réceptionnant.

— J'aurais aimé voir ça.

— Je ne sais pas comment je l'ai fait. La malédiction est liée, le don n'est pas si puissant. Je l'ai juste… fait. Parce qu'il le fallait.

— Est-ce que tu pourrais recommencer ?

— Pas même si tous les gâteaux du four de Luke en dépendaient.

Arsinoé faillit lui demander comment elle se sent. Si la malédiction commence à peser sur son esprit, à exiger son tribut. Mais elle ne dit rien, Jules va bien, elle est en sécurité. Cette question ne ferait qu'ajouter à son inquiétude.

— Jules.

Arsinoé referme un œil.

— Quand j'étais entre deux eaux…, est-ce que je t'ai avoué que j'ai utilisé de la magie basse sur Joseph et toi ?

— Oui.

— Est-ce que je t'ai aussi dit à quel point j'étais désolée ? Je n'avais aucune idée de ce que pouvait causer ma magie basse.

— Oui, tu l'as signalé aussi. Mais ce n'est pas important. Nous ne saurons jamais si toute cette histoire était due à ta magie, à la beauté de Mirabella ou au fait que Joseph était à moitié mort et facilement excité.

Arsinoé ricane.

— En plus, je lui ai pardonné.

— Vraiment ?

— Oui, vraiment.

Les oreilles de Camden se dressent.

— Qu'est-ce qu'il se passe ? demande Arsinoé.

Elles tendent toutes les trois l'oreille. Des bruits de sabots, provenant des montagnes. Jules se précipite à la fenêtre. Si ce sont des cavaliers du Conseil noir, elles n'auront pas le temps de fuir.

Arsinoé rejette sa couverture et fait une grimace tandis que ses jambes battent dans le vide sur le côté de son lit.

Jules se tourne et fronce les sourcils.

— Arsinoé, espèce d'idiote ! Reste au lit !

— Idiote ? Est-ce que c'est une façon de parler à quelqu'un qui a frôlé la mort ?

Mais Jules n'écoute plus. Ses yeux s'agrandissent, ses articulations blanchissent sous l'effet de sa poigne sur les rideaux.

— Reste-là, ordonne-t-elle, avant de passer la porte à toute vitesse. C'est Joseph !

— Joseph ? Camden, reste ici pour m'aider !

Mais le félin saute du lit et poursuit Jules, tout aussi enthousiaste que sa naturaliste à l'idée de le revoir.

— Idiot de chat amouraché, grogne Arsinoé.

Elle utilise la table de chevet pour se soutenir et tend son bras vers l'accoudoir de la chaise. D'une façon ou d'une autre, elle parvient à atteindre la fenêtre et se cramponne au châssis.

Juste au bas des marches du Cottage, Jules et Joseph sont dans les bras l'un de l'autre. Ses rênes sont encore autour de son coude, elle l'a donc très certainement fait descendre de son cheval. Madrigal aussi est présente, assise bien droite, à fixer Caragh.

Arsinoé pivote et claudique pour sortir de la chambre, elle glisse le long du mur pour parcourir le couloir. Quand elle rejoint la porte, Joseph est tellement absorbé par Jules qu'il ne la voit même pas tout de suite. Mais il crie dès qu'il l'aperçoit.

— Arsinoé !

— Arsinoé.

La bouche de Madrigal s'ouvre en grand, la reine opine de la tête avant que Joseph la soulève doucement dans ses bras, en la serrant juste un peu trop fort.

— Fais attention. J'ai vraiment été touchée par un carreau d'arbalète.

Il l'embrasse sur la joue avant de se retourner vers Jules.

— Tu as réussi, Jules. Tu l'as sauvée.

— Oui, elle est bien vivante.

Willa arrive sur le porche, avec deux poulets déplumés dans les bras.

— Et si populaire… Vous êtes les bienvenus à notre table ce soir. Mais vous repartez demain. Contrairement à ce que laisse présumer sa taille, le Cottage noir n'a jamais eu vocation à accueillir des invités.

MANOIR GREAVESDRAKE

Geneviève est allongée de tout son long sur la méridienne en brocart de soie dans le bureau de Natalia, elle mange des figues glacées au sucre et à la cantarella. Depuis la Midsummer, elle donne l'impression de jouir de vacances permanentes, elle fredonne et achète de belles robes dans ses magasins préférés de la capitale. Elle se comporte comme si la mort d'Arsinoé leur avait déjà octroyé la couronne, et cela a tendance à particulièrement irriter Natalia.

— Pourquoi n'es-tu pas au Volroy, ma sœur ? lui demande Natalia.

— Ma présence n'y est pas requise aujourd'hui. Ils discutent d'une demande de fonds de la part de Rolanth pour restaurer le théâtre voûté.

— Tu devrais être présente afin de prodiguer tes conseils sur le sujet.

— Ils connaissent déjà mon opinion. Nos yeux à Rolanth nous rapportent qu'ils dépensent trop en rénovations dans le centre. Ils vont finir par faire faillite et ils demanderont à la Couronne de les remettre à flot.

Elle prend une autre figue et lèche le poison qui coule le long de ses doigts.

— Seul Lucian Marlowe prendra leur défense. Il affirme que les coffres de la Couronne sont destinés à toutes les reines, pas uniquement à la nôtre. Tu imagines ?

Natalia porte son regard par la fenêtre, au-delà de Geneviève, pour observer l'allée. Katharine se trouve quelque part là dehors, elle sillonne les pistes de chasse avec son prétendant et Pietyr. Elle seule mérite une parenthèse pour fêter l'occasion, pas le Conseil. Ils doivent se pencher sur la question du voyage vers Rolanth pour la Lune des Moissons.

— Si je venais à mourir, lance soudainement Natalia, c'est toi qui prendrais la tête de la famille.

Geneviève pose ses figues.

— Ma sœur ? Est-ce que tu es souffrante ?

— Non, je vais bien.

Natalia s'approche de la fenêtre, aspirant à apercevoir Katharine à dos de cheval. Elle lui a offert un nouvel étalon tape-à-l'œil, entièrement noir, avec de longues et fines jambes, aux foulées harmonieuses. Il ne pourra jamais remplacer Croissant-de-lune, mais elle espère qu'ils s'entendront.

— Dans ce cas, à quoi est-ce que tu penses ?

Geneviève se rassoit et pose son assiette collante à côté d'elle.

— J'imagine que je repense à notre mère. Ce qu'elle dirait si elle nous voyait aujourd'hui.

— Notre mère, répète Geneviève avant de frémir.

Oui. Leur mère était terrifiante. Elle tenait le Conseil et la reine Camille d'une poigne de fer. Quand elle était à la tête des Arron, l'île tout entière craignait la famille. La seule personne que les Arron pouvaient craindre, eux, était leur matriarche.

Natalia, même si elle a bien essayé, n'a jamais été l'égale de sa mère, et Geneviève encore moins. Cette dernière a hérité de toute la cruauté de leur mère, mais pas de son sens de l'initiative. Ainsi, elle est impitoyable mais peu fiable. Elle ne sait jamais où frapper.

— Qu'est-ce que dirait notre mère, alors ? se demande Geneviève tout haut.

Natalia croise les bras.

— Elle nous dirait certainement que nous sommes de bien piètres génitrices : aucun enfant pour moi ou pour toi. Un seul garçon pour Christophe.

— Mais Antonin a deux filles et il va en avoir encore davantage.

Geneviève ne commente pas plus la question de son manque d'enfants. Elle n'a jamais été très portée sur les relations romantiques, et de tous les amants qu'elle a eus, ceux qui sont restés le plus longtemps étaient des femmes. Quant à Natalia, la Déesse lui a envoyé Katharine, et cela lui suffit amplement.

Elle sourit en regardant Katharine et Pietyr chevaucher côte à côte sous les arbres. Le nouvel étalon se cabre quand Katharine tente de le faire ralentir. Elle paraît si fragile sur son dos gigantesque, mais bien rapidement, elle parvient à le faire sautiller docilement en cercles.

Natalia soupire.

— Bon, cela suffit. A-t-on reçu des nouvelles de la fille Milone ? Ou du corps d'Arsinoé ?

— Aucune, et personne ne s'attend à en avoir. La naturaliste connaît très bien ses bois. Si elle a dissimulé ou enterré le cadavre, personne ne le trouvera à l'exception des vers.

Geneviève hausse un sourcil.

— C'est la petite Milone le véritable problème. Si puissante et touchée par la malédiction de la légion ? Par le don de la guerre en plus. Il faut faire quelque chose.

— Quelque chose sera fait, affirme Natalia. Mais pas pour le moment. La malédiction de la légion est une abomination. Je pense que le Temple va s'occuper d'elle à notre place. Ce qui nous laissera la possibilité de garder les mains propres en ce qui concerne Wolf-Spring.

Natalia appuie ses index contre l'arête de son nez.

— Tu ne pourras pas te permettre de te comporter ainsi bien longtemps, ma sœur, souligne Geneviève.

— Comment ça ?

— Te cacher dans ton manoir en haut de la colline. Bientôt, Katharine vivra dans la tour est avec son roi consort, et tu ne pourras plus t'excuser du siège au Conseil.

— Ne m'en parle pas.

Natalia étrécit les yeux pour observer avec plus de précision un cavalier remonter l'allée bordée d'arbres. Un messager, rapide. Katharine intercepte la lettre et l'ouvre sans ménagement. Natalia se tend. Elle quitte la pièce avec précipitation quand la reine se met à tempêter.

Katharine flatte l'encolure de son étalon. Ensemble, ils ont mené Pietyr et Nicolas dans une joyeuse poursuite au travers des bois, et l'étalon refuse qu'elle soit déjà terminée. Mais elle applique une tension ferme sur ses rênes jusqu'à ce qu'il se calme.

— Ne rentrerions-nous pas prendre un thé ? demande-t-elle aux garçons. Nous pourrions ensuite aller en ville, acheter des sardines pour l'ours de ma pauvre sœur.

— Je n'aime pas te voir si près de cette bête, commente Pietyr, et elle lève les yeux au ciel.

Lors de la parade de son retour, il a grimacé à chaque fois que l'ours s'en prenait aux cordages qui l'entravaient.

— Il ne t'apprécie pas, Kat, pas après ce que tu as fait à sa maîtresse.

— En effet, Pietyr, c'est ce que je pensais également au début. Mais je l'ai nourri plusieurs fois depuis, et toute la colère qu'il ressentait a disparu. Il donne l'impression d'être complètement indifférent, désormais.

— Peut-être n'a-t-il plus rien d'un familier, maintenant qu'elle est morte, ajoute Nicolas. Quoi qu'il en soit, moi j'apprécie de le voir, reine Katharine. Peut-être pourrais-je même le chasser lors du festival de Beltane de cette année ?

Elle sourit, un peu nerveusement.

— Peut-être.

Des bruits de sabots les interrompent. Ils immobilisent leurs montures et attendent que la messagère remonte l'allée au petit galop.

— Mes salutations, reine Katharine, lance la fille, à bout de souffle après sa cavalcade.

Elle exécute une révérence aussi basse que sa selle le lui permet.

— Je porte un message pour maîtresse Arron.

— Je vais le prendre.

Katharine tend une main gantée, et la messagère le lui confie. Elle les salue avant de repartir.

Katharine brise le sceau du Conseil noir et ouvre la lettre. Une autre lettre a été pliée à l'intérieur, elle glisse à l'ouverture pour chuter au sol. La reine descend de sa selle pour la ramasser, et Pietyr saisit les rênes de son étalon. Quand elle retourne la feuille tombée, elle aperçoit le sceau bleu et noir de Rolanth, celui de sa sœur Mirabella.

Katharine lit le message et se met à crier.

— Kat !

Pietyr met rapidement pied à terre.

— Kat, que se passe-t-il ?

Elle froisse la lettre de Rolanth dans son poing. Elle ne lui était pas destinée. Elle n'était destinée à personne en particulier. C'est un avis, qui a été épinglé aux grilles du Volroy.

Pietyr lui attrape les épaules, mais elle se dégage de son étreinte. Son hurlement est tel qu'elle en effraie les chevaux, et son nouvel étalon part au galop vers les écuries et une relative sécurité. Nicolas s'efforce de maintenir sa jument calme, il est confus.

— Katharine ! entend-elle Natalia l'appeler en traversant la cour à toute vitesse. Kat ! Est-ce que tu vas bien ?

— Combien de ces choses y a-t-il dans la nature ? hurle Katharine.

Elle s'approche de Natalia et Geneviève d'un pas raide, le papier froissé toujours à la main.

— Combien ? Vous deviez le savoir ! Quand comptiez-vous m'en parler ?

— Te parler de quoi ? couine Geneviève tandis que Natalia arrache la lettre des doigts de Katharine et la lit.

— C'est un défi, explique Natalia. Mirabella a défié Katharine en duel, il doit se tenir à la grande arène d'Indrid-Down.

— Pardon ? s'étonne Pietyr. Quand ?

— À la prochaine pleine lune.

Geneviève gémit. Cela leur laisse moins de deux semaines.

Natalia saisit également la lettre du Conseil qui l'accompagne.

— Ils affirment qu'elles sont accrochées partout, lance Katharine. À tous les panneaux et pancartes d'Indrid-Down.

— Comment a-t-elle pu parvenir à ce résultat ? demande Geneviève d'une voix haut perchée. Il lui aura fallu une petite armée pour réussir un tel exploit !

— Elle devait donc avoir une petite armée, rétorque Natalia.

Katharine grince des dents. Elle récite les mots du défi sans même avoir besoin de le lire, d'un ton amer.

— « Un duel. Qui aura lieu le jour de la pleine lune du mois de juillet, dans l'arène de la grande capitale d'Indrid-Down. Tous sont invités à être témoins de la fin de l'Ascension et du début d'un nouveau règne élémentaire… ! »

Katharine s'agrippe les cheveux et se remet à hurler, arrachant le nœud qui formait son chignon.

— Qui a pu voir ça ?

— C'est impossible à savoir, lui répond Natalia. Mais si j'étais elle, j'aurais envoyé des cavaliers aux quatre coins de l'île afin que tout le monde entende la nouvelle.

— Est-ce que tout le monde doit venir ici pour être témoin de cette scène ? siffle Geneviève.

Elle jette une main en direction de la jument de Pietyr, qui s'est écartée de quelques pas.

— Les chevaux aussi ? Dois-je également faire appeler le personnel de cuisine et les servantes ?

— Ce n'est pas comme ça que les choses devaient se dérouler.

Katharine commence à faire les cent pas, elle se ronge les ongles et murmure pour elle-même.

— Ce n'est pas ce que nous avions prévu. Pas ce que nous avions espéré. Nous voulions la voir tomber en disgrâce dans sa propre ville.

Elle se retourne avec furie et pointe la lettre du doigt.

— « Tous sont invités à être témoins. » Témoins ! Est-ce que c'est un affront qui m'est destiné en réponse à la façon dont je me suis débarrassée d'Arsinoé ? Sans le moindre témoin ?

— Si tel est le cas, je ne vois pas comment.

Katharine prend une profonde inspiration. Elle aplatit ses cheveux ébouriffés. Mirabella ne s'en tirera pas ainsi. Cette morveuse royale vivra juste assez longtemps pour regretter son voyage à la capitale.

— Kat, reprend doucement Pietyr, un triomphe demeure un triomphe, qu'il advienne à Rolanth ou à Indrid-Down. Cela sera encore plus gratifiant de bien des manières, car il aura lieu devant les yeux de tous ceux qui t'ont vue grandir depuis ton enfance. L'audace de Mirabella ne fera que te simplifier la tâche, et cela n'en sera que plus agréable quand elle perdra.

Katharine s'arrête. Puis elle expire, et les épaules de tous ceux qui l'entourent se détendent quelque peu.

— Tu as peut-être bien raison. Quoi qu'il en soit, elle mourra. Ici, nous pouvons mettre les arrangements qui nous conviendront en place. De plus, nous n'aurons pas besoin de déranger l'ours en le déplaçant.

Elle reprend l'avis des mains de Natalia et le déchire en plein milieu, souriant tendrement en regardant les moitiés de papier voleter doucement pour se poser sur l'allée en gravier.

— J'organiserai un bal la veille, pour l'accueillir.

— Oui, lui accorde Natalia. Voilà une belle idée.

Katharine opine du chef et leur fait un clin d'œil. Tous semblent terrifiés.

— Natalia, je vous prie de m'excuser ! Je ne voulais pas me comporter ainsi !

— Ce n'est rien, Kat. Mais tu dois tout de même mieux te contrôler. Qu'est-ce qui t'a pris ? Tu te comportes comme une élémentaire.

Katharine baisse la tête, effectue une révérence destinée à Natalia et se met en marche en direction de la maison. Mais il ne faut pas longtemps pour que Pietyr la rejoigne.

— Un duel. Katharine, qu'est-ce que nous allons faire ? Je n'en reviens pas que le Temple l'autorise ! Le risque est bien trop grand, pour les deux parties.

— Elle pense pouvoir gagner, réplique Katharine, et alors qu'ils entrent dans le manoir, une obscurité fraîche les enveloppe, donnant la chair de poule à la reine. Que la Déesse la soutient !

Elle s'approche d'une des tables du foyer sur laquelle se trouve un bol doré rempli de baies de belladone et en prend une poignée entière.

— Il se *peut* qu'elle gagne, l'avertit Pietyr. Dans l'espace ouvert de l'arène, elle aura l'avantage.

— Elle n'en aura aucun.

— Katharine. Ça fait beaucoup de baies.

Il lui saisit le bras, mais elle le libère et en mange encore davantage, le jus s'écoule le long de son menton.

— Kat, tu vas être malade !

Katharine se met à rire.

— Si Mirabella avait raison ? lui demande Pietyr. Et si la Déesse est effectivement de son côté ?

Katharine se retourne pour lui faire face, en lui montrant ses dents pleines de poison. L'espace d'un instant, la vision de la fille s'obscurcit et le visage du garçon s'évide, il devient noir, sans fond, comme l'abysse du domaine Breccia.

— Ce n'est pas important. *Elles* sont de mon côté.

ROLANTH

L'avis qu'a rédigé Bree d'une belle écriture bouclée à l'encre noire, et qui défie Katharine en duel dans l'arène d'Indrid-Down, est absolument parfait. Il porte la signature de Mirabella, recréée à la perfection chez l'imprimeur. De plus, elle s'est assurée que l'original soit fixé aux grilles du Volroy.

— Il y en a partout ? demande Mirabella.

— Absolument partout, affirme Bree. D'ici à Bastian, et même au nord-ouest jusqu'à Sunpool.

— À Wolf-Spring aussi ?

— Évidemment.

— Très bien. J'aimerais que la famille d'Arsinoé soit présente afin qu'elle puisse assister à la chute de l'empoisonneuse.

Elle ricane légèrement.

— Tu sembles bien joviale.

— Uniquement quand j'imagine le visage de Katharine en train de lire ces lignes, explique Mirabella, mais son sourire ne lui reste pas aux lèvres longtemps.

Il est facile de penser à l'idée de tuer Katharine quand elle est en colère. Mais quand la colère se dissipe… Elle ne doit pas la laisser se dissiper.

À leurs côtés, Elizabeth s'inquiète du moignon qu'elle arbore au poignet gauche.

— Est-ce que tu vas bien, Elizabeth ? interroge Mirabella. Est-ce que tu souffres encore ?

— Rarement.

Elle regarde la peau, tendue par-dessus l'os central. Les cicatrices de la suture ont désormais une couleur rose foncé.

— Je pense uniquement au bracelet tatoué. Ce sera étrange d'orner une telle horreur.

Elizabeth tourne et retourne son poignet, elle déplace son unique bracelet constitué d'un ruban et de perles. Bientôt le rituel aura lieu et elles tatoueront le bandeau noir dans son épiderme. Elle deviendra alors une vraie prêtresse, elle appartiendra au Temple pour toujours.

— Ton bras n'est pas laid, Elizabeth, s'agace Bree. C'est ce que tu as subi qui est horrible.

— Quand est-ce que la cérémonie aura lieu ? s'enquiert Mirabella.

— Dès que j'y consentirai. Il est plus que temps… Je suis initiée depuis pratiquement trois ans.

— Et est-ce que tu vas t'y soumettre ? demande Bree. Tu ne devrais pas. Tu devrais jeter ces robes et rester avec nous. Tu seras toujours la bienvenue à la maison Westwood.

La voix de Bree est franche, déterminée. Elle ne comprend pas pourquoi Elizabeth demeure au Temple après ce qu'elles lui ont infligé. Bree n'est pas faite pour servir comme Elizabeth.

— Je n'ai encore rien décidé, rétorque Elizabeth. J'aimerais rester une initiée encore un peu. Peut-être quelques années de plus, ou pour toujours. Je pourrais alors garder Pepper, je serais toujours libre de choisir de rester ou de quitter le Temple.

Mirabella observe devant elles leur escorte vêtue de robes blanches. Elles ont pris leur distance par rapport aux trois jeunes femmes, mais la reine est persuadée qu'elles les écoutent toujours. Elle serre le coude d'Elizabeth.

— Tu nous diras quand elle aura lieu ? Pour qu'on vienne te soutenir.

Elizabeth acquiesce, et Mirabella embrasse ses deux amies avant de les quitter pour aller à la rencontre de Luca.

Elle retrouve la grande prêtresse dans ses appartements dans les étages du temple, en train d'éponger avec l'un de ses oreillers en soie du thé qu'elle a renversé par terre.

— Une serviette, peut-être ? lui suggère Mirabella, et Luca sursaute.

— Mira, tu m'as surprise.

Elle soulève son oreiller abîmé et revêt une expression de regret, puis elle le lâche derrière son bureau, irrémédiablement souillé.

— Rho vient de partir.

— Oh.

Mirabella hausse les sourcils, incapable de ne serait-ce que prétendre qu'elle est déçue.

— Élaborez-vous de nouveaux projets ?

— Je ne vois pas ce que tu veux dire.

— Bien évidemment que si. J'ai entendu ce qui se chuchotait à propos de Beltane. Votre idée de sacrifier mes sœurs au bûcher et de faire de moi une reine aux mains blanches.

Elle s'arrête pour observer Luca s'efforcer de maintenir une expression neutre.

— Vos prêtresses oublient que j'ai moi aussi des oreilles. Elles ne font guère attention à qui se trouve à proximité quand elles parlent. Mais avec toutes ces manigances, je n'arrive pas à croire que vous voyiez ce duel d'un mauvais œil.

— Que je le désapprouve ou non n'a pas la moindre importance. Tu l'as annoncé devant toute la ville.

— Vous pensez que nous devrions la laisser venir jusqu'à Rolanth ?

— Au moins son attaque aurait lieu ici, chez nous, dans un environnement qu'elle ne connaît pas, où elle pourrait être déstabilisée. Cela aurait été un avantage.

— Oui. Est-ce qu'Arsinoé a pu tirer ce contexte à son avantage ? Venir ici est exactement ce que Katharine attend. Elle veut me voir échouer devant tout Rolanth, me voir humiliée aux yeux de mon peuple. Je n'étais pas du tout sa cible dans les bois de Wolf-Spring ! Cela a toujours été Arsinoé. Elle était sa seule proie.

Luca la fixe en silence sous sa capuche blanche.

— Nous avons peut-être manqué notre opportunité, reprend Luca, fut un temps tu étais la reine élue. Tout a été remis en question. Les cartes ont été redistribuées.

— Un duel dans une arène me donne un avantage, s'obstine Mirabella. Les reines élémentaires ont toujours tiré leur épingle de ce jeu avant…

Luca se retourne vers son thé et en verse à nouveau dans le fond de sa tasse. Quand elle en boit une gorgée, elle en renverse sur sa robe.

— Je ressens la main de la Déesse, Luca. Vous devez me faire confiance.

— Sa main, peut-être, murmure avec douceur la grande prêtresse. Mais la Déesse n'est pas toujours miséricordieuse, Mira. Nous ne pouvons pas être certaines de ses souhaits. Même dans ces moments où je me suis sentie le plus proche d'elle…, quand je pensais apercevoir un soupçon de ses projets…

Elle fait un geste d'une main tremblante.

— Un instant, tout paraît clair, le suivant, tout s'évanouit.

— Comment pouvons-nous alors savoir que nous effectuons les bons choix ?

— C'est impossible, nous ne le pouvons pas. Nous faisons de notre mieux, en sachant que nous ne sommes pas maîtresses du jeu et que c'est elle qui a toujours le dernier mot.

LE COTTAGE NOIR

Willa passe devant Arsinoé en direction de la cuisine.

— Oie et tourte aux oignons, ce soir.

Willa lève un petit oignon jaune et en tapote le menton d'Arsinoé.

— Mmm, hésite Arsinoé. Est-ce que… c'était l'un de mes plats préférés ?

— Tu ne t'en souviens pas ?

— Non.

Arsinoé lui emboîte le pas dans le salon, en regardant les peintures et les meubles. L'endroit n'a pas dû beaucoup changer, mais rien ne lui semble familier pour autant.

— Mirabella se souvient de tout. Si elle était avec nous, cette grande sentimentale serait en train d'enlacer cette chaise.

— Même petite, Mirabella avait déjà bien trop d'amour-propre et de dignité pour prendre des chaises dans ses bras. Contrairement à toi. Comment te sens-tu ?

Arsinoé la suit jusque dans la cuisine et fait rouler son épaule. La blessure occasionnée par le carreau s'est refermée. Bientôt, il ne restera plus qu'une cicatrice fraîche et profonde. Elle peut sentir ce nouveau point sans vie se ménager une place dans son dos, comme ces différents endroits sur son visage. Une autre blessure, un autre carnage.

— Je vais bien.

— Bien. Dans ce cas, tu peux partir.

Willa descend un saladier rempli de pâte qu'elle a préparée ce matin-là, et Arsinoé grommelle.

— Avez-vous toujours été aussi affectueuse ? Ou est-ce que vous nous avez juste emmaillotées et langées pour nous accrocher aux portes ?

Willa ricane.

— Nous n'avons pas emmailloté de reines ici depuis une éternité.

Puis elle cesse de travailler sa pâte pour fixer Arsinoé d'un regard tranchant.

— Ce n'est pas que je veuille te voir partir. Je n'aurais jamais imaginé te revoir après cette journée où ils sont venus vous chercher. Mais si le Conseil noir découvre que tu es ici, mon vieux cou et celui de Caragh le paieront cher.

— Cette persécution ne durera plus longtemps, affirme Arsinoé. Quand Mirabella aura été couronnée et qu'elle remplacera les Arron qui siègent au Conseil par des Westwood, tout changera. Ils permettront peut-être même à Caragh de rentrer.

— Peut-être.

Willa pince ses lèvres, mais elle ne parvient pas vraiment à dissimuler son sourire.

Arsinoé penche la tête.

— Est-ce donc cela que vous souhaitez ? Est-ce la raison pour laquelle vous nous avez échangées enfants ?

La vieille femme fait claquer la pâte contre le comptoir et la saupoudre de farine.

— Qu'est-ce qui te pousse à croire que c'est *moi* qui ai quoi que ce soit à voir là-dedans ?

— Qui d'autre alors ?

— Qui d'autre était présente à cette époque ? La reine. Ta mère. Je n'étais que la sage-femme, et une sage-femme exécute les ordres qu'elle reçoit.

— Mais pourquoi faire cela ?

— Aurais-tu préféré que les choses se passent différemment ?

Willa lance un nouveau regard perçant à Arsinoé.

— Quoi qu'il en soit, elle ne s'est jamais expliquée. J'imagine que les Arron n'étaient pas des gens bien. Je pense aussi que pendant son règne, elle n'a pas apprécié ce qu'elle a vu au Conseil des empoisonneurs. Et puis elle voyait en Mirabella la reine à venir, et la reine sait toujours à qui elle donne naissance. Alors, saborder les deux autres ne pouvait pas avoir un si grand impact.

— Saborder les deux autres, répète Arsinoé, un sourire ironique aux lèvres.

— La reine Camille était une gentille fille. Mais le seul à l'avoir jamais aimée était son roi consort, elle était heureuse de quitter l'île. Elle était soulagée d'en avoir terminé avec son devoir.

— Humph. Entendre cela devrait me faire du mal, mais ce n'est pas le cas.

— Parce que tu es une reine. Tu n'as rien à voir avec les autres mères ou les autres filles. Tu n'es pas une personne commune.

Arsinoé prend un couteau et commence à émincer des oignons. Observer Willa travailler sa pâte l'a mise en appétit.

— Elle est donc partie ? demande Arsinoé. Est-ce qu'elle a quitté l'île pour couler des jours heureux avec son roi consort ?

— Qu'est-ce que j'en sais ? Peut-être bien. C'est ce qu'elle voulait, même si on dit que les plus faibles ne survivent pas bien longtemps à la naissance de leurs triplées. La vie d'une reine est emplie de gloire, mais elle est courte, qu'elle meure lors de son Ascension ou qu'elle règne. C'est ainsi que vont les choses. Que cela vous sied ou non n'y changera rien.

— Les plus faibles, répète Arsinoé en éperonnant un champignon. Mais Mirabella sera une reine qui règnera jusqu'à sa cinquantième année. Elle aura des triplées, quittera l'île et mourra dans un sublime endroit, mais âgée.

— Ne m'écrasez pas entre vos arrière-trains, lance Caragh d'un ton bourru, avant de frapper la croupe de l'un des chevaux de selle alezans que Joseph et Madrigal ont chevauchés jusqu'au Cottage.

Les deux chevaux ont dû se partager un box de la petite écurie, et cette proximité les rend un peu nerveux.

— Avant, tu employais ton don plutôt que tes mains. Ou bien l'as-tu oublié après avoir vécu ici depuis trop longtemps ?

Caragh referme la bouche et lève le regard vers sa charmante sœur.

— Je n'ai jamais employé mon don pour quelque chose d'aussi futile que nettoyer une stalle.

Elle ouvre la porte et sort, elle pose sa fourche contre le mur avant de s'enfoncer dans l'étable. Elle verse un peu de grain dans le seau du cheval noir et lui caresse le chanfrein.

— Futile, répète Madrigal.

Elle fait un bruit de bouche d'indignation.

— Non, j'imagine que non. La futilité c'est plutôt mon domaine, n'est-ce pas ?

— Ce n'est pas ce que j'ai dit.

— Bien évidemment que non. Tu ne dis jamais ce que tu penses.

Caragh contracte ses mâchoires.

Elle se retourne vers le cheval noir et hume l'odeur salée de son haleine tandis qu'il mâche le grain.

— Je n'ai pas vu de si belle bête depuis bien longtemps. Et ces chevaux de selle, vous les avez empruntés à Addie Lane ? Ils ne sont pas mal non plus.

Madrigal place ses mains sur ses hanches et tape du pied. Celle-ci est au Cottage depuis moins d'une semaine et elle lui tape déjà sur les nerfs.

— Qu'est-ce que tu veux, Madrigal ?

— M'occuper de ma fille.

— Ce n'est pas ce que je veux dire. Là, maintenant, est-ce qu'il y a quelque chose que tu souhaites me dire ?

Ses yeux viennent se poser sur le ventre de Madrigal.

— Si c'est le fait que tu sois enceinte, je le vois très bien.

Madrigal jette un regard à sa propre taille. Il est encore tôt, mais sur son corps menu sa grossesse se devine juste assez pour que Caragh s'en rende compte par elle-même.

— Jules doit être heureuse de devenir grande sœur, continue Caragh. Je suis tellement fière qu'elle soit si puissante et si heureuse. Et Joseph… Il ressemble tant à Matthew. L'espace d'un instant, j'ai failli lui sauter dans les bras.

Madrigal déglutit. Elle murmure quelque chose d'à peine audible.

— Maddie, parle plus fort.

— Ne m'appelle pas Maddie, s'emporte Madrigal.

Mais il y a bien quelque chose que Madrigal souhaite lui confesser. Quelque chose de désagréable, vu la manière dont elle se tient, à tracer des motifs répétitifs du bout du pied dans la terre.

— Le bébé. Il est de Matthew.

Les doigts de Caragh agrippent la porte du box. Chacun des chevaux qu'abrite l'étable s'arrête de manger et la fixe, même la mule revêche de Willa. Matthew. Son Matthew. Mais il n'est plus son Matthew.

— Je voulais simplement être celle qui t'annonçait la nouvelle, continue Madrigal d'une voix incertaine. Je ne voulais pas qu'elle sorte sans prévenir de la bouche de Jules ou de Joseph.

Elle se rapproche d'un pas léger et hésitant dans la poussière et la paille.

— Caragh ?

— Quoi ?

— Réponds quelque chose.

— Qu'est-ce que tu veux que je te dise ? Que j'ai attendu ici comme une idiote, tout en sachant très bien que cela ne servait à rien ? Que la vie suit son court ailleurs, mais que rien ne change jamais ici ? Tu n'as pas besoin de moi pour te dire ce genre de choses.

Je quitterai cet endroit aussi âgée et bossue que Willa. Et tu n'as pas besoin de ma bénédiction pour vivre ma vie à ma place.

— Ce n'est pas du tout ce que je suis en train de faire, rétorque Madrigal alors que le limier de Caragh se met à hurler.

— Tais-toi. Un hurlement signifie que nous avons de la compagnie. Tu dois te cacher.

Le vieil homme, sa charrette et son poney prennent leur temps à descendre le chemin qui mène au Cottage noir. Mais c'est une bonne chose, car cela donne à Arsinoé tout le loisir de se mettre à l'aise dans sa cachette, assise sous une fenêtre. En jetant un œil à l'extérieur, elle voit Jules et Joseph se précipiter vers les étables. Qui sait où peut bien se trouver Madrigal.

Quand le vieux Worcester atteint la maison, Willa l'aide à décharger les sacs de grain et les pichets de vin, ainsi que trois ou quatre paquets emballés. Ils discutent pendant ce qui paraît être une éternité avant qu'il se décide enfin à reprendre le chemin en sens inverse. La majorité de leur conversation semblait tourner autour d'une lettre qu'il lui a donnée. La vieille femme la lit et la relit au milieu des vivres jusqu'à ce qu'Arsinoé perde patience. Elle se lève et ouvre la fenêtre.

— Willa ! Qu'est-ce que c'est ?

Willa apporte le courrier à l'intérieur. Les autres émergent de leur cachette comme des écureuils de leur trou.

Arsinoé saisit la missive et la parcourt.

— Qu'est-ce que c'est ? demande Jules en entrant.

— Un avis. Mirabella défie Katharine en duel.

— Est-ce bien sage ? demande Madrigal. Une chasse représente un risque, mais un duel est bien pire encore. Un assaut frontal, elles pourraient mourir toutes les deux.

— La Déesse ne leur permettra pas de mourir toutes les deux, affirme Willa.

— Comment pouvez-vous le savoir ? interroge Joseph.

— Tout au long de notre longue histoire, elle n'a jamais autorisé toutes ses reines à périr. Je le sais bien, la moitié de notre bibliothèque est constituée des volumes consacrés à l'histoire des reines.

— Mais toutes ses reines ne *seraient pas* mortes, s'aventure Jules. Si Mirabella et Katharine s'entretuent dans un duel, Arsinoé, elle, restera bien vivante.

Chaque regard se fixe sur elle, et Arsinoé se recule d'un pas.

— Cela pourrait bien être son grand plan, insiste Jules. Celui de la Déesse.

Mais Willa secoue la main.

— Non. Mirabella sera la reine couronnée. La reine Camille le savait. L'île tout entière le savait, jusqu'à récemment. La vie a été accordée à Arsinoé, mais c'est une vie secrète de fugitive, rien de plus.

— Vous ne savez pas combien de fois elle a déjà échappé à la mort, intervient Joseph. Combien de fois elle a été ramenée d'entre les morts, tout ça pour vivre comme une fugitive ? Je n'y crois pas.

Arsinoé ricane. Ils ont tous perdu la raison, à la regarder ainsi. Leurs yeux sont aussi grands que des assiettes et deux fois plus brillants.

Son regard se détourne des leurs et se pose sur une vaste tapisserie accrochée au mur. Elle représente la Chasse des célibataires, le rituel des prétendants qui a lieu lors du festival de Beltane de l'année du couronnement. On peut y voir de jeunes hommes aux lèvres retroussées et aux couteaux étincelants. L'un d'eux est éventré au premier plan, le cerf qu'ils chassaient est à genoux. Il y a tant de sang dans cette image qu'il est étonnant que la tisseuse ait déniché assez de fil rouge pour représenter la scène. Cela pourrait être Billy, se vidant de son sang jusqu'à ce que mort s'ensuive sur le terrain sacré d'Innisfuil.

— Tant de traditions plus violentes les unes que les autres, souffle Arsinoé.

— Arsinoé ? fait Madrigal.

Pendant longtemps, Arsinoé a rêvé d'avoir une telle chance. De pouvoir s'enfuir, disparaître. Mais la Déesse l'a toujours déplacée comme un simple pion, la posant là où elle voulait la voir. Elle lui a même donné Jules, sa Jules maudite par la légion, dont Luke a toujours dit qu'il devait bien y avoir une raison pour qu'elle se trouve à ses côtés. Mais quelle en est la raison ? Lui octroyer sa liberté ? Ou la couronne ?

Quoi qu'il en soit, Arsinoé est lasse de se poser tant de questions. Elle déglutit péniblement et prend conscience de ses cicatrices. Chacune de celles qu'elle porte sur son visage et sur ses côtes. Dorénavant, elle ne fera que ce qu'elle veut.

— Nous devons aller à Indrid-Down.

— Oui, s'exclame Jules en frappant des mains. Mirabella et Katharine mèneront leur dernier combat, et quand elles tomberont toutes les deux, nous serons là à attendre la fin.

— Non, Jules. Willa a raison. Mirabella est la reine élue. Je pense que si je suis encore vivante, c'est pour pouvoir l'aider.

Elle agrippe les épaules de Jules, froissant l'avis de duel dans sa main.

— Je vais me rendre à la capitale, et je vais aider Mirabella à abattre une reine empoisonneuse.

Le duel des reines

ROLANTH

Les carrosses de Mirabella sont ornés de fixations argentées et de grandes plumes noires. L'emblème bleu des élémentaires vole au vent sur des drapeaux placés près des étendards noirs de la reine. Mais il y a également des voitures blanches, des voitures blanches tractées par des chevaux blancs et remplies de prêtresses, afin que tout Indrid-Down comprenne sans équivoque que le Temple soutient cette reine.

— Est-ce que tu es sûre de ne pas vouloir plutôt voyager par la mer ? demande Sara tandis qu'elles rangent quelques dernières affaires de Mirabella dans des coffres. Ce serait plus sûr.

— Elle veut parader dans ma ville, réplique la reine. Je vais donc en faire autant dans la sienne.

Sara soulève une robe.

— Celle-ci pour le bal ?

Mirabella la regarde à peine. C'est un vêtement brillant en satin avec un corset ajusté et de larges bretelles.

— C'est bien, oui.

Elle observe sa chambre. La chambre qu'elle occupe à la maison Westwood depuis qu'elle est arrivée du Cottage noir. Elle n'est pas vide ; elle n'a pas emporté trop d'affaires. Mais elle lui paraît tout de même dépouillée, comme si cette pièce allait lui renvoyer l'écho de sa voix si elle parlait trop fort.

— Et pour ce qui est des bijoux ?

— Tout sauf des perles noires. J'ai entendu que Katharine apprécie les perles de jais, et je ne veux pas que nous nous ressemblions.

— Jamais vous ne pourriez vous ressembler, affirme Billy.

Mirabella et Sara se retournent. Billy se tient dans le cadre de la porte. Sara hausse un sourcil à la vue de sa chemise carmin. Il ne devrait pas porter cela en rejoignant la capitale. Afficher ainsi son deuil pour une reine déchue alors qu'il s'est déclaré à Mirabella est inconvenant. Mais personne ne lui demandera de se changer, et cette couleur leur permettra de gagner les faveurs des naturalistes.

Sara effectue une révérence et s'éclipse pour leur laisser un peu d'intimité.

— Combien de temps le deuil durera-t-il encore ? demande Billy.

— Ce ne sera plus très long.

Bientôt les bougies et la couleur carmin auront disparu. Les prières psalmodiées aux autels en souvenir d'Arsinoé cesseront. Personne n'évoque les reines vaincues après l'année de l'Ascension. Aucun des couloirs du Volroy n'en abrite les portraits. Personne ne se rappelle même leurs noms.

— Est-ce que tu es prêt ? Est-ce que tu as tout ce qu'il te faut pour le bal ?

— J'ai tout, oui. Même si je n'arrive pas à croire que nous allons danser et partager un festin avec eux la veille avant que tu la tues.

— Ce bal n'est rien de plus qu'une manière pour Katharine de reprendre la main. J'ai organisé le duel, donc elle organise le bal. Tout cela est transparent et n'aura aucun effet.

Billy soulève une longue boîte rectangulaire.

— Je t'ai apporté quelque chose.

Il l'ouvre et en sort un ras-de-cou constitué de gemmes noires découpées en ovales facettés et incrustés dans de l'argent. Elles brillent quand il les tourne à la lumière, et elle se demande quand il les a achetées et si elles étaient destinées à quelqu'un d'autre. Mais elle ne gâchera pas ce moment en lui posant une telle question.

— Laisse-moi faire, propose-t-il, et Mirabella soulève ses cheveux afin de le laisser lui placer le collier autour du cou.

— Elles sont magnifiques.

— Bien plus belles que tout ce que cette empoisonneuse peut posséder. Ils peuvent habiller et maquiller cette petite sorcière comme ils le voudront, elle restera un monstre.

— N'emploie pas ce mot, le met en garde Mirabella. Nous ne parlons pas de « sorcière » ici. Qu'importent tes sentiments envers Katharine, tu devras faire attention à ce que tu dis une fois à la capitale. J'aimerais que tu sois un roi consort aimé du peuple.

Billy serre les dents.

— Bien sûr. C'est simplement que ce qu'elle a fait...

— Je sais.

— Je la déteste. Pas toi ? Elle me l'a enlevée, elle nous l'a subtilisée.

La main de Billy s'attarde sur son épaule après avoir refermé le ras-de-cou, et Mirabella pose sa main sur la sienne.

— J'ai rencontré Katharine avant le festival de Beltane, reprend-il. Mon père souhaitait que je vous rencontre toutes les trois avant les autres prétendants.

— Tu n'es jamais venu me voir moi.

— J'ai choisi Arsinoé avant d'en avoir l'opportunité. Mais c'est très étrange. Quand j'ai rencontré Katharine, elle semblait si douce, pratiquement inoffensive. J'ai même eu pitié d'elle. La fille que j'ai rencontrée n'avait rien à voir avec celle que nous avons vue à Wolf-Spring. Mais j'imagine que j'ai simplement vu ce qu'elle voulait bien me montrer.

— Je suppose. Billy, avant notre départ, j'aimerais que tu écrives une lettre qui précédera notre arrivée à la capitale.

— Une lettre ? À quel sujet ?

— Indiquant que tu seras mon roi consort et que tu ne courtiseras pas Katharine. Tu peux employer les tournures que tu voudras, aussi impitoyables soient-elles. J'aimerais porter un autre coup dur à son ego avant qu'elle me voie au bal.

INDRID-DOWN

Natalia et Geneviève parcourent d'un pas vif les rues animées de la capitale après avoir supervisé les rénovations de l'arène : des réparations apportées aux gradins existants, la construction de nouvelles plateformes, une couche supplémentaire de peinture aux rampes de la galerie. La piste de l'arène elle-même a été labourée et rendue meuble, les hauts duvets d'herbe drue et les pierres présentes ont été retirés à la main. Cela fait longtemps que l'arène n'a pas été employée pour autre chose que des fêtes foraines ou des carnavals, longtemps que l'île n'a pas connu de duel ou de reine guerrière appréciant les sports de combat.

— Les hôtels n'auront pas assez de chambres, marmonne Geneviève. Il y aura des tentes le long des routes. Des gens dormiront dans les rues.

— Ce ne sera l'affaire que de quelques jours. Et tant qu'ils seront là, ils dépenseront leur argent.

Dans toute l'artère que constitue la rue principale, les vitrines de magasins sont remplies de marchandises neuves. Des charrettes entières de canards fumés d'une belle couleur dorée et de cargaisons de fruits sont conduites dans les contre-allées où elles seront déchargées dans des réserves et arrière-boutiques. Ce duel est une opportunité pour les marchands non empoisonneurs de montrer leurs plus belles créations, et ils se sont tous rendus sur les quais du port de Bardon avant même les premières lueurs du jour. Ils y ont mené une lutte farouche contre les magasins d'empoisonneurs pour obtenir les meilleures prises de pêche avant qu'elles soient corrompues avec de la jusquiame noire ou de la belladone.

— Ils viendront ici dépenser et gagner de l'argent, affirme Geneviève. Les marchands élémentaires vont établir leurs étals et vendre leurs peintures, leurs broderies et leurs babioles en verre.

Natalia regarde sa sœur faire la moue. Après le duel, elle est certaine de retrouver Geneviève parée d'un bijou élémentaire ou deux, ou encore à parader dans une nouvelle écharpe de soie. Tout le monde sait que les étoles les plus fines proviennent de Rolanth.

— Est-ce que tu veux t'arrêter manger quelque chose ? demande Geneviève en tendant le cou en direction de son fromager préféré.

— Nous prendrons le thé au Highbern. Nous devons de toute façon y aller pour finaliser les préparatifs du bal.

Natalia effectue une grande enjambée par-dessus un caniveau et tire la manche de Geneviève pour la presser.

— N'oublie pas de sourire. Personne ne devrait nous voir avec des visages creusés d'inquiétude.

— Mais nous sommes inquiètes, rétorque Geneviève tout en améliorant son expression. Le duel est une très mauvaise nouvelle. Elles vont se retrouver face à face, enfermées dans cette arène jusqu'à ce que l'une d'elles meure. Ce sera comme de les enfermer dans une tour à la fin de l'Ascension. C'est exactement ce que nous avons cherché à éviter pendant tout ce temps !

— Eh bien, c'était peut-être une erreur de notre part. Kat n'est plus la faible reine qu'elle a été. Je ne sais pas ce qu'il s'est passé, mais elle semble s'être éveillée.

— Tu sais ce qu'il s'est passé. Même si tu ne veux pas me l'avouer. Tu sais forcément ce qui lui est arrivé quand elle a disparu après Beltane.

— Non, je n'en sais rien.

— Elle est tellement étrange, maintenant.

Les yeux de Geneviève s'étrécissent.

— Tous ces couteaux qu'elle lance et ce rire fou qui lui échappe parfois. Elle ingère tant de poison… en trépignant presque d'impatience à l'idée des maux qui s'ensuivent !

— Ne parle pas d'elle ainsi. Kat n'a rien d'étrange.

— Ce n'est pas non plus ta fille ; c'est une reine, alors arrête de l'appeler « Kat ».

Natalia s'arrête et serre les poings. Si elles ne se trouvaient pas au beau milieu d'une rue très passante, elle aurait frappé sa sœur au visage.

Geneviève s'éclaircit la voix et baisse les yeux.

— Pardonne-moi. C'est le stress du duel.

Natalia se remet en marche. Elles ne sont plus loin du Highbern. Elle peut en apercevoir les drapeaux flotter au-dessus des autres bâtiments devant elles.

— Ne te fais pas tant de souci, Geneviève, reprend Natalia avec calme. Katharine a été assez fine pour nous donner l'opportunité d'un bal. Demain soir, Mirabella sera entourée par la nourriture et la foule, et quand tout sera terminé, elle n'aura plus rien d'une menace durant le duel.

— Tu comptes l'empoisonner ? demande Geneviève en pressant le pas pour la suivre.

— Non pas pour lui ôter la vie, mais juste assez pour l'affaiblir. Pour faciliter la tâche de Katharine dans l'arène. Elle pourra ensuite la massacrer devant toute l'île, et ce de la manière dont elle l'entendra.

— Comment vas-tu réussir ce tour de main ? Tu es certes très habile, mais personne ne nous permettra de nous approcher d'elle. Tu ne pourras jamais être assez près.

— Ce sera inutile, affirme Natalia. Pourquoi penses-tu que j'ai entretenu notre alliance avec Chatworth pendant tout ce temps ? Selon toi, pourquoi a-t-il cherché à gagner la confiance des Westwood ?

Elle redresse les épaules.

— C'est lui qui va l'empoisonner à notre place.

— Nous ne pouvons pas faire confiance à un continental pour ce genre d'affaires ! Et si cette vieille bique de Luca l'a converti à sa cause ?

— C'est impossible. Le Temple n'est pas assez riche pour cela. Mirabella pense déferler sur la ville comme un nuage d'orage, mais quand j'en aurai terminé avec elle, elle ne pourra même plus appeler la moindre goutte de pluie.

L'HÔTEL HIGHBERN

L'hôtel Highbern est un endroit majestueux, bien plus grand et mieux bâti que ceux de Rolanth. Les plafonds du bâtiment culminent loin au-dessus des têtes, avec des mosaïques noir et doré. Les colonnes de la salle de bal sont également dorées, et le chandelier qui s'y trouve est le plus grand qu'il ait été donné de voir à Mirabella. Dans ses appartements, ils découvrent de vastes lits rembourrés de fin duvet, et les couvre-lits sont délicatement brodés de fils d'or et d'écarlate.

Quel endroit agréable pour un séjour, songe Mirabella. *Si seulement je n'étais pas ici pour tuer ou mourir.*

La reine s'assied près de la fenêtre et observe les toits. Indrid-Down est une très belle ville, et les fortes odeurs urbaines ne montent pas jusqu'à son niveau. La brise est rafraîchissante et agréable. Le Highbern se situe juste en face de la tour ouest du Volroy, seule une large rue les sépare, ainsi qu'une cour délimitée par des haies de rosiers et des lilas. Plus près de la structure de la forteresse, elle peut discerner la silhouette d'une cage obscurcie par des arbustes topiaires. À l'intérieur se trouve un monticule de fourrure brune et immobile. L'ours d'Arsinoé. Il a survécu à toutes ces épreuves et il est désormais le prisonnier de leur empoisonneuse de sœur. Eh bien, elle mettra un terme à cela également, une fois Katharine morte. Même si Mirabella ne sait pas vraiment ce qu'elle fera ensuite de ce gigantesque familier.

Quelqu'un frappe à la porte qui sépare sa chambre du salon, elle détourne le regard.

— Mirabella, sors de là pour reprendre des forces, lance Billy d'une voix étouffée par le bois. Je t'ai apporté un plateau de nourriture qui n'a demandé aucune préparation ou presque.

Pratiquement aucune préparation. C'est vraiment étonnant qu'il n'ait toujours pas fait de progrès. Aucun progrès du tout.

Mirabella le rejoint dans le salon, où il lui a disposé une tranche de pain avec du beurre. Il y a également des pommes en conserve et une tranche de fromage veinée de bleu.

— Ton tablier me manque, dit-elle, ce qui le fait rire.

Ils mangent en silence pendant quelques instants. Le dernier étage où ils se sont nichés est calme, mais au bas des escaliers le brouhaha des préparatifs du bal de demain soir doit être assourdissant. Sara, Bree et Elizabeth sont au rez-de-chaussée, ainsi que Luca et son troupeau de prêtresses, occupées à épier le moindre mouvement des Arron.

— Est-ce que tu as vu l'ours ? demande Mirabella doucement.

— Il s'appelle Braddock, répond Billy d'une voix grave. Oui, je l'ai vu. J'ai traversé la cour et lui ai donné des noix sucrées que j'ai achetées à un vendeur.

— Personne n'a essayé de t'arrêter ?

— Il n'y a même pas de clôture autour de sa cage. Ils ne doivent pas imaginer que qui que ce soit puisse être assez idiot pour glisser ses bras entre les barreaux. Je n'aurais peut-être même pas dû m'y aventurer moi-même.

— Ne sois pas bête. Il reste son familier, même si elle nous a quittés. Il se souvient de ceux qu'elle aimait.

La bouchée de Billy s'interrompt dans les airs entre son assiette et sa bouche.

— Est-ce que nous le libérerons quand tout sera terminé ? Est-ce que nous le laisserons retourner aux bois d'Innisfuil, là où elle l'a trouvé ?

— Est-ce que c'est ce qu'elle aurait voulu ?

— Je ne sais pas. Je le pense, oui. Ou peut-être aurait-elle voulu que Jules le garde.

Billy passe soudainement une main sur son visage.

Mirabella prend une profonde inspiration et observe la pièce qui les entoure. Elle est calme et élégante, les fenêtres fermées les protègent des rues bruyantes et des paires de prêtresses armées dans le couloir.

— Tout sera bientôt terminé. Une dernière nuit blanche. Ensuite le bal et enfin le duel.

— Puis tu deviendras reine, conclut Billy.

Mirabella se tait. Jusque-là, tout n'a été qu'une question de hâte et de détermination. Mobiliser rapidement les prêtresses, ainsi que les Westwood, et imaginer des façons de provoquer Katharine. Mais elle se trouve désormais là, avec quelques heures à peine à occuper avant d'accomplir son destin, et ses certitudes commencent à lui échapper. Que disait Luca quant au fait de connaître les souhaits de la Déesse ? Ils sont évidents un instant et ne le sont plus du tout le moment qui suit.

— Mirabella ? Est-ce que tout va bien ?

— Pas vraiment.

— Que se passe-t-il ?

— Après le duel, je deviendrai la reine présumée. Je ne serai pas officiellement couronnée avant le Beltane du printemps prochain. Tu devras donc attendre l'automne et tout un long hiver avant de devenir roi.

Billy s'essuie les coins de la bouche d'une serviette. Il préférerait attendre davantage. Pendant le laps de temps qui va précéder son couronnement, il pourrait bien se mettre à éprouver une certaine rancune envers leur marché.

— Nous sommes amis, Billy, n'est-ce pas ? L'amitié constitue une base solide pour un mariage.

Avec hésitation, il glisse sa main sur la table, la paume vers le haut. Avec tout autant d'hésitation, elle place la sienne sur celle de son futur roi.

Elle ne ressent aucune étincelle. Son pouls ne s'accélère pas vertigineusement. Se plonger dans ses yeux ne lui fait pas le même effet que de se plonger dans ceux de Joseph. Elle lui serre la main.

— Mais je ne suis pas elle, soupire-t-elle. Je ne suis pas Arsinoé, et si lors du festival de Beltane, tu ne souhaites plus participer à la Chasse des célibataires et ne souhaites plus devenir roi…

Il lui secoue doucement la main.

— Ne pense pas à cela maintenant. Il nous reste plein de temps. Seulement… je ne pensais pas qu'il y aurait tout de même une chasse. Comme nous nous sommes promis l'un à l'autre.

— Ce ne sera qu'une formalité. Nicolas Martel peut quand même choisir d'y participer, et il se pourrait qu'il essaie de te tuer pour s'emparer de la couronne. Mais des prêtresses participeront à la chasse pour garantir ta sécurité.

— Eh bien, c'est parfait alors, rétorque-t-il avec sarcasme.

Il se tourne vers la fenêtre.

— Quel est ce bruit ? Cela ressemble à des chants.

Ils se rendent à la fenêtre et regardent dans la rue. Une foule s'est assemblée là, assez volumineuse pour bloquer la rue qui sépare le Highbern du Volroy, ce qui génère quelques cris tandis que des charrettes cherchent à traverser l'attroupement de part et d'autre. Ceux qui piétinent au centre lèvent les yeux vers son étage. Ils l'injurient, lui ordonnent de retourner à Rolanth.

— Mira. Tu souris.

— Vraiment ?

Elle les fixe et ricane.

— À écouter Luca, l'île tout entière est lasse des empoisonneurs, et je représente cette salvation que tout le monde attend. Quelle belle histoire.

— Pour certains d'entre eux, c'est la vérité. Pour beaucoup, même.

Elle en appelle à son don. Au-dessous, des ombres noires se forment sur les visages relevés de la foule tandis que des nuages d'orage se rassemblent au-dessus de l'hôtel. Ils arrêtent de crier. Elle fouette l'air de quelques éclairs, puis ils s'accroupissent et se resserrent les uns contre les autres.

— Qu'est-ce que tu fais ?

— Rien de particulier. Je m'assure simplement qu'ils savent que la reine élémentaire est bien présente.

MANOIR GREAVESDRAKE

Pietyr lance des regards noirs par la fenêtre à Nicolas qui s'entraîne au tir à l'arc dans la cour, cette fois à dos de cheval. À chaque fois que Nicolas passe en galopant, Katharine devine que Pietyr n'espère qu'une chose : qu'il chute. Chaque fois que Nicolas décoche une flèche, elle sursaute, s'attendant à ce que le projectile traverse la fenêtre et vienne transpercer la poitrine de Pietyr.

— Quelque chose ne me plaît pas chez lui, Katharine. Et pas uniquement car il est continental.

— Pietyr. Écarte-toi de cette fenêtre.

— Tu devrais te débarrasser de lui. Il ne sera de toute façon jamais ton roi consort ; tu sais bien que Natalia veut que tu choisisses le garçon Chatworth.

Katharine grimace. Chatworth est avec Mirabella, maintenant, et avant elle c'était Arsinoé.

— Je ne comprends pas sa logique. Quel message est-ce que cela peut bien transmettre, d'accepter ainsi les rebuts de mes sœurs ? En plus, je ne l'apprécie pas.

— Mais Nicolas, lui, tu l'apprécies ?

Katharine ne répond rien.

— C'est tout bonnement ridicule. Tu ne peux pas apprécier Nicolas.

Au début, rendre Pietyr jaloux était amusant. Le faire souffrir. Il l'avait bien cherché, et c'était loin d'être le pire qu'elle pouvait lui infliger. Mais cette plaisanterie n'en est plus une. Il bouillonne à la vue de Nicolas, et les réponses mesurées de ce dernier la mettent mal à l'aise. Dès que Nicolas obtiendra ne serait-ce qu'une once de pouvoir, il trouvera un moyen de nuire à Pietyr. Qu'il soit question de l'humilier ou de le tuer, rien n'est certain, mais elle flaire qu'il serait capable du pire.

Ils se trouvent dans la salle de billard, mais aucun des deux n'est assez concentré pour jouer. Elle tire à son tour et écoute les boules s'entrechoquer, sans même regarder où elles vont. Au lieu de cela, elle observe Pietyr faire la moue. Même ainsi, il reste beau.

— Je n'aime pas les idées qu'il te met dans le crâne. Il te pousse à adopter un comportement dangereux !

Pietyr se détourne de la fenêtre et s'approche pour faire rouler la boule blanche sur la table, l'empochant dans l'un des coins avec furie.

— C'est peut-être de toi dont je devrais me débarrasser, murmure-t-elle.

Mais il se contente de ricaner en croisant les bras, comme si elle ne pouvait pas réellement le penser.

— Nicolas me correspond bien mieux maintenant, de bien des façons. Bien plus que toi.

Ses yeux se lèvent vers les siens.

— Kat. Ce n'est pas vrai.

— Nos objectifs sont similaires. Nos esprits s'accordent. Si je décidais de défier Natalia, il deviendrait un roi consort puissant.

Elle incline la tête et tente de se montrer gentille.

— Ce jeu auquel je t'ai obligé à participer est injuste, te laisser penser que nous pourrions être à nouveau ensemble. Qu'il existait encore un espoir pour nous.

Elle a un temps cru qu'elle pourrait garder Pietyr comme amant, peu importe le prétendant qu'elle épouserait. Mais c'est un rêve qui est mort depuis longtemps, imaginé par une Katharine bien différente.

— Pietyr, je veux que tu t'en ailles.

— Que je m'en aille ? répète-t-il. Mais où ?

— Je m'en fiche. Que tu partes d'ici, que tu retournes à la campagne. Mais va-t'en tout de suite.

Les yeux bleus et brillants du garçon scintillent d'une étrange lueur, du regret peut-être. Va-t-il se mettre à pleurer ? Si tel est le cas, elle n'aura pas le courage de l'éconduire. Au contraire, elle le prendra dans ses bras.

— Pourquoi est-ce que tu dis tout ça ?

Quand une nouvelle fois elle ne répond pas, il secoue la tête avec ferveur.

— Je ne peux pas partir maintenant. Tu vas disputer un duel dans deux jours. Tu ne réalises pas ce que tu es en train de dire. Cette Ascension… t'a rendue instable. Quand tu retrouveras toute ta tête, tu me remercieras d'être resté.

Il lui parle comme si elle était une enfant. Des murmures se font entendre dans son esprit, des chuchotis furieux et si agréables. Ses doigts glissent jusqu'à sa cheville, ils viennent toucher la lame empoisonnée qu'elle dissimule là. Elle la sort de son fourreau sans même s'en rendre compte.

Pietyr lui tourne le dos. Une grave erreur. Mais il pivote vers elle au tout dernier instant, et le couteau tranche l'air plutôt que sa peau.

— Katharine !

— Je t'ai dit de t'en aller, alors va-t'en, ordonne-t-elle.

— Kat, arrête !

Elle l'attaque une nouvelle fois, mais ne parvient qu'à atteindre sa manche ; le tissu gris foncé se teinte de rouge. Il recule pour contourner la table de billard et achoppe contre le bar, renversant ainsi un plateau et une carafe du brandy préféré de Natalia.

— Tout ça est pour ton propre bien, affirme-t-elle d'un ton pitoyable. Tu es en danger ici.

— Je m'en fiche. Je refuse de te quitter, Kat. Tu m'aimes encore, je le sais bien.

Katharine suspend son geste.

— Ce qu'il reste de moi capable d'aimer encore t'aime.

Avant qu'il puisse répondre, elle soulève à nouveau le couteau et se scarifie le visage, traçant une longue ligne entre la naissance de ses cheveux et son oreille, comme si elle cherchait à ôter un masque. Son sang rouge vif coule le long de son cou et se précipite dans son corset.

— Katharine, souffle-t-il. Oh, ma Katharine.

— Pietyr Renard, déclare-t-elle d'une voix rocailleuse. Nous ne sommes plus votre Katharine depuis que tu nous as jetées tout au fond du domaine Breccia.

Pietyr trébuche en sortant de Greavedrake, hébété. Katharine lui a demandé de s'en aller, mais il n'a pris aucune de ses affaires. Au lieu de cela, il se précipite vers l'écurie et selle le meilleur cheval qu'il puisse y trouver. Ses mains tremblent alors qu'il serre la sangle. Il ne parvient pas à se défaire de l'image d'elle en train de s'ouvrir le visage.

— Ce n'est pas sa faute.

Il guide rapidement le cheval pour l'extraire de sa stalle et le monte.

— La faute est entièrement mienne et je vais m'amender.

Pietyr enfonce ses talons dans les flancs du cheval et descend l'allée en galopant, il se dépêche de rattraper la route qui contourne la capitale par le nord pour prendre la direction de Prynn. Il va voyager toute la journée, et même dans la nuit, puis il se reposera et changera de monture le lendemain matin.

Il chevauchera jusqu'à la vallée d'Innisfuil. Il retourne au cœur froid et noir de l'île : le domaine Breccia.

LA ROUTE D'INDRID-DOWN

— Jules, lance Arsinoé. Tu fixes cette carte depuis des heures.

Ils parcourent les routes calmes qui se trouvent à l'ombre de la montagne, tous sont à dos de cheval, à l'exception d'Arsinoé, qui a dû emprunter la mule brune et irascible de Willa. Il fait une chaleur moite, même à l'ombre, mais Jules et Caragh insistent toutes deux pour que tout le monde garde sa capuche sur son visage, au cas où ils croiseraient quelqu'un.

— Jules ! Heureusement que tu es naturaliste, autrement, ton cheval aurait embrassé un arbre il y a bien longtemps vu comme tu prêtes attention à ce que tu fais.

Jules répond d'un grognement mais ne quitte pas la carte de la capitale des yeux.

— Laisse-la tranquille, Arsinoé, intervient Joseph en se mettant à son niveau. Si elle l'étudie maintenant, quand nous arriverons à Indrid-Down, elle pourra traverser la ville comme de l'eau coule dans une rivière. Nous n'aurons pas besoin de faire cet effort.

— Vous devriez tout de même l'étudier, murmure Jules.

— Alors donne-la-moi, propose-t-il en tendant la main.

Mais elle refuse de leur abandonner la carte.

— C'est bien ce qu'il me semblait.

— Est-ce que c'est le don de la guerre ? lui demande doucement Arsinoé. La stratégie ? La préparation ?

Joseph hausse les épaules. Sur sa selle, Jules fronce les sourcils. Personne ne peut le savoir, il y a tant de choses concernant ce don que personne ne comprend.

Arsinoé rejette sa capuche dans son dos et relâche dans le même mouvement ses cheveux courts.

— La brise de l'anse me manque.

— Remets ta capuche, lui ordonne Caragh, juchée sur sa jument des montagnes alezane.

— Laisse-la porter sa capuche comme elle l'entend, objecte Madrigal.

Elle retire la sienne et penche la tête en arrière pour profiter de la brise.

— Nous n'avons croisé personne depuis que nous avons quitté le Cottage. Ces routes sont pratiquement désertes, tu l'as dit toi-même.

— Cela ne veut pas dire que nous ne devrions pas faire attention.

— Tu n'aurais de toute façon jamais dû venir. Tu vas nous attirer des ennuis si quelqu'un te surprend loin du Cottage noir.

— Madrigal, articule Caragh froidement, nous voyageons en compagnie d'une reine présumée morte et d'une fugitive touchée par la malédiction de la légion. Si quelqu'un nous attrape, le fait que je ne sois pas au Cottage sera le cadet de nos infractions.

Madrigal prend un air renfrogné. Elle se tortille sur sa selle pour se tourner vers Jules derrière elle.

— Il reste encore longtemps avant que nous atteignions Indrid-Down ?

— Demain. Dans l'après-midi, peut-être. Ou en soirée.

— Très bien, ajoute Arsinoé. Je veux aller voir Braddock.

Jules abaisse la carte. L'avis du duel n'était pas la seule nouvelle apportée par Worcester. Il a aussi décrit le retour victorieux de Katharine à la capitale et la parade de l'ours, familier de la naturaliste déchue.

— Je le sais bien. Mais nous ne pouvons pas prendre le risque. Quand tout le monde sera distrait par le duel, Caragh et Madrigal iront le libérer discrètement. Tu pourras aller le voir après.

— Mais je l'ai laissé pour mort. Je dois lui expliquer pourquoi je l'ai abandonné et pourquoi elle l'a mis dans une cage.

Au sol, Camden se dresse sur ses pattes arrière et place ses pattes avant sur le genou d'Arsinoé avant de sauter sur la selle pour lui octroyer son lourd réconfort de couguar.

— Merci, Cam, sourit Arsinoé entre deux coups de langue du félin. Mais tu ne fais qu'irriter la mule.

Camden bâille, visiblement peu dérangée par les grognements de la mule et ses soubresauts inutiles. À l'occasion, elle fouette même la tête de la bête de la queue.

— Camden, sois gentille avec cette mule, lui intime Jules, puis elle pivote vers Arsinoé.

— Braddock est un bon ours. Il te pardonnera.

Arsinoé se tait et laisse Jules se concentrer sur la carte. C'est elle qui aura le rôle le plus délicat quand ils arriveront à la capitale. Elle devra faire appel à son don de la guerre, prendre le contrôle des armes empoisonnées de Katharine et les dévier de leur trajectoire. Rien que d'y penser, l'estomac d'Arsinoé se noue.

Joseph aperçoit son regard. Il s'approche d'elle et lui donne un léger coup de genou.

— Tout va bien se passer.

PORT DE BARDON

Un superbe bateau du continent est amarré dans l'une des cales privées des Arron, sur la côte au nord du port. À l'intérieur, Natalia se prélasse dans les bras de William Chatworth, le léger roulis menace de l'endormir.

— Je suis surpris, affirme-t-il en recrachant la fumée de son cigare. Je n'aurais pas cru que tu pourrais t'éclipser si longtemps, surtout avec le bal de ce soir.

— Si longtemps, reprend Natalia en souriant et en observant la fumée dessiner de fines volutes dans les airs.

Leur échange n'a vraiment pas duré *si longtemps*, mais il était agréable. Cela faisait des mois qu'ils ne s'étaient pas retrouvés, et elle est étonnée de s'apercevoir que cela lui a manqué. Qu'il lui a manqué, d'une certaine façon.

Chatworth retire le bras qui lui soutient la tête pour écraser son cigare.

— Bon, est-ce que tu l'as ? demande-t-il.

— Évidemment. C'est la raison principale de ma venue.

Elle lui tend une petite bouteille, et il la tient entre deux doigts avec précaution.

— Mais cesse donc d'avoir peur comme ça. Tu pourrais tout boire que tu n'en mourrais pas. Et en recevoir sur les mains ne te fera pas souffrir.

Elle se redresse dans le lit étroit et se penche vers ses vêtements : un uniforme de servante qu'elle a enfilé dans la voiture qui la menait ici depuis Greavesdrake.

— Si le mélange est vraiment si faible, pourquoi s'embêter avec ?

— Une légère assurance, rien de plus. J'aimerais couper un peu du souffle de cette élémentaire. Ma Katharine aimerait avoir l'opportunité de l'humilier. Elle l'aura donc.

Natalia se lève pour refermer les derniers boutons. Chatworth reste allongé, langoureux et sûr de lui. Peut-être même un peu trop. Il lui apparaît alors que, hormis posséder beaucoup de vantardise et d'argent, il n'a jamais fait montre de talents particuliers.

— Si tu te fais attraper..., commence-t-elle avant de s'arrêter. Ne te laisse pas attraper.

— Ne t'en fais pas pour ça. Tous les membres de ce clan ont confiance en mon fils. Et Sara Westwood a confiance en moi.

— Vraiment ? Elle se révèle alors être une plus grande idiote que je ne le pensais.

— Ne sois pas jalouse, lance-t-il tout en cherchant à instiller le contraire.

C'est un homme tellement beau et vaniteux. Elle se demande si son fils héritera de son arrogance, s'il sera difficile à gérer une fois qu'il sera le roi consort de Katharine.

— Reviens au lit.

— Je n'ai pas le temps.

— Mais tu me plais tellement dans cette tenue.

Il tente de l'attraper, mais elle parvient à s'écarter et à lui fouetter les bras de son tablier en coton.

— Assure-toi que la petite morveuse d'élémentaire soit bien empoisonnée et arrête de t'amuser !

Elle pivote et le laisse à ses rires. Elle se faufile sur les quais et retourne chez elle sans que personne ne s'aperçoive de son absence.

LE BAL DES REINES

Jules trébuche tandis qu'un serviteur portant un plateau de vin manque de lui rentrer dedans. Il la traite d'imbécile, elle serre les dents et lui répond par une révérence. Elle doit garder la tête baissée, sur ordre de Joseph. Ses yeux vairons la font bien trop ressortir dans la foule. Même si Camden est cachée en sécurité dans les étables voisines.

— Ta tête est mise à prix, a-t-il expliqué. La ville grouille de gardes. Tu ne devrais même pas y aller !

Mais Arsinoé ne pouvait être sereine sans avoir au moins une paire d'yeux posée sur Mirabella, alors voilà que Jules entre en scène.

Jules baisse le menton et parcourt les couloirs qui longent la cuisine la plus proche de la salle de bal nord. Beaucoup d'invités sont déjà arrivés, et davantage encore passent les portes minute après minute. Près de l'entrée, il y a bien trop de regards curieux, jugeant les parures et guettant le moindre signe de l'apparition des reines. Mais ceux-là vont se disperser quand Mirabella et Katharine feront leur entrée et qu'elles capteront toute l'attention.

Jules prend un autre couloir, les talons de ses bottes claquent contre le sol. La pierre de l'hôtel Highbern amplifie chaque son, et même si les passages sont larges et bien aérés grâce à l'ouverture et la fermeture continuelles des portes principales, Jules a tout de même l'impression de suffoquer. Rien ne lui semble assez ouvert dans la capitale, les champs et les quais de sa ville natale lui manquent.

Elle se retourne et prétend déplacer un vase tandis qu'un autre serviteur passe près d'elle.

— Rien ne se passera ici, de toute façon, avec tous ces gens et ces prêtresses qui fourmillent dans tous les sens, murmure-t-elle avant de réaliser que Camden n'est pas là pour l'écouter.

Elle aurait dû rester avec Joseph et Arsinoé ou suivre tante Caragh et Madrigal à l'arène de duel. C'est d'ailleurs exactement ce qu'elle s'apprête à faire quand une cape noire attire son attention dans les cuisines.

— Mais qu'est-ce que c'est ? souffle-t-elle avant de lui emboîter le pas dans le couloir.

Mirabella et Billy attendent dans l'escalier juste à l'extérieur de l'entrée est de la salle de bal. Deux statues immobiles au milieu d'une tourmente de domestiques qui apportent les dernières touches au maquillage de Mirabella et redressent les plis de la traîne de sa robe ou ceux de la queue de pie de Billy. Les doigts de Mirabella sont posés dans le creux du coude de Billy. Elle ne doute pas un seul instant que ceux de Katharine arborent exactement la même position sur le bras de Nicolas Martel, dans un autre escalier.

Billy la regarde. Son ras-de-cou de gemmes noires étincelle à sa gorge, et il lui sourit. Son futur roi consort. Son prétendant même, enfin.

De l'autre côté de la grande porte en bois, les sons du bal se dissipent tandis que la voix étouffée de Luca annonce son entrée.

— Il est temps, lui souffle Sara par-dessus l'épaule, puis la porte s'ouvre.

— Sommes-nous censés sourire et hocher la tête ? demande Billy. Comment plaire à cette assemblée quand plus de la moitié rêverait de vous voir morte ?

Mirabella se met à rire, ce qui brise le silence, et les invités commencent à échanger des murmures. Ils parlent de sa robe. De ses bijoux. De comme son prétendant et elle sont beaux. Billy l'aide à gravir les marches qui mènent à la table des Westwood, et ils se tiennent debout derrière leurs chaises en attendant que Katharine arrive.

Leur attente n'est pas longue. À son apparition, les invités étouffent leurs remarques, qu'ils soient empoisonneurs ou non. La jupe de Katharine gonfle à chacun de ses pas, ses cheveux brillants retombent en belles boucles. Elle ne semble plus si frêle, elle ne ressemble plus du tout à la petite fille étriquée et pâle qu'elle a été en haut des falaises quand Mirabella l'a revue pour la première fois lors du Débarquement.

— La reine revenante, chuchotent-ils.

Mais elle n'a jamais paru si vivante, au contraire.

— Elle la désire plus que moi, commente Mirabella en observant les lèvres de Katharine se relever alors qu'elle se tourne pour souffler quelque chose à l'oreille de Nicolas.

— Cela n'a aucune importance, lui répond Billy sèchement. Elle ne l'aura jamais.

Avant que Katharine et son prétendant prennent place parmi les Arron, éblouissant l'assemblée de leurs serpents et de leurs scorpions, l'empoisonneuse fait un signe de tête et un clin d'œil à Mirabella. Nicolas sourit à Billy et crache discrètement par terre.

Les mâchoires de Billy se crispent.

— Tu as raison ; ce n'est pas important, répète Mirabella avant de lui presser la main.

— Parfait, se contient-il tandis qu'ils s'asseyent. Mais s'il participe à la Chasse des célibataires cette année, il trouvera mon pied au beau milieu de son dos au cœur des bois.

Elle ne doute aucunement que cela se vérifiera. Billy ressemble tellement à Arsinoé. Ils auraient formé un couple si bien assorti si elle avait survécu. En repensant à Arsinoé, elle observe Katharine intensément, jusqu'à que le Highbern tout entier soit secoué par une grande rafale de vent froid. À l'intérieur, les invités frémissent et se protègent.

— Demain, lui murmure Bree du coin des lèvres. Garde tout ça pour le duel !

Elle étire sa longue jambe sous la jupe de Sara pour donner un coup de pied à Mirabella sous la table. La reine élémentaire détourne le regard de sa sœur, afin que le vent se calme.

Oui. Demain.

Les musiciens se mettent à jouer. Des serviteurs proposent des petites grappes de raisin noir et des verres de vin. Il y a de l'excitation dans l'air. Le peuple est joyeux, il célèbre, et s'il existe le moindre sentiment sous-jacent, c'est du soulagement. Une reine a trouvé la mort et deux autres s'apprêtent à s'affronter pour la couronne. Tout se déroule comme il se doit, c'est dans l'ordre des choses.

Bree s'écarte de la table et attrape les mains de Mirabella et Billy.

— Allons danser !

Ils s'avancent sur le parquet et la foule s'écarte pour leur laisser la place ; des prêtresses se rassemblent en bordure de la piste, par mesure de sécurité. Bree ne reste avec eux qu'un moment, elle sourit et virevolte avant de s'éclipser pour dénicher son propre partenaire. Cette quête ne devrait pas poser trop de difficultés. Bree est radieuse, comme toujours, et sa robe de festival est très certainement la plus belle : sans bretelles et noire, avec des perles d'argent cousues à même le tissu.

Billy fait tournoyer Mirabella, pour la maintenir à proximité de la table des Westwood.

— Tu danses bien, jette Mirabella.

— Cela vaudrait mieux, après six années de leçons forcées. Je peux exécuter la majorité des danses dont tu auras besoin pour toute occasion formelle.

— Tu connais certainement des pas de danse dont je n'ai jamais entendu parler.

— C'est possible. Mais ne t'inquiète de rien, je suis aussi un bon professeur.

Ses yeux sont chauds, charmants et rieurs aux coins. L'espace d'un instant, elle a le sentiment que le regard d'Arsinoé lui transperce le dos, et Billy manque un temps.

— Que se passe-t-il ? demande-t-elle.

— Rien, répond-il rapidement. Rien. J'ai simplement cru voir… Non, rien.

Elle tire Billy contre elle et le serre fort.

— J'ai l'impression de ressentir sa présence aussi, chuchote-t-elle.

Ils continuent de danser, mais sur des jambes raides. Quand ils pivotent vers la table des empoisonneurs, elle foudroie Katharine du regard et espère que sa petite sœur éprouve toute la haine qu'ils partagent pour elle.

— Regarde, annonce Billy quand ils se retournent vers les Westwood. Mon père est ici.

William Chatworth est penché par-dessus leur table, il parle à Sara. Il est tellement penché en avant que ses manches viennent pratiquement tremper dans leurs verres de vin.

— Il ne m'avait pas dit qu'il serait présent.

Billy la fait tourbillonner plus vite.

— Il est sûrement furieux que je ne lui aie rien dit de nos fiançailles.

Il la fait pivoter violemment.

— Aïe !

— Oh ! Excuse-moi.

Ses yeux se plissent à la vue de son père contournant la table pour s'asseoir sur la chaise vide de Mirabella à côté de Sara.

— Rien ne me distrait plus que lui. Est-ce que je t'ai fait mal ?

— Non. Tu…

Mais elle se tait. Pendant un instant, qu'elle pense imaginer, elle aperçoit Joseph. Il les observe depuis l'assemblée.

— Qu'est-ce que…, souffle-t-elle.

Joseph secoue la tête. Puis il se recule pour disparaître parmi les invités, mais Bree l'a également repéré, elle l'attrape et le traîne sur la piste de danse, tout en lui assénant une avalanche de mots dans l'oreille.

— Bree, l'appelle Mirabella, et celle-ci se pince les lèvres d'une manière très sérieuse, ce qui ne lui ressemble en rien.

Elle exécute quelques pas pour se rapprocher Joseph.

— Il ne devrait pas être ici, siffle Bree, le tenant d'une poigne de fer.

— Pourquoi pas ? demande Billy. C'est mon frère adoptif, non ?

— Billy.

Joseph jette des coups d'œil furtifs tout autour d'eux. Ses cheveux noirs sont coiffés vers l'arrière, et ses yeux bleu tempête pourraient faire vaciller Mirabella d'un seul regard.

— Jules est ici, quelque part.

— Oh.

Billy écarte légèrement Mirabella.

— Qu'est-ce qu'elle vient faire ici ? Quand est-ce qu'elle est revenue ?

— Je ne peux rien expliquer pour l'instant. Je ne peux pas rester non plus. Je te retrouverai plus tard.

Il fait tournoyer Bree et la quitte pour se couler dans la foule.

— Voilà qui était bien étrange, s'étonne Mirabella.

— Je vais dire aux prêtresses qu'il est ici, murmure Bree, mais Mirabella l'arrête.

— Non, Bree. Ce n'était rien, il n'y a aucun danger.

Bree n'en semble pas si certaine, mais elle finit par opiner de la tête et s'en va en quête d'un nouveau partenaire de danse.

— Je veux savoir ce qui est arrivé à Arsinoé, reprend Billy. Je veux savoir où l'a emmenée Jules. Je veux savoir…

— Moi aussi, le rassure Mirabella, avant de se tourner pour lancer de nouveaux regards noirs à Katharine.

Jules rattrape la silhouette encapée de noir quand elle s'immobilise pour observer la danse à l'abri derrière les plis d'un passage refermé par un rideau. Elle l'attrape par-derrière et lui recouvre la bouche. Elle la soulève de sorte que, malgré la petite taille de Jules, les pieds de la sombre silhouette fouettent les airs en vain.

— Qu'est-ce que tu fabriques ici ? demande-t-elle en retirant la capuche et en déposant Arsinoé dans un coin.

— Bas les pattes, lui souffle Arsinoé, ses bras donnant des coups dans les épaules de Jules.

— Tu vas nous faire prendre !

Elle replace sa capuche afin de dissimuler son visage.

— Je voulais simplement voir.

— Je t'ai dit de rester en retrait et que je la surveillerai. Tu ne me fais pas confiance ? Comment est-ce que tu as pu filer sous le nez de Joseph ?

— Oh, comme si c'était une prouesse, répond sarcastiquement Arsinoé. C'était de fausser compagnie à Camden le vrai défi.

— Mais où sont-ils maintenant ?

— Certainement ici, à me chercher.

Jules pince les lèvres. Elle saisit Arsinoé par l'épaule, se retourne dans le couloir calme et commence à la traîner vers l'une des sorties latérales des serviteurs qui mènent à la rue.

— Tu es imprudente.

— Je sais bien, mais…

Arsinoé parvient à se libérer de sa poigne.

— Ne m'oblige pas à employer le don de la guerre pour te sortir d'ici.

— Tu n'oserais jamais, assure Arsinoé avec un large sourire.

Mais celui-ci s'efface rapidement.

— Est-ce que tu as vu comme ils dansaient ? Mirabella et Billy ?

Jules passe un bras autour de ses épaules. Cette fois-ci, quand elle la plaque contre la porte, le geste est plus doux.

— Tu affirmes que Mirabella t'aime, Billy, c'est la même chose. Ils te croient morte, Arsinoé. Ils sont certainement en train de se souvenir de toi ensemble.

— Mais il va devenir roi consort, non ? Si je reste morte, je ne pourrai pas… m'enfuir avec lui… où que ce soit.

Elle baisse le regard.

— J'étais censée pouvoir le lui dire, Jules.

— Je sais que c'est difficile. Mais personne ne doit te voir. Ça ne mènerait à rien de bon ! Il nous faut simplement aider Mirabella à affronter ce duel et nous pourrons ensuite décider quoi faire.

— Très bien, lui accorde Arsinoé, avant de se laisser guider par Jules dans les rues obscures de la capitale.

Les yeux de Katharine s'étrécissent tandis qu'elle observe Mirabella. Sa jolie sœur, si aisément aimée par l'île tout entière. Si naturellement douée. Tout chez elle est naturel. Elle n'a jamais eu besoin de se battre pour quoi que ce soit. Elle n'a rien mérité.

À ses côtés, Nicolas continue à la nourrir de morceaux de-ci de-là, tout en commentant certaines des tenues les plus étranges. Il n'est rien de plus qu'une mouche, qui bourdonne dans son oreille. Katharine écrase un grain de raisin de sa main gantée. Le tissu est tellement épais afin de protéger ses cicatrices d'empoisonnement qu'elle n'en ressent même pas le jus.

— Faites-la me regarder, murmure Katharine. Faites qu'elle s'inquiète de moi.

Mais Mirabella n'en fait rien. Elle continue de danser avec le garçon Chatworth, aussi rigide que si elle était fixée à un poteau.

— Pardon, reine Katharine ? s'enquiert Nicolas.

— Rien.

La salle de bal entière a les yeux rivés sur Mirabella. Les Arron n'ont jamais contemplé autant de dos retournés.

— Tous des traîtres, souffle-t-elle.

Katharine repousse sa chaise de la table et se lève. Elle revêt si peu d'importance aux yeux de la foule qu'elle pourrait tout aussi bien traverser la pièce sans que personne ne la remarque.

C'est donc bien ce qu'elle fait.

Katharine sort de nulle part et se glisse entre Mirabella et Billy comme un serpent, avec une telle dextérité qu'aucun des deux ne parvient à réagir. Tout s'arrête, même les archets des musiciens sur leurs cordes.

— Jouez ! leur ordonne Katharine.

Elle entoure les poignets de Mirabella de ses mains gantées et l'attire au milieu de la piste qui se vide.

La musique reprend en des pincements gauches et dissonants.

— Qu'est-ce que tu fabriques ? lui demande Mirabella, les yeux grands ouverts.

— Je danse avec ma sœur. Même si je ne pourrais pas véritablement qualifier ces mouvements de pas de danse. Tes jambes sont-elles en bois ?

Mirabella resserre les mâchoires. Elle saisit les poignets gantés de Katharine.

— Tu as si peur, constate Katharine d'un sourire charmeur. La reine élue ne devrait pas être si effrayée.

— Je n'ai pas peur. Je suis en colère.

Katharine attire encore davantage Mirabella contre elle alors que la paire tournoie devant les tables, devant les bouches béantes et les serviteurs figés sur place avec leurs plateaux dans les airs. Après un passage devant la table des Westwood, Luca se lève et s'avance d'un pas rapide vers la chaise de Natalia.

— Rien n'est encore joué, Katharine.

— Alors, comment se passe la partie ? interroge Katharine d'un sourire carnassier.

Elle penche la tête en arrière pour observer le visage et les cheveux de Mirabella.

— Tu es très belle, ma sœur. Tes cheveux sont brossés avec attention, tes joues sont parfaites et ne portent pas la moindre trace de maquillage ou de poudre. Aucune cicatrice ou éruption cutanée, même après tous ces petits cadeaux que je t'ai envoyés. Dis-moi, est-ce que l'un d'entre eux a trouvé son chemin jusqu'à toi ?

— L'un d'eux a atteint une prêtresse.

Katharine émet un claquement de la langue.

— Cette pauvre fille. Mais en vérité c'est ta faute. À les laisser ainsi se mêler de nos affaires.

Elle recule et fait tournoyer Mirabella. Elles seules se meuvent dans la salle, et la musique est jouée avec maladresse, car même les violonistes ne les quittent pas du regard.

— Est-ce que tu sais ce que je pense ? lui demande Katharine. Je pense que tu es une honte. Un véritable gâchis.

Ses doigts suivent le tracé des veines de Mirabella, elle lui envie sa peau parfaite.

— Tu es la plus puissante. Tu pourrais être l'élue. Mais de près, tu n'es rien d'autre qu'une amère déception. Tes yeux sont aussi las que ceux d'un chien qui a été roué de coups toute sa vie, mais nous savons bien toutes les deux que la vie ne t'a jamais rien fait endurer. Contrairement à moi, qui ai été terrassée par des poisons, des cloques à percer et que l'on a fait vomir jusqu'à en pleurer. C'est pour tout cela que je vais gagner, enchaîne-t-elle alors qu'elles continuent à valser. Je suis peut-être la plus faible, mais je suis une reine de part en part. Jusqu'au plus profond de mon être, jusque dans mon sang et mes os morts.

— Katharine, arrête immédiatement.

La voix de Mirabella est pitoyable. Elle tressaille quand Katharine se colle à elle.

— Est-ce que tu connais le sort réservé aux reines mortes, ma sœur ? Est-ce que tu sais ce qu'il arrive à leurs corps ?

Elle met un terme à cette mascarade de danse, s'arrête au beau milieu de la piste et attire violemment Mirabella contre elle jusqu'à ce que leurs poitrines se touchent et que leurs yeux ne puissent regarder ailleurs.

— Elles sont jetées dans le domaine Breccia afin que l'île puisse s'en repaître. Est-ce que je peux te dire un secret ?

Les lèvres de Katharine viennent s'appuyer contre l'oreille de Mirabella, comme un baiser.

— Elles en ont assez.

LE DOMAINE BRECCIA

Pietyr traverse lentement la vallée d'Innisfuil sur le dos de sa jument. Elle est épuisée. Tout comme lui. Il l'a obtenue en échange de son brassard en argent au dernier relais avant le col de la montagne, et il n'a pas dormi depuis qu'il est sorti de la dernière voiture qu'il a prise. Il lui a fallu deux jours entiers d'un voyage rapide, par voiture puis à dos de trois chevaux, mais il y est parvenu. Ou tout du moins, c'est ce qu'il croit. Il n'est venu à Innisfuil que pour Beltane, et sans l'agglomérat de tentes noires et blanches, cet endroit lui semble totalement étranger.

Pietyr longe la bordure sud des arbres. Il hésite à y pénétrer. Malgré un soleil éblouissant, la vallée ne paraît ni sûre ni paisible. Elle semble sur le qui-vive, bien trop empressée de recevoir des visiteurs.

Quand ils passent sous les arbres, la jument renâcle et il descend de selle. Si elle devait se cabrer d'effroi en arrivant aux abords de Breccia, elle pourrait les projeter tous les deux par-dessus le bord. Il la fait doucement avancer en lui tapotant le chanfrein. Elle n'apprécie pas plus que lui ces arbres vides de tout oiseau, ni ces bois sans le moindre son.

Rapidement le sol change, les sabots de sa jument claquent sur des pierres semi-enterrées. Pietyr lève la tête et aperçoit le domaine Breccia, même s'il pourrait jurer qu'il n'était pas là quelques instants auparavant.

Le domaine Breccia. Une blessure profonde et sombre au cœur de l'île. Il est encore plus noir que la couleur des ailes d'un corbeau, plus obscur que la nuit même. C'est ici qu'ils jetaient jadis les corps des reines vaincues. C'est là qu'il a jeté sa Kat quand il croyait que les prêtresses allaient la décapiter.

Pietyr passe les rênes de sa jument autour d'une branche basse. La longue corde à nœuds qu'il transporte dans la sacoche de sa selle a été acquise auprès d'un marchand de confiance à Prynn. Des mesures et des mesures de nœuds épais et solides, qui ont pesé lourdement sur l'un des flancs de sa jument. Des mesures et encore des mesures de corde, mais il ne sait pas s'il en a acheté suffisamment.

Son regard scrute les arbres qui l'entourent, mais aucun d'entre eux n'a l'air assez robuste pour s'y assurer. Même ceux dont le tronc est aussi large que sa taille ne semblent pas suffire quand le domaine Breccia l'épie ainsi derrière son épaule. Il préférerait dénicher un tronc aussi large que sa monture. Il envisage de nouer une ligne de sécurité de plus à la selle de sa jument, mais si elle devait se mettre soudainement à courir, elle le hisserait par-dessus le bord. De plus, cette ligne de survie additionnelle lui coûterait trop cher en longueur de corde.

— Allez, fais ce que tu as à faire, se morigène-t-il d'une voix forte pour briser le silence et trouver du courage. Je n'ai pas fait tout ce chemin pour rien.

Il pose ses mains sur les joues de sa jument.

— Avec un peu de chance, lui souffle-t-il, je vais voir ce que Kat a vu.

Le cheval cligne des yeux. Nul besoin d'être naturaliste pour comprendre qu'elle sait qu'il ment. Si Pietyr a de la chance, il ne verra et ne ressentira rien du tout.

Il choisit un arbre et y fixe sa corde, puis il la déroule jusqu'à la bouche béante de la fissure. De la sueur perle sur son front, ses mains tremblent. Un trou dans le sol le terrifie. Comme Nicolas Martel se moquerait de lui s'il était présent.

Pietyr jette le reste du cordage contre le rebord du gouffre, il se déploie pendant de longues secondes. Il n'entend pas l'extrémité buter contre le fond. Elle termine simplement de se déplier et s'immobilise entre ses poings.

Peut-être les rumeurs disent-elles vrai, peut-être n'y a-t-il aucun fond.

Une fois la corde sécurisée, il retourne à son cheval et sort une petite lampe de la sacoche de sa selle. Il l'attache à sa ceinture et glisse quelques allumettes de plus dans chacune de ses poches. Puis il prend une profonde inspiration, passe le bord et se laisse descendre le long de la paroi.

Les nœuds lui facilitent la tâche. Ses pieds ne glissent pas et ses mains sont fortes et assurées. Malgré cela, il garde les yeux rivés sur le coin de ciel bleu et blanc au-dessus de sa tête. Quand ce morceau de ciel devient désespérément petit et que ses jambes commencent déjà à fatiguer, il finit par regarder autour de lui et se repose contre le flanc de la crevasse. Les parois sont constituées de pierre lisse et escarpée. Il ne sait pas comment Katharine a pu arrêter sa chute.

Il reprend l'effort, s'enfonçant toujours plus loin dans l'obscurité. Jusqu'à ce que ses pieds recherchent le nœud suivant, qui n'est plus là.

Les mains de Pietyr s'agrippent de toutes leurs forces à la corde tandis qu'il essaie de retrouver la prise précédente avec son pied. Il est difficile de repousser la panique en réalisant à quel point la remontée est longue et qu'il ne sait pas combien il lui reste encore à descendre. Il fait désormais si sombre qu'il ne distingue plus la corde qui se situe juste devant son visage.

Un souffle soudain lui caresse les épaules. Il sursaute, et sa hanche rebondit violemment contre la paroi. Mais ce n'est rien de plus qu'un courant d'air qui provient de la surface. Peu importe que ce vent sente la mort et la décomposition. Ou que, lorsqu'il rit de sa bêtise, aucun écho ne lui revienne.

Il n'y a rien ici, pense-t-il alors que sa nuque le picote. *Il n'y a personne ici, personne ne m'observe. Quelle perte de temps.*

Il tend un bras vers la lanterne accrochée à sa ceinture. Il veut l'allumer, juste pour en avoir le cœur net, contempler l'obscurité et le vide sous ses pieds. Mais quand ses doigts rencontrent enfin une allumette, il ne veut plus la craquer. S'il se trouvait tout près du fond ? Verrait-il alors tout ce qui a été rejeté et abandonné ici ? Des reines qui ont perdu la vie il y a bien longtemps, formant des tas d'os dans des robes noires en lambeaux, le fixant avec des orbites vides et accusatrices et des mâchoires nues et béantes.

Ou découvrira-t-il Katharine, sa Katharine, en train de se décomposer là où il l'a jetée, ainsi que les traces de griffes sur les parois laissées par la chose, quelle qu'elle soit, qui s'est extirpée de ce trou à sa place ?

Non, se dit-il. *C'est idiot. La folle idée d'un esprit effrayé.*

Il craque l'allumette.

Il peine à obtenir une étincelle et touche rapidement la mèche de la lampe avec le bout embrasé. Une flamme jaune orangé illumine ses vêtements, sa corde et la pierre contre laquelle il pend. Doucement, il détache la lanterne et la tend dans le vide. Il regarde en bas, au-delà de ses pieds.

Il n'y a rien. Aucun ossement de reines mortes. Aucun fond caverneux constitué d'excroissances rocheuses. Il n'y a que le vide, et cette affirmation est déjà incroyable en soi quand on sait la distance qu'il a parcourue. La longueur de corde nécessaire pour atteindre le fond aurait été bien trop lourde pour son cheval. Tout ce qu'il lui reste à faire maintenant est de lâcher la lampe et de tenter d'apercevoir quelque chose au moment où elle heurte le sol.

Mais avant d'abandonner l'objet, quelque chose racle la pierre. Le bruit n'avait rien de subtil, il semblait proche, mais il ne peut rien discerner.

Je l'ai imaginé, se sermonne-t-il, puis : *un lézard, ou un mouvement naturel du sol.*

Une rafale nauséabonde lui ébouriffe les cheveux. Ils s'enroulent dans son col comme des doigts moites.

— Qui est là ?

Une question idiote, à laquelle personne ne répond. Mais l'esprit de Pietyr voit des dents et un grand sourire s'étirer dans la pénombre.

Il secoue sa lampe dans toutes les directions. Il entend davantage de bruits désormais : des raclements, le claquement des os.

— C'est impossible ! hurle-t-il, renonçant à toute retenue. Il n'y a rien ici !

Mais personne n'ignore que le domaine Breccia est plus qu'un simple trou dans la terre. Qui sait ce qui est arrivé aux reines qui ont été jetées dans les ténèbres ? Au cœur de l'île, là où l'œil de la Déesse est à jamais ouvert. Qui sait comment elle a conservé ces reines ou ce en quoi elle les a transformées ?

Pietyr essaie de stabiliser son souffle rapide.

— Qu'est-ce que vous lui avez fait ? Qu'avez-vous fait à ma Katharine ?

À la mention de son nom, l'air se réchauffe. Katharine était l'une d'entre elles. L'une des déchues. Des siècles de ses sœurs reposent ici, prêtes à écouter ses peines et à la bercer de leurs mains squelettiques.

Ce n'était rien de plus qu'un mensonge. L'aide qu'elles lui ont apportée n'était pas pour son bien, mais pour le leur, et elles se sont immiscées et enroulées en Katharine comme du lierre grimpant.

— Qui êtes-vous ? crie-t-il.

Mais il le sait déjà, et donc les reines qui demeurent dans Breccia ne prennent même pas la peine de lui répondre.

Ce qu'il reste d'elles est bien plus laid que des os et de la peau grise flétrie. Le poids des espoirs anéantis. L'atmosphère empeste de leur amertume.

Pietyr se précipite pour reprendre son ascension, il doit retourner à Katharine.

— C'est ma faute, confesse-t-il, avant de lâcher la lampe pour utiliser ses deux mains.

Tandis que la lumière s'enfonce dans le gouffre, elle éclaire un visage tourné vers le haut. Il ne l'aperçoit qu'un bref instant, mais il lui fait pousser un hurlement, et l'image de ses orbites vides s'imprime dans l'obscurité qui l'entoure. Pietyr grimpe aussi vite qu'il le peut. Ce n'est que lorsqu'il sent les os frôler sa cheville qu'il réalise que Katharine est une reine, et que même si elle a pu survivre à Breccia, lui n'y survivra peut-être pas.

INDRID-DOWN

La grande arène circulaire d'Indrid-Down se situe aux abords de la ville, au centre d'un vaste champ dégagé. Un endroit où il est facile de se faire repérer. Pourtant cela a été aisé pour Jules et Arsinoé de s'y introduire pour retrouver Caragh et Madrigal après le coucher du soleil, en se faufilant par le mur sud encombré par des échafaudages et du matériel de construction.

— Est-ce que tu penses que quelqu'un nous a vues ? demande Arsinoé, à bout de souffle.

— Chut, lui enjoint Jules en scrutant l'obscurité à la recherche du moindre signe de mouvement.

— Ne t'inquiète pas comme ça, lance Madrigal, et autant Jules qu'Arsinoé sursautent. Les gardes sont rares et postés dans les hauteurs, ou alors ils patrouillent dans les coulisses tout en bas. Suivez-moi. Je vais vous conduire à Caragh.

Elles passent sous les échafaudages, et Arsinoé lève la tête d'émerveillement. L'arène est gigantesque, c'est une construction incroyable, même si plusieurs de ses sections semblent à l'abandon. Une partie du mur nord s'est entièrement écroulée, et l'âge de la structure est perceptible dans ses fissures et ses bordures abîmées par le temps.

— Où se trouve tante Caragh ? demande Jules.

— Au-dessous des gradins additionnels, à proximité de l'une des entrées menant à la piste. C'est l'endroit idéal.

Jules ressent quelque chose et s'arrête net, Arsinoé lui percute le dos alors que Camden s'écrase devant elles, le félin ronronne et leur donne de grands coups de tête au visage.

— Burgh, se plaint Arsinoé en retirant des poils de sa bouche. Je croyais qu'elle était cachée dans les écuries.

— Essaie de le lui expliquer, sourit Caragh.

Elle est debout adossée à une poutre, ses bras croisés d'une façon détendue.

— Il valait mieux la faire entrer sous le couvert de la nuit, de toute façon. Demain, il aurait fallu utiliser un chariot, l'obliger à se cacher sous un tas de quelque chose.

Arsinoé observe leur cachette et saisit l'un des supports qui maintiennent la section réparée à la hâte au-dessus de leurs têtes.

— Pourquoi ici ? La visibilité serait meilleure dans la partie ouest.

— Exactement, lui explique Jules. Personne ne voudra se faufiler dans l'arène pour regarder le duel sous les pires places.

Arsinoé pousse la poutre. Demain, plus aucun siège de l'arène ne sera libre. Les spectateurs se retrouveront les uns sur les autres.

— J'espère qu'ils ne passeront pas au travers.

— J'espère que Jules pourra faire ce qu'elle prétend.

Madrigal observe l'arène dans sa globalité et soupire.

— Nous n'aurions jamais dû te lier. Si tu avais eu toutes ces années pour t'entraîner, ce petit tour aurait été bien plus facile.

Arsinoé n'ajoute aucun commentaire, mais elle voit la façon dont Caragh se pince les lèvres. Avoir lié la malédiction de la légion est probablement la seule chose qui a maintenu Jules saine d'esprit. Peut-être même est-ce la seule chose qui la maintient saine d'esprit actuellement.

— Si tu ne penses pas en être capable, déclare Arsinoé, ou si tu ne le veux pas, nous pourrons toujours trouver une autre solution.

— Non, refuse Jules. Je peux y arriver. Je peux dévier les armes empoisonnées de Katharine assez longtemps pour que Mirabella la tue. C'était mon idée, celle qui te met le moins face au danger. Nous ne pouvons pas changer d'avis maintenant.

L'estomac d'Arsinoé se tord de nervosité. Il n'y a de toute façon plus le temps d'élaborer d'autres plans. Il est déjà tard. Si tard même que les premières lueurs du jour vont bientôt poindre. Jules n'a pas beaucoup employé son don de la guerre, mais il a su s'exprimer quand il le fallait. De plus, Mirabella est une élémentaire très puissante. Le duel se conclura d'un seul coup de foudre.

L'HÔTEL HIGHBERN

Mirabella se défait de sa robe de bal et frissonne.

— Il fait frais, non ?

— Tiens, Mira.

Elizabeth tire le couvre-lit et emmitoufle Mirabella de son bras valide.

— Est-ce que c'est mieux ?

— Oui.

Mais en vérité, il lui semble que la couverture était étendue sur une congère plutôt qu'un lit rempli de duvet. De plus, elle lui fait mal, comme de minuscules piqûres d'épingle sur la peau. Elle prend une grande inspiration, mais celle-ci est également douloureuse.

— Tu es si pâle.

Elizabeth pose une main sur la joue de Mirabella et celle-ci s'exclame de surprise. Un bracelet noir fraîchement tatoué entoure le poignet d'Elizabeth. Bree le remarque aussi et saisit le bras d'Elizabeth. Elles ont également tatoué son bras gauche, juste au-dessus de son moignon. Elle a prêté serment et est devenue une prêtresse.

— Tu étais censée nous le dire, la réprimande Bree. Nous aurions été là.

— Où est Pepper ?

Mirabella scrute la capuche et les longs cheveux noirs d'Elizabeth. Elle ne se rappelle pas depuis combien de temps elle n'a pas vu le pic duveteux. Elle était partie du principe qu'il restait dans les arbres à l'extérieur de l'hôtel.

— Il est parti, murmure Elizabeth. Rho m'a forcé la main, elle le tenait dans son poing.

Une larme roule le long de sa joue.

— J'imagine qu'elle savait qu'il était là depuis le début.

Mirabella tremble de la tête au pied, partiellement de rage, et cette colère la stimule assez pour que sa respiration en soit facilitée.

— J'aurais pu l'arrêter. Je vais l'arrêter.

— Non.

Elizabeth s'essuie le visage du revers de sa manche.

— C'est de toute façon ce que j'aurais choisi, d'être une prêtresse.

Sara et Luca entrent dans la pièce, la maîtresse Westwood porte un plateau de thé qu'elle pose sur une table circulaire.

— Ton corps tout entier doit frémir après cette danse, fait Sara en lui préparant une tasse de thé brûlant. Quel spectacle ! La reine Katharine a du cran à revendre.

— Oui, renchérit Luca. Je suis persuadée que Natalia ne s'était jamais imaginé qu'elle et moi devrions vous séparer comme des enfants qui se disputent pour un jouet.

— Ce n'était pas une dispute, affirme Mirabella. Ce n'était rien.

— Elle essaie simplement de t'intimider, grimace Bree. Comme si c'était possible.

Mais Katharine l'a bien terrifiée, et à en juger par leurs visages tendus et blêmes, elle les a effrayées elles aussi.

Mirabella cligne des yeux. La pièce danse tout autour d'elle, puis disparaît avant de réapparaître. Sara lui tend une tasse de thé.

— J'ai besoin de m'asseoir, murmure-t-elle.

La tasse tombe au sol et se brise à ses pieds, et elle s'effondre à côté.

— Mira ! crie Elizabeth.

Sara s'écarte, les mains posées sur le visage.

— Du poison ! s'exclame-t-elle. Où est le goûteur ? Où est-il ?

— Ce n'est pas sa faute, souffle Mirabella.

Luca s'agenouille à ses côtés et hurle pour appeler Rho. Il faut moins d'une minute pour que la prêtresse guerrière ait sécurisé la pièce, en refermant les volets des fenêtres et en ordonnant qu'une garde soit mise en place.

— Comment ? demande Rho.

— Ce devait être Katharine. Elle devait avoir quelque chose sur ses gants.

Luca tient la main de Mirabella et analyse la moindre parcelle de peau que Katharine a touchée durant la danse. Aucune rougeur, aucune cloque, aucun signe d'irritation.

— Où est Billy ?

— Il est resté en bas, répond Bree. Avec Joseph Sandrin.

— Il aurait dû la surveiller, grince Sara. Il aurait dû la protéger !

— Comme nous toutes, rétorque Luca. Mais cela n'a aucune importance maintenant.

— J'ai appelé des guérisseurs, lance Rho depuis la porte.

— Je ne ressens aucune douleur, affirme Mirabella. Je suis simplement affaiblie. Ce n'est peut-être pas…

Sa voix vacille.

— Ce n'est peut-être pas du poison du tout.

Sara lui touche la joue. Bree et Elizabeth pleurent toutes les deux. Elle aimerait pouvoir leur dire d'arrêter, qu'elle se sent bien.

Quand les guérisseurs arrivent, ils la déplacent sur le lit. Ils lui prélèvent du sang dans le bras et reniflent son haleine. Ils la palpent ici et là et soulèvent ses paupières pour observer le mouvement de ses pupilles.

— Son état n'empire pas, chuchotent-ils après un temps. Qu'importe la substance, elle ne progresse plus dans son corps.

— Pourquoi l'empoisonner si ce n'est pas pour l'assassiner ? interroge Bree.

— Car ils ont de toute façon signé son arrêt de mort, explique Luca avec douceur.

Sara s'agenouille près du lit et saisit la main de Mirabella. Le poison ne se diffuse plus dans ses veines. Elle n'a aucun spasme ni aucune difficulté à respirer.

— Les lâches, grogne Rho depuis la porte, et Mirabella entend quelque chose se briser tandis que la prêtresse guerrière se laisse gagner par la colère.

— Est-ce que le duel peut être reporté ? demande Sara.

Luca secoue la tête. Aucune règle n'interdit ce qui vient de se passer. Une empoisonneuse peut empoisonner comme elle le souhaite. Comme elle le peut. Peu importe comment se passe la nuit de Mirabella, elle sera toujours trop faible pour se battre le lendemain matin. Elle pénétrera sur la piste de cette arène comme une reine sans don.

— C'est ma faute, mon enfant, regrette Luca avec tristesse. J'ai baissé ma garde.

L'ARÈNE

L'arène se remplit rapidement. D'abord de marchands, juste après l'aube, pour préparer les victuailles qu'ils vont vendre sur leurs étals : des brochettes de poulet aux prunes, des noix sucrées et rôties, et enfin des barils de vin et de cidre frais. Bien des choses qu'Arsinoé n'a jamais goûtées. Son estomac gronde. Elle a envoyé Madrigal dès que la foule a été assez volumineuse pour qu'elle puisse s'y dissimuler, et avec assez de pièces pour qu'elle puisse acheter de petites portions de tout. Mais elle n'est pas encore revenue.

— Il y a un monde fou, commente Arsinoé tandis que les plateformes de fortune craquent au-dessus de leurs têtes. Habillés de leurs plus beaux vêtements, leurs cheveux coiffés avec soin, leurs visages peinturlurés, tout ça pour voir une reine mourir.

— N'y pense pas, réplique Jules, tapie dans les ombres en compagnie de Camden. Ainsi va la tradition. Cela doit être fait. Quand tout sera terminé, l'île aura une nouvelle reine élémentaire et nous retrouverons notre liberté.

— Je devrais y aller seule. Tu ne devrais pas avoir à renoncer à tout ce qui est cher à tes yeux, toi aussi.

— À quoi est-ce que je renonce exactement ? À une ville qui va me chasser à cause de mon don de la guerre ? Je ne pourrai trouver la paix nulle part non plus, maintenant que ma malédiction est de notoriété publique.

— Tout le monde ne se comporterait pas ainsi, certainement pas Cait ou Ellis. Et que fais-tu de Madrigal et ta jeune sœur ou ton jeune frère ?

Jules baisse les yeux, et Arsinoé retient sa respiration. Elle ne sait pas ce qui adviendra d'elle si Jules décide de retourner à Wolf-Spring. Elle ne sait pas comment vivre sans elle.

— Je n'ai jamais eu un autre destin que le tien. Je vais donc rester avec toi, jusqu'à la fin.

Elle lui lance un sourire espiègle.

— Ou jusqu'à ce que la malédiction me rende complètement folle.

Au bruit de pas en approche, elles se coulent toutes les deux dans l'obscurité, et Arsinoé tire la capuche de sa cape légère pour se recouvrir les yeux. Mais ce n'est que Madrigal et Caragh, accompagnées de Joseph, qu'elles ont trouvé en train d'errer dans l'arène.

Madrigal tend à Arsinoé plusieurs brochettes de viandes différentes.

— Ne partage pas surtout, la prévient-elle alors qu'Arsinoé prend une première bouchée. Certaines sont empoisonnées.

— Tu as été suivi ? demande Jules à Joseph.

— Non. Je voulais venir vous retrouver dès hier soir, mais il était déjà si tard quand j'ai réalisé que vous aviez quitté le bal que j'ai dormi dans les écuries. Je suis ensuite rentré dans l'arène avec la foule matinale.

Il regarde ensuite la masse de personnes attroupée dans l'édifice.

— Très honnêtement, nous n'avions pas besoin de nous faire discrets. Ces gens n'ont qu'une chose à l'esprit, et ce n'est pas nous.

Caragh s'accroupit sous les poutres et porte son regard entre les plateformes.

— Il y a tant d'empoisonneurs. Tant d'élémentaires.

— Aucun naturaliste ou presque, ajoute Madrigal. Non pas que je me serais attendue à ce qu'ils fassent le voyage.

— Jules, lance Caragh. Regarde.

Elle désigne la partie ouest de l'arène du doigt, un groupe aux visages graves portant des capes bordées d'une laine rouge et brillante est assis là. Ils sont tellement immobiles qu'ils détonnent dans l'assemblée, une oasis de calme au milieu du chaos.

— Qui est-ce ? interroge Jules.

— Je pense que ce sont des guerriers de Bastian.

— Est-ce qu'il y a aussi des oracles ? s'enquiert Arsinoé. Est-ce qu'ils peuvent nous dire ce qu'il va se passer et nous soulager ainsi de tout ce suspense ?

Le coin de la bouche de Caragh s'incurve vers le haut. Elle se tourne vers Madrigal.

— Nous devrions retourner au Volroy et nous préparer à libérer l'ours. Nous le guiderons jusqu'aux berges de la rivière tant que la ville est majoritairement vide.

Madrigal fronce les sourcils. Il paraît évident qu'elle préférerait rester pour regarder le duel. Mais elle finit par acquiescer et la suit sans se plaindre.

— Est-ce que vous pensez qu'elles vont y parvenir sans s'entretuer d'abord ? demande Arsinoé à haute voix, et Joseph se positionne entre Jules et elle.

Il passe un bras autour des épaules de chacune.

— Où irons-nous ? Après tout ça ?

— À Sunpool, peut-être, suggère Jules. J'ai toujours voulu y aller. Et avec autant d'oracles, ils sauront déjà que nous arrivons.

— Ce n'est pas vraiment le dénouement dont nous rêvions, soupire Joseph, mais il est toujours meilleur que celui que nous craignions. La seule chose qui va nous manquer, c'est Billy.

Arsinoé s'efforce de sourire pour tenter d'apprécier cette rêverie, celle d'être enfin tous les trois, mais ce n'est rien de plus qu'un rêve. À Sunpool ou où qu'ils aillent, ils seront pourchassés. Leurs vies seront à jamais dissimulées et secrètes, des fugitifs pour toujours. Est-ce vraiment une vie ? C'est toujours mieux que de ne pas vivre du tout, lui rétorquerait Jules, mais Arsinoé n'en est pas si certaine.

Les galeries au-dessus de leurs têtes grondent et craquent alors qu'elles se remplissent des invités les plus illustres de ce duel : les membres du Conseil ainsi que les Arron.

— Il n'y en a plus pour longtemps, Jules, annonce Arsinoé. Tu es prête ?

Jules fait craquer ses phalanges.

— Autant que je puisse l'être.

Katharine resserre les lanières de son bracelet d'archère. La corde de son arc a été remplacée et son carquois rempli de flèches empoisonnées ornées de plumes noir et blanc du plus bel effet. À sa ceinture, ses couteaux de lancer aiguisés et effilés ont été enduits d'assez de curare pour abattre un cheval. Elle porte également une épée courte, mais elle ne compte pas se rapprocher assez de sa cible pour s'en servir. La lame permettrait tout de même d'asséner un coup final spectaculaire et mémorable.

— Est-ce que tu vas te servir de l'arbalète ? lui demande Natalia alors qu'elle boutonne la veste en soie noire de Katharine et lisse les manches de sa chemise.

— Non. Je l'ai déjà utilisée contre Arsinoé. Chacune de mes sœurs mérite bien un adieu individuel.

Natalia soulève les hautes bottes de Katharine. Sa jupe en cuir noir léger viendra à peine se poser sur le haut des chausses, et sa servante Giselle a coiffé ses cheveux en un chignon torsadé. Pas de tresse facile à tirer, aucun risque que quoi que ce soit entrave sa vision.

— Vous semblez si calme, Natalia, remarque Katharine. Si sûre de vous.

— Je suis toujours calme et sûre de moi.

Natalia s'agenouille pour nouer ses bottes. Quand elle se met à fredonner, Katharine plisse les yeux. Avant le bal, Natalia était tout bonnement terrifiée, elle aboyait sur les gardes et passait son temps à demander où se trouvait Pietyr. Quel changement, entre le bal et aujourd'hui.

Un serviteur entre avec un plateau de poisons à grignoter : des baies de belladone, une tourte aux pleurotes de l'olivier, ainsi que du lait frais empoisonné à l'agératum de Nicolas.

— Katharine, l'avertit Natalia. Est-ce bien sage ?

— Je refuse de m'engager dans un duel avec le ventre creux.

— Alors permets-moi de te commander autre chose.

Katharine découpe une grande part de tourte et avale la moitié du lait.

— La douleur n'est rien, lui assure Katharine en s'essuyant le menton. J'ai subi bien pire.

Elle jette une baie dans sa bouche alors que son estomac commence à grogner, puis elle regarde son reflet dans le miroir. Elle n'est plus la petite fille qui cherchait à se protéger dans les jupes de Natalia pour pleurer. Elle n'a plus rien d'une reine faible, bonne à jeter dans le domaine Breccia. Elle est apprêtée pour le combat. Et après aujourd'hui, elle deviendra la reine couronnée.

Mirabella recouvre de son empoisonnement bien plus vite que n'importe qui l'aurait espéré, et les prêtresses en remercient la Déesse. Mais sa remise sur pied n'est toujours pas assez rapide.

Quand elle tend la main vers une bougie, elle parvient à l'allumer, mais elle ne peut pas l'enflammer. L'eau n'est rien d'autre qu'une perte de temps. Elle n'a pas encore osé en appeler à sa foudre, et Luca ne l'encourage pas à le faire, expliquant que cela n'offrirait que trop de satisfaction aux Arron de ne voir qu'une faible pluie s'abattre sur l'arène.

— J'ai l'impression de t'avoir fait défaut, lâche Billy, debout derrière elle. Je vous ai fait défaut à toutes les deux.

— Tu n'as fait défaut à personne, pas à moi, et certainement pas à Arsinoé.

La tristesse qu'elle lit dans les yeux de ceux qu'elle aime est difficile à accepter. Personne ne pouvait imaginer qu'elle perdrait ce duel avant même qu'il commence.

— Tôt ou tard, Billy, le poison atteint toujours sa cible. Ce n'est en rien ta faute.

La prêtresse qui noue sa robe en laine noire légère se met à pleurer. Rho lui donne une tape à l'arrière du crâne et s'avance pour la remplacer. Elle resserre fort le corsage de Mirabella.

— Évitez-la, lui souffle la prêtresse aux cheveux rouges. Utilisez votre bouclier et esquivez-la le plus longtemps possible. N'employez votre don que pour l'opportunité qui fera mouche.

LE DUEL DES REINES

Quand le duel commence, l'assemblée tout entière se lève et hurle, peu importe son affiliation. Aucun d'entre eux n'a jamais assisté à un duel. L'arène est en effervescence. Cet enthousiasme est encore plus prégnant que l'odeur des bonbons parfumés à la cannelle et de la viande rôtie sur des pics.

Mirabella s'avance vers le centre de la piste. Le vent dégage les cheveux qui tombent sur ses épaules, et elle prétend que c'est bien elle qui le contrôle, même si l'effroi lui broie le cœur de sa main gelée. Avant le bal, ce qui l'inquiétait le plus était de perdre toute envie ou volonté de tuer Katharine en se plongeant dans ses yeux. Quelle petite sotte elle fait.

Elle adresse un signe de la tête aux Westwood et à Luca qui se trouvent dans la galerie. Elle lèverait bien le bras, mais c'est sans compter le bouclier argenté qui semble peser plus lourd qu'elle.

— Quand j'étais petite, je demandais à venir jouer ici, se souvient Katharine tandis que Natalia et elle se tiennent à l'entrée de la piste de l'arène. Mais vous ne m'y autorisiez jamais. Vous vous rappelez ?

— Je m'en souviens, oui, acquiesce Natalia. Mais tout cela n'a rien d'un jeu, Kat.

Katharine tapote les couteaux de lancer qui pendent à sa ceinture et ressent le balancement de l'épée dans son dos. La foule rugit pour

Mirabella alors qu'elle pénètre sur la piste, mais ce n'est rien. C'est la dernière fois que n'importe qui l'applaudira.

— La pauvre Mirabella. Si impertinente, si impulsive. S'inviter ainsi dans ma ville pour me défier. Quand tout sera terminé, le peuple la qualifiera d'idiote.

Mais cela n'aurait rien de juste. Mirabella ignore qui est réellement Katharine. Comment le pourrait-elle ? Même Natalia ne le sait pas, et pourtant Katharine a toujours cru que Natalia savait tout.

— Allez prendre place dans la galerie, l'enjoint Katharine. J'aimerais m'avancer seule sur la piste.

Les lèvres de Natalia se pincent, et la voix de Katharine se radoucit.

— Je ne voudrais pas que vous manquiez quoi que ce soit de l'action.

Natalia caresse les cheveux de Katharine. Ses yeux parcourent le moindre centimètre de son corps : son visage, ses mains, les lacets de ses bottes, comme si elle cherchait à graver durablement ces images dans sa mémoire.

Katharine s'écarte d'elle. Elle meurt d'envie de se lancer dans l'arène. Elle veut que le public rugisse pour *elle*.

Natalia la quitte, et Katharine attend de pouvoir discerner ses cheveux blond glacé dans la galerie avant de sortir au grand jour les bras levés.

La foule hurle. Que ce soient les femmes les plus âgées sur les plateformes ou les enfants qui la regardent derrière les vitres des bâtiments voisins, tout le monde crie. Seules les prêtresses demeurent immobiles et silencieuses. Mais c'est un comportement prévisible ; ce sont des prêtresses.

Tout ce chaos emplit Katharine de joie, mais cela n'a rien à voir avec ce qu'elle éprouve quand elle pose les yeux sur Mirabella. Sa jolie et royale sœur la foudroie du regard. Mais malgré ces yeux noirs, Katharine perçoit une peur si manifeste qu'elle peut pratiquement la sentir de là où elle se trouve.

— Voilà un bien beau bouclier, s'écrie-t-elle, et la foule se tait. Tu vas en avoir besoin.

De l'autre côté de l'arène, Mirabella se recule quand Katharine saisit son arc et encoche une flèche. Elle la tire et roule pour se soustraire à une contre-attaque par la foudre. Mais rien ne vient. Seul le public gémit quand la flèche rebondit contre le bouclier. Elle encoche et décoche un autre projectile, et Mirabella plonge gauchement au sol. Katharine effectue une nouvelle esquive, s'attendant encore à une contre-attaque. Mais une nouvelle fois, rien ne se produit.

Quelque chose ne va pas.

— Quel est donc ce spectacle, ma sœur ? demande-t-elle en criant. Est-ce que la grande élémentaire a peur de se battre ?

Mirabella sort la tête de la protection de son bouclier.

— Ce serait effectivement très étrange, clame-t-elle, la voix aiguë et fébrile, alors que c'est moi qui ai lancé ce duel !

Méfiante, Katharine s'avance assez pour remarquer la sueur qui perle sur le front de Mirabella ainsi que les mouvements rapides de sa cage thoracique : une respiration bien trop prononcée pour un combat qui ne fait que commencer. Elle arbore le même regard que celui d'un chien acculé.

Aucun doute n'est permis, elle a été empoisonnée.

Katharine pivote vers la galerie, où Natalia la fixe avec assurance à côté du reste du Conseil noir.

— C'est donc pour cela que vous ne vous inquiétiez de rien.

Tout ce qu'elle a accompli dans les mois qui ont suivi Beltane n'a aucune importance. Aux yeux de Natalia, elle demeurera toujours un échec.

Katharine dépose son arc et son carquois de flèches dans la terre fraîchement retournée. Elle tire un couteau de sa ceinture et vise avec attention. Mirabella ne peut pas recouvrir chaque centimètre de sa peau avec son bouclier.

Contre une sœur accroupie et ralentie par les toxines, Katharine n'aura pas la victoire grandiose qu'elle imaginait. Mais le résultat final sera le même.

Elle lance le couteau.

C'est quand sa lame vire inopinément vers la droite que Katharine se met à suspecter que ce combat pourrait encore se révéler intéressant.

Mirabella esquive un autre couteau. Les planches craquent et de la poussière se dépose sur la tête d'Arsinoé tandis que la portion du public qui se situe au-dessus d'elle se tord sur les sièges pour mieux voir.

— Est-ce que c'était toi ? demande Arsinoé à Jules. Ou un mauvais lancer ?

— Je n'en sais rien, répond Jules avec humeur. Je n'ai pas vraiment l'habitude de l'exercice.

Dans l'arène, Mirabella roule sur le dos et manque de lâcher son bouclier.

— Qu'est-ce qui ne va pas chez elle ? interroge Joseph par-dessus l'épaule d'Arsinoé. Pourquoi est-ce qu'elle n'attaque pas ?

— Je ne sais pas, lâche Arsinoé. Mais quelque chose ne va définitivement pas.

La foule aussi le ressent, elle lance des murmures confus à chaque fois que Mirabella évite une attaque sans répliquer.

— Pourquoi est-ce qu'elle ne fait rien ? gronde Jules en en appelant à son don de la guerre pour repousser un autre des couteaux de Katharine.

Ses joues sont rougies par l'effort et ses cheveux bruns sont trempés jusqu'à la racine.

— Tout ça est inutile si elle refuse de tuer ! Maudite par la légion ou non, je ne peux pas allumer un feu !

— Bonne Déesse, souffle Arsinoé tandis que Katharine retourne à son arc.

Elle tire une flèche, fixant ainsi la jupe bouffante de Mirabella aux planches du mur de l'arène.

— Mirabella a été empoisonnée.

Mirabella a senti la plume de la flèche empoisonnée effleurer sa jambe alors qu'elle se plantait à côté d'elle. Ce duel s'est joué à une plume près. Le son de la perforation profonde dans le bois l'a glacée jusqu'au sang, elle a cru que c'était le bruit de la pointe s'enfonçant directement dans sa cuisse.

Elle lâche son bouclier afin de tenter d'arracher sa jupe, mais rien ne bouge. Le tissu est trop épais pour être déchiré facilement.

Mirabella panique. Elle hurle et essaie d'en appeler au vent pour projeter Katharine de l'autre côté de l'arène. Mais rien de plus qu'une forte bourrasque ne survient. Cette dernière secoue Katharine et la fait tomber sur un genou, mais elle ne la renverse pas totalement.

Katharine rit et dégaine son épée en agrippant la poignée placée dans son dos.

— Ce n'est pas ainsi que les choses devaient se passer, déclare Mirabella.

— Ma pauvre sœur. Tu as tellement entendu ces prêtresses te répéter que tu étais l'élue que tu as fini par le croire.

— Luca ! crie Mirabella. Bree ! Elizabeth !

Elle s'arrête pour prendre de profondes inspirations tremblantes de peur.

— Détournez le regard ! Détournez-vous, ne regardez pas ça.

Au-dessus de leurs têtes, le ciel estival est dégagé, pas un seul nuage ou une seule tempête à l'horizon. Le dernier ciel qu'elle verra tandis que sa sœur soulève son épée. Quelle étrange sensation, quelle humiliation que ce soit ainsi que l'empoisonneuse la tue, d'une façon qui n'implique en rien le poison de sa lame.

— Katharine ! Écarte-toi d'elle !

Mirabella sursaute tandis que Katharine est violemment repoussée en arrière, projetée la tête à l'envers dans la poussière. Le cri est venu de l'extrême opposé de l'arène, et Mirabella n'en croit pas ses yeux.

C'est Arsinoé. Arsinoé et Juillenne Milone.

Quand Arsinoé a aperçu l'épée prête à s'abattre pour trancher la tête de Mirabella, elle n'a même pas réfléchi. Elle s'est simplement précipitée sur la piste de l'arène, et Jules l'a suivie, comme toujours. Cette dernière en a appelé à son don de la guerre pour éjecter Katharine dans les airs.

La foule hurle à la vue d'Arsinoé revenue d'entre les morts, c'est alors que la reine naturaliste réalise ce qu'elle est en train de faire.

Katharine se réceptionne sur un genou, ses lèvres déformées en une grimace incrédule.

— Vous ! s'écrie-t-elle en les pointant toutes deux du doigt. Encore vous !

— Oui, c'est encore nous, grogne Jules.

Elle se place devant Arsinoé. Joseph et Camden s'élancent vers Mirabella.

La foule, elle, se rappelle qu'elle a une voix.

— C'est la naturaliste !

— C'est impossible, elle est morte !

Arsinoé bascule le poids de son corps. Personne ne peut se tromper, la voilà sans masque aux yeux de la ville tout entière. Tout le monde peut distinguer ses cicatrices, ses entailles sur sa joue.

— Tu es morte ! glapit Katharine. Je t'ai tuée !

— Tu aurais dû y regarder de plus près, lui crie Arsinoé en réponse. Le carreau empoisonné n'a pas pénétré mon armure de cuir.

Les tribunes sont parcourues de murmures choqués.

— J'ai vu le sang ! insiste Katharine dans un cri strident, avant de se préparer à être projetée une nouvelle fois quand elle voit les poings de Jules se resserrer.

— Tu as vu exactement ce que je voulais que tu voies.

— Arsinoé ? lance Mirabella incrédule. Arsinoé, tu es vivante ?

Arsinoé garde les yeux rivés sur Katharine alors qu'elle s'avance vers son autre sœur. Elle tend la main et les doigts de Mirabella viennent s'enrouler autour des siens.

— Mais je t'ai vue tomber… dans la forêt…

— Je suis une bonne actrice. Je suis née pour la scène.

Ce mensonge n'est rien d'autre qu'un pari ; Katharine peut parfaitement lui demander de lui montrer son dos ou de lever rapidement son bras droit, et son secret d'empoisonneuse sera alors révélé au grand jour. Mais Katharine n'a toujours pas osé effectuer le moindre mouvement, et elle ne bougera pas tant que Jules sera présente.

— Laisse-moi t'aider.

Grâce à Joseph, Arsinoé achève de déchirer la jupe de Mirabella pour la libérer de la flèche. Elle pend en tristes lambeaux à ses genoux.

— Je ne t'ai jamais vue dans un tel état, affirme Arsinoé, et Mirabella se met à rire. Et tu es si grande. Mais tu as toujours été la plus grande de nous trois.

Le regard de Mirabella s'adoucit en comprenant les mots de sa sœur. Elle sait qu'Arsinoé se souvient d'elle.

— Je suis la plus vieille, c'est pour ça, assure Mirabella en soulevant le menton.

— Tu n'as que cinq minutes de plus, d'après Willa.

Jules siffle depuis le centre de la piste. Elle fait un mouvement de la tête en direction de Katharine, puis un autre en direction de la foule. Il n'y a aucune issue évidente. Les oreilles de Camden oscillent d'avant en arrière, trahissant l'anxiété de Jules. Joseph se place au côté d'Arsinoé.

— Bon, quel est le plan ?

— Tu connais bien notre plan, lâche-t-elle du bout des lèvres. Il ne s'est pas passé comme prévu. Pourquoi penses-tu que nous avons dû sortir de notre cachette ?

— Génial, soupire Joseph.

— Gardes ! s'écrie Geneviève Arron depuis la galerie, se penchant tellement en avant par-dessus les rambardes qu'elle donne l'impression qu'elle va bientôt basculer dans le vide.

Même à cette distance, environ la moitié de l'arène, Arsinoé discerne ses articulations blanches autour du bois.

— Jetez la reine fugitive et les naturalistes au cachot !

Arsinoé, Jules, Joseph et Mirabella forment un cercle resserré tandis que les gardes du Volroy envahissent le centre de l'arène. Même avec Jules et Camden, ils n'ont aucune chance de s'en sortir par la force. Ils ne peuvent pas non plus prendre la fuite, à moins de grimper sur les tribunes, et Mirabella ne pourrait jamais se soumettre à un tel exercice, elle est trop faible.

— Arsinoé, commence Mirabella. Tu aurais pu te sauver, tu n'aurais pas dû essayer de me secourir.

— La question n'a jamais tellement été de secourir qui que ce soit, répond Arsinoé d'un air grave. Je ne voulais simplement pas être ce qu'ils pensaient.

— Arrêtez !

Katharine agite les bras à l'intention des gardes et du Conseil.

— Ce n'est pas terminé ! Je peux encore les tuer ! Je peux les tuer toutes les deux si vous dégagez ce…, affirme-t-elle en pointant Jules du doigt et en crachotant de rage, cette maudite naturaliste !

— Ne la touche pas ! aboient Joseph et Arsinoé à l'unisson.

— Ce cirque est terminé ! hurle Arsinoé en direction de la galerie. Elle ne peut pas me tuer, peu importe ce qu'elle en pense. Quant à moi, je refuse de faire du mal à qui que ce soit.

— Tout comme moi, ajoute Mirabella, et la grande prêtresse, debout à côté de Natalia Arron, ferme les yeux.

Luca incline la tête tandis que Natalia lui chuchote quelque chose tout en opinant du chef. Puis Natalia souffle d'autres mots encore au Conseil. Soudain, d'autres gardes et des prêtresses se déversent dans l'arène et s'empressent de séparer Arsinoé et Mirabella de Katharine. Jules frappe le premier à l'œil et en repousse trois autres.

— Ne te défends pas, l'enjoint Arsinoé. C'est fini, Jules. Mais je vais trouver un moyen de te sortir de là.

— Et toi ? demande Jules tandis que les gardes la maîtrisent de leurs mains nerveuses.

Elle leur jette des regards noirs et se débat dans tous les sens, non pas pour leur échapper mais suffisamment pour leur signifier qu'elle le pourrait.

— Arsinoé, et toi ?

Arsinoé la regarde être traînée hors de la piste en compagnie de Joseph et Camden. Elle n'a aucune réponse à lui apporter.

LE VOLROY

Les gardes les conduisent au Volroy, comme le pensait Arsinoé. Mais au lieu de les jeter dans la chambre du Conseil aux pieds de Natalia Arron et de la grande prêtresse Luca, elles sont amenées rapidement et discrètement dans les cellules souterraines du château.

— Vous ne pouvez pas nous garder ici, leur lance Arsinoé tandis que la porte se referme derrière elles. Nous souhaitons parler au Conseil ! Mirabella, appelle les prêtresses !

Elle pivote, mais Mirabella s'assied avec calme sur l'un des bancs en bois. Au moins, elles ont été enfermées ensemble dans l'une des meilleures cellules : elle comporte quatre murs, une porte avec une fenêtre à barreaux et plein de paille au sol.

Des cris et des bruits de bousculade retentissent contre les murs du couloir. Arsinoé aperçoit Jules et Joseph se faire traîner au-delà de leur geôle. Jules projette violemment l'un des gardes contre la pierre en entendant Camden miauler. Le pauvre couguar est étranglé entre deux longues perches, fixées à son cou par des cordages.

— Libérez le félin, conseille Arsinoé, ça vous facilitera la vie.

Ils froncent les sourcils mais relâchent leurs perches. La gorge d'Arsinoé la brûle de rage en voyant cette pauvre Camden se ruer de peur dans les jambes de Jules.

— Tout va bien se passer, Jules, crie-t-elle. Joseph, prends soin de vous ! Nous ne resterons pas longtemps ici !

Aucune réponse ne lui parvient. Seul le son de leurs chaussures raclant le sol se dissipe au loin.

— Nous sommes une malédiction pour ceux que nous aimons, déclare Mirabella.

— Oui. Mais que fallait-il que nous fassions ? Accepter de mourir bien sagement ?

Arsinoé se détourne de la porte et s'assied à côté de sa sœur sur le banc.

— Comment te sens-tu ?

— Empoisonnée. Mais j'imagine que tu sais quel effet ça peut faire.

— En vérité…, commence Arsinoé, mais elle se tait dès qu'elle entend la voix de Billy.

— Laissez-moi passer, aboie-t-il. C'est ma promise, je la verrai quoi qu'il en coûte !

— Est-ce que c'est de toi qu'il parle ? demande Arsinoé.

Mirabella ricane.

— Mais non, petite idiote. Bien sûr que non.

Arsinoé se précipite à la porte de la cellule et en gifle le bois des paumes, elle presse son visage contre les barreaux.

— Écartez-vous, ordonne-t-elle aux gardes.

Elle est surprise quand elle les voit s'exécuter. Il semblerait qu'au Volroy une reine reste une reine, même lorsqu'elle est fugitive.

— Arsinoé !

Billy accourt dans sa direction. Ses doigts s'agrippent aux barreaux, il secoue la porte. La roue de coups de pied.

— Fichus barreaux !

— Ignore-les.

Arsinoé pose ses mains sur les siennes, il les fixe comme s'il n'arrivait pas à croire que tout cela est bien réel.

— Tu es vivante, souffle-t-il.

Son sourire illumine le couloir obscur.

— Je devrais te tordre le cou.

— Je te souhaite bien du courage pour l'atteindre, ironise-t-elle.

Il se met à rire.

— Excuse-moi. Je voulais trouver un moyen de te le dire, mais je ne savais pas comment.

— Ce n'est pas grave.

Il glisse une main au travers des barreaux pour lui toucher le visage.

— Je crois que je nous ai mis dans de beaux draps.

— Comme toujours. Mais nous allons nous en sortir. Tout va bien se passer, maintenant que tu es vivante.

— Je suis vraiment désolée que tu aies cru le contraire.

— Je suis désolé d'avoir accepté d'épouser ta sœur, répond-il.

Puis il adresse un signe de tête à Mirabella par-dessus l'épaule d'Arsinoé.

— Comment vas-tu, Mira ? Est-ce que tu tiens le choc ?

— Je vais bien, affirme Mirabella, et Arsinoé rougit.

Toutes ses paroles destinées à Billy ont été entendues. Mais en quoi est-ce si important ? Elle ne peut pas se retenir, et Mirabella semble ravie, elle s'est avancée vers eux avec ses genoux repliés sous elle, comme une enfant qui écoute une histoire avant d'aller se coucher.

— Billy, souffle Arsinoé, la voix tellement basse qu'il peut à peine l'entendre, la tante Caragh de Jules et Madrigal sont en ville. Tu pourras les retrouver dans les écuries en face du Highbern ou dans la forêt au sud, près des berges de la rivière. C'est là qu'elles nous attendront, avec Braddock. Transmets ces nouvelles à Cait et Ellis. Ils doivent venir aider Jules et Joseph, au moins.

— Promis.

Il se précipite vers la sortie, et Arsinoé veut hurler. Elle agrippe les barreaux, les dents bien serrées afin de s'empêcher de le supplier de rester. Mais Billy s'arrête et revient sur ses pas.

— Je t'aime, déclare-t-il soudain. J'aurais dû te le dire avant. Je ne le savais peut-être pas avant, mais c'est bien le cas. Et toi aussi tu m'aimes. Dis-le.

Pendant un moment, Arsinoé se contente de cligner des yeux. Puis elle se met à rire.

— Bougre de continental. Tu ne peux pas me forcer à te le dire.

— Alors tu me le diras quand je te ferai sortir de là. Promets-le-moi.

— Je te le promets.

Ses yeux ont un mouvement vers le plafond.

— Qu'est-ce qu'il se passe là-haut, dans la chambre du Conseil ?

Les yeux de Billy suivent son geste.

— Aucune nouvelle pour le moment. Peut-être est-ce une bonne chose.

Il s'attarde.

— Je ne veux pas te laisser, je ne veux laisser aucune de vous deux.

— Je le sais. Mais il le faut bien, pour le moment. Découvre ce que tu peux au sujet de Jules et Joseph. Ne les abandonne pas sans les aider.

— Non.

Il glisse à nouveau ses doigts au travers des barreaux pour lui caresser la joue.

— Vous aurez quitté cette cellule avant la fin de la journée.

Natalia se tient prudemment immobile au centre de la chambre du Conseil, elle attend que la grande prêtresse arrive. Prudemment immobile afin de ne pas être confondue avec un oiseau écervelé et confus, comme Sara Westwood.

— La reine Mirabella devrait être confinée dans une pièce sécurisée de la tour est, lance Sara.

Sa voix est stridente, et ce n'est pas la première fois qu'elle suggère cette idée.

— Elle n'a pas sa place dans une cellule !

— Les reines sont en sécurité et sous bonne garde, répond Lucian Marlowe. Plus vite nous parviendrons à discuter calmement de la situation, plus vite nous trouverons une solution.

Il cherche de l'aide du côté de Natalia, mais elle lui fait baisser les yeux. Quel idiot de vouloir raisonner une Westwood. Il devrait plutôt attraper Sara par le col et la mettre à la porte.

Mais où est Luca ? La grande prêtresse Luca, qui a toujours besoin d'une éternité pour aller où que ce soit, se cachant derrière ses vieilles jambes pour toute excuse. Mais tout le monde sait bien qu'elle peut se révéler rapide et vive comme un serpent quand elle le souhaite.

Il lui semble qu'une éternité s'écoule avant d'entendre le bruissement de la robe de Luca, elle entre flanquée de la géante aux cheveux rouges.

— Enfin, souffle Geneviève alors qu'elle laisse pénétrer les prêtresses dans la chambre. Tout le monde est là, et les reines sont dans leurs cellules.

Elle parvient à donner l'impression qu'elles ont obtenu ce qu'elles voulaient. Comme si tout cela s'était déroulé à leur avantage.

Natalia est la dernière à s'asseoir, et elle exécute ce mouvement avec grâce, même si elle jetterait avec grand plaisir par la fenêtre la moindre personne se trouvant dans cette pièce.

— C'est impensable, commence Antonin en fixant ses mains. Tant de personnes dans l'arène ont entendu leurs échanges aujourd'hui. Comme s'il n'y avait pas déjà assez de rumeurs et de murmures concernant ces reines.

— Des rumeurs ? l'interrompt Margaret Beaulin. Les rumeurs sont désormais hurlées sur la place publique, et cela ne date pas d'hier. Les rumeurs ont débuté avec la petite Katharine revenue d'entre les morts. Ce ne sont pas de véritables reines aux yeux du peuple. Quelque chose ne va pas chez elles.

— Ne parlez pas des reines ainsi, siffle Sara Westwood. Elles sont sacrées !

— Assez de palabres.

Le cousin Lucian se masse les tempes de ses longs doigts.

— Tout ce qui compte maintenant est notre réaction. Et quoi que nous décidions, nous devrons l'appliquer en public. Katharine doit les exécuter elle-même, sans aucune interférence de notre part.

— Les faire exécuter ? Cela n'a pas été décidé ! La reine Mirabella n'a commis aucun crime. Elle n'a pas participé à la manœuvre des naturalistes !

— Cela n'est pas important, gronde Geneviève. Vous l'avez entendue, elle refuse de tuer Arsinoé. Pour une reine, refuser de tuer constitue un acte de trahison.

— Une trahison envers qui ?

— Envers l'île !

Sara recherche du soutien auprès de la grande prêtresse, mais Luca fixe uniquement Natalia, et cette dernière en fait autant. Comme si seules leurs opinions importaient, et cela est bien le cas.

— Je souhaiterais m'entretenir en tête à tête avec la grande prêtresse, annonce Natalia.

Une certaine appréhension se répand chez les membres du Conseil. Ses proches s'échangent des regards furtifs lourds de sens avant que Geneviève se sente forcée de s'exprimer.

— Ma sœur. Cette décision nous appartient à tous.

— C'est tout à fait vrai. Après que Luca et moi aurons fini d'en discuter, vous vous rangerez tous à notre avis. Maintenant, sortez !

Geneviève ferme la bouche. Elle s'écarte violemment de la table et affirme son mécontentement en froissant sa jupe avec force. Elle quitte la salle et les autres la suivent.

— Mesdames, messieurs les membres du Conseil, les interpelle Luca avant que la porte se referme, je vous prierai d'échanger à voix basse dans le couloir. Les gardes et les serviteurs ont encore des oreilles.

Renata Hargrove prend un air renfrogné et les imposantes portes noires claquent lourdement.

— Comment est-il possible que Geneviève et moi partagions le même sang ? demande Natalia, avant de lâcher un grand soupir. Voulez-vous que je fasse quérir du thé ?

— Non. Mais je ne dirai pas non à un verre de ceci.

Luca lance un regard appuyé par-dessus l'épaule de Natalia, vers le coin de la pièce où se trouve une petite réserve de spiritueux.

— À moins que tout soit empoisonné ?

Natalia s'approche des alcools et leur sert deux verres.

— Pas quand Renata et Margaret siègent au Conseil.

Elle tend un verre à Luca, et elles prennent toutes deux place à la longue table de bois huilé de la chambre. Côte à côte, elles observent le bas-relief de marbre blanc et noir qui court sur toute la salle. Il dépeint des scènes représentant chaque don de l'île, le tout composant une seule grande fresque.

— Vous vous doutez bien que couronner Mirabella est désormais chose impossible, se lance Natalia avec calme.

— Ce n'est pas impossible, réplique Luca, mais ses yeux se baissent vers son verre. Nous leur accorderons jusqu'à Beltane, c'est leur droit, après tout. Si elles s'y refusent toujours, nous les enfermerons alors dans la tour.

Natalia vide son verre. Quand elle revient à la table après l'avoir rempli à nouveau, elle rapporte la carafe.

— Vous savez bien que cela ne sera pas autorisé. Pas quand l'une des trois reines est disposée à accomplir son devoir.

— Oui, confirme Luca. Votre petite revenante. Comme vous devez être heureuse.

Les yeux de la vieille femme plongent dans les siens. Cette grande prêtresse a des nerfs d'acier. Mais même l'acier ne peut rien contre l'amour qu'on porte à une reine.

— Je sais que vous ne souhaitez pas que Mirabella meure. Je sais qu'elle représente plus à vos yeux que les vaines ambitions du Temple.

Natalia pose son verre et le fixe.

— Nous savons toutes deux tout ce que nous avons sacrifié pour nous assurer de la survie de Katharine et de Mirabella.

— Tous ces complots, murmure Luca. Toutes ces préparations, tous ces échecs.

— Ces reines sont incontrôlables, imprévisibles. Elles nous ont ôté ces choix des mains, sans peut-être même s'en rendre compte.

Elle regarde Luca boire. La grande prêtresse sait bien tout cela. Elle n'est pas idiote.

— Ce n'est pas ainsi que j'aimerais que Katharine obtienne la couronne.

La réponse de Luca ne se fait pas attendre.

— Mais vous voulez qu'elle s'en empare.

— Geneviève a vu juste en qualifiant leurs actions de trahison. Antonin a également raison en disant que le peuple nous remettra en question, qu'importe la conclusion de cette affaire. J'aimerais donc pouvoir à nouveau entendre votre voix dans cette chambre. Ainsi que celle de quelqu'un de votre choix au nouveau Conseil de Katharine. Si la Couronne veut survivre à cette tempête, elle aura besoin du soutien du Temple.

— Vous cherchez à m'acheter. En échange de la vie de Mirabella !

— Je ne cherche rien et surtout pas à vous soudoyer. Aucune de nous deux ne gagne ici, Luca. Si nous ne nous unissons pas, nous perdrons le peu qu'il nous reste.

Elle demeure immobile et laisse le temps à Luca d'étudier ses intentions. Elle lui laisse le temps de décider si elle est honnête ou si elle complote encore. La grande prêtresse finira par accepter. Natalia n'a de toute façon proposé cette offre que par simple courtoisie. Mirabella mourra, que Luca se résigne à en tirer un bénéfice ou non.

Enfin, Luca opine du chef.

— Nous ne devrions pas laisser l'exécution d'Arsinoé avoir lieu en public. Elle a déjà causé trop de difficultés. Qui sait ce qu'elle pourrait tenter si on lui en donnait l'opportunité.

— Je suis d'accord, acquiesce Natalia. Même si je suis également d'accord avec le Conseil, Katharine doit exécuter au moins l'une d'entre elles sur la place.

Le visage de Luca s'affaisse à l'idée de présider l'exécution de Mirabella.

— Le peuple a été privé d'un duel, continue Natalia. Ce qu'ils ont vu n'est pas une image qu'il convient de garder.

— Ce ne sera pas une décision facile à accepter pour Sara et les Westwood.

— Je le sais. Mais vous parviendrez à les convaincre.

Natalia remplit à nouveau le verre de Luca et le pousse dans sa direction. La grande prêtresse le saisit et le vide. Quand elle le repose, sa main tremble.

— Trois sièges au Conseil. Trois sièges de mon choix.

— Marché conclu.

Natalia frappe la table de sa main.

Cette pauvre et vieille Luca. Ses yeux vacillent de doute, comme si cette négociation avait été trop simple. Comme si elle aurait dû demander davantage en échange de sa reine.

— Ordonnez les exécutions, chuchote la grande prêtresse. Katharine sera couronnée au matin. Je m'en occuperai personnellement.

Natalia expire. Cela aurait pu être pire. Les luttes intestines, les tables rondes prolongées jusque tard dans la nuit. Les pleurs de Sara Westwood.

— Quel soulagement, souffle-t-elle d'une voix moins dure, que de pouvoir compter sur une grande prêtresse de votre trempe.

— Oh, répond Luca. Natalia, je vous prie de la fermer.

INDRID-DOWN

Madrigal et la tante Caragh de Jules n'étaient pas dans les écuries en face de l'hôtel Highbern. Il aurait dû s'en douter, après être passé devant la cage vide de Braddock dans la cour du Volroy. Mais Billy a tout de même décidé de commencer ses recherches là-bas, plein d'espoir et en sachant surtout que les retrouver dans les bois serait bien plus compliqué.

Les bois au sud, a dit Arsinoé. Près des berges de la rivière. Il demande son chemin à un vendeur de noix grillées et se met en route, il hésite entre se fondre entre les arbres et faire du bruit afin qu'elles le trouvent plutôt que l'inverse. Il erre pendant une grande partie de l'après-midi, jusqu'à ce qu'il soit fatigué et couvert de sueur.

Je ne peux pas rester ici toute la nuit, se dit-il en forçant le passage au travers d'un buisson.

Braddock l'accueille en se dressant sur ses pattes arrière, Billy pousse un cri.

— Chut ! Chut ! siffle Madrigal.

Elle lui frappe l'épaule tandis que son cœur tambourine dans sa poitrine. L'ours, quant à lui, se repose sur ses quatre pattes pour renifler ses poches.

— Qu'est-ce qui ne va pas chez toi ? Qu'est-ce qui t'a pris autant de temps, où est Jules ?

— Je n'ai pas pu voir Jules, répond-il avec hâte. J'ai un message d'Arsinoé.

Il leur raconte le déroulement du duel et leur annonce que les reines sont prisonnières dans les geôles du Volroy. Le visage de ses interlocutrices se remplit d'effroi.

— Je ne sais pas ce qui est arrivé à Jules et Joseph après qu'ils ont été enfermés, conclut-il. Mais je pense qu'ils sont en sécurité pour le moment.

Madrigal commence à faire les cent pas.

— Ils ne vont jamais la libérer. Ils ne vont jamais libérer ma Jules, maintenant qu'ils la tiennent. Maintenant qu'ils savent qu'elle est maudite par la légion. Ils vont l'exécuter !

La femme qui doit être la tante Caragh de Jules observe le soleil couchant et ses lumières qui se ternissent. Il suppose qu'elle ressemble un peu à Madrigal, ses yeux surtout et la forme de son visage. Mais le reste est le portrait craché de grand-mère Cait. Cette même dureté et ces mêmes traits fermes. Il a l'impression de regarder une photographie de Cait de vingt années plus jeune.

— Je dois retourner en ville, affirme Madrigal. Je dois savoir ce qu'il s'y passe.

— Reste, réplique Caragh. Je ne veux pas avoir à fouiller la capitale à ta recherche en plus du reste.

Elle pose une main sur le dos de Braddock tandis que l'ours renifle les vêtements de Billy. C'est triste de voir l'ours aussi affaibli. Ces jours attaché l'ont diminué, tout comme les flèches des empoisonneurs. La peur n'est pas une leçon que beaucoup de grands ours bruns apprennent.

— Je suis désolé, mon grand, lâche Billy. Je ne t'ai rien apporté.

— Ce n'est pas ça.

Caragh tapote l'ours avec affection.

— Il recherche Arsinoé. Il sait que tu étais proche d'elle. Il n'est peut-être pas son familier, mais la magie basse qu'elle a employée pour les lier est puissante.

Elle regarde Madrigal et son corbeau.

— Nous devons prévenir nos parents. Envoie Aria.

— Nous devons faire bien plus que ça ! proteste Madrigal.

— Et nous le ferons.

— Eh bien, quoi, alors ?

Madrigal prend cependant son oiseau entre ses mains et lui chuchote quelques mots avant de le relâcher dans les airs.

— Je vais parler à mon père, propose Billy. Il peut faire pression sur ses contacts locaux pour que Joseph et Jules soient libérés. Luca et le Temple feront certainement relâcher Arsinoé et Mirabella avant la tombée de la nuit.

— C'est drôle, fait Madrigal sans interrompre son mouvement. Je ne t'ai jamais cru idiot. Nous sommes à Indrid-Down, Billy. Ce sont les empoisonneurs qui font régner la loi ici. Si tu penses qu'ils ne vont pas profiter de cette opportunité pour se débarrasser d'Arsinoé *et* de la naturaliste touchée par la malédiction de la légion, tu te fourvoies complètement.

— Mais vous n'en savez rien.

— Non. Elle a raison, affirme Caragh, et Madrigal cligne des yeux. Il nous faut de l'aide. Natalia Arron va essayer de tourner la situation à son avantage si elle en voit l'occasion.

— Même si nous galopons à n'en plus finir, reprend Madrigal, et que nous trouvons des montures reposées en chemin, personne à Wolf-Spring ne pourra revenir ici à temps. Pas même si Matthew les embarque à bord du *Whistler*.

— Je ne pense pas à Wolf-Spring, mais à Bastian. Aux guerriers que nous avons vus dans les tribunes aujourd'hui. Ils sont peut-être toujours en ville. Nous pourrons peut-être les trouver avant qu'ils quittent la capitale.

— Pourquoi nous aideraient-ils ? demande Billy.

— À cause de Jules, s'enthousiasme Madrigal. Elle n'est pas uniquement l'une des nôtres, elle est aussi l'une des leurs.

— Je pense que cela reste inutile. Mon père a de l'influence ici. Des amis parmi les Westwood et les Arron. Il ne laissera pas Joseph pourrir dans une cellule. Je vais attendre les nouvelles avec lui au Highbern. Il va arranger la situation, vous verrez.

— Et quand il ne pourra rien y faire, rétorque Caragh, reviens nous aider. Nous serons ici avec les guerriers et leurs capes rouges.

LES CELLULES DU VOLROY

Jules appuie une joue contre les barreaux de la petite cellule froide. Cela la change des murs en pierre froide. Elle ne les situe pas avec précision au sein du Volroy, mais ils sont loin sous terre. Bien plus loin qu'Arsinoé et Mirabella. Le chemin qu'ils ont emprunté pour arriver ici était tortueux et plein d'escaliers.

Camden repose sa grosse et lourde tête sur les jambes de Jules, elle lui gratte les oreilles. Ils n'ont pas beaucoup dormi et n'ont pas la moindre notion du temps. Ils alternent entre la fatigue et l'agitation.

— Comment se porte Cam ? demande Joseph depuis sa cellule qui se trouve une porte plus loin.

— Elle est nerveuse. Quelqu'un aurait dû nous traîner devant le Conseil, maintenant.

— Peut-être comptent-ils simplement nous oublier.

La voix de Joseph est délibérément légère.

— Et nous garder ici indéfiniment.

Une boule de chaleur se forme dans la gorge de Jules. Qu'ils essaient. Cait ne le permettra jamais, ni même la mère de Joseph. Ces deux familles peuvent causer assez de bruit pour ébranler même les Arron.

— Joseph, chuchote Jules. Je suis désolée de t'avoir mêlé à tout ça.

— Je ne voudrais être nulle part ailleurs. À l'exception peut-être de votre cellule.

Jules esquisse un sourire. L'après-midi qu'ils ont partagée dans le lit de Joseph lui semble désormais bien lointaine, et cela l'attriste. Comme si ce souvenir appartenait à un autre âge, avant la Chasse des reines et le fait qu'Arsinoé soit presque morte, avant que tout soit horriblement chamboulé.

— Je suis désolée d'être partie ce jour-là après que nous avons… après la Chasse des reines. Je suis désolée d'être partie pour le Cottage noir.

— Tu le devais bien. Tu avais Arsinoé à sauver. Je t'aurais dit de le faire si tu n'en avais pas pris toi-même la décision.

— Je sais. Mais je pensais à toi, Joseph.

— Ce n'est pas grave. Arsinoé est prioritaire, ricane-t-il. J'ai arrêté d'être jaloux de ça quand nous avions huit ans.

— Tu as donc été jaloux pendant deux années entières ?

— À peu près, oui. J'imagine que c'est le temps qu'il m'a fallu pour apprendre à l'aimer elle aussi. Et aussi parce que… tu as toujours été la personne la plus importante à mes yeux. Tout le monde en a une, j'imagine. Et tu seras toujours la mienne.

Il soupire.

— Tout du moins pendant les quarante-huit prochaines heures.

— Ne dis pas ça, le reprend-elle avec férocité. Nous allons sortir d'ici. Cette journée dans ta chambre… Ce ne sera pas la seule que nous partagerons.

— La plus belle journée de ma vie, murmure-t-il, et elle l'entend se déplacer dans sa cellule. Jules ?

— Oui ?

— Si quelque chose va de travers…, si nous ne pouvons pas sauver Arsinoé…, je veux que tu viennes avec moi, que nous quittions Fennbirn. Je pourrai nous créer une vie quelque part, dans un endroit où son fantôme ne nous hantera pas partout où notre regard se posera.

Jules déglutit. Si elle ne peut pas sauver Arsinoé, elle verra son fantôme partout, peu importe où elle habitera.

— Arsinoé trouvera un moyen de s'en sortir. Elle s'en sort toujours.

— Je le sais bien. Mais si elle n'y arrive pas…, si ce n'est pas possible…, est-ce que tu viendras avec moi ?

Jules baisse les yeux sur Camden, qui cligne ses yeux jaune-vert pleins d'espoir dans sa direction.

— Oui, Joseph. Je te suivrai.

L'HÔTEL HIGHBERN

Billy attend avec son père au Highbern, il regarde par la fenêtre, les bras croisés sur la poitrine. Ils attendent depuis si longtemps qu'il se sent fin prêt à exploser. Il veut faire les cent pas, mais son père ne ferait que lui lancer ce regard déçu. Ainsi, il préfère fixer le Volroy, en pensant à Arsinoé enfermée à l'intérieur. Il espère qu'elle mène la vie dure à ses gardes.

Peut-être que la tante Caragh de Jules avait raison et qu'il aurait dû rester avec elles pour les aider à mobiliser les guerriers. Ils n'ont rien entendu du Conseil depuis trop longtemps et, en tant qu'étrangers, son père et lui seront parmi les derniers à recevoir la moindre nouvelle. Le ciel à l'extérieur est devenu gris. Les bois, visibles au loin, ressemblent à une grande tache floue. Caragh n'aura pas patienté si longtemps. Elles auront déjà mis leur plan à exécution, et il en sera exclu.

Caragh. Cette femme ne ressemble en rien à ce qu'il avait imaginé à partir des tendres souvenirs entendus de la bouche de Joseph et Jules. Pour lui, c'était une femme douce et maternelle, quelqu'un d'aimant et de réconfortant, prête à renoncer à sa propre liberté pour l'amour d'une enfant, même si celle-ci n'était pas la sienne. Mais la femme qu'il a rencontrée est dure et déterminée. Peut-être le Cottage noir l'a-t-il changée. Ou peut-être qu'une femme possède simplement bien plus d'aspects que ce qu'il a jamais envisagé.

Le coup à la porte le surprend. C'est le messager du Volroy, mais il ne l'a pas vu arriver à l'hôtel. Le jeune garçon tend une enveloppe cachetée au père de Billy et exécute une courte révérence avant de s'en aller.

— Quelles sont les nouvelles ? demande Billy alors que son père lit la lettre.

Il savait bien qu'Arsinoé n'aurait pas à rester longtemps dans sa cellule. Peut-être ont-ils déjà tous été libérés.

William glisse le pli dans la poche de sa veste. Son visage ne laisse rien transparaître, aucun intérêt penchant d'un côté ou de l'autre. Cela a pratiquement toujours été le cas, et ça a toujours déstabilisé Billy.

— Le couronnement aura lieu demain, annonce son père.

— Quel couronnement ?

— Celui de la reine, affirme William avec impatience. Celui de la reine Katharine, ta future épouse.

Billy cligne des yeux. Il ne parvient pas à intégrer cette information. Elle ne sera pas sa future épouse. Jamais.

— Qu'en est-il d'Arsinoé ? Et de Mirabella ?

William hausse les épaules.

— Selon cette missive, la fille de Wolf-Spring a très certainement déjà été exécutée. L'autre survivra au couronnement et à votre mariage, afin d'être ensuite exécutée en public.

— Vous devez tout arrêter.

Son père l'observe et Billy se recule d'un pas.

— Passez un marché avec les Arron. Gardez Arsinoé et Mirabella secrètement en vie. Je sais que vous en avez le pouvoir. Je sais que vous avez travaillé de concert avec eux et que cette alliance date d'avant même que tout cela ait commencé !

— Calme-toi. Tu savais bien que cela se produirait.

— Les choses sont désormais différentes.

— Tu as bien raison, nous avons gagné.

Son père se détourne de lui. Billy peut pratiquement le voir en oublier sa présence alors que des visions d'expansion se forment dans son esprit, des projections et des plans pour ces nouveaux flux de revenus. Des droits commerciaux exclusifs avec l'île le temps de la génération à venir. Sans oublier le soutien des empoisonneurs, pour réduire au silence le moindre rival qui s'y opposerait.

— Tu t'en es bien sorti, souffle son père d'une voix distraite. Je suis fier de toi, mon fils.

— Cela fait longtemps que j'attends de recevoir ce compliment, murmure Billy. Mais pourquoi êtes-vous fier, père, alors que pendant tout ce temps j'ai cherché à discréditer votre autorité ? Je suis tombé amoureux de la mauvaise reine, et vous avez dû empoisonner Mirabella par vous-même après que je m'y suis refusé. Pour être honnête, je ne l'avais pas compris avant que Luca affirme que Katharine n'avait pas intoxiqué Mirabella en la touchant. Puis je me suis souvenu de vous en train de vous attarder près de notre table ce soir-là.

— Ce poison ne l'a pas tuée et il a permis de conserver notre alliance. Il a fait de toi un roi.

— Si je l'accepte.

Son père le fixe.

— J'accepterai ce rôle. Si vous allez de ce pas voir les Arron et mettez un terme à l'exécution d'Arsinoé.

— Oublie-la. Son arrêt de mort a été signé. Si elle vit toujours.

— Cela ne vous fera rien d'essayer.

— Billy, lance William avec fermeté. Tu feras ce que je t'ordonne de faire.

— Je m'y refuse.

— C'est ce que tu crois.

— Je le refuse ! hurle Billy, et son père arme son bras comme s'il allait le frapper.

Mais il interrompt son geste quand il réalise que Billy ne tressaille pas d'un pouce. Ce dernier n'avait jamais remarqué avant que son père n'était plus aussi large qu'il l'avait été par le passé. Qu'avec le temps Billy était désormais devenu plus grand que lui.

William baisse son regard d'un air dégoûté et fouille son manteau à la recherche d'un cigare.

— Tu ne renieras pas tout pour une fille, marmonne-t-il.

— C'est là que vous vous trompez, père, affirme Billy, juste avant de se retourner et de passer la porte.

La reine couronnée

LE COURONNEMENT

Katharine se tient sur le billot en bois, elle observe son reflet dans le miroir tandis que Natalia lisse la jupe de sa robe.

— Un sympathisant de la naturaliste a libéré l'ours, lance Natalia. Je fais fouiller la ville, mais nous n'avons encore rien trouvé.

— Laissez-le partir. L'ours n'est plus important.

Tout ce qui compte désormais est le satin noir qui repose contre sa peau, et les invités qui se trouvent dans la chambre intérieure du Volroy.

— Quand vous m'avez habillée l'année dernière à l'occasion de mon anniversaire, pensiez-vous que nous nous retrouverions ici ? À quelques instants de mon couronnement ?

— Bien évidemment, Kat, affirme Natalia.

Mais Katharine connaît la vérité, elle les a tous surpris.

Natalia l'aide à descendre du billot, et Katharine tournoie une fois sur elle-même. Sa tenue est simple, mais élégante. Elle ne porte aucun bijou, et ses cheveux sont juste relâchés et sans artifice aucun. Elle semble étrangement innocente. Comme cette fille qu'elle était auparavant.

— Vous êtes belle, reine Katharine.

Natalia ramasse les cheveux de Katharine derrière ses épaules.

— Je me demande pourquoi Pietyr n'est pas présent pour assister à tout ça. C'est dommage.

Katharine fronce les sourcils.

— Eh bien, un seul invité parmi tous ceux qui se sont déplacés ne me manquera pas.

Elle se refuse à penser à Pietyr en un tel jour. Elle va bientôt recevoir sa couronne. Ensuite, elle assassinera sa sœur Arsinoé, sans aucun faux pas cette fois-ci, elle n'aura aucune échappatoire. Puis elle se mariera.

Elle ajuste les doigts de ses gants simples et noirs et sourit.

— Tu n'es donc pas déçue ? demande Natalia. Que tout cela doive se faire dans la hâte.

— Pas du tout. Je n'attends qu'une chose : que tout cela soit fait.

Le couronnement de Katharine est un petit événement selon les standards des couronnements. Le public n'est pas invité, seuls le Conseil noir, les prêtresses du Temple et les membres de la famille Arron sont conviés. C'est une célébration tout à fait solennelle, qui ne fait naître aucune joie sur le visage des prêtresses, ni même sur ceux des Arron. Seule la nervosité est présente. Durant son couronnement cérémonial au printemps prochain lors du festival de Beltane, ils prendront leur rôle plus à cœur.

La grande prêtresse Luca préside l'événement, le dos bien droit, impressionnante dans sa robe formelle, surtout pour quelqu'un de si âgé. Elle commence par lire le décret conjoint du Conseil et du Temple : Katharine sera couronnée et Arsinoé et Mirabella seront exécutées par sa main. Le décret ne précise pas le nom de ses sœurs. Après aujourd'hui, leur nom ne sera plus jamais mentionné.

L'atmosphère dans la chambre est fraîche et renfermée quand Katharine s'agenouille devant la grande prêtresse. Luca déposera elle-même la couronne sur la tête de Katharine, unissant une nouvelle fois par ce symbole le Conseil et le Temple.

Katharine s'efforce de ne pas sourire avec suffisance. Cela doit être pénible pour cette femme fière d'admettre qu'elle avait tort.

Alors que Luca penche la tête pour prier, Katharine jette des regards à ses invités. Nicolas, avec son sourire en coin. William Chatworth, le père du prétendant que Natalia affirme qu'elle doit choisir. Geneviève, avec ses yeux violets et froids, et Natalia.

Les prières se terminent et les prêtresses assemblées se lèvent. Elles présentent de l'eau à Katharine dans un pichet en argent. Elles disent qu'elle provient de la rivière Cro, qui prend sa source au mont Horn. Si tel est bien le cas, elle ne sait pas comment elles sont parvenues à l'apporter si rapidement. Peut-être ont-elles toujours un pichet à disposition. Mais cela importe peu. Elle en boit et l'eau ruisselle le long de son menton, froide comme la glace. Katharine est surprise que ce soit Cora, la première prêtresse du temple d'Indrid-Down, qui tienne le pichet.

— Levez-vous, reine Katharine, enjoint Luca en ouvrant ses paumes. Fille de la Déesse. Fille de l'île.

Ses mains ont été ointes d'une huile parfumée et d'un peu de sang. Lors d'un couronnement normal, le sang serait celui du cerf tué durant la Chasse. Katharine s'interroge sur l'origine de ce sang. Elle aurait volontiers proposé d'ouvrir la gorge de l'ours d'Arsinoé si quelqu'un ne l'avait pas libéré.

À l'exception des quelques mots de Luca, le couronnement se déroule majoritairement dans le silence. On ne lui demande aucun vœu ou serment. Une reine provient de l'île tout comme l'île provient de la reine. Ils n'ont aucun droit ni même aucun besoin d'exiger d'elle de jurer sur quoi que ce soit.

La grande prêtresse se baisse pour saisir l'outil de tatouage en bois. Il a été sculpté avec simplicité, son extrémité est constituée d'un faisceau de courtes aiguilles.

La couronne tatouée est une tradition qui n'a pas été appliquée depuis plusieurs générations. C'était l'idée de Natalia. *Ce n'est d'ailleurs peut-être pas la meilleure*, se dit Katharine alors qu'elle aperçoit les mains tremblantes de Luca. Elle aura de la chance si la couronne qu'elle reçoit ne forme pas des lignes irrégulières sur son front.

— Ne vous inquiétez pas, murmure Luca comme si elle pouvait lire dans les pensées de Katharine. Je continue à tatouer moi-même les bracelets de beaucoup de mes propres prêtresses.

Elle place l'outil contre le sourcil de Katharine.

Le premier coup est un véritable choc. Elle n'a pas le temps de s'en remettre avant que le suivant vienne la frapper, puis le suivant encore. Une séquence interminable de souffrance, lui semble-t-il, tandis que Luca fait pénétrer profondément les aiguilles et l'encre noire dans sa peau, au-dessous de sa ligne d'implantation de cheveux.

L'opération nécessite un temps certain. Beaucoup de temps et de douleur, mais c'est une couronne qui ne s'effacera pas et que personne ne pourra ôter de son crâne pour l'offrir à une autre.

— Levez-vous, Katharine. Reine couronnée de l'île de Fennbirn.

Katharine se redresse, et les invités présents applaudissent jusqu'à ce qu'elle lève la main.

— Je souhaiterais choisir mon roi consort.

— Comme vous le désirez, lui répond Luca. Qui choisissez-vous ?

— Je choisis…

Katharine regarde William Chatworth. Il lui donne l'impression d'être un glouton bien trop imbu et sûr de lui-même, alors que son fils n'a même pas pris la peine de se présenter pour son couronnement. Natalia doit être folle de le recommander, mais elle n'est pas la reine.

— Je choisis le prétendant Nicolas Martel.

LES CELLULES DU VOLROY

Arsinoé se tape la tête contre les murs pendant ce qui lui paraît être des heures. Mais il lui est impossible d'en être certaine. La seule manière de juger du passage du temps ici est la relève de la garde.

— Est-ce que tu te sens un peu mieux ? demande-t-elle à Mirabella.

Mirabella replace sa jambe sous sa jupe noire déchirée et pose le talon contre le bord du banc en bois.

— En fait, je me sens presque bien. La toxine avec laquelle j'ai été empoisonnée semble avoir été éliminée de mon organisme. Ce n'était pas censé me tuer.

— Bien sûr que non. C'est *elle* qui devait te tuer.

Elle soupire en s'écartant du mur. Elle fait un geste en direction de la porte en bois.

— Est-ce que tu peux nous cramer un passage ?

— Non. Le bois est trop épais. Je devrais générer un feu tellement chaud que tu finirais toi aussi par être brûlée, si la fumée ne nous asphyxie pas d'abord.

Arsinoé regarde sa sœur. Mirabella a retiré sa veste légère pour ne garder que son corsage près du corps aux larges lanières. Ce que l'on dit à leur propos doit être vrai, les élémentaires ne sentent pas les courants d'air ou l'humidité.

— Pourquoi est-ce qu'elles t'ont obligée à porter une jupe ? Elles ne savaient pas que tu participais à un duel ?

— Je porte en outre des bottes. Pas de combinaison ni de jupon.

Elle tourne sa tête vers Arsinoé et sourit avec lassitude.

— Les apparences, toujours les apparences.

Arsinoé ricane.

— Au moins, quand nous serons mortes, nous n'aurons plus à subir tout ça.

— Tu penses donc que nous allons mourir ? s'enquiert Mirabella.

Arsinoé fronce les sourcils.

Elle doit fournir un effort pour se rappeler que sa sœur n'a pas connu la même éducation qu'elle. Mirabella a été traitée comme la reine élue. La mort doit lui apparaître comme une issue impossible.

Arsinoé soupire.

— Je ne pense pas qu'ils vont me libérer de peur que je cause encore davantage d'histoires. Mais toi, tu as la grande prêtresse et les Westwood de ton côté. Tout ce beau monde est malin ; ils pourront peut-être négocier ta vie contre la mienne. Même si je n'aime pas ce qu'ils pourraient réserver à Jules et Joseph.

— Ils ne leur feront rien, affirme Mirabella, et l'atmosphère de la cellule se met à crépiter.

Arsinoé baisse le regard vers ses bras avec émerveillement tandis que ses poils se dressent tous sur sa peau.

— Est-ce que tu me le promets ? insiste Arsinoé. Si tu parviens à sortir d'ici, est-ce que tu me promets de prendre soin d'eux ?

— Bien évidemment.

Arsinoé se redresse et s'étire le dos.

— Très bien. Parce que tout est ma faute, tu sais. Le fait que Joseph ait été banni cinq années, que Jules ait été empoisonnée après Beltane. Même que Cam se fasse mutiler par ce vieil ours malade est ma faute.

— Ce n'est pas comme ça qu'ils voient les choses.

— Bien évidemment que non. Ils sont trop bons.

Des pas résonnent dans le couloir. Ce pourrait être ceux de Billy, il revient peut-être leur annoncer qu'elles vont être libérées, libres d'être tuées un autre jour. Même se retrouver enfermées dans la tour serait plus agréable que cette cellule.

Mais les pas sont trop légers et accompagnés de trop de pas supplémentaires. Elle perçoit bien trop de bruissements.

Le visage de Katharine apparaît aux barreaux de l'ouverture de la porte en bois.

— Mes sœurs, s'exclame Katharine.

Ses jolis yeux aux longs cils noirs papillonnent d'Arsinoé à Mirabella, qui se relève rapidement avant d'épousseter sa robe et d'en retirer la paille.

Arsinoé s'attend à ce que Katharine en dise davantage. Mais elle se contente de rester droite devant la cellule, tout sourire. Comme si elle guettait quelque chose. Mirabella pousse un cri.

— Quoi ? demande Arsinoé.

— Son front, souffle Mirabella. Regarde son front.

Arsinoé louche pour mieux voir au travers des barreaux. Une fine ligne noire a été gravée sur le front de Katharine.

— Je souhaitais vous la montrer, lance Katharine gaiement. Afin qu'il ne puisse y avoir aucune confusion. Afin que personne ne puisse vous raconter de mensonges. Je voulais que vous contempliez la couronne par vous-mêmes.

Arsinoé déglutit.

— C'est donc ça ? Je pensais que tu t'étais frotté le front dans du charbon.

Katharine rit.

— Plaisante autant que tu voudras, mais la cérémonie a eu lieu. Et c'est bien à vous que je le dois en partie. Grâce à vos grands élans de pitié l'une pour l'autre, le Conseil et le Temple ont jugé qu'ils n'avaient pas le choix. Votre refus de tuer leur a finalement permis de comprendre que j'étais la seule vraie reine à être née durant ce cycle.

Arsinoé retient un rire méprisant. Elle devrait certainement ressentir de la peur, mais au lieu de cela elle est irritée, en colère presque. Cette pauvre Mirabella donne l'impression qu'elle va être malade, à la vue de cette couronne sur le front de Katharine.

— La seule vraie reine, crache Arsinoé. La seule tueuse, oui.

— Mais elle n'a pas toujours été comme ça, affirme Mirabella. Tu ne l'as pas toujours été, Katharine. Pendant un temps tu as été douce. Nous avions l'habitude de…

— N'essaie pas de me faire culpabiliser, l'interrompt Katharine. L'une de nous devait être reine. Ainsi vont les règles du jeu. Voilà ce que nous sommes.

— Fais comme tu voudras, alors, reprend Arsinoé. Sors-nous de ces cellules et retournons dans l'arène. On verra bien qui de nous ressort de là.

Katharine fait claquer sa langue.

— Je n'ai pas peur, ma sœur. Vous avez toutes les deux eu toutes les opportunités que vous pouviez avoir.

— Tu es ici uniquement pour te pavaner ? lui demande Mirabella. Où est la grande prêtresse ? Où est Sara Westwood ? Où sont les Milone, pour Arsinoé ? Nous souhaitons les voir si telle est véritablement notre fin.

— Oui, renchérit Arsinoé d'un geste de la main. Laissez-les venir nous voir pour nous donner cette nouvelle. Tu devrais t'en aller, reine Katharine. Et si tu reviens…

Arsinoé se dresse sur la pointe des pieds pour regarder au bas des pieds de sa petite sœur.

— … apporte également une boîte sur laquelle te tenir.

Une telle noirceur traverse le regard de Katharine qu'Arsinoé se repose sur la plante des pieds. Une nouvelle fois, elle pense que quelque chose chez Katharine ne va pas. Quelque chose est différent. Elle a également le sentiment, sans pouvoir l'expliquer, que même les Arron ignorent de quoi il s'agit.

— Ouvrez la porte, ordonne Katharine.

Des clés tintent et la porte s'ouvre, la nouvelle reine entre dans la cellule.

— Vous ne comprenez rien à la situation.

Arsinoé et Mirabella se reculent tandis que des gardes envahissent la cellule. Ils acculent Mirabella contre le mur et saisissent les bras d'Arsinoé pour la maintenir en place.

— Je ne suis pas là pour vous apporter des nouvelles ! Je suis là pour accomplir votre destin.

— Qu'est-ce que tu veux dire ?

Arsinoé tente de s'extirper de la prise des gardes.

— Sur l'île, seules les reines tuent les autres reines, explique Katharine avec douceur. Cela ne changera pas uniquement parce que deux d'entre elles ont trahi leur droit de naissance. Toi, Arsinoé, tu es une reine. Tu ne peux donc pas être exécutée par qui que ce soit d'autre que tes pairs.

Elle passe une main dans sa manche et en retire une fiole en verre munie d'un bouchon contenant un liquide ambré.

— Gardes, maîtrisez la reine Mirabella.

Celle-ci montre les dents. Les flammes de chacune des torches du couloir se retrouvent soudain projetées au plafond, ou presque.

— Dis-lui de rester calme, ordonne Katharine à Arsinoé. À moins que tu ne souhaites que je repasse plus tard avec la tête de la fille maudite par la légion et celle de son chat.

Les flammes des torches s'abaissent, et la chaleur dans les cellules redescend à un niveau plus clément alors que Mirabella cesse de se débattre.

— Se battre ne changera rien, continue Katharine. Mais le destin de vos amis n'a toujours pas été décidé.

— Tu comptes nous empoisonner, constate Arsinoé calmement.

— Oui. Mais seulement toi, pour le moment. La reine Mirabella sera exécutée demain matin sur la place.

Katharine lance un sourire malveillant.

— Tel est le souhait de la grande prêtresse.

— Non, s'écrie Mirabella. Tu mens !

Katharine ne ment peut-être pas, mais elle est très certainement cruelle. Arsinoé regarde par la porte, jusque dans le couloir. Jules et Joseph ne peuvent pas avoir été emmenés bien loin. Le nombre d'étages de cellules dans lesquelles ils peuvent être enfermés ne peut pas être infini. Mais les effectifs de la garde ne doivent pas être pris à la légère. Des gardes forts et armés. Il ne lui reste plus qu'à espérer que Mirabella est plus forte. Elles n'auront pas d'autre chance.

— Allons, finissons-en, déclare Katharine. Je dois encore assister à mon mariage ce soir.

— Ne te débats pas, ordonne Arsinoé à Mirabella. Pour le bien de Jules et Joseph.

— Non ! Arsinoé, non ! proteste Mirabella, mais les gardes la contraignent contre le mur.

Arsinoé fixe le poison que Katharine tient dans sa main. Elle s'efforce de garder les yeux grands ouverts. Elle prend une profonde inspiration, puis une autre, de plus en plus vite. Ce n'est pas difficile de feindre la peur. Elle est effrayée, simplement pas de ce que contient cette fiole.

Katharine retire le bouchon et Arsinoé fait mine de s'emporter, elle se débat, elle tente de se libérer, ses talons s'enfoncent dans la paille. L'expression de Katharine est joyeusement malsaine, et Arsinoé se demande si elle ne va pas finalement renoncer à son plan. Cela en vaudrait presque la peine, voir le visage de Katharine se décomposer après qu'elle a bu le poison sans en mourir.

— Allongez-la par terre, ordonne Katharine.

Arsinoé donne des coups de pied et hurle. Elle serre ses lèvres l'une contre l'autre tandis que Katharine se penche par-dessus sa tête pour verser le poison. La reine couronnée doit lui ouvrir la bouche, en serrant ses joues avec ses doigts gantés.

Le poison est huileux et amer. Il dégage une forte odeur végétale. Il coule sur sa langue et dans sa gorge, il y en a tant qu'elle manque de s'étouffer et de le lui recracher au visage, ce qui oblige les gardes à s'écarter. Elle entend les cris de Mirabella de l'autre côté de la cellule, elle sent le sol trembler alors qu'un énorme éclair frappe la forteresse au-dessus d'eux.

Katharine hurle. Elle se détache d'Arsinoé et se précipite vers la porte en se protégeant la tête.

— Toi, lance-t-elle en pointant Mirabella du doigt. Tu devras être affaiblie avant ton exécution. Je ne laisserai pas tes éclairs divertir le peuple.

— Est-ce que tu as si peur que ça ? lui crie Mirabella, la voix tremblante de chagrin.

Elle se dégage de la prise des gardes et tombe à genoux au côté d'Arsinoé, celle-ci tousse et convulse.

Katharine les observe jusqu'à ce que le corps d'Arsinoé devienne immobile. Tandis que le poids de Mirabella pèse sur sa poitrine, Arsinoé laisse ses paupières se fermer.

— Je n'ai peur de rien, affirme Katharine. Et je ne suis pas dénuée de compassion.

Elle se tourne vers les gardes.

— Laissez-la pleurer pendant un moment au-dessus du corps avant de l'emporter. Puis vous le préparerez afin qu'il soit exposé. J'aimerais qu'il soit visible de tous lors de l'exécution. Nous pourrons ainsi les allonger côte à côte.

Mirabella tire le corps flasque d'Arsinoé sur ses genoux. Elle gémit tellement fort qu'il est compliqué d'entendre les bruits de l'escorte de Katharine s'éloigner de la cellule dans le couloir.

Même une fois leurs bruits de pas disparus, Arsinoé attend d'être certaine de ne plus percevoir que Mirabella avant de rouvrir les yeux.

LE MARIAGE

Alors que Nicolas prononce ses vœux devant la grande prêtresse, l'esprit de Katharine vagabonde. La question n'est pas qu'elle soit malheureuse de l'épouser, au contraire. Mais cela lui fait l'effet d'un épilogue bien fade après toute l'excitation du tatouage de la couronne dans sa chair. Après l'exultation d'avoir versé du poison dans la gorge effrayée de sa sœur. Elle qui attendait ce moment depuis si longtemps. Elle pourrait presque tournoyer de joie en repensant à la façon dont Arsinoé s'est débattue et comme Mirabella *a hurlé*.

Elle s'affaisse, remarque que Natalia l'observe et se redresse. Il y a tellement de serments à prêter. Nicolas n'est pas une reine, et il doit prêter, prêter et prêter encore allégeance.

Seuls Natalia et le Conseil noir sont présents lors du mariage, accompagnés de Luca et de quelques prêtresses. La petite pièce sombre de la tour est illuminée par trois grands candélabres. Quelqu'un aurait dû ouvrir une fenêtre. La puanteur de l'encens sacré lui donne envie de tousser.

— Bois et sois oint, fait Luca.

Elles le forcent à boire dans son calice de couronnement et lui appliquent un peu de sang et d'huile sur le front. Ce pauvre Nicolas s'efforce de feindre l'assurance, comme s'il était à sa place, mais il la regarde continuellement, comme si elle allait se rapprocher de lui plutôt que rester de son côté de la pièce. Personne ne lui a expliqué que ce mariage unit davantage le roi consort à la Déesse qu'à la reine. Qu'elle ne le touchera même pas. Qu'ils ne s'embrasseront pas.

Katharine l'étudie à la lumière des bougies. Il est tellement beau et parfaitement approprié pour elle, mais il n'a rien de Pietyr.

Une boule compacte et froide tombe au fond de son estomac. Pietyr a essayé de la tuer. Mais seulement parce qu'il pensait qu'elle rencontrerait de toute façon une mort bien plus horrible, à coups de couteaux dentelés aux mains d'étrangères en train de la démembrer.

Bien évidemment, il aurait simplement pu la dissimuler. Mais ce n'est pas ainsi que les Arron se comportent. Ils gagnent ou ils perdent. Tout ou rien. Katharine ne pouvait pas s'attendre à quoi que ce soit d'autre de sa part.

Enfin, Nicolas termine de prêter serment et il lui est permis de se placer face à la reine. Les prêtresses s'inclinent devant elle, même Luca. Puis elles quittent la pièce en file, suivies par le Conseil. Natalia s'en va sans même la regarder dans les yeux. Elle est toujours furieuse de son choix de prétendant. Mais Natalia est comme une mère pour elle, sa colère finira par s'apaiser.

Nicolas lui prend ses mains gantées.

— C'est tout ? Je pensais qu'elles allaient prélever de mon sang ou me marquer le torse de leur effigie au fer rouge. Je pensais aussi que nous serions liés par plusieurs longueurs de corde.

— Est-ce la coutume dans ton pays ?

— Non. Chez moi, nous prêterions tous deux serment, et mon épouse porterait du blanc.

— Ce ne serait pas le cas si elle était une reine, affirme Katharine.

Nicolas soulève sa main gantée vers sa bouche. Il l'embrasse avec une telle fougue que ses dents en abîment le tissu. Il s'est montré respectueux lors de sa cour. Il ne l'a même pas réellement embrassée sur les lèvres. Mais quand il l'attire à lui et l'écrase contre son torse, quand ses mains se plongent dans sa chevelure pour lui maintenir la tête, il n'a rien de doux ou de timide.

Katharine joue des coudes pour se dégager de son étreinte.

— Pas maintenant.

— Comment ça, « pas maintenant » ? Nous sommes mariés. Tu m'appartiens.

— Nous nous appartenons l'un à l'autre, le corrige-t-elle.

Il tend une nouvelle fois une main vers elle, mais elle s'écarte, sa robe bruissant comme la queue d'un serpent à sonnette.

— J'aimerais voir Natalia. Je n'aime pas qu'elle soit en colère contre moi.

— Tu pourras la voir plus tard, Katharine. Je ne veux pas attendre. J'aimerais te voir quitter ces vêtements, peau contre peau.

Ses yeux la parcourent avec avidité.

— Je me suis montré patient, et nous sommes ici dans notre château.

— Tu t'es effectivement montré patient. Mais notre nuit de noces n'aura pas lieu ici.

Avec tant de soudaineté et de hâte, personne n'a pu préparer de chambre dans la tour ouest. Elle est entièrement recouverte de draps poussiéreux, remplie de prêtresses toussant en train de chasser des toiles d'araignée.

— Où, alors ? Et quand ?

— Mes appartements à Greavesdrake. Natalia a ordonné qu'une voiture nous y conduise.

* * *

Quand quelqu'un ouvre la porte de l'étude de Natalia en haut de la tour est, elle s'attend à découvrir un serviteur. Un bon garçon attentionné venant lui porter une tasse bien chaude de thé empoisonné. Mais ce n'est pas le cas, c'est William Chatworth.

— Pas maintenant, William, soupire-t-elle, avant de retourner à la lettre qu'elle était en train de griffonner.

Un autre courrier destiné à son frère Christophe dans lequel elle demande à nouveau où se trouve Pietyr, mais lui explique également tout ce qu'il s'est déroulé. Peut-être que ces nouvelles finiront par arracher son frère de sa femme, le pousseront à retrouver sa place à la capitale, bien loin de sa propriété de campagne.

— Non, nous allons parler maintenant.

William effectue de grands pas dans la pièce et se verse un verre de son brandy, à une telle vitesse qu'elle parvient à peine à le lui arracher des mains.

— Il est empoisonné, l'informe-t-elle alors qu'ils contemplent tous deux le verre brisé et le sol mouillé à leurs pieds. Avec de la belladone et des baies de sureau fraîches.

Chatworth soupire. Il serre le poing avant de le relâcher. Puis il tend sa main vers l'arrière et gifle le visage de Natalia.

Sa tête est projetée sur le côté. Elle se recule, surtout choquée. C'est la surprise davantage que la douleur qui lui fait monter les larmes aux yeux.

— J'aurais peut-être dû te laisser le boire.

L'impact a fait pénétrer ses dents dans la chair de sa joue, elle recrache un peu de sang à ses chaussures.

— Mais je peux voir que tu es déjà saoul.

— Tu as marié ta morveuse au Martel.

— Je n'ai rien pu faire. Toi aussi, tu étais là. Elle a formulé son choix devant tout le monde. Peut-être que si ton fils s'était donné la peine de se présenter…

— Annonce alors qu'elle a changé d'avis. Qu'elle était en colère contre lui pour ne pas être présent au couronnement.

— C'est impossible, répond Natalia posément. Elle est la reine. Nous avons dû avancer rapidement, nous sommes dans une position très précaire…

— Annule tout.

— Je viens de te dire que c'est impossible, grimace Natalia, lassée de son haleine et de ses problématiques de continental.

Ses yeux d'ordinaire beaux et clairs sont rouges et gonflés. Elle n'aime pas quand il est dans cet état. Mais peut-être au fond que cela représente sa véritable personnalité sous son vernis affable. Colérique, laide et aigrie.

— Ils sont mariés. En ce moment même, il est en chemin vers sa chambre à coucher.

— Et alors ? Elle peut très bien coucher avec lui et épouser Billy plus tard. Vos reines n'ont rien de dames. Aucune d'entre vous n'a les qualités de vraies épouses. Mon fils devra les lui inculquer.

— Il ne lui inculquera rien du tout, s'emporte Natalia. Maintenant laisse-moi, William, tu es saoul.

Mais Chatworth ne s'en va pas. Son visage s'empourpre et des postillons sont expulsés de ses lèvres.

— J'ai passé des années à nourrir Joseph Sandrin, à ménager une place pour Billy sur Fennbirn. À lui obtenir une couronne. J'ai empoisonné l'élémentaire, et avant encore, la fille à Wolf-Spring.

— Nous ne l'oublierons pas.

Natalia lui tourne le dos. Une erreur peut-être, mais elle ne supporte plus de voir son visage.

— Tu obtiendras autant de parts de marché que possible ; je ne pense pas que la famille de Nicolas se montre trop sérieuse dans leur gestion. Tout ce qu'il te manque est le titre, et pour cela, il te reste un fils. Cela doit très certainement te satisfaire.

Il ne répond rien, et Natalia reprend la rédaction de sa lettre. Elle est tellement surprise par la soudaine présence de ses mains sur son cou qu'elle n'a même pas le temps de crier.

Il est si fort et si furieux qu'il ne faut que quelques secondes pour que la vision de Natalia se mette à vaciller. Ses mains griffent les doigts autour de sa gorge puis le haut de la table, à la recherche de n'importe quel objet pouvant l'aider. Elle ne trouve rien d'autre qu'un presse-papier en verre, une jolie babiole couleur lilas, ronde et plutôt petite. Un cadeau de Geneviève. Elle le saisit et se contorsionne autant que possible pour l'écraser contre sa tempe.

Le coup est oblique mais le déstabilise, elle tombe par terre en haletant. Elle essaie d'appeler au secours, mais sa voix est trop enrouée, elle ne parvient qu'à émettre de faibles croassements. Puis William lui décoche un coup de pied dans l'estomac, et chacun des muscles de son corps se tend de douleur.

Il la frappe et la frappe encore. Sans articuler le moindre son. Elle fixe ses yeux saouls et injectés de sang, elle n'entend rien d'autre que le bruit de son propre cœur et celui de sa respiration laborieuse.

Je ne peux pas mourir ainsi, pense-t-elle. *Je suis Natalia Arron.*

Elle remonte les bras pour se battre, elle griffe et se démène à tout va.

— Kat, halète-t-elle. Katharine.

Puis Chatworth replace ses mains autour de sa gorge, et le monde de Natalia s'éteint.

Rho s'avance dans l'encadrement de la porte et découvre le continental debout au-dessus du corps de Natalia.

— Tout est ta faute, murmure-t-il avant de cracher sur son corps sans vie. Tu aurais dû faire ce que tu avais...

Il s'arrête soudainement de parler quand Rho pénètre dans la pièce. Elle le contourne rapidement dans sa robe blanche et s'agenouille près de Natalia à la recherche de son pouls, même si elle sait pertinemment qu'elle n'en trouvera aucun. Sa nuque est brisée, ses yeux sont remplis du sang de vaisseaux ayant éclaté.

— Dégagez-moi ça, ordonne le continental. Dégagez-moi tout ça et amenez-moi quelqu'un avec qui je pourrai travailler.

Rho se lève. Elle enfonce son regard dans le sien. Sans dire le moindre mot, elle sort son couteau dentelé et en plonge la lame entre ses côtes. L'expression qu'elle lit sur son visage tandis qu'elle le taillade des poumons jusqu'au cœur réjouit son vieux don de la guerre. Si elle n'avait pas choisi de renoncer à son don pour servir le Temple, de prononcer de tels vœux, elle le pousserait par la simple force de son esprit. Elle le projetterait contre le mur avec une telle puissance qu'il rebondirait contre la paroi.

— Vous…, halète-t-il. Vous…

— Vous n'auriez pas dû la toucher, continental.

Elle libère violemment sa lame. Il titube en arrière, ses mains claquant contre son flanc recouvert de sang. Puis il tombe sur le tapis, mort avant même d'avoir touché le sol.

Rho essuie sa lame sur le revers de sa robe. Le sang pourra rester là une longue période, invisible de tous, sa fierté secrète. Elle appelle à l'aide et deux initiées entrent en courant.

Elles gémissent et se couvrent la bouche en passant la porte.

— Enroulez-le dans le tapis, ordonne Rho. Débarrassez-vous de son corps dans la rivière.

Elles prennent trop de temps à son goût pour réagir, mais elles sont nouvelles, elle s'efforce donc de se montrer patiente.

— Que fait-on de la maîtresse Arron ? demande la plus grande, quand elle retrouve l'usage de sa voix.

Rho pose les yeux sur le cadavre de Natalia. Elle leur a causé tellement de soucis durant toutes ces années. Mais Natalia est née sur l'île, c'est une enfant de la Déesse, tout comme Rho. Et elle a terminé sa vie en tant qu'alliée.

— Allez trouver sa sœur. Amenez-la ici et expliquez-lui ce qu'il s'est passé. Ne soyez pas trop brusques.

LES CELLULES DU VOLROY

— Je ne comprends toujours pas, murmure Mirabella. Katharine t'a donc bien tiré dessus avec un carreau empoisonné ?

— Exact, confirme Arsinoé, allongée sur le sol de leur cellule, jouant encore le rôle d'un cadavre.

— Mais tu n'es pas morte par empoisonnement parce qu'un poison *ne peut pas* te tuer… Est-ce que tu portais vraiment une armure de cuir épais sous tes vêtements ?

— Non.

— Alors comment as-tu pu survivre à la blessure du carreau ?

— Contente-toi d'être satisfaite que ce soit le cas, lui souffle Arsinoé. Maintenant, continue de pleurer.

Mirabella regarde par-dessus son épaule. Contrairement à Arsinoé, Mirabella n'est pas douée pour jouer la comédie. Ses faux pleurs rappellent à Arsinoé les gémissements d'un phoque commun que Jules et elle ont un jour découvert dans l'anse, il souffrait de douleurs au ventre et de gaz nauséabonds.

— Mais pas si fort, lui siffle Arsinoé. Nous ne voulons pas qu'ils te permettent de faire ton deuil toute la nuit ! Juste assez pour qu'ils t'entendent et pensent que je suis morte.

Mirabella fait semblant de renifler, de manière moins prononcée, et Arsinoé ferme les yeux. Elle doit se montrer patiente. Après tout, les premières larmes de Mirabella étaient authentiques, avant qu'elle baisse le regard et réalise qu'Arsinoé lui adressait un grand sourire.

Mirabella se tait et Arsinoé ouvre un œil.

— Elle a été couronnée. Je n'arrive pas à y croire.

— Ils ont aussi ordonné ton exécution, ajoute Arsinoé. Bonne Déesse. Ils ont vraiment tout fait pour que tu veuilles être reine, c'est ça ? Ils t'ont agité cette couronne devant le nez comme une carotte devant celui d'une mule.

— L'idée de l'exécution me rend furieuse, admet Mirabella d'une moue. Mais il doit bien y avoir une raison… pour laquelle Luca les laisserait faire.

— Parce que nous ne leur avons pas laissé le choix.

Arsinoé serre la main de sa sœur.

— Mais tu dois te montrer courageuse, maintenant. Je ne pourrai pas m'échapper d'ici sans ton aide.

— S'échapper pour aller où ? demande Mirabella avec amertume. Je ne vais pas retourner à Rolanth, auprès d'un Temple qui souhaite m'ôter la vie. Pas même s'ils choisissaient d'emprisonner Katharine, pas même si l'on me disait que tu pourrais vivre.

— Ce qu'ils n'accepteront jamais.

Ce sont des fugitives, à présent. Des exilées. Arsinoé ne peut pas davantage rallier Wolf-Spring que Mirabella ne peut regagner Rolanth. Elle ne peut pas rejoindre les Milone et leur causer encore plus de soucis qu'ils n'en ont certainement déjà.

— L'île a couronné sa reine, soupire Arsinoé. Une autre empoisonneuse, et elle est loin d'être la plus puissante des trois. Je ne sais pas ce que tu en penses, mais je ne veux plus rien avoir à faire avec ces histoires.

— Moi non plus, affirme Mirabella. Qu'est-ce qu'il nous reste à faire, alors ? Tu vas me regarder mourir lors de mon exécution ?

— Mais non. Ton sens de la rébellion est désastreux.

Arsinoé lui donne une tape. Puis elle se rallonge et donne des coups de tête contre le sol de la cellule recouvert de paille.

— L'île a couronné sa reine, chuchote Mirabella. Tu as raison. Peut-être que ce n'est pas nous qui en avons terminé avec l'île, mais plutôt elle qui ne veut plus de nous. Peut-être nous laissera-t-elle nous en aller.

Arsinoé lui lance un regard plein d'espoir, mais celui-ci est vacillant.

— J'ai déjà essayé, par deux fois.

— Tu n'as pas essayé avec moi.

C'est un fait. Le don de Mirabella est tellement puissant qu'il pourrait déchirer le brouillard. De plus, trouver la mort en mer serait bien mieux que de la trouver aux mains des Arron.

Mirabella lui tend la main.

— Très bien, accepte Arsinoé.

Elle lui fait un grand sourire jusqu'à ce qu'elle entende des bruits de pas dans le couloir. Puis elle redevient flasque. Tant de choses doivent aller dans leur sens pour qu'elles réussissent à s'échapper, mais elles n'auront aucune autre opportunité.

La clé déverrouille la serrure, la porte s'ouvre. Des gardes entrent en traînant des pieds et en murmurant des excuses. À leurs yeux, et à ceux de tous les autres gardes qu'elles rencontreront, Arsinoé et Mirabella demeurent des reines, et les sœurs vont tirer cela à leur avantage.

— Pardonnez-nous, reine Mirabella, mais nous devons emporter le corps.

— Non !

Mirabella se jette théâtralement sur la poitrine d'Arsinoé.

— Laissez-la-moi encore quelques instants !

Arsinoé aimerait pouvoir ouvrir les yeux pour compter le nombre de gardes présents. Selon le bruit de leurs pas, elle pense qu'il n'y en a pas plus de trois.

— Allons, attendre ne fera que rendre la séparation plus difficile.

Mirabella leur fait une telle crise qu'Arsinoé doit se retenir de rire. Mais elle rentre de plus en plus dans son rôle.

— Écartez la reine Mirabella, ordonne l'un des gardes.

Mirabella crie, se défend et crée une pagaille générale.

Ils attrapent Arsinoé par les bras, et elle laisse sa tête retomber en arrière. Elle attend qu'ils l'aient soulevée assez haut pour que ses pieds se retrouvent en dessous d'elle, puis elle saisit sa chance.

Elle arrache son bras droit de la prise de la garde et la frappe au visage. La pauvre fille s'effondre comme un sac de pommes de terre au sol. Arsinoé tord son bras gauche, prête à devoir tirer de toutes ses forces, mais la chance lui sourit encore. Le choc de la voir revenir d'entre les morts a forcé l'autre garde à relâcher sa prise. Arsinoé se recule et lui assène un coup à elle aussi.

Le dernier garde qui maintient Mirabella fixe Arsinoé avec étonnement. Il est bien frêle, il n'est pas beaucoup plus âgé que le plus jeune frère de Joseph, Jonah.

— Que…, bégaie-t-il. Comment ?

Il relâche Mirabella avant de faire quelques pas désorientés.

Arsinoé se redresse pour le combattre avant qu'il ait le temps de retrouver ses esprits et d'alerter le reste de la prison.

Mais à sa grande surprise, Mirabella croise ses mains ensemble et abat lourdement son poing sur sa nuque. Il louche pendant quelques instants avant de s'écrouler.

— Oh ! s'exclame doucement Mirabella.

— Tout à fait, « oh », reprend Arsinoé.

Elle se penche et déleste la garde principale de ses clés, puis elle s'empare de la lanterne qu'ils ont accrochée près de la porte.

— Maintenant, déchire encore un peu ta jupe pour les bâillonner, et filons d'ici.

Le dernier repas de Jules et Joseph était bon. Leurs gardes se sont montrés prévenants et ils leur ont servi un canard rôti avec du pain et du fromage à pâte molle. Sans oublier un sac de noix sucrées provenant d'un vendeur.

— Je ne peux rien manger de tout ça, déclare Jules, tout en écoutant Joseph jeter son assiette en métal par terre.

— Moi non plus. Quel effet peut nous faire un canard rôti quand on sait qu'on va mourir demain matin ? Je peux t'en jeter un peu, pour Cam.

Jules approche son assiette du couguar, dont la tête repose sur ses genoux. Camden ne cherche même pas à la renifler.

— Elle n'en veut pas non plus.

Elle caresse la large tête au pelage doré du félin. Elle n'arrive pas à croire que c'est ainsi qu'elles vont partager leurs dernières heures. Elle se sent comme engourdie, sans aucune peur. Elle n'éprouve plus rien depuis que le garde est venu leur annoncer qu'Arsinoé a été exécutée et qu'ils seraient ligotés à des poteaux le lendemain matin et également exécutés, leurs corps exposés à la vue de Mirabella.

Elle entend Joseph se déplacer dans sa cellule, il se retourne contre les barreaux.

— Je n'arrête pas de repenser à ce que nous aurions pu faire. À ce qui aurait pu se passer différemment. Rien, peut-être...

Il grogne.

— Parfois on perd et c'est tout. Après tout, tout le monde ne peut pas gagner.

— Je veux voir Cait, répond Jules, la gorge serrée par le chagrin. Et Ellis.

Elle veut voir tante Caragh et même Madrigal.

— Je sais. Moi aussi, je veux les voir. J'aimerais que nous soyons n'importe où ailleurs que dans les cachots de ce château. Mais Camden est là, et moi aussi. Ne pleure pas, Jules.

— Je dois t'avouer quelque chose.

Elle s'essuie les joues.

— Je dois te répéter ce que m'a dit Arsinoé sur la magie basse.

— Quelle magie basse ?

— La nuit où tu es rentré, elle a lancé un sortilège d'amour qui nous était destiné. Mais elle a fait quelque chose de travers, elle l'a abîmé et elle pense que c'est pour ça que... Mirabella et toi...

Elle s'arrête. Joseph ne prononce pas un mot pendant un long moment.

— Joseph ? Tu n'as rien à dire ?

— Que veux-tu que je réponde, Jules ? demande-t-il avec douceur.

— Eh bien..., tu ne crois pas que ce sort ait pu jouer un rôle ? La magie basse d'Arsinoé est très puissante. Elle aurait vraiment pu exercer une influence.

— Je sais ce que tu cherches à faire.

— Comment ça ?

— Tu essaies de me pardonner, souffle-t-il, elle peut entendre un sourire dans sa voix. Tu ne veux pas te retrouver face à la mort demain en me détestant toujours.

— Je ne te déteste pas.

— Je l'espère. Mais ce qu'il s'est passé avec Mirabella était ma faute. C'est peut-être la magie qui a poussé nos chemins à se croiser, elle nous a peut-être même rapprochés, mais elle ne m'excuse en rien, Jules. J'ai commis une erreur. J'aimerais ne l'avoir jamais fait, mais tout cela ne change rien à la vérité.

Jules le savait bien, au plus profond d'elle-même. Mais elle se sent plus libre maintenant, en quelque sorte, après l'avoir dit.

— Bon, bref, reprend-elle avec insolence. Je voulais simplement que tu te sentes mieux par rapport à tout ça, comme on va de toute façon mourir.

Joseph se met à rire.

— Je t'aime tellement, Jules.

Des bruits de pas résonnent dans le couloir, et Jules efface ses larmes de sa manche. Aucune patrouille ne pourra se vanter de voir des traces de larmes sur ses joues. Jamais.

— Bon, qu'est-ce qui se passe maintenant ? demande Joseph.

Jules se raidit en entendant un bruit qui lui rappelle celui d'un corps qui tombe. Les oreilles de Camden se redressent, avant qu'elle se relève, sa queue remuant d'avant en arrière.

— Jules ! siffle Arsinoé. Jules, tu es quelque part là-dedans ?

— Arsinoé !

Jules et Camden se précipitent vers les barreaux tandis qu'Arsinoé court dans le couloir. Elles l'étreignent autant que possible de leurs mains et de leurs pattes. Camden ronronne et lui lèche le visage.

— Camden, beurk.

Arsinoé fait un grand sourire en s'essuyant la joue.

— Moi aussi je pourrais te lécher le visage, je suis tellement heureuse de te voir, souffle Jules. Je croyais que tu étais morte, je croyais qu'ils t'avaient exécutée.

— Oh, ils ont bien essayé. Mais ils ne s'y sont pas pris de la bonne manière. Ils ont envoyé ma très tendre sœur pour m'empoisonner.

Arsinoé fouille les clés d'un trousseau jusqu'à ce qu'elle trouve celle qui ouvre la porte. Puis elle lance le trousseau à Mirabella afin qu'elle délivre Joseph.

— Cam et toi allez bien ?

Jules sort de la cellule juste au moment où Joseph se jette sur elles pour les embrasser chacune à leur tour : la fille, l'autre fille et le couguar.

— Nous allons bien.

— Très bien. Maintenant, il faut fuir d'ici. Vous vous sentez assez en forme ? Est-ce que tu pourras te battre ?

Jules serre les poings.

— Ta question est idiote.

Elle regarde de l'autre côté du couloir, en direction de Mirabella, et lui adresse un léger signe de tête. Puis elle s'échappe de l'étreinte de ses amis et laisse Arsinoé ouvrir la voie.

MANOIR GREAVESDRAKE

Nicolas l'aide à descendre de voiture, et Katharine lève des yeux nerveux vers la lumière des fenêtres de sa chambre. Ses serviteurs l'ont apprêtée, ils l'auront décorée de vases remplis de fleurs empoisonnées et auront disposé des bougies à la cire parfumée. Sans oublier de préparer le lit.

Katharine prend une profonde inspiration. Aucun déplacement en voiture depuis la ville n'a jamais été aussi court.

Nicolas la tire dans l'allée qui mène à la maison et le majordome de Natalia leur ouvre la porte.

— Edmund. Natalia est-elle rentrée ?

— Elle n'est pas encore rentrée du Volroy, ma reine. Mais tout a été arrangé selon ses directives.

— C'est très bien.

Katharine s'attarde un peu tandis qu'il la débarrasse de sa cape. L'air sur ses épaules lui donne le sentiment d'être entièrement nue.

— Même si je m'attendais à ce qu'elle soit là… ou alors Geneviève… Même si je devrais être finalement heureuse *qu'elle* ne soit pas présente…

— Cela suffit, ordonne Nicolas en l'attirant vers elle pour lui embrasser le cou.

Il saisit une lampe de la table du foyer et la mène rapidement dans le couloir.

Tandis qu'ils passent devant les différentes pièces, Katharine se sent envahie par une tristesse inattendue. Elle va bientôt devoir faire ses adieux à Greavesdrake, à ses sols bruyants et anciens, à ses pièces sans lumière pleines de recoins froids. Après cette nuit, elle n'y reviendra plus. Pas comme elle y revient maintenant. Elle ne sera plus chez elle à Greavesdrake.

— Nicolas, ralentis un peu. Je vais me fouler la cheville !

— Mais non, rit-il.

La demeure semble bien vide. Où sont les servantes et leurs gloussements, les serviteurs aux yeux indiscrets ? Il n'y a pas même le bruissement d'une jupe pour dégager le passage devant eux. Ils atteignent la chambre, et Nicolas la tire si fort par la porte qu'elle manque de chuter.

L'espace est illuminé par la douce lueur des bougies. Les tapis et le lit sont recouverts de pétales de fleurs rouges. Elle s'est déjà imaginée cette nuit par le passé. Mais ce n'était jamais Nicolas qui était à ses côtés.

Nicolas se retourne pour lui faire face, elle a déjà le souffle court.

— Je ne comprends pas pourquoi je suis si nerveuse, avoue-t-elle.

— Ce n'est pas la peine.

Il l'embrasse.

Son baiser n'a rien à voir avec ceux de Pietyr. Elle n'a pas l'impression d'être submergée par un torrent d'émotions. Il lui faudra du temps pour s'y habituer, mais au moins ses lèvres sont douces. Il lui retire ses gants.

— Ces cicatrices, entame-t-il en fixant ses mains. Vont-elles s'atténuer ?

— Je ne sais pas, répond-elle en essayant de reprendre sa main.

Mais plutôt que de le dégoûter, la vision de ces cicatrices paraît l'exciter encore davantage. Il les mordille et en suit les tracés de la langue. Il lui embrasse le cou et la clavicule, ses caresses sont rudes, comme si leur mariage l'avait rempli d'audace. Elle a entendu dire que les continentaux pouvaient parfois se comporter ainsi. Même si elle ne se rappelle pas réellement où elle a pu entendre cela. De la bouche de Pietyr, peut-être, durant sa formation, ou peut-être Geneviève, qui tentait de l'effrayer.

Nicolas enlève sa chemise avant de passer ses doigts dans les lacets de sa robe.

Katharine se détourne.

— Arrête. Attends.

Elle traverse l'antichambre et entre dans sa chambre à coucher. Tout cela s'est déroulé tellement vite. Le duel, son couronnement, l'empoisonnement d'Arsinoé. Elle a à peine eu un instant pour respirer, et elle ressent soudainement toutes ces respirations manquées lui serrer la gorge.

— Attendre quoi ?

Il la suit et lui embrasse l'épaule. Il est désormais plus doux. Elle ferme les yeux.

Au petit matin, tout sera terminé. Elle exécutera Mirabella, et cette vibration qu'elle éprouve dans son sang cessera. Les reines mortes du domaine Breccia seront satisfaites. Mais même serrée dans les bras de son roi consort, elle parvient à percevoir leur présence perçante, elles veulent l'emporter de force. Elles lui fournissent de la puissance mais aucun répit. Elle n'est jamais seule.

Pietyr, je n'aurais jamais dû te demander de partir, se dit-elle, tressaillant face à l'humidité qu'un des baisers de Nicolas a déposée sur son cou.

Nicolas s'arrête. Il la redresse, lui relève son menton afin qu'elle le regarde dans les yeux.

— Est-ce que tu penses à lui ?

— Non, lui ment-elle.

— Parfait.

Il la soulève et la porte jusqu'au lit.

— Car il n'est pas là.

LE VOLROY

Le sang d'Arsinoé cogne dans ses oreilles alors qu'ils gravissent encore et encore les marches du Volroy. Elle se sent plus en sécurité maintenant que Jules est avec elle, même si c'est toujours elle qui ouvre la voie. Une partie d'elle-même avait pensé qu'une fois Joseph et Jules libérés cette dernière prendrait leur évasion en charge. Mais ils trouveront la sortie quoi qu'il advienne.

Ils atteignent le niveau suivant, et Arsinoé se colle contre le mur. C'est la dernière grille. Elle se souvient avoir vu le foyer en fer ouvragé au milieu de la pièce quand elles ont été traînées vers les cellules. Elle se penche en avant de quelques millimètres avant de se reculer rapidement. Il y a tellement de gardes, pas moins de dix. Certains sont assis à une table rectangulaire, d'autres sont adossés à des murs. Trois autres sont stationnés près de l'ouverture qui traverse la grille. Ils sont tous équipés de massues et de couteaux, deux d'entre eux portent même des arbalètes.

Arsinoé se retourne et dresse ses dix doigts. Jules opine. Les visages de Joseph et Mirabella blêmissent. Mais il n'y a pas d'autre issue, ils doivent passer tout droit.

Arsinoé prend une profonde inspiration. Elle espère qu'ils savent tous comment agir, et qu'ils en sont capables.

Elle pénètre dans la pièce à toute vitesse et se précipite la tête la première vers le garde le plus proche, elle entend un craquement alors que son épaule s'enfonce dans son torse. Ce doit être une bonne chose, car il se recroqueville à terre sans même tenter de donner un seul coup de poing.

— La reine à la cicatrice ! Les reines ! s'écrient les gardes près des grilles.

Des chaises sont renversées tandis que d'autres gardes se lèvent de la table. Ils hésitent à se servir de leurs armes contre des reines. Surtout à l'encontre d'une reine qui semble pouvoir revenir d'entre les morts.

Jules sort à toute allure des ombres du couloir et fait tomber l'un de ceux qui portent une arbalète. Camden, grognant, règle rapidement le compte de l'autre, et Joseph lui arrache son arme des mains.

— Du calme ! Que personne ne bouge ! ordonne Arsinoé, les mains tendues. Rassemblez-vous au milieu de la pièce et mettez-vous à plat ventre !

Une garde arborant la ceinture noire des capitaines secoue la tête.

— Nous ne pouvons pas vous laisser sortir d'ici, ma reine.

— Oh que si, et c'est exactement ce que vous allez faire.

Mais la main de la capitaine vient se poser sur son épée à lame courte. Elle l'ôte de son fourreau et se détourne d'Arsinoé pour cibler Joseph. C'est une manœuvre idiote. Le don de la guerre de Jules empêche la lame de ne serait-ce qu'être abattue, et Joseph tire avec l'arbalète par réflexe. Son carreau plonge profondément dans la poitrine de la capitaine.

À la vue de leur capitaine en train de cracher son sang, le reste de la garde sombre dans la folie. Arsinoé se retrouve immédiatement bousculée et doit s'accroupir pour éviter le coup d'une massue laquée de noir. Le son qu'elle produit en rebondissant sur les pierres lui fait tourner la tête. Cela aurait pu être sa tête, grande ouverte. Repliée au sol, elle arrache le couteau du garde de sa ceinture et lui enfonce dans la jambe, puis dans l'épaule alors que l'homme chute.

La massue de quelqu'un d'autre la cogne dans le dos de plein fouet. Sa vision vacille et pétille de blanc et de noir, et elle s'écroule.

Il y a tant de bruits, tant d'affrontements. Quelqu'un lui marche sur la main et fait craquer ses os. Mirabella se met à crier.

— Jules ? grogne Arsinoé. Où est Jules ?

Des os crissent, et le garde qui a frappé Arsinoé tombe à terre sans vie. Quelqu'un passe un bras autour d'elle et la relève.

— Je te tiens, Arsinoé, lui assure Jules. Je te tiens.

Arsinoé pivote la tête pour la regarder et ses yeux s'écarquillent.

— Jules, attention !

Mais avant même que le couteau puisse débuter sa course descendante, l'attaquant se retrouve recouvert de flammes. Mirabella est furieuse, son feu est tellement chaud que le garde ne hurle qu'un petit instant. Elle calme son pouvoir tandis que la puanteur de la chair brûlée envahit l'atmosphère de la pièce. Jules tousse et décoche un carreau dans le corps agonisant, afin d'en abréger les souffrances.

— Il le fallait, bégaie Mirabella. Je…

Camden, qui devait être en train de la protéger, fronce le museau et s'éclipse pour se recroqueviller derrière les jambes de Jules.

Arsinoé regarde autour d'elle. Tout s'est passé si vite. Tous les gardes sont soit morts, soit inconscients. La pièce est emplie d'une fumée à l'odeur horriblement doucereuse. Joseph se trouve sur un genou, haletant après l'effort du combat.

— Sortons d'ici, chuchote Arsinoé.

Joseph se lève, son flanc droit est noirci par le sang.

— Joseph !

Jules se libère du bras d'Arsinoé et le rejoint, en appliquant une pression sur sa blessure.

— Voilà.

Mirabella arrache davantage de pans de sa jupe pour le panser.

— Je vais bien, affirme-t-il. C'est une simple coupure, elle n'est pas si profonde.

Jules soulève sa chemise. Mirabella et elle l'entourent d'une couche serrée de tissu, elles ont employé tellement de morceaux de sa jupe que les jambes de Mirabella sont visibles au-dessus de ses bottes.

— Je vais bien, Jules.

Joseph lui touche le visage, ses mains tremblent.

— Je sais. Tout ira très bien dès que nous serons sortis d'ici.

Elle passe l'un de ses bras au-dessus de ses épaules et fait un signe de la tête à Arsinoé.

— Bon, fait Arsinoé.

Mais elle parvient à peine à déglutir en le regardant. Il y aura encore davantage de gardes à affronter quand ils arriveront en haut des marches, au cœur du Volroy lui-même.

Elle attrape l'une des torches fixées au mur et l'une des massues des gardes.

— Mirabella, reste derrière moi, lui ordonne Jules. Tu n'as pas besoin d'être en première ligne pour utiliser ton don, si ?

Mirabella secoue la tête.

Aussi rapidement que possible, ils franchissent la dernière grille et se faufilent dans l'escalier pour atteindre le niveau principal. En haut, Arsinoé repose la torche avant qu'elle révèle leur présence.

Il y aura obligatoirement beaucoup de gardes ici, peut-être même des prêtresses. Il faudra qu'ils y mettent tous du leur et que la Déesse aussi participe pour qu'ils puissent quitter le Volroy, et même ainsi ils seront probablement arrêtés dans la cour.

Ils passent le coin du mur, prêts à en découdre. Mais il n'y pas âme qui vive. Ils aperçoivent uniquement des bougies illuminant à peine l'espace depuis les alcôves creusées dans le mur.

Puis ils voient les corps.

Les corps des gardes jonchent le sol. Des bras et des jambes ressortent d'au-dessous des tables et de l'entrebâillement de portes à demi fermées.

— Mais qu'est-ce qu'il s'est passé ici ? demande Joseph, et Jules s'accroupit tandis qu'une dizaine de silhouettes vêtues de capes accourent dans leur direction, leurs lames au clair.

Le vent s'engouffre au travers des fenêtres tandis que Mirabella en appelle à ses éléments.

— Attendez, attendez !

Le meneur retire sa capuche et Arsinoé laisse sa massue lui tomber des mains.

— Billy ! s'écrit-elle avant de se jeter dans ses bras.

— Arsinoé !

Il la soulève du sol. Il la serre tant qu'elle parvient à peine à respirer et il lui embrasse les cheveux et les cicatrices de son visage.

— Est-ce que tu vas bien ? J'avais tellement peur que nous arrivions trop tard.

— Je vais bien, affirme Arsinoé, rayonnante. Mais qui ça, « nous » ?

Une fille habillée d'une cape bordée de rouge s'avance.

— Je me souviens de vous, lance Arsinoé. Vous étiez dans l'arène, pendant le duel.

Elle observe le reste du groupe, ils sont à peine une douzaine en tout. Ils sont parvenus à terrasser tous les gardes du niveau principal de la forteresse.

— Qu'est-ce que vous faites ici ?

La fille la fixe avec respect et effectue une légère révérence.

— Nous sommes des guerriers de Bastian, annonce-t-elle en hochant la tête en direction de Jules. Nous sommes ici pour elle.

MANOIR GREAVESDRAKE

Katharine se réveille dans la pénombre, Nicolas s'agite et se débat, en proie à un quelconque cauchemar. Elle tend la main pour lui toucher l'épaule, puis il s'apaise.

La pièce est emplie d'ombres. Les bougies et les lampes se sont éteintes ou l'ont été ; elle ne s'en souvient plus. Ce qu'elle se rappelle cependant lui empourpre les joues. Nicolas était tellement différent de Pietyr, mais tout aussi passionné. Après, il l'a serrée fort contre lui, ils étaient collés peau à peau.

Elle se roule vers lui et glisse une main sous les couvertures.

— Nicolas ? Tu es réveillé ?

Il ne bouge pas. Son roi consort est éreinté. Elle fait remonter ses doigts sur son torse, de manière taquine.

Ses doigts dérapent sur un liquide chaud. Elle esquisse d'abord une grimace, pensant que c'est de la bave. Puis elle reconnaît cette odeur dans l'air. Le parfum d'une chaude et soudaine hémorragie.

Katharine se redresse. Elle se tend vers sa table de nuit et trouve la bougie et les longues allumettes. Ses mains tremblent alors qu'elle embrase la mèche, même si elle sait parfaitement ce qu'elle découvrira.

Nicolas est allongé sans vie, recouvert de sang. Le liquide s'accumule sur son torse, dans les plis du tissu. Il macule les draps d'une couleur rouge vif. Il a coulé de sa bouche et de son nez, même ses yeux ont saigné. Partout ou presque où elle l'a touché, ses veines sont devenues d'une ardente couleur violette sous sa peau.

Katharine s'écarte et contemple son nouveau mari. Ce pauvre Nicolas. Ce malencontreux garçon du continent, sans aucun don pour l'aider à surmonter ces toxines. Elle observe sa peau, ses propres mains, ce corps où demeure le poison. Le poison à l'intérieur d'elle doit être puissant pour engendrer une telle réaction si vite.

Ce pauvre Nicolas. Il a partagé le lit d'une reine et n'y a pas survécu.

Des bruits de sabots résonnent sur les pierres de l'allée. Katharine sort rapidement de son lit et enfile sa robe à toute vitesse.

— Natalia. Natalia pourra m'aider.

Elle lisse et plie les draps emmêlés et gorgés de sang, elle respire avec difficulté et se met à pleurer. Elle touche la joue de Nicolas qui commence à refroidir, puis tire un drap par-dessus son visage. Natalia ne peut pas entrer et le voir ainsi.

— Je suis désolée, murmure-t-elle alors que des bruits de pas claquent dans le couloir.

— Kat ? appelle Pietyr en frappant à la porte. J'ai vu ta bougie dehors, tu es réveillée ?

— Pietyr ! s'écrie Katharine.

Elle se précipite vers lui et enfonce son visage dans son torse alors qu'il passe la porte.

— Tu trembles. Qu'est-ce que… ?

Il ferme les yeux. Il a vu la scène. Vu ce qu'elle a accompli. Il s'écarte pour la regarder tout entière. Dans la faible lumière ombreuse, il parvient à peine à discerner la couronne d'encre tracée sur son front. Il la touche du pouce.

— C'est donc fait, lâche-t-il avec tristesse. Raconte-moi ce qu'il s'est passé.

Tout se déverse de sa bouche tel un torrent. La mascarade de duel, le couronnement, l'assassinat d'Arsinoé, sa nuit de noces, le roi consort mort dans son lit. Une fois son récit terminé, elle attend, certaine qu'il va la repousser.

— Ma douce Katharine, souffle-t-il en essuyant les larmes qui roulent sur sa joue.

— Comment peux-tu dire cela ?

Les doigts de la reine ont laissé des traces cramoisies sur sa chemise. Elle se libère de ses bras et retourne à sa chambre où la silhouette de Nicolas demeure allongée, ce qui lui reste de sang s'accumule dans son dos et autour de ses jambes.

— Je l'ai tué. En le touchant, simplement. Je ne suis pas normale !

Pietyr la contourne. Il saisit une lampe sur la table et retire le drap. Katharine se détourne quand elle remarque comme sa peau est devenue grise et comme ses yeux sont enfoncés. Pietyr soulève l'un des bras de Nicolas et en inspecte les doigts.

— Tant de poison, murmure-t-il.

Elle en est pratiquement entièrement constituée. Elle est exactement telle qu'ils la décrivent. La reine revenante.

Elle se griffe le visage, dégoûtée, elle gratte et arrache les croûtes fraîches de sa couronne jusqu'à ce qu'elle s'étale sur son front, du sang et du noir.

Pietyr repose la lampe et s'approche d'elle. Il lui bloque les bras le long du corps.

— Arrête. Tu es une reine. Tu es couronnée. Rien de tout cela n'est ta faute.

— Tu n'es pas surpris, remarque Katharine. Pourquoi ?

Pietyr plonge longtemps son regard dans le sien. Comme s'il s'attendait à y découvrir quelqu'un d'autre.

— Parce qu'après que tu m'as repoussé je suis allé au domaine Breccia. Je suis descendu dans le gouffre.

Ses doigts s'enfoncent dans sa peau, et elle note qu'ils sont gelés.

— De quoi te souviens-tu vraiment, Kat ? Lors de ta chute.

— Après que tu m'as poussée, tu veux dire ? crache Katharine en se libérant de sa poigne.

Elle baisse la tête.

— Je ne me souviens de rien.

— De rien, répète Pietyr. Peut-être, ou peut-être que tu me mens. Ce que j'y ai vu, ou ce que je pense y avoir vu, m'a fait hurler comme je n'ai pas hurlé depuis mon enfance.

Elle lève le regard, *il connaît la vérité*.

Les reines mortes ont rongé les os de leurs injustices bien longtemps avant qu'il fasse tomber Katharine entre leurs mains. Qu'elles parviennent à verser leurs désirs en elle, à la remplir de leurs ambitions et de leur puissance maligne, c'était sa faute.

— Au moins, je ne craignais plus rien pour toi, dit-il doucement. Ces vieilles sœurs n'allaient pas te permettre de mourir. Pas quand tu étais leur vaisseau pour atteindre la couronne, pour sortir de ce trou.

— Mais tout cela était en vain.

Elle fixe Nicolas d'un regard impuissant, sa peau devient de plus en plus grise sous le drap. Elle s'est transformée en poison même. Aucun roi du continent ne pourra partager sa couche et y survivre. Aucun enfant issu d'un père du continent ne pourra survivre dans son ventre pendant de longs mois.

— Je ne peux pas porter les triplées, chuchote-t-elle. Je ne peux pas être reine.

Elle se met à pleurer, et Pietyr la prend dans ses bras.

— Natalia sera tellement déçue. Tu dois aussi être déçu…, dégoûté…

— Jamais.

Pietyr embrasse la couronne étalée sur son front. Il lui embrasse les joues et les débarrasse des larmes qui les parcourent.

— Pietyr, je ne suis que poison.

— Et moi je suis un empoisonneur. Tu n'as jamais été si précieuse à mes yeux que tu l'es maintenant.

Il lève la tête en entendant les bruits d'une voiture qui approche, puis il la serre fort contre lui.

— Je t'ai fait défaut une fois, je t'ai trahie une fois. Mais cela ne se reproduira plus. À partir de maintenant, je te protègerai, Kat, quoi qu'il advienne.

INDRID-DOWN

Les guerriers dans leurs capes bordées de rouge sont menés par une fille nommée Émilia Vatros et son père. Elle a des yeux froids et vifs comme ceux d'un oiseau de proie, Jules l'apprécie instantanément.

— Pourquoi est-ce que vous nous aidez ? demande Jules.

— Je l'ai déjà dit, répond Émilia.

— Il n'était pas difficile de les convaincre, enchaîne Madrigal. Tu étais l'unique raison pour laquelle ils se trouvaient à la capitale.

— Vous auriez de toute façon dû nous l'envoyer, affirme le père d'Émilia en dévisageant Madrigal. Vous auriez dû la laisser choisir, être des vôtres ou des nôtres.

— Elle était à moi, se défend Madrigal. C'est mon enfant.

— La Déesse ne partage pas votre avis.

— Qu'est-ce que vous savez des souhaits de la Déesse ? s'emporte Madrigal, mais Jules la fait taire.

Le père d'Émilia se tient aussi droit que Cait, ses cheveux sont brun foncé et son visage est légèrement ridé. Et si Madrigal se met en tête de s'engager dans un débat avec lui, ils resteront là dans les ombres à se quereller jusqu'à ce que le soleil se lève et qu'ils soient découverts.

— Avançons, alors, suggère Arsinoé.

Deux guerriers viennent soulever Joseph des épaules de Jules. Cette dernière regarde Arsinoé, et elle opine du chef. Ils accepteront leur aide pour l'instant et poseront des questions plus tard.

Rapidement et silencieusement, ils traversent le niveau principal du Volroy. Ils courent et s'accroupissent en parcourant le donjon du château et son cloître jusqu'à atteindre la grille extérieure voûtée, c'est alors qu'ils se tapissent dans les ombres.

Jules déglutit nerveusement. Émilia l'a tirée avec elle à l'avant du groupe, et elle ne peut pas s'empêcher de penser que son don de la guerre est mis à l'épreuve.

— Les voici, chuchote Émilia.

Jules s'écarte du mur en pierre de l'arche afin de distinguer ce qu'elle désigne : quatre éclats de lumière soudains dans la pénombre, ils proviennent de leurs compatriotes qui leur ouvraient la voie.

— Quatre éclats, affirme Jules. Quatre gardes se tiennent entre nous et l'extrémité de la cour.

— Oui. Est-ce que tu les vois ?

Jules s'avance à pas feutrés et lève le regard vers les remparts, elle n'en aperçoit que deux.

— Où sont-ils ?

— Deux d'entre eux se trouvent près de la haie. Ils sont beaucoup trop près l'un de l'autre pour être neutralisés individuellement. Celui qui mourra le dernier criera et donnera l'alarme.

Émilia apprête son arc.

— Ne peut-on pas attendre qu'ils soient partis ? demande Jules. Ensuite, nous nous faufilerons en direction de la forêt. Une fois à couvert dans les rues obscures, cela sera aisé.

Jules se souvient encore de la carte d'Indrid-Down. Il leur faut compter sur une course de plus de vingt minutes pour rejoindre la prairie et ensuite la sécurité des arbres.

— Nous avons déjà trop attendu. C'est incroyable que personne n'ait encore réveillé la garde dans son intégralité.

Émilia encoche une flèche et siffle. De l'autre côté du couloir, un guerrier en fait autant. Tous deux visent les gardes en train d'échanger près de la haie.

— Guide ma flèche, murmure Émilia.

— Pardon ? Mais je ne peux pas !

Émilia fait un grand sourire.

— Évidemment que tu le peux. Mais ce n'est rien, je peux atteindre ma cible sans ton aide.

Un autre sifflement et les flèches fendent les airs. Les deux gardes s'écroulent sans le moindre bruit.

— Hé, grogne Jules en saisissant le bras d'Émilia. Ne refaites pas ça. Nous escortons des reines, ne perdez pas de temps à me mettre à l'épreuve !

Émilia penche la tête. Puis ses yeux se dirigent vers les remparts quand un autre guerrier siffle.

— Les remparts ! Ils nous ont repérés !

Jules lève son regard en même temps qu'un des gardes tire un carreau. Elle sursaute et étend son esprit autant qu'elle le peut : le carreau rebondit sur la pierre à la droite d'Émilia.

— Allons-y, maintenant !

Jules fait un signe à Arsinoé pour qu'elle la suive. Le groupe traverse la cour à toute vitesse. Les gardes des remparts en ont alerté d'autres, des flèches heurtent le sol, elles sont trop proches au goût de Jules. Elle pivote et étire et étire encore son esprit, elle en dévie autant que possible. Tout son sang vient lui battre les oreilles, cet effort est éreintant.

Un guerrier décoche une flèche juste à côté d'elle, puis elle voit le garde tomber du mur.

— Jules ! l'appelle Arsinoé. Allons-nous-en !

Jules et Émilia se retournent pour se lancer dans la course, couvertes par les autres guerriers. Alors que le groupe passe les gardes allongés près de la haie, un bras se tend et attrape la cheville de Jules. Elle chute la tête la première au beau milieu du chemin et roule sur elle-même pour donner un coup de pied, mais Émilia saute sur le dos du garde, elle lui prend la tête dans le creux de son coude et la fait craquer.

— Maintenant, il est mort. Filons !

Les reines en fuite et le groupe qui les a secourues se dispersent dans les rues, certains vont dans une direction, les autres dans une autre. Le plan de la ville a été mémorisé, ils se retrouvent dans des allées pour brouiller les pistes. Tout le monde court à en perdre haleine jusqu'à gagner la prairie par groupes de deux ou trois afin de se fondre dans la forêt comme des gouttes d'encre dans de l'eau.

— Tu t'en es bien sortie, la complimente Émilia avec un grand sourire. Je n'ose penser au nombre de flèches qu'il aurait fallu à ton bourreau pour ne serait-ce percer la barrière de ton don.

— Comment pouvez-vous lui dire quelque chose comme ça tout en souriant ? interroge Arsinoé.

— Comment pouvez-vous parler tout court ? demande Billy à bout de souffle.

Il aide Joseph et lutte de tout son corps sous ce poids en plus.

Jules s'avance vers lui, mais Joseph lui fait un signe de la main.

— Je vais bien, Jules, merci.

Elle s'approche de lui et lui embrasse le visage. Il est frais et trempé de sueur.

— Nous devons le montrer à un guérisseur.

— Nous sommes venus en barge, déclare le père d'Émilia. Elle vous portera où vous le désirerez.

MANOIR GREAVESDRAKE

La porte de Katharine s'ouvre, mais la personne qui se précipite dans la pièce n'est en rien celle qu'ils attendent. Ce n'est pas Natalia, mais Geneviève.

— Pardonne-moi, reine Katharine. Je ne souhaite pas t'interrompre, mais je pensais qu'il fallait que tu saches que…

Geneviève s'arrête net en voyant Katharine blottie dans les bras de Pietyr. Puis sa bouche s'ouvre en grand en découvrant le spectacle de Nicolas allongé dans le lit.

— Qu'est-ce que…

Geneviève contourne Katharine et Pietyr rapidement pour aller observer le corps. Elle ne demande pas si quelqu'un d'autre aurait pu l'empoisonner, elle est une empoisonneuse avec assez d'expérience pour comprendre ce qu'il s'est passé.

— Katharine, qu'est-ce que tu as fait ?

— Ce n'était pas prémédité ! pleure Katharine.

— Tout va bien se passer, murmure Pietyr contre ses cheveux.

— Comment est-ce que tout va bien se passer ? rugit Geneviève, ses yeux lilas furieux. Nous l'avons transformée en poison !

— Nous avons fait d'elle une reine couronnée, la reprend Pietyr.

— Non, rétorque Katharine. C'est impossible, Pietyr, si je ne peux pas accepter de roi consort, si je ne peux pas porter de triplées.

— Le poison pourrait se dissiper avec le temps, suggère Pietyr, mais sa voix laisse transparaître le doute.

Geneviève s'avachit contre le lit. Sa main glisse jusqu'à une mare de sang qui se refroidit, et elle la secoue pour s'en débarrasser, éclaboussant encore davantage les draps. Alors qu'elle se penche vers la lampe pour trouver un tissu avec lequel s'essuyer, la lumière illumine son visage, bouffi par les pleurs.

— Geneviève. Que se passe-t-il ?

Les bras de Geneviève retombent sur ses genoux. Elle semble se rapetisser juste devant leurs yeux.

— Natalia est morte, elle a été assassinée.

Katharine reste stoïque. C'est impossible. Natalia, assassinée ? Personne n'oserait, personne ne le *pourrait.*

— Ce doit être une erreur, affirme Pietyr. Qui ? Qui est le meurtrier ?

— Ça n'a aucune importance. Nous sommes finis, tout est fini.

Les doigts de Geneviève enserrent les coins des draps, ils tremblent.

— Regardez ce roi mort ! Le Temple ne l'acceptera pas… ni même le Conseil…

Elle lance un regard désespéré autour d'elle, comme si elle allait découvrir Natalia tapie dans l'ombre.

— Qu'allons-nous faire ? Nous allons devoir mettre un terme à l'exécution de Mirabella ! Lui donner la couronne ! Comme les Westwood vont se gausser…

— Arrête tout de suite !

Pietyr traverse la pièce avec précipitation, il saisit Geneviève par le bras et la redresse sur ses pieds.

— Dis-nous ce qui est arrivé à Natalia, tout de suite !

— William Chatworth l'a étranglée. La prêtresse guerrière l'a pris sur le fait et lui a transpercé la poitrine de son couteau. Il était déjà trop tard.

Une grosse larme roule sur la joue de Katharine. Trop tard. De plus, le meurtrier est mort lui aussi, elle ne peut donc pas assouvir sa vengeance, elle ne peut pas l'empoisonner et le torturer pendant des jours et des semaines entières, comme il le mériterait. Elle aurait concocté une toxine spéciale qui lui aurait brisé le dos tant ses spasmes auraient été violents.

L'estomac de Katharine se serre. Une telle douleur, une telle furie se déchaîne en elle qu'elle sent que même les reines mortes se recroquevillent au plus profond d'elle-même.

— Natalia, murmure-t-elle. Ma mère.

— Où est-elle ? demande Pietyr. Nous souhaitons la voir.

— Elle se trouve au Volroy, elle est sous la garde des prêtresses. Peut-être vous laisseront-elles entrer.

Geneviève s'essuie les joues.

— Avant de condamner Katharine comme abomination et de l'exécuter.

— Tu es une honte, lance soudain Pietyr.

Il était tourné vers la fenêtre à regarder le Volroy pendant leur conversation. Mais il se retrouve à projeter Geneviève sur le lit au côté du roi consort sans vie.

— Personne n'exécutera notre reine. Pas un seul vrai Arron ne pourrait l'autoriser.

Geneviève se relève d'un bond, ses poings tremblent.

— Natalia est morte ! hurle-t-elle. Est-ce que tu comprends ce que je suis en train de te dire ?

À l'extérieur, sous la fenêtre, des bruits de sabots annoncent un autre cavalier, un messager.

— Elles se sont échappées ! crie-t-il en direction de la maison. Les reines ! Elles se sont échappées de leurs cellules et ont disparu !

— Les reines ? répète Katharine. Comment ça, « les reines » ? J'ai empoisonné Arsinoé moi-même.

— Qu'est-ce que nous allons faire ? gémit Geneviève. Je ne suis pas Natalia, je ne sais pas…

— Tais-toi, Geneviève, et écoute-moi, lui ordonne Pietyr. Kat, écoute-moi aussi. Personne ne doit être autorisé à entrer ici, est-ce bien compris ? Personne ne doit voir ce corps.

— Qu'allons-nous en faire ? demande Katharine. Qu'allons-nous faire de lui ?

— Nous inventerons une histoire, créerons une solution.

Pietyr prend son visage entre ses mains.

— Tu seras la reine couronnée comme cela est prévu.

Il se tourne vers Geneviève.

— Comme nous l'avons promis.

Il lisse les plis de ses vêtements et se recoiffe. Il va barrer la porte.

— Nous allons retrouver Mirabella, et Arsinoé si elle est toujours vivante, puis nous les tuerons. Sans autre reine, le Temple n'aura pas le choix.

— Je ne comprends pas, réplique Geneviève. Si elle ne peut toujours pas porter de triplées…

— Ce n'est pas important.

Pietyr referme la porte et la verrouille.

— Katharine sera bien la reine couronnée. Elle sera simplement la dernière.

LES BOIS D'INDRID-DOWN

L'ours d'Arsinoé accueille leur groupe lancé en pleine course en se dressant sur ses pattes arrière. Il connaît à peine ces gens habillés de capes bordées de rouge qui se précipitent dans sa direction et il donne des coups de patte défensifs dans les airs alors qu'ils passent devant lui. Arsinoé s'immobilise au niveau de son poitrail. Elle n'a plus assez de souffle pour prononcer son nom, mais son nez hume l'air avec impatience, puis il se pose ses pattes avant sur ses épaules, l'étouffant dans sa fourrure et la faisant rouler sans la moindre tendresse au sol.

— Braddock, fait-elle quand elle en est enfin capable. Tu vas bien.

Il va bien mais il n'est plus le même, seulement l'ombre de lui-même. Il n'est rien de plus que de la fourrure et des os. Ces empoisonneurs n'ont pas su le nourrir comme il fallait.

— Nous ne devrions pas nous arrêter ici longtemps, prévient Émilia en fixant les reines d'un air entendu.

Elle est bien plus habituée à donner des ordres qu'à en recevoir, Arsinoé l'a compris au premier regard.

— Jules !

— Caragh !

Jules et sa tante s'étreignent sous le poids du bras de Joseph. Il a fallu compter autant sur Billy que sur Jules pour l'aider à traverser la forêt.

— Est-ce que tu peux l'aider ? demande Jules, mais Joseph se libère par lui-même.

— Je vais bien. Serrez simplement les bandages un peu plus fort.

Arsinoé se relève. Elle oriente Joseph pour le mettre à la lumière de la lune et lui écarte les mains d'une gifle quand il essaie de l'en empêcher. Elle soulève le tissu. Caragh s'avance et fixe la blessure quelques instants avant de se redresser.

— Tu vois ? sourit Joseph. Ce n'est rien. Une égratignure.

Les yeux de Caragh s'écarquillent avec douceur.

— C'est très bien, souffle Jules, et elle embrasse Joseph avec fougue.

Un sanglot lui échappe alors qu'elle lui prend les mains et le remet sur pied. Un seul et unique sanglot. Elle appuie son front contre le sien.

Arsinoé se tourne vers Mirabella. Bien évidemment qu'elle écoutait l'échange. Ses articulations sont pressées contre ses lèvres.

— Et si nous le reconduisions en ville ? propose Arsinoé. C'est Indrid-Down. Ils doivent avoir les meilleurs guérisseurs.

— Non, refuse Joseph. Je vais bien. Je vous accompagne, où que ce soit. Où allons-nous ?

Arsinoé lui touche le visage. Tout ira bien, il n'y a aucune autre possibilité. Joseph Sandrin est une partie intégrante de Jules.

— Il y a également des docteurs sur le continent, suggère Billy. Des très bons. Des chirurgiens, bien plus compétents que sur cette île, et la traversée du brouillard est rapide. Nous pourrions revenir pour vous rejoindre par la suite, ajoute-t-il alors que Joseph se met à protester.

— Non, reprend Arsinoé. C'est très bien et c'est là que nous allons de toute façon.

Tout le monde se tait et la fixe, même Mirabella.

— Vous pourriez retourner dans vos villes respectives, conseille Madrigal. Pour y trouver et y recueillir du soutien. Tout le monde ne se rangera pas à l'avis du Conseil de vous exécuter.

— Vous pourriez nous accompagner, soumet Émilia. Vous cacher à Bastian, nous t'accueillerions à bras ouverts, Juillenne. Toi et tous ceux que tu voudrais que nous protégions.

Le regard de Jules passe d'Émilia à Arsinoé avant qu'elle baisse la tête.

Avant que l'Ascension commence, Arsinoé avait toujours cru qu'elle retrouverait le chemin de Wolf-Spring. Que toute la folie que suscite cette année disparaîtrait et que tout redeviendrait ensuite normal. Des jours passés en compagnie de Jules dans la maison des Milone. Des soirées à proximité d'un feu agréable à *La Tête de Lion* avec Billy et Joseph. Profiter de la compagnie de Cait et d'Ellis. De Luke et de son magnifique coq, Hank. Mais cette vie-là, ce bon temps familier et si précieux sont définitivement révolus.

Cette alliance entre les reines survivra peut-être le temps de renverser Katharine. Mais après, le peuple voudra que tout reprenne. Il ne pourra y avoir que Mirabella ou elle. L'une devra tuer l'autre. Ainsi l'exige la tradition.

— Tu es certaine que c'est ce que tu veux ? demande Arsinoé à sa sœur.

— Je n'y retournerai pas, affirme Mirabella solennellement. Le Conseil a ordonné mon exécution, et personne ne s'y est opposé, pas même Luca.

Arsinoé prend une profonde inspiration. Une reine a été placée sur le trône. L'île n'a plus besoin d'elles, elle *doit* les laisser s'en aller. Il le faut.

— Allons alors au port de Bardon, lance Arsinoé. Volons un bateau assez imposant pour qu'il puisse nous faire quitter cette fichue île.

PORT DE BARDON

Jules a aidé les guerriers à appeler la petite barge fluviale qui les a portés jusqu'au port de Bardon. Elle n'est pas très grande, juste ce qu'il faut pour qu'ils puissent tous y embarquer, et elle est loin d'être assez robuste pour braver les flots chaotiques de la mer, mais ils ont tout de même pris place à bord. Jules se trouve désormais aux côtés des guerriers, à pousser l'embarcation avec son esprit. Joseph s'amuse à la vue de Camden aux genoux de Jules, elle focalise elle aussi toute sa concentration féline sur la barge.

— Regarde-la, lance-t-il à Arsinoé, assise à côté de lui à bord de la barge, avec sa main appuyée contre la blessure à son flanc. Nous ne jouons plus dans la même cour.

— Ce n'est pas vrai, affirme-t-elle en pensant le contraire.

Joseph et elle n'ont fait que courir après Jules depuis leur enfance.

Il ricane une nouvelle fois et fait une grimace.

— Attends. Laisse-moi resserrer tout ça.

— Non, Arsinoé. Je vais bien.

— Joseph, ton bandage est recouvert de sang. Tu aurais dû rester avec tante Caragh pour trouver un guérisseur.

— Et rater toute cette aventure ?

Il lui fait son sourire caractéristique en biais.

— Tu es en train de grimacer.

— Oui. Oui, mon flanc me fait mal parce qu'il y a un trou dedans. Une fois que nous serons arrivés sur le continent, Billy me trouvera un docteur et il pourra me recoudre bien comme il faut.

La barge continue son trajet au travers des rayons de la lune, elle glisse rapidement sur la surface obscure de la rivière. Arsinoé regarde derrière eux. Des guerriers sont demeurés près de la capitale, afin de jouer les leurres si nécessaire, tout comme Caragh et Braddock.

— C'était impossible de faire monter l'ours sur la barge, Arsinoé, lâche Joseph, comme s'il lisait dans ses pensées.

— Je sais.

— Mais tu l'as sauvé, et Caragh prendra grand soin de lui au Cottage noir.

Poissons d'eau douce et baies sont au menu pour le restant de ses jours. Il sera en sécurité. Mais elle ne le reverra plus jamais.

Jules laisse les guerriers et s'accroupit à leurs côtés. Elle touche la joue de Joseph et Camden grimpe sur ses jambes pour le réchauffer.

— Est-ce qu'il va bien ?

— *Il* est encore conscient et peut répondre par lui-même.

— Nous ne sommes plus très loin, les informe Jules.

Tandis qu'elle pose un regard inquiet sur la rivière, la petite barge donne l'impression de voguer plus vite. Si les guerriers le remarquent, ils n'en montrent rien, mais Madrigal, Mirabella et Billy observent tous par-dessus leurs épaules.

— Très bien, acquiesce Joseph. Les pêcheurs se lèvent tôt. Si nous voulons voler un bateau, nous n'aurons pas beaucoup de temps.

Ils atteignent l'embouchure de la rivière, et le port de Bardon leur apparaît doucement. Les bateaux amarrés aux quais sont bien plus imposants que les esquifs de l'anse de la Tête-de-Phoque. Leurs mâts se tendent bien droit dans le brouillard qui précède le lever du jour. Ce sont des bâtiments qui peuvent couvrir une grande distance, ils ont été construits pour chasser les dos d'écume en pleine mer, flanqués de plus petites baleinières à leurs côtés. Ils sont trop massifs pour être pilotés avec un équipage si réduit, mais c'est pour cela que

Mirabella se trouve avec eux. De plus, il leur faudra un vaisseau résistant, si la mer se décide à leur causer du tort.

La barge vient silencieusement achopper contre le quai le plus proche, ne dérangeant personne d'autre qu'un couple de mouettes perchées sur la pierre.

— Tout doux, tout doux, fait Madrigal en aidant Mirabella à sortir de la barge. Nous ne connaissons pas ces docks et la lune ne nous fournit pas tant de lumière que ça.

Billy prête main-forte à Arsinoé et Jules pour soulever Joseph, puis il grimace à la vue de tout ce sang. Arsinoé lui lance un sourire encourageant.

— Tout va bien se passer.

— Je l'espère. Vous autres reines avez une manière bien à vous d'arranger les choses. Allons, Joseph, ne traîne pas. Tu es bien plus lourd que ta carrure élancée ne le suggère.

Il soutient seul Joseph qui claudique le long du quai.

— Est-ce que tu es prête, Jules ? demande Arsinoé.

Mais Jules se tourne vers Madrigal, Émilia et les guerriers.

— Je te suis.

Jules observe ses amis se faufiler le long du quai. Dans la brume épaisse matinale, ils ressemblent à des êtres doués de magie, des fées. Un moment ils sont là, le suivant, ils ont disparu.

— Tu ne vas pas vraiment t'en aller, si, Jules ? interroge Madrigal.

Sa main est posée sur son ventre, elle s'inquiète toujours tellement pour son futur enfant. Jules tend une main et touche le ventre de sa mère.

— Essaie de faire la paix avec tante Caragh. C'est ta sœur et, désormais, c'est aussi une sage-femme. Elle pourra t'aider avec tout ça.

— Faire la paix. Ce n'est peut-être plus possible, mais j'aimerais donner naissance à cet enfant au Cottage noir, si tu veux bien m'y accompagner, suggère Madrigal.

Mais Jules ne répond rien.

Il vaudrait mieux qu'elle parte, ce serait mieux pour Wolf-Spring. Sans elle, le Conseil noir pourrait bien décider de ne pas s'intéresser au cas de la ville. La Déesse elle-même sait qu'ils auront bien assez de pain sur la planche après la débâcle que s'est avérée être cette Ascension.

— Tu devrais rester avec nous, intervient Émilia avec franchise. Laisse les reines et les continentaux s'en aller seuls.

— Je suis sa gardienne.

Les yeux de Jules suivent l'avancée d'Arsinoé dans le port.

— Je le resterai jusqu'à la fin.

— C'est *ici* que tout se termine, lui rétorque Émilia. Même si ce n'est pas le cas pour toi. Je vois un grand destin dans ton avenir, Juillenne Milone.

Elle lui tend une main, aussi ferme que la pierre. Les guerriers lui sont venus en aide car elle était l'une des leurs, pour aucune autre raison. Ils l'accueilleraient, même Camden, et Jules aimerait beaucoup découvrir les halls de Bastian.

— M'assurer de sa sécurité est un grand destin.

Sur les quais, Arsinoé a pris la main de Mirabella pour la guider. Cette affection qu'elles partagent est simple et naturelle, et cela pince le cœur de Jules. Sa place au côté d'Arsinoé est désormais amoindrie par la présence de Mirabella. Elle n'a plus besoin de Jules comme avant.

— Je ne peux pas la laisser partir seule, explique Jules. Il lui reste encore des combats à mener.

Elle se retourne pour observer les guerriers et sa mère.

— Je ne peux pas abandonner Joseph non plus.

Émilia lui lance un regard appuyé mais ne dit rien, puis Jules et Camden quittent la barge. Quand leur poids ne l'équilibre plus, elle se met à tanguer.

— Quand tu en auras terminé avec tes combats, rappelle Émilia, nous serons toujours là. Mais en attendant, porte-toi bien. Prends soin de ta reine.

Elle fait également un sourire à Camden qu'elle distingue dans les rayons de la lune.

— Et de ton fauve.

Émilia repousse l'embarcation du quai, et celle-ci glisse sans bruit sur l'eau, elle retourne rejoindre les autres guerriers. Madrigal s'approche du bord, mais elle ne se risque pas à sauter. Elle s'embrasse la paume de la main avant de la soulever pour lui faire signe. Peut-être pleure-t-elle, mais si c'est le cas, le brouillard ne permet pas à Jules de le voir.

Mirabella patiente nerveusement tandis que Billy et Arsinoé défont les amarres de leur bateau. Elle ressent une certaine tristesse, un malaise diffus, mais au-dessous de tout cela elle bouillonne d'enthousiasme. Elle se prépare à affronter la pleine mer, les brouillards et cette Déesse qui ne désire que leur mort ; c'est comme le lui a un jour dit Luca : tout lui semble très clair, elle se trouve là où est sa place.

— Est-ce que tu es certaine que ce vaisseau n'est pas trop grand pour toi ? demande Joseph d'un ton un peu incertain.

Le bras du garçon est passé sur ses épaules.

— Personne n'a encore inventé de bateau trop grand pour moi.

Des bruits de pas et de pattes résonnent sur le quai, et Jules se glisse sous l'autre bras de Joseph.

— Laisse-moi t'aider, propose-t-elle, puis Mirabella et elle le portent de l'autre côté de la passerelle.

Elles le posent doucement à côté de la rampe bâbord sur le pont principal.

— Est-ce que tu peux l'arrimer à quelque chose ? interroge Mirabella.

— Est-ce que tu peux nous faire traverser le brouillard ? lui rétorque Jules avant d'attacher le garçon avec des cordages.

Mirabella fait souffler le vent et avancer le courant, ce qui ébranle le bateau vers l'avant. Jules manque de perdre l'équilibre et lui jette un regard aigre. Mais elle finit par sourire.

Billy et Arsinoé apprêtent les voiles, et Mirabella se place sur le pont avant. Elle lance un nouveau coup d'œil en arrière, vers la côte, vers l'île. Même si elle avait remporté la couronne et régné, elle aurait de toute façon fini par s'en aller. Mais elle n'aurait jamais imaginé que ce serait en de telles circonstances. Comme une reine fugitive et sans même l'ombre d'un au revoir à ses très chères Bree et Elizabeth.

— Tu es prête ? s'enquiert Arsinoé, le souffle un peu court après avoir tiré sur les cordages.

Billy se trouve à la barre, pour l'aider à diriger le bateau. Il n'aura pas besoin de la seconder beaucoup.

— Toutes ces personnes que nous laissons derrière nous, souffle Mirabella. Elles prendront soin les unes des autres, non ?

— Je l'espère, répond Arsinoé. Je le pense, oui.

Mirabella se tourne pour faire face à la mer grise et matinale.

— Alors oui, je suis prête.

LE VOLROY

En haut de la tour ouest, Katharine et Pietyr attendent des nouvelles des reines fugitives. La grande prêtresse est également présente, ainsi que le Conseil noir, sans oublier tout un groupe de prêtresses et Sara Westwood. Cait ou Madrigal Milone auraient également été admises, si elles s'étaient donné la peine de se présenter en ville pour le duel.

— Où est votre roi consort ? demande la grande prêtresse Luca.

Les yeux de Geneviève se mettent à parcourir la pièce nerveusement. Pietyr va devoir lui coller les paupières s'il ne veut pas que les yeux de la femme les trahissent.

— À Greavesdrake, grande prêtresse, répond Katharine. Il se repose.

Ce groupe est étonnamment calme. Ils attendent sagement, avec une attitude proche de la patience. Mais ce n'est pas réellement leur sentiment, ils sont choqués. Leurs reines se sont échappées de leurs cellules, et chacune des personnes se trouvant dans cette pièce ressent l'espace vide laissé par Natalia Arron.

— Tout cela n'aurait jamais dû se produire, affirme Antonin, assis à la table ovale noire, la tête entre les mains. Deux reines empoisonneuses au sein du même cycle. La reine Arsinoé aurait dû venir à nous, c'est nous qui aurions dû l'élever.

— Avec toi, reine Katharine, s'empresse d'ajouter Geneviève, et Antonin lève le regard.

— Bien évidemment, avec elle.

Katharine a un sourire pincé. Bien évidemment. Mais Arsinoé semble être une empoisonneuse plus puissante. Si elles avaient été élevées ensemble, Katharine n'aurait survécu que jusqu'au jour de la mort de Mirabella. Puis elle se serait retrouvée à la mauvaise extrémité d'un couteau, qui lui-même aurait possiblement été tenu par un Arron.

Katharine se tourne vers la porte. Un messager vient d'arriver, et l'assemblée se lève de leurs chaises.

— Avez-vous des nouvelles de Mirabella ? demande brusquement Luca. Quelles sont les nouvelles des reines ?

— Nous sommes arrivés trop tard, leur apprend le garçon à bout de souffle. Elles se sont échappées sur un bateau.

— Et vous ne les avez pas poursuivies ? s'emporte Pietyr, mais le pauvre messager regarde par terre.

— Cela n'aurait pas été d'un grand secours, sachant que Mirabella dirigeait le vaisseau, répond Luca à sa place. Entre ses vents et ses courants, personne ne les aurait rattrapées.

— Avec un don tel que le sien, elle aurait très bien pu les envoyer par le fond simplement pour avoir essayé, ajoute Sara alors que Katharine plisse les yeux.

— Quelle direction ont-ils prise ? interroge Luca.

Katharine se déplace d'un pas nonchalant vers la fenêtre qui donne à l'est. De là, son regard se porte clairement au-delà du port pour se poser sur la mer. Il n'y a aucun petit bateau qui remonte à toute hâte la côte vers Rolanth, elle ne voit aucune embarcation.

— Elles ont mis le cap vers le large, grande prêtresse. Elles ont filé droit vers l'est.

— Nous devons les retrouver, exige Pietyr. Nous devons les arrêter.

Quand personne ne bouge, il se tourne vers eux avec furie.

— C'est bien vous qui avez décidé de leurs destins ! Personne ne va désormais appliquer ce décret ?

Katharine pose ses mains sur le rebord en pierre froid de la fenêtre. Sur son front, les cicatrices de sa couronne ont été nettoyées et reprises, un nouveau fin bandeau. Son regard est perdu au loin et elle ressent une nouvelle fois les murmures des reines mortes dans ses os. Elle a fait ce qu'elles attendaient d'elle. Elle s'est métamorphosée selon leurs désirs.

Sur sa ville, l'aube projette ses lumières claires. Elles se reflètent sur les bâtiments noirs et les rues pavées, leur donnant de chaudes teintes orange et roses. Katharine porte son regard au-delà de la côte de l'île, pour balayer les eaux miroitantes. Au loin, le ciel demeure obscur. Les nuages sombres d'une tempête sont en train de s'amasser à l'horizon, et en écoutant d'une oreille attentive, elle peut entendre des éclairs grésiller sur les eaux lointaines.

— Ne t'inquiète de rien, Pietyr, l'enjoint enfin Katharine, et leurs chamailleries cessent.

Elle se tourne et leur lance un sourire des plus royaux, empreint de toute l'assurance d'une reine. Puis elle pivote une nouvelle fois vers la mer et la confrontation qui s'annonce.

— Aucune de mes sœurs ne regagnera l'île. La couronne tout autant que le trône sont à moi.

LA MER

Arsinoé s'approche du bastingage pour observer la côte s'éloigner et s'éloigner encore. S'ils parviennent à passer le filet que constitue le brouillard, c'est toute l'île qu'ils verront rétrécir à l'horizon jusqu'à ne plus être qu'une ombre, puis un point, et enfin plus rien du tout.

Quelque chose de duveteux frôle son épaule. Camden, les pattes sur la rambarde à côté d'elle, grognant en direction des vagues. Arsinoé ébouriffe la peau du cou du grand félin et la force à descendre pour la ramener à Jules.

Joseph lui fait un sourire depuis les bras de Jules.

— Nous y revoilà. Nous trois à bord d'un bateau.

Arsinoé essaie de rire, mais il est si pâle. Ces bandages de fortune sont maculés de sang.

— Nous devrions installer Cam dans les ponts inférieurs, suggère-t-elle à Jules. Quelque part d'agréable, ou dans une caisse, avant que notre voyage devienne houleux.

— Tu veux bien l'accompagner pour moi ? lui demande Jules.

Elle refuse de quitter Joseph, pas avant qu'ils aient trouvé un guérisseur sur le continent.

Arsinoé fait descendre le couguar d'un niveau afin de lui trouver un espace à elle.

— Mets-la dans une cabine, propose Billy en la suivant. Ce sera le plus sûr.

Ils dénichent ensemble la cabine idéale, et Arsinoé embrasse la tête de Camden avant de l'enfermer à l'intérieur.

— Quand arriverons-nous sur le continent ?

— Je pense que cela dépend de Mirabella, non ? Et du brouillard ? Enfin, je n'aime pas repenser à ce qu'il nous est arrivé la dernière fois…

Avant qu'il puisse ajouter quoi que ce soit d'idiot, Arsinoé le prend dans ses bras et l'embrasse. Il est surpris et se raidit, mais c'est mieux ainsi, sans bouche tapissée par du poison. Elle pose la tête sur son torse, et il la serre fort contre lui. C'est bien plus agréable que beaucoup d'autres choses.

— Nous ferions mieux de remonter, lâche-t-elle après s'être écartée de lui.

— Oui, remonter, bredouille-t-il en lui emboîtant le pas dans les escaliers.

Le port de Bardon se trouve derrière eux. Les gardes de la ville qui s'éveille désormais sont arrivés trop tard, et les sabots de leurs chevaux ont dérapé avant de s'arrêter sur le rivage. Personne ne s'est même donné la peine de larguer les amarres d'un autre bateau pour les poursuivre en sachant qu'ils ne pourraient jamais rattraper Mirabella. Désormais, l'aube éclabousse l'eau de mille reflets jaunes et la mer est calme.

Peut-être les laisse-t-on réellement s'en aller et le brouillard s'ouvrira-t-il tel un rideau.

Le vent vient tout d'abord soulever leurs cols et leur fouetter les yeux avec leurs cheveux. Aussi longtemps que le ciel reste dégagé, ils prétendent que tout cela n'est rien de plus qu'une brise. Un temps idéal pour naviguer, qui les aidera dans leur fuite. Quand les premières nappes de brume ondulent par-dessus les vagues, ils s'efforcent de croire que ce n'est rien de plus que du brouillard ou de l'écume. Mais très vite ce même brouillard devient un mur et le vent une tempête. C'est le ciel de la Déesse qui leur tombe dessus.

— Est-ce que tu penses qu'elle veut toujours nous garder sur l'île ? hurle Arsinoé debout au côté de Mirabella sur le pont avant.

Mirabella garde les bras bien raides contre ses flancs tout en se concentrant.

— C'est peut-être une toute dernière épreuve.

Personne ne dit qu'ils devraient faire demi-tour, mais chacun d'entre eux est effrayé. Le filet de brouillard pèse lourdement à la surface de l'eau, blanc et très épais.

— N'aie pas peur ! crie Mirabella.

— C'est facile à dire pour toi ! Tu ne sais pas ce que c'est que d'essayer de traverser ! Comme ce nuage t'étrangle et t'oblige à revenir sur tes pas !

Mirabella serre la main d'Arsinoé.

— Est-ce que tu es prête, ma sœur ?

— Oui. Soit nous le traversons, soit nous coulons !

Mirabella gonfle les voiles d'une telle bourrasque que le bateau tout entier rue comme un cheval venant de se libérer de son harnais. Cette tempête est l'une des plus belles que Mirabella ait pu voir. Elle pourrait même follement l'apprécier si elle ne cherchait pas à leur refuser le passage.

— Retourne auprès des autres, ordonne-t-elle à Arsinoé.

— Tu es sûre ?

— Oui. Retourne avec eux et accroche-toi à quelque chose.

Elle observe le visage terrifié de sa sœur cadette alors que des paquets d'eau de mer passent par-dessus le bastingage. Elle lui sourit.

— Cramponne-toi à Billy peut-être.

Les yeux d'Arsinoé se détournent de la tempête et elle arrive à rire.

— Si tu le dis.

Mirabella la regarde s'en aller. Jules a les bras enroulés autour de Joseph tout en agrippant des cordages, elle est déjà détrempée et désespérée. Arsinoé rejoint Billy à la barre, ils s'y cramponnent tous les deux tandis que le bateau s'agite et redescend.

Mirabella pivote vers la tempête. L'électricité de l'atmosphère trouve un écho particulier dans ses veines d'élémentaire. L'aube a disparu, tout est noir. Les vagues les soulèvent dans le seul but de les faire retomber avec violence, et le premier éclair grésille dans le ciel.

Le filet de brouillard entoure le bateau afin de glisser ses doigts blancs et épais par-dessus le bastingage à bâbord. Mirabella leur fait fendre les flots droit devant ; elle en appelle au vent pour les écarter du brouillard. Elle convoque davantage de pluie et d'éclairs pour les faire danser en compagnie de la tourmente de l'île.

Si la Déesse souhaite réellement les garder auprès d'elle, alors elle n'aurait pas dû choisir une tempête pour parvenir à ses fins.

Sous les nuages déchaînés, il fait aussi sombre que s'il était minuit. Seule la foudre éclaire leur chemin. La scène est terrifiante : elle zèbre constamment le ciel. Arsinoé n'a jamais vu la foudre frapper la foudre avant, et quand tout cela sera terminé, elle ne veut plus jamais en revoir.

Ensemble, Billy et elle luttent pour maintenir le cap du bateau, ils barrent et le pilotent autant qu'ils étreignent le gouvernail pour ne pas se retrouver balayés en mer. Joseph et Jules se blottissent l'un contre l'autre près du bastingage, leurs bras emmêlés dans des cordages. Mirabella est debout, seule sur le pont avant, elle utilise une tempête pour en combattre une autre.

— Je ne sais pas combien de temps nous pourrons tenir ainsi, s'époumone Billy entre deux coups de tonnerre. Je ne sais pas combien de temps *elle* pourra tenir !

Les dents d'Arsinoé claquent sous l'effet de l'humidité et du vent, sa mâchoire tremble bien trop pour pouvoir lui répondre.

Ils passent par-dessus la crête d'une vague et retournent s'écraser dans un creux. Elle se mord la lèvre et sent un goût chaud et salé, mais elle ne pourrait pas dire si c'est le goût du sang ou celui de la mer. Une vague fait violemment pencher le pont à tribord, et l'espace d'un long moment figé dans le temps, il lui semble que le bateau ne se remettra jamais droit, mais c'est pourtant le cas. Elle trouve à peine le temps de soupirer qu'une autre vague percute la coque. Sa force est telle qu'elle lui donne l'impression d'avoir été projetée droit dans un mur.

— Est-ce que tu vas bien ? hurle Billy, et elle opine de la tête en toussant.

L'eau et le froid sont omniprésents. Elle essuie du sel de ses yeux. Mirabella reste debout malgré tout, ce qui fait sourire Arsinoé. Elle ne sait pas comment qui que ce soit a bien pu s'imaginer que Katharine ou elle auraient la moindre chance face à *ça*.

Jules se cramponne à Joseph par le bras et l'attire contre sa poitrine alors que les vagues les plaquent contre le bastingage.

— Joseph, accroche-toi à moi ! Accroche-toi à moi et ne me lâche pas !

— Jamais, souffle-t-il.

Sa voix est claire et paisible contre la peau de son cou.

Sa respiration est faible, et il ne tremble plus. Elle se recule pour le regarder dans les yeux. L'eau de mer est trop présente pour laisser couler des larmes.

— Que ferons-nous, demande-t-elle doucement, quand nous aurons atteint le continent ?

— Tout ce que nous voudrons.

Ses yeux se ferment lentement.

— Il y a une grande école là-bas, dont les cloches tintent comme de la musique… Nous pourrons apprendre tout ce que nous voudrons.

— Tout ce que nous voudrons, répète-t-elle. Et n'importe quoi, mais nous serons ensemble.

— Oui, ensemble. Comme je l'ai prévu.

Il lui fait son sourire de Joseph, et Jules l'embrasse et l'embrasse encore, même lorsqu'elle ne le sent plus l'embrasser en retour.

La tempête les secoue d'avant en arrière dans le brouillard, mais Mirabella s'accroche au bastingage comme une balane à son rocher, même si elle halète et que la force commence à quitter les muscles de ses jambes.

Le brouillard les retient toujours comme un filet.

— Je suis avec toi, ma sœur, lui assure Arsinoé. Je vais t'aider.

Mirabella cligne des yeux. D'une façon ou d'une autre, Arsinoé a lutté pour traverser le pont. D'une façon ou d'une autre, elle tire sur les épaules de Mirabella pour la redresser. Elle entrelace leurs doigts et les serre.

— Je ne suis peut-être pas une élémentaire. Mais je suis encore une reine.

Mirabella rit puis se met à crier. Elles font une nouvelle fois face à la tempête toutes les deux, tandis que les vents gonflent les voiles et que des vagues s'écrasent avec une telle violence qu'elles déchirent leurs vêtements.

Peut-être que si Katharine avait été avec elles et qu'elles avaient toutes les trois fait front commun, le voyage aurait été plus simple. Mais elles ne sont que deux, et la Déesse a donc besoin d'être deux fois plus convaincue.

Quand la tempête se meurt, elle tombe si rapidement que celle de Mirabella continue de tonner de longs moments avant qu'elle réalise qu'elle est seule. Elle frémit et Arsinoé la rattrape quand elle semble sur le point de chuter.

Tout autour d'elles, le brouillard blanc s'effile en fines volutes, révélant derrière lui la lumière du soleil et de l'eau, et, au loin, la masse sombre de la terre.

* * *

— Nous y voilà ! s'écrie Billy. C'est la maison. Je reconnaîtrais cette côte entre mille !

La maison, la sienne. Arsinoé enlace Mirabella, et elles se blottissent l'une contre l'autre sur le pont avant, tellement éreintées que leurs rires paraissent se transformer en pleurs.

— J'avais peur que ce soit l'île, avoue Arsinoé. Comme pour Beltane. Mais on y est arrivés ! Jules ! Jules, regarde !

Jules est assise près du bastingage avec Joseph sur les genoux. Le garçon ne bouge plus.

Billy saute de la barre et se précipite vers les ponts inférieurs pour libérer Camden ; ils peuvent entendre le pauvre félin donner des coups dans la porte. En quelques instants, elle bondit sur le pont en balayant furieusement l'air de la queue et saute vers Jules. Mais en reniflant Joseph, elle pousse un long et profond gémissement.

— Non.

Arsinoé accourt dans leur direction.

— Non !

Elle s'agenouille et touche son visage gelé.

Billy se détourne et jure. Il agrippe le bastingage et hurle dans le vide.

— Mais nous sommes arrivés, objecte Arsinoé. Nous avons réussi !

Jules s'accroche à elle et elles se serrent fort l'une contre l'autre.

Mirabella s'approche doucement, sa jupe déchirée en lambeaux bruisse lourdement sous le poids de l'eau de mer.

— Oh, Joseph, murmure-t-elle avant de pleurer.

— Je suis désolée, souffle Arsinoé alors que Jules se relève sous leur poids.

Le visage de Joseph semble apaisé. Mais il ne peut pas être réellement mort, pas leur Joseph à elles.

Jules erre sur le pont.

— Est-ce que tu organiseras des funérailles ? demande-t-elle. Billy, est-ce que tu feras ça ?

— Bien… bien sûr, confirme-t-il.

— Jules ? interroge Arsinoé. Qu'est-ce que tu fais ?

Jules est tournée vers ce brouillard qui enveloppe le fantôme de l'île.

— Un tel périple, chuchote-t-elle. Pourtant, elle n'est pas si loin. Je n'aurai même pas besoin de ramer longtemps pour atteindre le port.

— Jules !

Arsinoé se relève avec empressement. Elle s'approche d'elle et lui saisit le bras.

— De quoi est-ce que tu parles ? Tu ne vas pas y retourner !

Jules se libère de sa poigne, et la bouche d'Arsinoé s'ouvre en grand.

— Je ne peux pas rester. Tu le sais bien. Ma place n'est pas ici, mais là-bas, précise-t-elle d'un signe de la tête en direction de l'île.

Mais elle ne peut pas vouloir regagner l'île, c'est impossible. Elle a simplement peur et elle est triste. Ils sont tous tristes.

Jules se penche par-dessus le bastingage et défait les nœuds d'un petit canot amarré à tribord.

— Non.

Arsinoé frappe sa main.

— Je suis désolée pour Joseph. Je sais que tu l'aimais, je l'aimais moi aussi ! Mais tu ne peux pas partir !

— Tu n'as plus besoin de moi, affirme Jules avec un vrai sourire. Tu t'es battue et tu as gagné.

— C'est *nous* qui avons gagné, tu ne le vois pas ?

Arsinoé pivote en pointant le continent du doigt.

— Tout est là, juste là ! À notre portée ! La liberté, les choix, une vie ensemble ! Personne pour nous dire que nous sommes une erreur. Pas de couronne, pas de Conseil, pas de morts. Nous pouvons décider de notre avenir loin de tout ce chaos.

Le bateau roule doucement, le continent verdoie sous le soleil d'été. Aucun brouillard, personne ne l'attend pour la tuer ou lui ordonner de tuer.

La petite baleinière heurte l'eau. Jules et Camden sont déjà montées à bord.

— Attends, lance Arsinoé.

Elle attrape les gréements, mais ils ne sont déjà plus reliés à l'embarcation de Jules.

— Attends, je te dis !

Elles lèvent toutes les deux un regard triste.

— Je ne veux pas y aller sans toi, lui souffle Arsinoé.

— Je sais. Mais il le faut bien.

À l'instant même où les avirons de Jules touchent l'eau, le brouillard de l'île s'étend. Il engouffre et entoure l'esquif avec avidité, d'une façon qui rappellerait presque du soulagement, de l'affection. Comme si, en vérité, c'était bien Jules que l'île cherchait à retenir.

— Prenez soin d'eux pour moi, crie Jules à Billy et Mirabella.

— Jules, remonte sur ce bateau !

Arsinoé prend une profonde inspiration, elle s'apprête à sauter à l'eau, mais Billy la saisit par les épaules. Il la tire contre son torse, elle hurle et se défend en fixant Jules qui devient de plus en plus petite, jusqu'à ce que le brouillard s'épaississe et qu'Arsinoé ne puisse plus voir son visage.

— Tout ira bien, assure Billy.

Il la serre très fort contre lui. Mirabella s'approche pour lui prendre la main.

— Tout ira bien, murmure Arsinoé alors que des larmes tombent de son menton.

Elle tourne la tête vers le soleil. En direction d'un pays qui lui est inconnu, tout comme l'avenir qu'il lui promet. Il pourrait leur arriver n'importe quoi, et toutes ces possibilités viennent obscurcir son esprit. Elle ne se souvient pas de ce que cela peut faire de ne pas vivre dans la peur et la rancœur, dans la crainte d'être tuée ou de devoir tuer. Elle entend la voix de Jules portée par-dessus les eaux.

— Je t'aime, Arsinoé.

— Jules, reviens !

Elle pivote vers elle.

— Ce sera différent, tu verras !

Mais quand elle regarde dans sa direction, tant Jules que l'île ne sont plus là. Le brouillard de Fennbirn a disparu, et là où il se trouvait quelques secondes auparavant, il n'y a plus que la mer, claire et scintillante.

Les reines de Fennbirn reviendront.

Remerciements

Vous pourriez penser que plus vous écrivez et plus l'exercice se simplifie, que ça deviendrait une sorte de liste de courses pleine de mercis, voilà, c'est fait. Hélas, ce n'est pas si simple, car à chaque nouveau livre, les personnes qui vous entourent ont travaillé tellement plus dur que pour le livre précédent que n'importe quel remerciement semble totalement insuffisant. Ce que je cherche à dire est que cette page devrait vraiment être remplie de cœurs.

Merci tout d'abord à ma super éditrice, Alexandra Cooper, d'avoir fait claquer les fouets du rythme, du détail et de l'art de la subtilité (qui n'est pas des plus simples à gérer), et toute cette myriade d'autres fouets que tu sembles avoir à ta disposition et qui ont donné vie à ce livre. Merci aussi à mon agente, Adriann Ranta-Zurhellen, qui est, je vais le dire, la meilleure agente à avoir jamais agenté et qui agentera jamais à la surface de cette planète et sur n'importe quelle autre. Merci à Olivia Russo pour avoir bataillé avec la communication et la publicité d'une main de maître.

Merci à l'équipe tout entière de HarperTeen : Jon Howard, Aurora Parlagreco, Erin Fitzsimmons, Alyssa Miele, Bess Braswell et Audrey Diestelkamp. Je sais que je n'ai pas cité tout le monde ici, et cela me fait du mal. Merci à Robin Roy, dont je vois le nom apparaître dans les commentaires de suivi de correction.

Merci à Morgan Rath et Crystal Patriarche de BookSparks, pour être des collègues si agréables et aussi pour le poulet frit.

Merci à Allison Devereux et Kirsten Wolf de Wolf Literary.

Merci à ma mère, qui apprécie tout ce que j'écris ; à mon père, qui n'a pas encore commencé à lire cette série ; et à mon frère, Ryan, qui *incroyable* l'a commencée, lui. Merci à Susan Murray pour l'enthousiasme dont elle fait preuve à chaque fois que je lui raconte quoi que ce soit au sujet des reines. Merci à la merveilleuse romancière April Genevieve Tucholke pour son soutien et ses bons conseils prodigués au travers de l'art du tarot.

Et à Dylan Zoerb, pour la chance.

Première édition

Achevé d'imprimer en mars 2022
par L.E.G.O. S.p.A. en Italie.